六十集电视文学剧本

突围

第三部

周梅森　孙馨岳

著

作家出版社

第四十一集

1　石红杏家　夜　内

牛俊杰对石红杏说：……今天我在电话里隆重表扬了陆建设，这一次陆建设还算是有责任心的，得知工人讨薪，哎，主动去了现场！

石红杏：你这隆重和表扬全错了，陆建设是齐本安硬逼去的！当时我们正开碰头会，陆建设一直在找碴发泄，正巧电话来了，齐本安就让他去处理——京州能源群龙无首，他管政治思想，他不去谁去？

牛俊杰：齐本安就放心？陆建设这样的主儿对付得了这种事？

石红杏：哎，陆建设没金刚钻就别揽瓷器活！我可不替他烦！老牛，这是在家里，我得和你把话说明白，你现在最好少管闲事，尤其不要管陆建设那里的闲事，好的坏的都不要管，他现在恨死你了！

牛俊杰：我知道，我知道，我给他送了一块"代书记办公室"的牌子！

牛石艳：爸，不是我批评你，你工人大老粗的坏脾气也得改一改了！在这一点上，我坚决支持石老太，哦，不，石总，是石总！妈你别生气！爸，你说你给人家送代书记办公室的牌子干啥呀？你这不等于当众打人家的脸啊？！有道是打人不打脸，骂人不揭短……

牛俊杰：咋叫揭短呢？哎，他就是代书记嘛！

牛石艳：你就不能尊一声"陆书记"？非要强调那个"代"字吗？

牛俊杰：我实事求是，坚持用语廉洁，绝不搞语言贿赂！

2　范家慧家　夜　内

齐本安对范家慧说：……老范，家家有本难念的经啊！你们发不上工资还能发点山猪肉。京州能源的工人呢，可没这福气啊！我实话告诉你，我现在是前有阻击，后有追兵，下一步怎么着还不知道呢！

范家慧：齐本安，你总不至于想让我们《京州时报》帮你两个吧？

齐本安：这倒不至于，你小鸡身上的那点肉，全割下来喂我们，也不够我们塞牙缝的！我是希望你这时候别捣乱就行……

范家慧：哎，哎，我怎么叫捣乱呢？齐本安，我要真给你捣乱的话，明天就去法院起诉你们京州中福！我和石红杏签订的合作协议书，石红杏是签了字的，还有公章！就算石红杏签字没用，公章有用！

齐本安：老范，你别胡闹啊，陆建设现在盯着石红杏呢，放风说要查石红杏和你们的战略合作，包括她女儿牛石艳怎么进的报社！

范家慧：啊？这个陆建设他疯了吧？牛石艳进报社时，还没有战略合作呢！这个姓陆的是存心找碴，齐本安，你得顶住了！

齐本安:是，我根本没睬他，这个人是专门捣乱的！把京州中福搞乱了，林满江就好下手了，我看透了，林满江就是用心不良！

3 京州能源大楼门前　夜　外

月亮在云中游走，星光闪烁。

陆建设有气无力地和近前的工人商量:我手机没电了，能……能借手机用一下吗？我……我让你们牛总过来，和……和你们好好谈！

工人甲:我们不谈了，我们也让你陆书记尝一尝挨饿的滋味！

工人乙:就是，我们还怕你陆书记报警啊，我们犯法了不是？

陆建设:我……我不报警，我说话算数，我原谅你……你们……

工人乙:我们不要你原谅，我们就想让你在这儿陪我们看月亮！

陆建设:你们吃了，喝了，看月亮不饿，我可连口水都没有喝啊！我……我劝你到此为止，否则，你……你们一定会后悔莫及……

工人丙:你看，你看，还说话算话呢，转脸就让我们后悔莫及！

4 石红杏家　夜　内

牛俊杰呷着小酒，对牛石艳说:……闺女，你别瞧不起你爹！工人大老粗怎么了？没那么多花花肠子，有一说一！倒是我瞧不起陆建设这种小人！一辈子蒙事混日子琢磨人，盘算着能抱上谁的粗腿，跟着一起鸡犬升天。也不知他祖坟上冒了什么烟，竟然还让林满江看上了。哎呀，你看把他得意的，都不知自己姓啥了，呸，什么东西！

牛石艳：爸，你也别气，林子大了什么鸟都有！像陆建设这种人也不是你们京州中福一家才有的稀有动物，其实各单位也都存在！

石红杏半真半假地：艳，你就是一个，抱着你领导的粗腿不放！

牛石艳：哎呀，我们老范小鸡头一个，我要抱也就抱个鸡爪子！

5　范家慧家　夜　内

范家慧问齐本安：你说陆建设怎么抱上林满江粗腿的？怪啊！

齐本安：开始我也觉得怪，现在复一下盘，又觉得没啥怪的！陆建设发迹于李功权腐败案突然爆发。当林满江不是让我，而是让陆建设去控制李功权时，我就发现问题了。你可以说林满江大公无私，让我避嫌，但我察觉的是林满江对我的警觉和提防。及至让陆建设违规将李功权带到北京，违规审查李功权，我就知道我被林满江套上了。

范家慧：本安，那么这么说来，陆建设和林满江是一拍即合？

齐本安：没错，这里面大有文章！按说，林满江不会瞧得上陆建设，我的这位大师兄心性高啊，老范你知道的，一般的人他根本瞧不起，陆建设怎么贴上去的？两个可能：林满江需要一根搅屎棍在京州中福搅和，让我顾不上干别的，跟着他这根搅屎棍纠缠。另一个可能是，陆建设黏性太高，黏在林满江的粗腿上，让林满江甩都甩不掉！

范家慧：我倾向于第一种可能，你们老大要收拾你！不过，第二种可能也不是不存在，林满江让陆建设做的毕竟是代书记嘛……

884

齐本安：哎，这个"代"字可是张继英给顶出来的啊！没有张继英，林满江肯定让陆建设一步到位做书记！

6 首都机场 夜 外

一辆轿车驶出机场。

车内坐着林满江和接机的皮丹。

皮丹：林董，傅总没跟您一起回来？

林满江：傅总今晚的飞机去新加坡。哦，皮丹，我正要问你，你是不是又和傅总叽叽京州中福的事了？

皮丹：这个，林董，傅总问起时，我随便说过几句，主要是陆建设太难了！您不知道，齐本安和石红杏排斥陆建设，真是无所不用其极！陆建设整天向我呼救：张军长，看在党国的分上，拉兄弟一把……

林满江：别给我油嘴滑舌的！皮丹，你说说看，真让你去京州中福做了董事长，你能干好吗？你比齐本安能耐更大吗？胡思乱想！

皮丹不服气：那我反问一句：齐本安能比林董您能耐更大吗？我只要不折不扣地执行林董您的指示，就一定会比他齐本安干得好！

林满江笑了：哎，我们皮蛋越来越会哄领导开心了嘛！

皮丹：林董，皮蛋瘦肉粥还是很好喝的，人家国宴也上皮蛋！

7 京州能源大楼门前 夜 外

陆建设苦着脸，做工人们的工作：……同志们，同志们，你们有困难，组织上就没有困难吗？今天来这儿之前，我们还在开会，开什么会呢？解困工作会！同志们啊，家家有本难念的经啊，咱们资金缺口十个亿啊！所以，同志们要有大局观念，要有吃苦耐劳的精神……

人群中有人吼：放你的狗屁，不发工资还唱什么高调？！

甲：就是，我们没别的要求，赶快发工资！

乙：陆书记，你们只要发工资，我们肯定有大局观念！

陆建设四处看着，吼：你们谁是头儿？谁？给我站出来！

工人们又沉默了。

8 石红杏家 夜 内

石红杏挺感慨：齐本安有担当啊，当着林满江的面说了，兼京州能源的董事长。林满江呢，也够绝的，愣都不打，立即将军，说是批了，让他和你一样一个月拿一千元生活费。我一看不好，忙替本安推了！

牛俊杰苦笑：齐本安要是拿一千元生活费，老范得扒了他的皮！

石红杏：可不嘛，范家慧的报社也那么困难，他们的孩子又在北京国际学校上学，一年二十万费用，现在全靠齐本安的年薪了……

9 范家慧家 夜 内

齐本安试探着问范家慧：……如果我去京州能源兼任董事长，暂时和老牛一样，每月拿一千元的生活费，你觉得咱们能挺住吗？

范家慧一怔：齐本安，你脑袋没被门夹吧？神经也还正常吧？

齐本安：哎，哎，老范，好好说话，谁脑袋被门夹啊？真是的！

范家慧大怒不止：齐本安，你完蛋了，彻底完蛋了，一点救都没有了！像你这种完蛋分子，世间少有，怎么让我碰上了呢？倒血霉了！

齐本安：老范，你不同意就不同意呗，我怎么又成完蛋分子了？

范家慧：齐本安，因为这次你真是完蛋了！你现在连自知之明都没有了，一把手的虚幻责任感让你产生了负担不起的道义冲动！

齐本安：怎么负担不起？负担得起！老范，咱们家里不是没有积蓄，是吧？如果你能支持我这一次……

范家慧：不可能！这些积蓄是教育基金，你休得胡思乱想！

10 北京街上　夜　外

轿车在夜北京急驰。

车内，皮丹恳切地向林满江表态：林董，我不是哄你开心，我说的是真心话，咱们集团只要林董你一个有思想有决策能力的人就够了，我们下面就是要不折不扣地贯彻执行，要那么能耐干吗？没用的！

林满江嘲弄：哎，皮丹，齐本安没教你吗？不能丧失质疑能力！

皮丹：石红杏以前没有质疑的能力，幸福地活着，无忧无虑！现在听了齐本安的，有了质疑能力，在作死的道路上就越奔越远了！

林满江：石红杏怎么就作死了，奇谈怪论吧？你说来听听！

皮丹：林董，我真是服了我红杏姐的这猪脑子了，也不想想，没有林董您，她凭啥主持京州中福的工作？比她能耐大的人多了去了！

林满江：你皮丹就是一个吧？你起码比石红杏有自知之明啊！

皮丹：哎，林董，您别取笑我，我这个人最大的优点还就是拎得清！红杏姐她也不想想，你不替领导担事，领导凭什么替你担责啊？

林满江：哎呀，皮丹皮丹啊，你还佛系的呢，这啥都门儿清嘛！

皮丹恳切地：大哥，我只知道和您是一荣俱荣、一损俱损的！我对您绝对忠诚！如果您让我做了京州中福董事长，您和集团的指示肯定会在第一时间得到落实，比如战略委员会对京州能源的决策……

林满江看着车窗外流逝的街景沉默起来。

画外音：这位皮丹主任，本事不大，野心不小，还佛系呢！他是皮丹的大哥，可更是中福集团的党委书记、董事长，他就是对齐本安、石红杏再不满意，也不敢把京州中福这么个大摊子交给皮丹，说破天也不行。不过，京州中福的新董事长人选得抓紧物色了。

皮丹热切地看着林满江，还想说下去，手机却响了。

皮丹接手机：嫂子，什么？陆建设找不着了？到现在没回家？

11　石红杏家　夜　内

牛俊杰突然想了起来：哎呀，这个王子和，也不给我回个电话！

石红杏：回什么电话？怎么个事？一惊一乍的！

牛俊杰：陆建设这货去做讨薪工人工作，我让王子和陪的！说着拨通了电话：哎，子和吗？你现在在哪儿啊，怎么四处乱哄哄的！

电话里醉醺醺的声音：牛总，我在矿工新村喝……喝喜酒呢！

牛俊杰：你们和讨薪工人谈完了？

电话里的声音：早……早谈完了！

牛俊杰：陆建设那货也回家了吧？

电话里的声音：应该吧，估计已……已……已经洗洗睡了！

牛俊杰放心了：那就好！子和，少喝点，明天还得下井！

12　齐本安家　夜　内

齐本安对范家慧解释：……老范，你可能有个误会，以为我以后就是一个月一千块收入了，No，这是临时性的，一旦公司的经济情况好转了，年薪还是要补发的，这就相当于存款，其实没什么大损失！

范家慧：要这么说，还差不多！但是，如果你们不好转呢？

齐本安一脸诚恳地忽悠：老范，你对我得有信心！我已经有一个比较完美的解决方案了，最多一年，甚至半年，解决京州能源的遗留问题！但是现在，得和京州能源欠薪工人同甘共苦，否则没说服力！

这时，电话响。

齐本安接电话：喂，哦，皮主任？怎么想起给我打电话了？

13　北京街上　夜　外

轿车急驰。

车内，皮丹和齐本安通话：……齐董，你能联系上陆建设吗？林董要他汇报工作，我牵着狗架着鹰也没找着他！他手机关机，他老婆说他上班没回来，他办公室电话又没人接……

电话里齐本安的声音：那你报案，或者到电视台发寻人启事吧！

皮丹：哎，哎，齐董，别开玩笑啊，林董还等我回话呢！你今天上班时是否见到过陆建设书记？最后见到陆建设书记是什么时间？

电话里的声音：皮丹，你开始办案了，是吧？我不记得了！

皮丹挂上手机，对林满江苦笑：林董，你看这事闹的！

林满江：继续找，再找石红杏问，我倒要看看京州有多少名堂！

14 范家慧家 夜 内

齐本安穿上外衣，匆匆忙忙准备出门。

范家慧：哎，本安，你管这么宽干啥？

齐本安：不管不行啊，林满江要找我算账的！

范家慧：你怎么敢断定陆建设就被工人围困了？

齐本安：就他这种飘在云雾中不接地气的做派，工人最讨厌！

范家慧：哎，你注意安全！

齐本安：知道，知道！（说罢，出门。）

15 石红杏家 夜 内

石红杏在牛俊杰的注视下，和皮丹通话：……皮丹，你总不会怀疑我把你的这位哥们给暗害了吧？不开玩笑，谁和你开玩笑！齐本安建议你报案，我也建议你报案！没准嫖娼被抓了呢？这种事谁知道！

皮丹的声音：石姐，我的亲姐，陆建设他没有嫖娼的能力啊！

石红杏：哟，真是铁哥们啊，连这种事都知道？一起嫖过？你们哥俩是不是像大伙儿说的：一起扛过枪，一起下过乡，一起嫖过娟?

皮丹的声音：石姐，我不和你扯了，林董还等我回话呢！

石红杏：你以为我想给你扯啊？挂了！（说罢，挂上手机。）

牛俊杰：坏了，陆建设这货肯定得蒙难，也许被困在能源公司了！

石红杏不在意地：不关你的事，你洗洗睡吧！

牛俊杰准备出门：别，别，大局为重，大局为重！

石红杏叹息：牛俊杰，你就是犯贱！工人敢打死陆建设吗?！

牛俊杰：哎呀，打伤也不行啊，让哪个工人被抓我不惭愧啊?！

16　林满江家楼前　夜　外

轿车停下。

林满江下车，对皮丹交代：继续找，找到后告诉我一下！

皮丹：好的，林董，您好好休息！

17　京州能源大院门前　夜　内

一前一后，两辆轿车在院门前停下。

两道雪亮的汽车大灯照进铁栅门虚掩的大院。

齐本安和牛俊杰分别从各自的车里下来。

院里及时传出陆建设的一声凄怆的叫唤：救命啊——

齐本安和牛俊杰相互看了看。

牛俊杰：齐书记，你怎么来了？

齐本安：皮丹打电话过来找人，我才想起这事！

牛俊杰：这货也是活该！

二人说着，穿过铁栅门，走进院内。

18　京州能源院内　夜　外

人群骚动，让出一条通道。

齐本安、牛俊杰走到陆建设面前。

陆建设一把抓住齐本安的手：公安来了吧，今天得抓人！

齐本安甩开陆建设的手：说啥呢，抓什么人？

牛俊杰：就是，老陆，别瞎咋呼，谁怎么你了？啊？

陆建设转着圈，手指面前的工人：他们劫持了我！

工人甲：谁劫持你了？是你要和我们一起看月亮的嘛！

工人乙：就是，陆代书记，谁动你一指头、骂你一句了？

工人丙：陆代书记，整个院子就听你一人叫唤了，狼嗥似的！

陆建设不依不饶：老齐，老牛，今天事件的性质极其严重……

牛俊杰：行了，行了，我看没啥事件！老陆，工人既没打你，又没骂你，早知你是和工人一起在这里赏月，我和齐书记都不过来了！

陆建设：赏什么月？我八个小时没喝一口水，没吃一口饭！

19　棚户区　夜　外

李达康和林小伟、李佳佳边走边看。

入夜的棚户区里，许多路灯都是坏的，时有流浪狗蹿出来。

林小伟对李达康说：……这里真是京州的疮疤啊，每年总要发生几起甚至十几起火灾！早年埋设的老电线，功率负荷太小，夏天不能用空调，冬天不能用电热毯，偷用的人一多，就四处起火冒烟!

李佳佳: 所以很多居民就和我们说, 京州高速发展的福利, 他们这里没享受到, 他们说, 如果再不拆迁, 希望政府改造供电网络!

李达康走着, 看着: 还是要下决心拆掉, 政府正在想办法……

20 京州能源大楼前 夜 外

牛俊杰对陆建设说: ……陆老代, 你别叫了, 回家吃饭去吧, 我和齐书记留下来, 陪大家看月亮! 哎, 工友们, 请大家让一让, 啊?

工人们让出一条道。

陆建设走了两步, 回过头: 老牛, 老齐, 你们注意安全啊!

牛俊杰: 放心, 我们在工人当中很安全! 走吧, 走吧!

陆建设穿过人墙, 逃命似的走了。

齐本安一眼看到了一个熟人: 哎, 三喜子, 你怎么也在?

三喜子: 齐叔, 我们吃不上饭了, 啃老啃得都不好意思了!

齐本安扫视着众人: 大家差不多都是这个情况吧?

众人纷纷点头。

齐本安: 好, 好! 那我今天就认真听一听大家的意见, 本来也想下矿和大家开个座谈会的, 只是还没来得及安排! 现在正好, 大家不请自到了, 哎, 牛总, 找个大一点的会议室, 咱们到会议室里谈!

牛俊杰: 对, 对, 到会议室说去, 这都深秋了, 别受凉!

21 京州能源会议室 夜 内

工人们拥入楼内会议室。

22 棚户区 夜 外

李达康、林小伟、李佳佳经过一个亮着灯的小卖店。

李达康掏出一块钱买了一只一次性打火机：老板，生意还好吗？

店主是个岁数很大的老太太：好啥，一天也就挣个十块八块钱！

离开小卖店后，林小伟介绍：这种小卖店在矿工新村棚户区一共有八十八户，几乎所有靠近路边的住户都开店，卖啥的都有！

李佳佳：根据我们的调查，反对拆迁的主力就是这些小商户！

李达康：这我还真没想到！我原来掌握的情况是违建户和自己翻修过的业主是主要反对者，二位小朋友，你们给我立了一功啊！

林小伟：李书记，我们还注意到，这些小卖店几乎都没挂出营业牌照，也不知是不是办了营业执照、税务登记？是不是合法经营？

李达康夸奖：嗯，脑瓜够用，这个，我让有关部门查一查！

23 京州能源会议室 夜 内

齐本安、牛俊杰坐在会议桌前，和围在会议桌四周的工人谈心。

牛俊杰拍着手：……哎，肃静，肃静！我先给大家介绍一下齐本安董事长！齐本安董事长早前是从京州走的，和我们家石总是一个师傅的师兄妹！齐董的师傅呢，就是咱们京州中福的老劳模程端阳！

齐本安：牛总，别介绍了，今天我已经认出好几个熟人了，像任三喜，你父亲任劳动是当年京隆矿的掘进区长，好像是掘进三区吧？

任三喜：是的，是的，齐董，是掘进三区，一直干到去年退休！

齐本安指着另一个青年工人：高四，高小朋，是我家在矿工新村的邻居！高四的父亲高伦杰，现在是光明区政府机要局副局长，我初中同学。高小朋，我不知道有件事你爹和你说过没有？初中毕业分配工作时，班上的同学大部分分到了京隆煤矿，只有你父亲和少数几个同学分到了光明区政府！哎呀，把你父亲委屈的呀，哭了好几天！

高小朋：分到政府还哭啥？那么好的地方！齐叔，你逗我啊？

齐本安：我不逗你，你回去问你爹，当时为啥要哭？

会议室里鸦雀无声，都盯着齐本安看。

齐本安语重心长：因为没当上工人阶级！同志们，那时工人阶级有地位啊，尤其是煤矿工人，用主席的话说，那是特别能战斗……

24 棚户区　夜　外

李达康、林小伟、李佳佳边走边说。

林小伟：达康书记，我觉得只要真正依法办事，这个棚户区就不难拆。问题是，你们政府能不能严格执法？你居住房怎么变成商业房了？没办经营执照怎么就经营？现在以此为借口拖着这么多人陪绑！

李达康：小伟，你也别瞎激愤，你们看看这里的情况，全是些老弱妇孺啊，你不眼睁眼闭地让他们开店营业，他们就更困难了！每天十块八块对你们来说可以忽略不计，对他们就是一笔重要收入！

李佳佳：也是，政府真的严格执法了，肯定又要挨骂！

李达康：但是现在的问题是，挨骂也得干了，否则冬天来了，用电炉、用空调引起大火，再烧死人怎么办？还有这么多人住简易房！

25　京州能源会议室　夜　内

齐本安深情述说着：……战斗就意味着牺牲，那时每生产一百万吨煤，要付出三条人命，叫百万吨死亡率。根据那时的产量，和平年代我们矿工每年要牺牲一个团的人！我父亲就是在井下牺牲的，我师傅程端阳的丈夫也是在井下牺牲的！我高中只上了一学期，是矿上照顾死亡家属才进的矿机厂，有了师傅程端阳，我才重新又有了一个家。

工人们动情地看着齐本安。

齐本安：就是在那种奋斗牺牲的情况下，我们也没丧失工人阶级的自豪感，高小朋的父亲才会因为没能当上矿工而伤心。现在这一幕说出来几乎没谁会相信。为什么呢？因为时代变了，因为矿工成弱势群体了，因为我们现在生产一吨煤获得的利润不如卖一瓶矿泉水！

26　棚户区　夜　外

李达康对林小伟和李佳佳说：……矿工新村这片棚户区和城里其

他棚户区还有不同，这里还涉及一个还债问题——偿还历史欠债！

27 京州能源会议室 夜 内

齐本安仍在述说：……同志们，我不官僚，我虽然不住在矿工新村了，但矿工新村发生的事情，我都知道。今天在场的主要是中青年同志，我知道你们难，上有老，下有小，上班拿不到工资，还得被迫厚着脸皮去啃老！有的年轻人半夜爬窗子进屋，偷老人的米面、鸡蛋；有的人老少三代一大家子全靠两位老人的退休工资糊口；有的人白天下井上班，晚上烙煎饼，做街头流动小贩，被城管追得四处跑……

被齐本安说到痛处，三喜子"哇"的一声哭了……

牛俊杰和许多工人眼里含上了泪水。

齐本安：同志们，我知道，这些情况我都知道……

28 李达康家客厅 夜 内

李达康盯着客厅的规划图看着。

李达康在矿工新村位置粘上了一颗红星。

29 陆建设家 夜 内

陆建设放下碗，对陆妻说：……哎呀，可活过来了！

陆妻抱怨：老陆，你也是的，这种破事你也出头！傻呀你！

陆建设：这不是上了齐本安的当嘛！齐本安存心收拾我啊！还有牛俊杰，也他妈不是玩意儿！我最后一个电话是打给他的，我告诉他了，说我的手机没电了，还让他给我派个车来，他故意整我呀他！对了，对了，还有吴斯泰那个王八蛋——他送我过去的，把我送进狼窝虎穴就他妈的逃之夭夭了！不行，我先找老吴，我整死这个小人……

陆妻：哎，哎，你先打个电话给皮丹吧，他找你找得快疯了！

陆建设：哦，对，对，对……

30　京州能源会议室　夜　内

齐本安继续说：……但是，同志们，不要因此就抱怨改革、就诅咒市场，和改革开放前相比，我们的总体收入是上升的，只是和其他行业相比差距拉大了。大家想一想：前些年，煤炭行情好时，我们收入也不少嘛，是不是？再看百万吨煤炭事故死亡率，也比改革开放前好多了，技术进步加科学管理和严厉追责，以血换煤的时代结束了！

现在市场不好，煤价下行，大家都要过苦日子，我也不例外。从本月开始，我兼京州能源董事长，和你们牛总一样，每月只拿一千元生活费，公司不解困，大家的工资不全部补发，我不拿京州中福的年薪！

短暂沉寂后，会议室里爆发出一阵热烈的掌声。

31　皮丹公寓　夜　内

皮丹穿着睡衣和陆建设通话：……哎呀，你可来电话了！要是天亮你还没信息，我就真去报警了！你那个鬼地方虎狼成群，太凶险了！

电话里的声音：可不是嘛，皮主任，我被闹事工人劫持了！

皮丹：这些工人胆子也太大了吧？让他们统统下岗滚蛋！

32 京州能源会议室 夜 内

齐本安以征询的目光看着众人：……好了，同志们，我先说这么多，下面听你们的！你们有什么意见、建议都说出来，我洗耳恭听！

众人你看看我，我看看你，一时间没人说话。

牛俊杰扫视着众人：咦，咦，不叽叽了？说呀，机会难得啊！

三喜子站了起来：齐……齐叔……

牛俊杰：别齐叔了，齐董！这又不是在你家拉家常！

齐本安：怎么不是拉家常？就是拉家常！三喜子，说，别紧张！

三喜子：齐董事长，您知道我们困难，不能看着奸商坏人坑害我们啊！像我们京丰矿，谁下令买的？您得向上反映，让他给收回去！

齐本安在笔记本上记着，并不表态：好，继续说！

三喜子：还有，牛总有个建议，大家都觉得挺好的……

牛俊杰：哎，我有什么建议？三喜子，我有建议也不会和你说啊！

三喜子：牛总，你不是和我说的，是对我们大家伙说的！你建议咱们北京大集团把八十周年大庆的钱省下来，用于京州能源矿工解困！

牛俊杰想了起来：对，对，这我说过，齐董事长，这事你看呢？

齐本安记着：好，好，我们回去研究，先请大家畅所欲言……

33 陆建设家 夜 内

陆建设和皮丹通话：……皮主任，我感觉这是齐本安和牛俊杰精心策划的一场阴谋，明里搞的是我，实则剑指林满江同志啊！我是林满江的人啊，他们不是不知道！哎，他们也敢！工人闹事是有组织有计划啊，不错，工人们没打我，没骂我，但搞得我狼狈不堪啊……

电话里的声音：好，好，老陆，电话里不说了，明天当面说吧！

34　京州能源会议室　夜　内

高小朋对齐本安和牛俊杰说：……齐董事长，牛总，我把话说直白一点，你们别生气：千万别把下面的工人当傻子玩！这年头没几个傻子，你们上面的一举一动，尤其是涉及工人利益的决策，都瞒不过大家的眼睛。刚才三喜提出的京丰矿的事，谁不知道有猫腻啊！

牛俊杰不无讥讽：噫，小四，你看把你能的，猫腻在哪啊？你说！

高小朋：猫腻在一进一出的交易上，怎么听说四十七亿买的，十五亿就给卖了？而且还是卖给长明集团？你们两位领导经手的吧？

牛俊杰：高小四，你这都是哪来的谣言？谁说要卖矿了？还十五亿，还又卖给长明集团了？你和中央情报局有联系？得到情报了？

齐本安：哎，牛总，别开玩笑，听大家说！小高，你继续说！

高小朋：我继续说！齐董事长，你刚才的讲话让我很感动，起码你没忘本，哪怕是假装没忘本，你装得很像，我以为是真的了！

牛俊杰：哎，哎，高小四，你这个嘴就是缺德！怎么假装？啊？你假装一个给我看看？混账东西！

高小朋：哎呀，现在假装的人太多了，我们不敢轻易相信了！

齐本安苦笑：是啊，是啊，假作真时真亦假啊……

牛俊杰：那高小朋，你刚才也听到齐董事长的话了吧？起码齐董事长兼任京州能源董事长，每月只拿生活费，这不会是假的吧？

高小朋：这倒是，齐董，和俺婶子商量了吗？不会不算数吧？

众人哄笑。

齐本安：哎，大家别笑，还真商量了，并且获得你婶子批准了！

牛俊杰带头鼓掌。

一片掌声响了起来。

35 陆建设家 夜 内

陆建设像是问老婆，又像是自问：……林满江怎么想起又让我去汇报？该不会是要有什么动作了吧？让齐本安滚蛋？应该是这事！

陆妻：齐本安会轻易滚蛋吗？老陆，你头脑又发热了吧？

陆建设打开电脑：不，不是我头脑发热！肯定是这事！我得加个班，准备一下齐本安的材料，他背叛林董，起码有十大罪状！还有石红杏，也不是好东西，占山为王六七年，应该是个大腐败分子……

36 京州能源会议室 夜 内

一个中年矿工问齐本安：……齐董事长，刚才你说到下一步的自救计划，说是还要组织一万下岗工人去和市里的企业联营，当真是联营吗？说句不好听的话，就是出卖劳动力吧？

齐本安：对，说直白了是这样，这也是无奈的选择！

牛俊杰：老赵，你以为出卖劳动力这么容易？市里现在也有就业压力，接收容纳京州能源富余劳动力，是今年开始的惠民政策……

37 李达康家　夜　内

林小伟和李佳佳趴在电脑旁做统计表格。

表格：京州矿工新村棚户区社会调查之一　居住状况

38 京州能源会议室　夜　内

牛俊杰停止了述说：……大体就是这么个情况！所以，我们应该庆幸啊，李达康、吴雄飞这些市领导还是尊重历史的，帮了咱们的忙！

中年矿工：牛总，齐董事长，我有个建议啊：我们是不是可以用属于中福集团大股东的盈利的资源调换京丰、京盛矿这两个赔钱货呢？比如，京州证券公司股权？还有长明保险的股权？

牛俊杰乐了：老赵，你这思路倒新鲜，不过，恐怕还不是三下五除二能解决的。资产评估需要时间，我个人认为可以做选项考虑！

中年矿工：应该考虑，大股东应该把好资产装入上市公司，不能把坏资产高价装进上市公司，这既坑了公司，大股东本身也受损失！

齐本安合上笔记本：好，大家提出了不少宝贵意见和建议，我和牛总回去好好研究！高小朋说得不错，别把工人当傻子玩！这年头没几个傻子，涉及工人利益的决策，都瞒不过大家的眼睛！我今天在这里表个态：凡涉及工人利益的决策，一定会通过工会和职代会!

高小朋:齐董,工会也好,职代会也好,全是走过场,没用的!

齐本安:以后会有用,相信我,也请你们相信你们自己……

39 空镜 日夜交替 外

齐本安和工人们在灯下交谈。

齐本安拍案而起,慷慨激昂。

天亮了,会议室的灯一一灭了。

齐本安和工人们一起吃着简单的早餐。

齐本安、牛俊杰在晨光中和工人们谈笑风生走出会议室。

（第四十一集完）

第四十二集

1 **中福集团大厦门厅　日　内**

门厅内的倒计时牌：距我司八十周年庆典 17 天

2 **林满江办公室　日　内**

林满江走进办公室，漫不经心地问皮丹：昨夜找到陆建设了吗？

皮丹：林董，找到了，快两点了才找到的，我给您发了信息的！

林满江：我早上起来还没来得及看。找到就好。怎么回事啊？

皮丹：又被齐本安、牛俊杰合伙收拾了，哎呀，不能提，不能提！

林满江不悦地：怎么又不能提了？有事说事，别夸张，别虚构！

皮丹：林董，您想不到齐本安有多损！他们给陆建设设局，煽动一帮邪门粗鲁的工人，以讨薪为名，把陆建设团团围困在京州能源院子里十几个小时，差点没把陆建设给饿昏过去，还不给陆建设水喝！

林满江不悦地：让陆建设报警，内斗搞到这种地步，太不像话了！

皮丹试探着：陆建设还是老实，书生气太重啊，也没去计较，平安回来也就算了！

林满江苦笑：也是，你当干部的，和下面的工人计较啥？

皮丹：是，是！林董，我知道牛俊杰是牛魔王，一直防着他，陆建设为人襟怀坦白，就上了牛俊杰的当，再加上齐本安跟着使坏……

林满江"哼"了一声：牛俊杰一直就不是什么好东西！

皮丹：就是，就是，京丰、京盛矿的交易，就他一直咬着不放！弄得京州能源干部群众无人不知、无人不晓，好像我们都成了卖国贼！

3 田国富办公室 日 内

秘书将一杯白开水放到易学习面前，悄然退出。

田国富端着茶杯，走到易学习对面坐下：……易书记，今天上午呢，我还得就全省廉政工作大检查，向沙瑞金书记做个汇报！咱们两个就闲言少叙，直奔主题吧！怎么？你这同志是不是听说要处理"九二八事故"责任人，省委要调整京州班子了，要向省委和纪委进言啊？

易学习：不是，田书记，我是向你汇报，说点李达康的情况！

田国富：哎呀，老易啊，别揪住李达康不放了，好不好？说起来你是李达康的老同事了，对他应该比我更了解，现在这种时候有个保护干部的问题嘛，这我一直和你说，你说你这同志怎么这么倔呢……

易学习：哎，哎，田书记，你想偏了，我这次是为李达康求情！

田国富很意外，把正喝着的水杯放下，脸上有了笑容：哦？你这个倔书记，啊？还听进我老田的劝了？哎，好，好，你说！你说！

易学习：田书记，你得和沙书记说啊，老九不能走！达康书记不能撤！怎么批评处理都行，但还是得把李达康留在干事的岗位上，京州得有人干事啊……

4 林满江办公室　日　内

皮丹大胆进言：林董，您得下决心了，就算我不回去，也得找个可靠的人把齐本安换下来，陆建设现在没法工作，也让您很难堪！

林满江不悦地看了皮丹一眼：怎么？急不可待了？皮丹，你是从京州能源走的，我不信你过去没搞好，今天就能搞好它了！

皮丹怯怯地：林董，不……不是京州能源，是……是京州中福！

林满江：哦，你皮丹搞不好一个京州能源，倒能搞好整个京州中福控股公司了？这不是笑话吗？！

皮丹不敢作声了。

林满江想了想：你打个电话给张继英副书记，看看她能挤出点空吗？如果她没有什么重要安排，就请她过来一下，我和她商量点事！

皮丹：好的，林董，我这就联系！

5 田国富办公室　日　内

田国富愕然看着易学习：哦？这个李达康，真有点让我想象不到啊！在这种情况下，他还有这种胆量、这个气魄？少见，太少见了！

易学习：就是，所以组织上得惜才啊！田书记，不瞒你说，在这之前，我是力主把李达康拿下来的，这同志手上的权力就是不愿接受监督，几乎是本能地反对监督，甚至在"九二八事故"后依然如此！

田国富：这你以前汇报过，他手上的电筒只照别人不照自己！

易学习：是啊，一直到这一次的民主生活会，仍是霸气不减。

田国富乐了：哎，老易，我正想问你呢！我好像听说你和吴雄飞给李达康动了一次真格的，让咱们达康书记低下了高贵的头颅？

易学习：是，是，不过，真刀实枪和李达康干的，是吴雄飞！

田国富：吴雄飞？这滑头市长能和李达康拼刺刀？细说说！

易学习：好，好！

6 林满江办公室　日　内

张继英走进办公室：林董，皮丹说，你找我？

林满江从办公桌后站起：哦，继英书记，坐，你坐！

张继英在沙发上坐下：林董，我也正要找你呢！京州中福旗下的煤矿史有些地方含糊不清啊！哎，京隆矿到底是什么时候正式进入咱们中福集团的？是一九五三年工商业社会主义改造的结果吗？

林满江：怎么说呢？这里面有段历史，京隆矿最早是民族资本家董万钧的。抗战胜利后，国民党搞劫收，诬称董万钧资敌，董家为了保住矿权，就通过李乔治，将京隆矿归并到了我们上海福记公司。

张继英：四九年，党的西柏坡会议后，矿产又还给了董万钧？

林满江：是的，本来就是人家董家的财产嘛！西柏坡会议后，党中央决定不搞党营工商业，对咱们整个老福记都进行了财产清退。当然了，后来又进行了社会主义工商业改造，董万钧又把京隆煤矿交给了福记进行公私合营。这时候的福记有两个，香港福记呢，是李乔治的私人企业，国内的这个大福记呢，是财政部下属的一家国营企业。

张继英：你看，历史渊源不说清，后来的社会主义改造就说不清了，京隆矿在京州，怎么没交给京州去公私合营，偏给了上海福记？

林满江：这不是因为董万钧相信福记嘛，主要是相信朱昌平和李乔治！继英书记，我也正想和你说呢，现在距八十周年大庆只有十七天了，是不是让齐本安回来给你帮忙？毕竟中福集团的历史他最熟悉！

张继英：哦，不必，不必，京州中福那么多事，离不开齐本安！

林满江一声叹息：也许齐本安离开，京州中福就不多事喽！

张继英一怔：哎，怎么个情况？林董，是不是出啥状况了？

7 田国富办公室 日 内

田国富思索着，对易学习说：……这个达康书记，逼得滑头市长无处滑了！好，我得为李达康点赞！老易，你觉得如果市委常委会近期开会研究，李达康能主持通过决议，废止这个过时的24号文件吗？

易学习：我判断可以通过，田书记，不瞒你说，除了吴市长和分管副市长，大部分常委的工作都被我们做通了。我现在担心的是，好不容易扫清了障碍，上面却把李达康一撸到底，棚户区又没人管了！

田国富：是有这个问题啊，换个市委书记上来，肯定又有自己的一套新思路，他才不给你干呢！官场积弊不是一个早上能清除的，新官不理旧政的情况比比皆是，沙瑞金书记说了，下一步要好好整治！

易学习讥讽：等咱们沙书记整治好了，京州这盘黄花菜早凉了！

田国富：是啊，"九二八事故"很快就要处理了，不会久拖不决的！

易学习含蓄问：田书记，省委这么拖着，是不是有什么想法？

田国富装糊涂：能有什么想法？你别搞我的侦查，我啥都不知道！

易学习：行，行，那我也不问了！田书记，李达康私下里也和我说了，他年龄毕竟没到，还应该干几年，真被撤了职，就到老城改造指挥部去做专职指挥，启动矿工新村，替历史还债！我相信李达康这人说得出就做得到！他可是个为干事才活着的干部，真是很难得啊！

田国富：是啊，是啊，这就是达康书记最令人不舍的地方啊！

8 石红杏办公室 日 内

齐本安敲门进来：哎，石总，陆建设呢？怎么没见他来上班？

石红杏：哎哟，我的二师兄啊，你管得了他呀？去北京告状去了！

齐本安：他告啥告？就是走，也得打个招呼啊！你怎么知道的？

石红杏：办公室说的，办公室派车送他去的。哦，对了，陆代书记又提新要求了，说是他也正局了，也得给他配专车了，因为没配专车才造成了他身陷工人重围事件！吴斯泰问，是不是给他买台新车？

齐本安：不买！这么多工人吃不上饭，他一个老代还专车呢他！

石红杏：那就给他调台旧车用吧！反正别惹他，人家现在是林家铺子里最受信任的大红人！不行就把我的车给他吧，让他说不出啥！

齐本安：行，行！哎，红杏，问你个事，实话实说啊！

石红杏：咱们谁跟谁？肯定实话实说！

齐本安：红杏，审计的同志告诉我，说是这些年京州中福所有项目材料和报批材料都不齐全，林满江的指示和会议记录全都消失了！

石红杏眼皮一翻：到底让俩花蝴蝶给审计出来了？佩服，佩服！

齐本安：胡说啥呀？俩花蝴蝶不让你一阵乱棍打飞了吗？说事！

石红杏：说事，说事！林满江的指示和有关记录不是消失了，是让林满江给抽走了！林满江同志是何等聪明的人啊，会让自己的违规违纪的指示留在别人手上？所以，你们就别费劲查了，你查不到咱大师兄林满江同志任何违规违纪，但凡违纪违规，那都是我和皮丹！

齐本安：怎么回事？石红杏，你傻啊你？不怕人家套你啊？

石红杏一声叹息：老牛也和我这么说过，可这不是没办法吗？每年年底林满江就派人来清理批条了，你说你敢不给他？再说，他又是我大师兄，我想他也不会故意害我！你说是吧？

齐本安：红杏，那我现在问你：你是不是收了长明集团一幢别墅？

石红杏慌了：哎，哎，齐本安，咱们不带这么玩的，你别诈我！

齐本安苦笑：好，好，红杏，你过来，到我办公室来，我给你看看五年前的一份会议记录！是你，根据林满江的指示，收受了长明集团别墅，价格、方位、交付时间全有！而林满江的指示根本就找不到……

9　田国富办公室　日　内

田国富对易学习说：……哎，老易，还有个情况我要问你：京州棚户区不少老百姓——恐怕有上千号人呢，联名上书我们省委，要求留下李达康，这事你知道不知道啊？

易学习摇头：不知道，不过，群众有这种呼声也正常！

田国富：不会是李达康授意操纵的吧？

易学习：应该不会吧？达康书记从来不屑于搞这种名堂！

田国富：那就好，不瞒你说，也有人攻击李达康制造民意！

易学习：胡说八道！这种民意让他们谁制造一个看一看？老百姓不是给李达康涂脂抹粉，是希望李达康留下来干活，还历史欠债啊！

田国富看了看表：说得不错！哦，好了，老易，今天就到这里吧，我得去沙瑞金书记那儿汇报了，昨天就约好的，不能让沙书记等我！

易学习：哎，田书记，替李达康说说情啊，老九不能走！

田国富起身：知道，知道！老九不能走，我也不想让他走！

10　林满江办公室　日　内

林满江手一摊，对张继英说：……继英书记，我真不好意思给你说！齐本安不是别人，是我师弟啊，人又是我用的，传出去不是笑话吗？他就这么没气量，开干部大会，连就职表态都不让陆建设讲话！

张继英：林董，这事你和我说过的，我也电话提醒齐本安了……

林满江：提醒？你提了，他醒了吗？没醒！争办公室差点又打起来，最后弄了个四平方米的厕所给人家陆建设同志补充办公面积！

张继英：哦？还有这事？齐本安至于这么干吗？会不会是误传？

林满江：没误传，我让陆建设过来当面向你汇报，你等着吧！昨夜干得就更绝了，齐本安、石红杏、牛俊杰一帮人给陆建设设套，让几百号工人围着陆建设讨要欠薪，围了十几个小时啊，影响极坏……

11　齐本安办公室　日　内

石红杏翻看着陈旧的会议记录本：本安，我想起来了！没错，有这么一套别墅，是傅长明提出送给师傅程端阳的，就在光明花园。光明花园是长明集团参股开发的，就送给师傅一套，我怕出麻烦，专门请示了林满江。林满江说，既然是傅长明送给师傅的，那就收下吧！

齐本安：傅长明是慈善家？他来和你们谈京丰、京盛矿转让，顺便慰问一下我们的全国劳动模范？红杏，你这同志长脑子没长？啊！

石红杏：哎，所以我要求记录在案，包括林满江的指示！

齐本安：林满江的指示在哪里？就你嘴上说，他不承认，说你胡说八道，诬蔑领导，你怎么办？你这不是傻吗？别墅现在在谁名下？

石红杏：这我就不知道了，应该在程端阳名下，或者在咱们京州中福公司名下，这些都是皮丹具体办的，他的娘嘛，又不是我的娘！

齐本安：皮丹什么玩意啊？直到"九二八"，还把他娘扔在危房里，差点儿没砸死！红杏，你怎么不落实问清楚？程端阳要是真住了这套别墅，我们还好说，问题是老人家没去住啊，落到皮丹手上了吧？

石红杏：我也不是没问，皮丹说他老娘要和老街坊在一块……

12 京州人民医院病房　日　内

程端阳和秦检查等人悄声说着什么。

秦检查：程师傅，按你的交代办了，家长、孩子来了十几个！

程端阳乐了：好，好，我估计这回差不多了！孙连城得投降！

秦检查：程师傅，你怎么这么有把握？孙连城恨死了李达康！

程端阳：老孙恨李达康是一回事，喜欢看星星是另一回事！你们不知道，他同房的病友说，他白天睡多了，夜里经常跑到顶楼阳台上去看星星！现在孩子们都来请他了，他能不回去吗？你们赌好吧！

13 齐本安办公室　日　内

齐本安严肃地对石红杏说：这幢别墅有问题，皮丹涉嫌受贿！而且我怀疑皮丹和傅长明有勾结，以出卖国家利益为代价，谋取

913

好处！

石红杏有些怕了：哎，本安，你这一说，还真像那么回事！京丰、京盛矿的谈判全程都是由皮丹主持的，我和靳支援董事长就露了两次面！

齐本安敏感地：哪两次？

石红杏：一次是傅长明来谈时的欢迎仪式，一次是谈成后的签字仪式。

齐本安提醒：还有一次董事会，记录上提到了那幢别墅！

石红杏：对，就是这三次！林满江有啥指示也直接发给皮丹。

齐本安深思熟虑道：这就是说，京丰、京盛矿实际上是皮丹、林满江和傅长明三人的买卖，你也好，靳支援也好，全是幌子，全是浮云？

石红杏：对，对！事实上是这个情况！当时呢，谁也没去多想！

齐本安：红杏，你这样，不要声张，抽空去看看师傅，问问她老人家知不知道这幢别墅的事。如果知道，要搞清楚，别墅到底在谁的名下？是不是在老人名下，或者是在皮丹名下？

石红杏：也许在京州中福名下？

齐本安：京州中福名下没有这幢别墅，审计同志早查过了！

石红杏：好的，好的，本安，那我尽快去一趟医院，问问师傅！

14 林满江办公室 日 内

张继英缓缓抬起头，目光严峻地看着林满江：……满江同志，尽管如此，我仍然不主张动齐本安。首先，齐本安调过去仅两个月，也就是刚熟悉情况，这时候因为同事之间的一些琐事就下结论，动干部，不太合适。其次，陆建设的群众基础较差，素质并不理想，我不认为陆建设向你我反映的情况就是真实可靠的。京州班子还是再看看吧！

林满江站在落地窗前，背对着张继英：你说得有一定道理啊！

张继英：如果有必要，我可以去一趟京州中福，协调处理矛盾。

林满江回转身：不必了，距集团八十周年大庆只十七天了，你也忙！

张继英想了想：要不，请他们三人一起过来，你我和他们谈谈？

林满江思索着：这……这个……继英书记，你让我再想想吧！

张继英：林董，那恕我直言，陆建设的汇报我就不单独听了！

林满江无奈：也好，也好，你说得没错，最好是三人一起来谈！

张继英：班子不团结肯定双方都有错，该批评谁就批评谁嘛！

林满江：但是齐本安和石红杏是师兄妹，他们联手欺负陆建设就不好了，会给我带来消极影响。好，先这样吧，继英，你忙去吧！

张继英：好，林董，那我走了，下面还有两个部门要来汇报！

15　齐本安办公室　日　内

齐本安忧心忡忡：如果仅仅是一幢别墅，一个皮丹，倒也没什么大不了的，现在迷雾正逐渐散去，林满江的身影越来越清晰了！

石红杏讪讪道：是啊，是啊，林满江如果不检点，那可就……

齐本安：林满江不是检点不检点的问题，他是主要操控人啊！

石红杏益发吃惊：你怀疑傅长明听林满江的？是他的白手套？

齐本安：傅长明很有可能就是林满江的白手套！起码也是侵吞国有资产的合作伙伴！红杏，你好好回忆一下京州中福和长明集团的合作，几乎每项合作都有疑点！这就是我两个月审计得出的结论……

16　京州人民医院病房　日　内

几个男女少年和家长围绕在孙连城身边。

孙连城满脸笑容，手上捧着鲜花。

少年甲：……孙老师，我们想死你了，你快出院吧！

少年乙：孙老师，听说你脑子不好，那还能带我们看星星吗？

孙连城大笑：能，能，老师的脑子好得很，前所未有地好！

少年丙：那你还不出院啊，新来的小老师不行，真的！

家长甲：孙老师，你看看，这都是你救出的孩子，天天念叨你！

家长乙：就是，孙老师，你啥时能出院啊？

孙连城：今天就出院，今天就出院，本来我也想出院的！

孩子们欢呼起来：哇，太好啦，走啊，孙老师……

17　京州人民医院病房　日　内

程端阳等人站在窗前，看着孙连城被孩子们拥出门。

秦检查对程端阳说：程师傅，还是你棋高一着啊！

程端阳：我看啊，孙连城也不是啥坏人，挺通情达理的！

秦检查：这世上真正的坏人有几个？差不多都是凡人，俗人！

程端阳：哎，对了，秦师傅，你们的请愿信给上面寄去了吗？

秦检查：寄了，早就寄了！我们还去了省信访局访了一回呢！

18　汉东省委院内　日　外

省委书记沙瑞金和田国富边走边说。

沙瑞金：……信访部门的同志向我汇报了，说京州棚户区老百姓来上访，不是要求我们罢掉谁的官，却是要挽留一个官，而且还是个一贯霸道的市委书记！这个情况很少见，甚至可以说前所未有啊！

田国富：这说明李达康还是有民意基础的，老百姓信得过他嘛！

沙瑞金：是啊，懒政蒙事的官混子多了，达康书记就显得可爱了！

田国富乐了：哎，沙书记，你也觉得李达康可爱了？那么……

沙瑞金：我知道你想说什么，那咱们是不是对李达康网开一面？

田国富：没错！今天一上班易学习就来找我了，也是为李达康求情的！咱们这位纪委书记可是受了李达康不少气，有几次差点和李达康掀桌子。"九二八事故"后，易学习来找过我两次，声讨李达康！

沙瑞金笑了：也找我声讨过，我当时忙，来不及见他，这位同志也够绝的，能跑到我家门口堵我，站在我家门口和我说了二十分钟！

田国富：哎，哎，那你怎么不让人家进门去说？

沙瑞金：我怕让他一进门，我这一夜别想睡觉了……

田国富：人家也不至于说上一夜吧？

沙瑞金：这个易学习你还不知道他？整个一六亲不认的黑脸包公，黑老包慷慨激昂说完走了，我还睡得着吗？前思后想不失眠啊?!

田国富哈哈大笑起来:对,对,沙书记,你神经衰弱,我知道!

19 齐本安办公室 日 内

石红杏迟疑着,对齐本安说:本安,你是不是警惕过火了?京州中福和长明集团的主要交易实际上就是两笔,一笔是京丰、京盛的矿产,咱们说得够多的了,按下不表,还有一桩就是长明保险……

齐本安:哎,对,长明保险我正要说,这真是精彩纷呈啊!根据审计资料查明,长明保险创立于二〇〇七年,起始资本六亿,其中四亿是京州中福的出资,一开张就碰到了金融危机,举步维艰,是不是?

石红杏:没错,一直赔本,傅长明却硬挺着,赔到后来我真是怕了,后面烧钱式的融资京州中福没再参加过,股权也就从早先的百分之六十六缩小到今天的不到百分之十。当然,现在长明保险厉害了,但我们也没亏!前后赚了三十多个亿。本安,这笔交易也有问题?我不是太明白!

齐本安:师妹,你还不明白?长明保险实际上是在二〇一〇年卖出京丰、京盛矿才奠定今天的规模基础的!两座煤矿的高价转让,让傅长明一下子拿到了四十七亿现金,他才一举向长明保险增资五十亿,奋力跻身于中国十大保险公司行列,才得以在今天的市场呼风唤雨啊!

石红杏明白了:本安,你的意思,傅长明和长明集团是站在咱们京州中福肩膀上起步发展起来的?没有京州中福,就没有长明保险？

齐本安：难道不是吗？长明保险最早的起始资金来源于京州中福，连他的两个亿里也有一亿是借京州中福的，二〇一〇年决定性的大规模增资，其五十亿里四十七亿来自京州中福，红杏，这都是巧合吗？

石红杏：是啊，是啊，怪不得林满江这么护着长明集团……

齐本安：长明集团也许是在我们的腐败中成长起来的！

20　长明集团　日　内

傅长明在香烟缭绕中，数着佛珠，斯斯文文地对一群高管训话：……要有感恩之心，要铭记天地间每一缕阳光、每一滴雨露，记着它带给人间、带给我们的恩惠。事业越是做大，越是要知道敬畏。

围坐在会议桌前的高管中，有不少人也手捻佛珠，像法会道场。

傅长明：好了，下面开始吧！刘总，说说证券市场的情况！

刘总：好的！傅总，股市情况不好，股灾之后大伤元气，市场低迷不振，但对我们拿下六家目标上市公司极其有利，其中三家已实现控股，一家持股已超过百分之八，为第二大股东，另外两家已经临近百分之五的举牌线，如果保险资金跟得上，可考虑尽快举牌，以免股价暴涨……

21　林满江办公室　日　内

林满江目光忧郁地看着落地窗外。

皮丹站在林满江身后，赔着小心：林董，陆建设已经到了……

林满江好像没听见。

皮丹：林董，要不，我……我先和陆建设谈谈？

林满江转过身，却并不接皮丹的话题：傅长明和长明集团在资本市场上攻城拔寨，近期一举拿下了五家上市公司啊！每一家都是行业龙头，前途不可限量！傅长明在创造历史，创造中国资本市场少见的奇迹，我们呢？啊？为几平方米的办公面积打个不亦乐乎，悲哀啊！

皮丹：就是，就是……

林满江这才一声叹息：请陆建设进来吧！

22　长明集团　日　内

长明保险孙总在汇报：……傅总，刘总，本月长明财产保险保费收入七十一亿，人寿保险收入六百五十四亿，养老保险收入三亿，总计七百二十八亿！

傅长明：好，这七百二十八亿分期调拨给刘总支配，把那两家上市公司也收了！刘总啊，你要大胆进攻，记住，我们一个月的保费收入就是七八百亿，你的后续子弹会源源不断。另外，战略委员会要尽快研究一下，对已拿下的三家上市公司换马！董事会要掌握在我们手上……

23　沙瑞金办公室　日　内

沙瑞金对田国富说：……国富，不管怎么说，我们的头脑必须保持清醒："九二八事故"不是一件小事，对人民的生命财产造成了巨大的损失！市委书记李达康、市长吴雄飞负有不可推卸的责任，其他同志先不说，他们两位同志必须严肃处理，网开一面是不可能的！这么重大的事故都可以网开一面，不进行严肃处理，党纪国法何在？

田国富：哎，哎，沙书记，我不是说不处理，是说不撤职！把滑头市长吴雄飞撤了，李达康给党纪政纪处分，这也够严肃的了吧？

沙瑞金：够不够严肃你我说了不算，李达康是省委常委，对李达康的处理权限不在我们省委，在中央，国富，这你不清楚啊？啊？

田国富：我清楚，所以我有个建议：咱们到北京做个汇报嘛！

沙瑞金：这倒可以考虑！等我哪天和达康同志谈一谈再说吧！

田国富：那好，那好，那我汇报一下全省廉政大检查的情况……

24　林满江办公室　日　内

陆建设在林满江面前又变成了一副畏缩小心的模样，半个屁股坐在沙发上，双手捧着纸杯，时不时地喝口水：林……林部长，又让您费心了，我……我辜负了您的信任啊！皮主任都……都和您说了吧？

林满江：说了，说你委屈大了，上任时没能讲上话，气得和所有人都结了梁子；说你当上了正局，办公室还是老样子，就收了间厕所扩充办公面积；说你把人家办公室主任当儿子训……是不是这些？

陆建设不敢言声了。

林满江：老陆，你也老大不小了，不是年轻同志，怎么还这么意气用事呢？你不怕丢人现眼，我还怕呢！咱们毕竟正局级了，能不能有点正局级的样子啊？能不能想点大事，抓点大事？给我争口气啊？

陆建设掏出笔记本：能，能，林部长，您……您指示！

25　长明集团　日　内

老总们已经离去，室内只有傅长明和办公室主任。

主任向傅长明密报：傅总，内线急报：钱荣成估计撑不住了！

傅长明数着佛珠：阿弥陀佛！怎么估计的？为什么就撑不住了？钱荣成这人我知道，是只打不死的小强，上了绞刑架，都能硬着脖子再挺上一阵子！

主任：现在钱荣成啊，也和上绞刑架差不多了……

傅长明这才警觉了，数佛珠的手停下了：哦？

主任：鑫鑫公司要钱荣成二十四小时内还清八千万高利贷的本金，驴打滚的利息鑫鑫那边已经主动放弃了！鑫鑫威胁钱荣成，说是如果再不还钱，钱荣成六岁的儿子从此就会下落不明，所以……

傅长明：钱荣成就急眼了？又给你打电话了？又要去中纪委了？

主任：是！刚才钱荣成在电话里像发了疯似的，大骂我们……

傅长明：孽障，孽障啊！刘主任，你安排人带一张八千万的现金汇票去鑫鑫吧，今天就去，把钱荣成的儿子领出来交给钱荣成，并且告诉钱荣成：让他好自为之吧，我和他今生今世的故事全部结束了！

主任：好的，好的，傅总！

傅长明：另外，还有个事……

26 林满江办公室 日 内

林满江对陆建设说：老陆，咱们的脑子里能不能多想些大事？能不能把品位提高一些？能不能把分内的事情做好？比如说，反腐倡廉！比如说，像那个牛俊杰，在两万矿工欠薪十个月的情况下，还整天四处大吃大喝，这都是你写信向我反映的呀，你上任后查了吗？

陆建设讷讷说：已经准备查了，可……可是牛俊杰躲到医院去了！

林满江：就是躲到天涯海角，也要找回来处理，抓好这个坏典型！

陆建设：是，是，林部长，我明白了，医院不能成为腐败分子的藏身之处！这个工作我回去就全面铺开做！另外，牛俊杰他还不讲政治啊，他上次把敲诈来的八千万都发高管了，一分没发给欠薪矿工！

林满江：他还从我这儿敲诈了一亿五呢，这些都要查：发到工人手上没有？是不是又发他们高管了？！还有，齐本安、石红杏和《京州时报》签的所谓战略合同是不是假公济私，这里面有没有腐败啊？

陆建设：是啊，是啊，林部长，您提醒得好！您看，我把这个事忽视了！如果这个合同签了，那肯定就是腐败嘛，我回去也铺开查！

林满江一声叹息。

画外音：臭豆腐的臭味散发出来了，他还要百般遮掩，林满江心里充满悲哀。但是怎么办呢？现在他面对着咄咄逼人的齐本安、牛俊杰，离心离德的石红杏，面对京州中福的极度危局，他要用人啊！

27　长明集团　日　内

傅长明对主任说：另外，就是还有那个黄清源，当真吃牢饭去了？

主任：可不是嘛！黄老板扬言说，哪怕把牢底坐穿也不还钱！

傅长明：混账王八蛋！我倒有些同情天使的李顺东了。你们这样啊，尽快去找一找黄清源的老婆，也许他老婆真不知道有这笔股权！

主任：他老婆现在被李顺东控制了，说是自愿住了快捷酒店……

傅长明：好，那你们去快捷酒店会会他们，把李顺东的账了掉！

主任：傅总，这……这，黄清源出来不赖咱们啊？这合适吗？

傅长明：没什么不合适，我佛慈悲，让我积德行善啊！你看当年，我和钱荣成、黄清源，我们三人杏园三结义，全是靠倒卖煤炭起的家，转眼十八年了，现在天壤之别了吧？根源何在？大善者得天下呀……

28　张继英办公室　日　内

张继英站在落地窗前思索着——

画外音：林满江这是怎么了？那么处心积虑地要把齐本安拿下来？联想到外界关于林满江和傅长明关系的种种传闻，更让人心生不安。现在看来，林满江把陆建设提上来，不仅是一个干部逆淘汰的问题，也许还有其他文章，林满江这个一把手既霸道，又莫测高深。

张继英拨通电话：哦，是本安同志吗？我是张继英啊！你怎么回事啊？惹得满江同志这么恼火，都想把你撤回来了……

29　齐本安办公室　日　内

齐本安在石红杏的注视下，和张继英通话：继英书记，我正要向你做个汇报呢！也许我和石红杏都碰上大事了。我在上任例行审计时意外地发现了不少问题，有些问题可能涉及巨额国有资产的流失。

30　张继英办公室　日　内

张继英和齐本安通话：本安同志，我明白了，电话里不要说了，我近期抽个时间到京州去一趟，有些情况当面说吧，你们注意安全！

放下电话，张继英不禁一阵发呆。

31　林满江办公室　日　内

林满江语重心长对陆建设说：……老陆啊，这么重要的线索你怎么能忽视呢？据群众反映，石红杏和齐本安当总编的老婆范家慧签了一个"卖国"条约，她女儿牛石艳就进了报社！据说现在又续签了一个合同，交换条件是把牛石艳提为副总编，赤裸裸的权钱交易嘛！

陆建设：是的，是的，齐本安、石红杏、牛俊杰一群腐败分子啊！

林满江：老陆啊，好好查去，要把它给我办成铁案！

陆建设：林部长，我是您的人，我绝对不会辜负您的期望！

林满江拍了拍陆建设的肩头：好，好啊，京州中福就拜托你了！

32 齐本安办公室　日　内

齐本安思索着对石红杏说：……张继英书记是个明白人，不让我在电话里说，说是要过来和我当面说。红杏，我的感觉，张继英也许早就察觉到林满江的问题了！甚至派我来京州中福，都是有想法的。

石红杏：不是说朱道奇提名的吗？朱道奇也有想法？不会吧？

齐本安：怎么不会？林满江和朱道奇的关系你难道不知道？

石红杏：我怎么会知道？有人还说林满江是朱道奇提起来的呢！

齐本安：纯属谣传！我告诉你，朱道奇对林满江最不感冒！倒是张继英，是朱道奇一手提起来的，如果朱道奇小几岁，再干几年，中福集团董事长兼党组书记也许就是张继英了。遗憾啊，朱道奇退了！

33 张继英办公室　日　内

张继英迟疑着，拿起话筒又放下。

张继英再次抓起话筒拨电话。

电话通了。

张继英和朱道奇通话：朱老吗，我是张继英啊！你有空吗？我想去看看你，顺便向你这个党建联络员汇报点情况！

朱道奇的声音：好啊，那你过来吧！

34　林满江办公室　日　内

陆建设已经离去。

林满江问皮丹：皮丹，你知道我在这个世上最恨什么？

皮丹：背叛！尤其是亲人之间的背叛，是吧，林董？

林满江叹息似的说：是啊，是啊！所以我在这个世界上最瞧不起的就是我姥姥和我老舅，他们在"文革"时和我姥爷划清界限，真不像话！

皮丹：哎，林董，你不是也不喜欢你姥爷朱昌平吗？

林满江：没错，我也不喜欢他，但我更鄙视那两个没人情味的长辈！像我姥姥，一辈子出生入死的夫妻了，她还能跑去揭发我姥爷的所谓反动言论！什么反动言论？就是在家里说了点真话、人话罢了！

皮丹：但是林董，你老舅朱道奇可是齐本安的偶像啊……

林满江"哼"了一声：所以朱道奇明里暗里护着齐本安嘛！

35　朱道奇家　日　内

朱道奇招呼张继英在沙发上坐下，对张继英：……继英啊，你来得真巧，我刚参加完董万钧先生一百周年诞辰纪念会回来，董万钧你们应该知道的，京隆矿是他当年创立的，他对中福是有很大贡献的！

张继英：知道，知道，这个纪念会我们中福集团也有人参加！我今天还和林满江扯起过京隆矿的事呢，到底把这段历史弄清楚了。

朱道奇：这段历史我清楚呀，你怎么不找我啊？京隆矿当年是我们保护下来的。我最近写过文章的。日本投降后，蒋介石和国民党政府的威望达到了一个难得的高点，可从高点下落的速度也十分惊人。

张继英：是的，是的，抗战胜利后的劫收，激起了天怒人怨嘛！

朱道奇感慨：一场民族战争的伟大胜利，最后竟然因为对沦陷区的劫收，因为极度腐败，因为胜利后的骄横，导致了政权的悲剧性终结，历史的教训不可谓不深刻啊！我在纪念会上回顾了这段历史……

（第四十二集完）

第四十三集

1 重庆中央广播电台　日　内

历史影像资料：国民政府主席蒋介石在电台发表胜利讲话——

　　　　全国军民同胞们，全世界爱好和平的人士们，我们的抗战，今天胜利了，正义必然胜过强权的真理，终于得到了最后的证明，这亦就是表示了我们国民革命历史使命的成功。我们中国在黑暗和绝望的时期中，八年奋斗的信念，今天才得到了实现……

打出字幕：一九四五年八月十五日晨，中美英苏四国同时宣布日本无条件投降，时任亚洲战区总司令的国民政府主席蒋介石，于当天上午十时，在重庆中央广播电台发表广播演说，庆贺抗战胜利……

　　蒋介石的演说声——

　　　　……我们沦陷区的同胞们，受尽了无穷摧残与奴辱的黑暗，今天是得到了完全解放，而重见青天白日了。这几天以来，各地军民的欢呼与快慰的情绪，其主要意义亦就是为了被占领区同胞获得了解放。

历史影像资料：全国各地军民庆祝抗战胜利的热烈场面。

2 京州街上 日 内

一辆美式吉普车行进在欢腾的街头。

街头春来面馆拉着一条横幅——

欢庆抗战胜利，喜迎中央归来，本店面食免费三日！

一辆美式吉普车缓缓从面馆门前经过。

吉普车上，身着国军少将军装的钱站长和同样身着国军少将军装的李乔治，看着免费吃面的男男女女，触景生情，感慨万端。

钱站长：……抗战八年，我们在蒋委员长领导下，到底打赢了！

李乔治：太不容易了！我现在还记得蒋委员长的庐山讲话呢：战端一开，地无分南北，年无分老幼，皆应抱定牺牲一切之精神！

钱站长：是啊，一寸山河一寸血啊，乔治，你也是流了血的！

李乔治：可不是嘛，京州保卫战后，你转进了，我还在坚守！

钱站长：少吹少吹，别人不知道，我还不知道？你是抢运大烟！

3 京州福记 日 内

店面张罗着重新开张。

谢英子抱着两岁多的朱道奇，指挥着钱阿宝等人忙碌着。

京隆矿主董万钧一脸苦涩，不时地搓着手，跟在朱昌平身后转悠。

朱昌平：董老板，你别跟着我转悠，我晕，先到那边歇着，啊？！

董万钧：朱老板，我急啊！我的京隆矿被他们霸占了啊！

朱昌平整理着账册：李乔治不是帮你运动去了吗？等着吧！

董万钧：他们非说我是战略资敌，是汉奸，这太冤枉我了……

4 抗日先遣军司令部门前　日　外

吉普车在门前停下，李乔治和钱站长下车，二人边走边说。

钱站长：……董万钧一点都不冤，就是战略资敌嘛，就是经济汉奸嘛，这没什么可说的！京州保卫战之前，政府就责令董万钧和京隆矿向内地转进，保卫战失利之后，又明令炸毁京隆矿！董万钧胆大包天啊，拒不炸矿，组织护矿活动，搞了一个德国老头子替他当汉奸！

李乔治：我知道，我知道，哎呀，董万钧这也是曲线救国嘛！

钱站长：什么曲线救国？嗯？战争期间，京隆矿向上海、南京等城市输送了几百万吨煤炭啊，支撑了日伪政权的统治，很反动的哩！

5 京州福记　日　内

董万钧对朱昌平抱怨：朱老板，他们这是借口抢劫啊！煤矿不是商铺，资源全在地下，让我怎么转进？我找个德国人帮我看守，又何罪之有？战争期间，我一直待在重庆和香港，有时在新加坡……

朱昌平：是，是，看李乔治回来怎么说吧，他和钱站长熟悉。

董万钧：钱站长太黑了，哪能放过这千载难逢的发财机会？这阵子大家都说啊，江上漂来的不如地上滚来的，地上滚来的不如天上飞来的，天上飞来的又不如地下钻出来的，钱站长就是地下钻出来的！

朱昌平讥讽：是，地下先遣军嘛，据说是一帮曲线救国的英雄！

董万钧：还曲线救国英雄呢，一帮劫道抢钱的乌龟王八蛋啊……

6 抗日先遣军司令部院内　日　外

院子里停满了各式轿车和各类接收过来的"敌产"物资。

钱站长乐呵呵地察看着各类物资，和李乔治边走边说：……李参议，咱们是多年的老朋友了，我对你也算够意思了！别的不说，就说你这少将参议，也是我帮你运动来的吧？这是我出了面，又是一年多前的事，中央没回来，搁现在，你那点钱还少将？豆酱、芝麻酱吧！

李乔治：是，是，所以，钱司令，我是你部下呀，知恩图报啊！

钱站长声音压低了：知恩图报还替京隆矿说情？有个上海大老板对京隆有兴趣，马上就过来看矿了，你说，我能让他董万钧白拿走？

李乔治：这……这倒也是……不过，司令，董万钧这人呢，还是很爱国的，掩护过我地下抵抗同志，在沦陷期间做过有益的工作……

钱站长眼皮一翻：扯啥呢？这种事我先遣军司令咋不知道?！李参议，你要再胡说八道，我马上抓人，我把董万钧当经济汉奸抓！

李乔治忙讨饶：好，好，算我情报有误，情报有误……

这时，一军官过来：报告钱司令，局本部名单上拟捕的京州十大汉奸已悉数落网，现在全都关押在原警备司令部拘押所！

钱站长：好，对这些在押汉奸要突击审讯，别让他们转移财产！

军官：明白！汉奸们的资产，我们正在日夜接收，请司令放心！

钱站长：我们自捕名单上的汉奸也动手吧，再加上一个董万钧！

李乔治呆了：哎，钱司令，京隆矿不谈了，我不谈了还不行吗？！

钱站长冷漠地：不行，这种资敌的汉奸不抓，我还抓谁呀？！

李乔治：司令，您……您不能为了京隆矿就办人家一个汉奸啊！

钱站长：李参议，你要是再为董万钧讲话，咱们就没有今后了！

7 京州福记 夜 内

昏暗的灯光下，李乔治、朱昌平和董万钧在商量对策。

朱昌平：乔治，这么说，往先遣军司令部这一跑反而坏了事？

李乔治苦笑不已：可不是坏了事嘛！抗战胜利了，钱司令现在骄横得很，不但没给面子，也没开价，没准真会把董老板当汉奸办了！

朱昌平：他不把董老板当汉奸办了，就夺不走董老板的矿产！

董万钧：李参议，您好歹也是国军少将啊，和钱司令平级的……

李乔治摆手：我这少将是花钱买来的，比豆酱、芝麻酱强不到哪去！董老板，恕我直言，你这忙我真是帮不了，钱司令连价都没开啊！

朱昌平：其实，也开了价的，就是上海那个大老板的叫价！

8 高级洋房 夜 内

钱站长身着睡衣，在奢华的房间里转悠着，一边把玩着收缴上来的各类文物、书画，一边漫不经心地听部下金处长汇报接收情况。

金处长：……司令，这十大汉奸，个个富得流油啊，今天，我们依令接收了他们名下的三十二处房产，四十二辆汽车，还缴获了黄金一百六十二两，白银八百七十五锭，以及六名附逆的小姨太太……

钱站长：哎，等等，小姨太太？还六名？怎么回事啊？

金处长声音低了下来：都是大汉奸家的小女人，我挑了六名，司令，你看哪个能入您的法眼？看中了就留下，这些汉奸罪大恶极，不配再享用了！您是曲线救国英雄，太太又远在重庆，应该享用她们！

钱站长：什么享用？我们来了，把她接收了，是解放了她们！

金处长：对，对，咱们解放了她们！司令，要不，您先接见一下？

钱站长乐了：好，接见，一个个接见，今晚只接见一个！

金处长：好的，司令，我这就叫他们带人过来！

钱站长：等等，先把正事说完！上海那位田老板报价了吗？

金处长：没呢，人家田老板没实地去看京隆矿呢，怎么报价？

钱站长：这倒也是！催田老板快点过来，免得节外生枝……

9　京州福记　夜　内

朱昌平似乎打定了主意，缓缓抬起头：鉴于现在这种情况，若想以董老板的名义把京隆矿收回来，几乎是不可能的，搞不好董老板还会有生命危险！乔治说得没错，现在抗战胜利了，他们太骄横了！

董万钧：朱老板，那你说怎么办？你好像有主意了，是吧？

李乔治看着朱昌平：昌平，有什么好主意就说！

朱昌平一声叹息：董老板，如果你信任我们的话，可以考虑把京隆矿托付给福记，咱们这位钱司令知道福记的背景，事情或许可为！

董万钧猜测：咱们私下里做个假契约，就说京隆矿是福记的？

朱昌平：对！我去和钱司令交涉，让他明白：别得罪共产党！

李乔治很为难：昌平，这……这不好办吧？

朱昌平：好不好办，试着办呗，没准办成了呢！

董万钧激动了：朱老板，这事若要办成了，我让出福记一半矿权！

10　高级洋房　夜　内

金处长迟疑着：司令，有个事，我不知当说不当说……

钱站长：说，有什么当说不当说的？！

金处长：咱们李副司令昨天被日军驻京州宪兵司令隆井请去了！

钱站长：我知道啊，小鬼子尿了，现在要讨好我们了，怎么了？

金处长：小鬼子盛宴款待李副司令啊，弄了十二位地道的日本姑娘陪酒，李副司令一晕再晕，喝得死去活来，被十二位女鬼子强暴了！

钱站长：啊？李副司令他人呢？怪不得我一天没见他的影子！

金处长：至今未归啊，司令，他……他不至于出啥事吧？

钱站长：难说啊，赶快给鬼子司令隆井打电话，让他保护好李副司令！好了，今天就到这里，把接收到手的姨太太送一个过来吧……

金处长：哎，好的，好的，司令……

11 抗日先遣军司令部　日　内

钱站长痛斥李副司令：……荒唐，无耻，丢我抗日先遣军的脸！竟然和十二个女鬼子白天黑夜乱喝一气，喝得不省人事，气死我了！

李副司令：司令，我……我这是报仇雪恨啊，我把她们全收了！

钱站长：收点国货吧！金处长那里的姨太太，你可以领一个走！

李副司令：好，好！司令，你想着我，我也想着你呢！我这次去日本宪兵司令部不光是喝酒玩日本女人，我也没忘了做接收工作！

钱站长：哦？和隆井洽商鬼子手上的敌产接收了？嗯？

李副司令：这倒不是！大接收还没谈，哪来得及啊！我这是小接收，收了隆井送上的上海租界的洋房两座，你一座，我一座；别克牌轿车四辆，你两辆，我两辆；金条两百根，咱们俩一人一百根……

钱站长声音压低了：行了，行了，老李，这种事不要在这儿说！

李副司令：是，是！不过，对隆井那帮鬼子的敌产接收……

钱站长：我有数，不会为难他们，委员长说了，要以德报怨嘛！

李副司令：那就好，那就好！那我今天就去和隆井谈大接收了！

钱站长：去吧，去吧！

李副司令一个立正敬礼，回转身，大摇大摆走了。

片刻，卫兵进来报告：报告司令，李参议求见！

钱站长一怔：这个没数的东西，贼心不死啊他，让他进来！

12 抗日先遣军司令部　日　内

李乔治、朱昌平走进门。

钱站长背对李乔治和朱昌平，故意握着话筒发威：……抓，按名单给我抓！局本部上了名的，那是中央和戴老板要的大汉奸，我这名单上的，是京州地方上的中汉奸、小汉奸，京州池浅王八多啊！别忘了加上董万钧啊！对，就是京隆矿的那个老板，很反动的一个家伙！

放下电话话筒，钱站长换了一副笑脸：李参议，你怎么把朱老板也请来了？我昨天当面和你说过，董万钧是很反动的家伙，要抓的！

李乔治：是，很反动，我不替他说话了！不过，还是有麻烦啊！

钱站长：哪里麻烦了？我把董万钧一抓一杀，啥麻烦都没有了。

李乔治：我回去以后才知道，这矿早不是董万钧的了，是福记的！

朱昌平：是的，是的，京隆矿是我们的啊！钱司令，你听我说……

钱站长脸一拉：朱昌平，那你不如明说了，京隆矿是共产党的！

李乔治：哎，没错，没错，所以说，司令，这事比较麻烦啊……

钱站长大耍威风：麻烦个屁！共产党就能包庇汉奸了吗？共产党就能抗拒政府的号令了吗？陈公博、周佛海都干过共产党吧？现在怎么样？都抓了，下一步，枪毙！所以朱昌平，你少拿共产党吓唬我！

朱昌平赔起了笑脸：哎呀，钱司令，误会了，这误会大了……

13 京州大饭店房间 日 内

陈协理抹着脑门上的汗，向董万钧汇报：……坏了，前门刚进了狼，这后门又来了虎啊！京州先遣军的人在矿上闹得正欢，上海一个姓田的胖老板又跑过来看矿了！哎呀，这个田老板来头可真不小，手上竟然有行政院长宋子文的条子，还……还带了几个警察护驾！

董万钧：我听说了，田老板好像是宋子文的一个什么亲戚？

陈协理：是的，据田老板说，宋子文在行政院下有一个新设的敌伪产业处理局，专把收缴的敌产转卖民营，一次性付款，可打七折。

董万钧：那京隆矿的作价是多少？那个田老板会掏多少钱来买？

陈协理：这个，目前不是太清楚，估计就是袖筒里的交易吧？！

14 抗日先遣军司令部 日 内

朱昌平扮着笑脸对钱站长说：……钱司令，我这是给你讲述实情啊！京隆矿董万钧委托给陶德曼，陶德曼呢，又转让给了我们京州福记，我们福记可是地道的民族产业啊，怎么能算敌产呢？不能算的！

钱站长：这事我怎么不知道啊？京隆煤矿啥时落到福记公司手上了？朱昌平，我可不是天上飞来的，我一直潜伏在京州做地下工作！

朱昌平：是，是，是，钱司令，你是从地下冒出来的！你做地下工作，我们一直在做生意啊，所以有些内情也难怪你不了解！陶德曼要回德国养病，就把矿交给我们了，这矿掩护过不少抗日武装同志！

钱站长：少扯啥抗日武装同志，不就是你们共产党游击队的残兵游勇吗？下一步要戡乱建国了，要"剿匪"了，你还给我扯共产党，哼！

朱昌平和李乔治都怔住了。

15 京州大饭店房间　日　内

董万钧对陈协理交代：……陈协理，你赶快回矿，想法搞清楚他们袖筒里的交易价！如果价码不太高，我就把矿买回来，认命了！

陈协理：本来就是咱们自己的东西，还要从外面再买回来？这……

董万钧搓着手，叹息不止：国家无耻，官匪当道，奈何？奈何？

16 抗日先遣军司令部　日　内

钱站长：朱老板，我再强调一遍：以后少拿共产党说事！蒋委员长说了，国民革命已经成功了，下一步，军令政令都要统一，你们共产党的武装割据也将成为历史，所以，我们的合作也到此结束了！

李乔治：哎，哎，钱司令，福记公司还……还有你的股份呢！

钱站长冷笑：李参议，那一点股份你也好意思提？别的不说，京州转进那次，美式电台、枪械、烟土，我白送啊，你们给我分了多少？

李乔治：我们正说呢，为了庆祝光复胜利，给你增加特别分红……

钱站长手一摆，果决地：不必了，好说好散，都好自为之吧！

朱昌平：钱司令，你就不怕我把咱们的生意向您的上峰报告吗？

钱站长：朱昌平，你只要敢乱来，那就别怪本司令率先"剿匪"！

李乔治：哎，哎，司令，别当真，别当真，朱老板是开玩笑！

钱站长：这个玩笑太好笑了！（假笑了两声，一声大吼）送客！

17 京州福记 夜 内

朱昌平、李乔治又聚首昏暗的灯光下，研究对策。

朱昌平叹着气说：我预料到了这位钱司令的骄横，却没想到他骄横到不知天高地厚！他竟然要统一政令军令了，竟然要"剿"我们的"匪"了！

李乔治苦笑不已：蒋委员长在光复讲话里不是说了吗？国民革命的历史使命已经获得了成功，下一步和共产党翻脸，也在情理之中！

朱昌平：那个委员长还说沦陷区人民得到了完全的解放，重见青天白日了呢！实际上呢？接收变成了劫收，沦陷区人民苦不堪言！

李乔治：就是，你看看董万钧的遭遇，唉，咱再同情也是无奈！

朱昌平：好了，乔治，不说了，姓钱的不是要"剿匪"吗？好啊，那我们也不必客气下去了，该动手就动手呗，免得将来留下祸害！

李乔治：哎，这你可想好了，不到万不得已最好还是别下手！

朱昌平苦笑：我是说最后的手段，我们自卫自保的手段！这么多年来，我们和这位钱某人的秘密太多了，必须提防他杀人灭口啊！

李乔治愕然一惊：这倒也是！

朱昌平：乔治，尤其是你，更要特别小心！

李乔治抹着冷汗：我知道，我知道！

18 高级洋房 夜 内

钱站长推开怀里的一位姨太太，惊愕地看着金处长：……你说什么？行政院的人把京隆矿接收了？哎，哎，我们的人吃干饭的啊？

金处长：我们的人也是迷糊，把那个来看矿的田老板当成行政院的官员了，田老板又拿着宋子文的条子，还带着警察，蛮唬人的！

钱站长：他妈的，老子上当了！这个姓田的一直说来看矿，一直又不来，我以为他忙别的事呢，原来是找关系勾搭行政院啊！操蛋！

金处长：田老板已经通过行政院下辖的敌伪产业处理局，初步谈定购矿价格了：准备一年之内交清价款法币八千万，受让京隆矿权！

钱站长：他王八蛋做大头梦吧！京隆煤矿是敌产吗？不是啊！它是福记公司名下的民族产业，日占期间长期掩护我抗日武装同志啊！

金处长：可是，司令，你……你昨天还说它……它是敌产啊……

钱站长：昨天说的不算数了，以我现在说的为准！金处长，你明天就给我派人去京隆矿，把那个姓田的老板抓起来，把警察全赶走！

金处长：这个……这个，司令，田老板可是宋院长的人啊！

钱站长想了想，突然笑了：谁说田老板是宋院长的人？不可能的嘛，他是打着宋院长的旗号招摇撞骗！抓住后直接送给行政院处理！

金处长也乐了：哎，这倒是，这倒是！

19 京州福记 日 内

美式吉普车在福记店门前停下，钱站长从车上下来。

门内，谢英子发现钱站长，推了朱昌平一把：昌平，快去躲躲！

朱昌平向门外看了看：就他一个人嘛，不怕！

说罢，朱昌平满面笑容迎出门：哟，钱司令，稀客，稀客！

20　李乔治家　日　内

两支手枪顶着李乔治的脑门：李乔治，你是不是活腻歪了？

李乔治在枪口下扮着笑脸：有话好说，二位是钱司令的人吧？

警察甲：什么钱司令？哪来的钱司令啊？

警察乙：就是，没听说过嘛！我们受敌产处理局委托来看望你！

李乔治：明白了，我明白了，请你们把枪拿开，咱们有话好说！

21　京州福记　日　内

钱站长四处看着，大大咧咧对朱昌平说：……刚才到日本宪兵司令部接收，正好路过这里，就顺便过来看看！哎，对了，光复了，胜利了，大家都不容易，你们也是有贡献的，送辆车给你们，哪天让李乔治带个车夫到我们院子里去开！哎呀，车多得现在都放不下了！

朱昌平很意外：谢谢，谢谢钱司令，英子，快给司令泡茶！

钱站长：免了，免了！那天咱们争执了几句，别往心里去啊！

朱昌平：嘿，钱司令，您还记着呢？我早忘记了！

钱站长：京隆矿还要吗？想要的话，你们给我掏五千万法币吧！

朱昌平一怔：哎呀，五千万法币？你真的假的？逗我们玩吧？

钱站长：真的，你们不要，敌产处的家伙就八千万法币收走了！

朱昌平：哦，要，要，只是这五千万，我得和李乔治商量……

22 李乔治家 日 内

警察甲在李乔治面前耍着手枪：……什么钱司令？一个贪墨腐朽的党国败类！我们过来找你，就是要你们福记和我们一起举发他！你们福记不是长年在敌占区和姓钱的做生意吗？是否有附逆情节啊？！

警察乙：李乔治，你不要怕，落实了罪证，行政院宋院长会找他的老板戴雨农，反他的贪腐，反京州军统站的贪腐，你福记要配合！

李乔治抹着一头冷汗：我配合，我们配合，二位同志，我必须严正地向你们声明，我痛恨腐败，腐败它坏了党国的好规矩啊……

23 京州福记 日 内

朱昌平苦着脸：说起来五千万是不多，比敌产处那边的开价还低了三千万，可是，我们一时拿不出这么多现金啊，我们又不能搞接收！

钱站长诡秘地笑着：装，装，朱老板，你就装孙子吧！你没有五千万，董万钧也没有吗？让李乔治找董万钧弄钱去！另外，手续也得抓紧办好了，别什么陶德曼德陶了，就是董万钧转让给福记公司了！

朱昌平会意：明白，明白！我这就让人找李乔治过来！

24 李乔治家 日 内

警察甲盘问李乔治：……李先生，咱们是不是从你这个少将参议说起啊？你这身少将军装是哪来的？谁帮你置办的？花了多少钱？

李乔治：刘队长，你这话我听着不……不是太明白……

警察乙：不明白？这是不是你和钱司令的一桩好生意啊？

李乔治：哎呀，这哪能啊！我有军令部的委任状！我是在日寇横行、京州暗无天日之际，承担时艰，受聘江南地下先遣军参议的！

警察甲：谁聘的你啊？钱司令吧？你花了不少钱吧？说说这个！

李乔治苦着脸：刘队长、王警官，你们不能诬人清白啊！（突然一下子意识到了什么，脾气和火气全上来了）哎，你们都他妈的什么东西？敢上门查老子？老子是国军少将，把你们一个个全拉出去枪毙！

警察甲再次将枪口对准李乔治脑门：老子先毙了你这个奸商！

李乔治又软了下来：哎，哎，有话好说，有话好说嘛……

就在这时，响起了敲门声。

警察甲乙相互看了看。

警察甲示意警察乙开门。

警察乙开门，钱阿宝一头闯了进来。

一支手枪及时抵到钱阿宝的脑门上。

25　抗日先遣军司令部院内　日　外

钱站长从大门进来，金处长匆匆跟上来：司令，李乔治有麻烦了！

钱站长没当回事：这家伙也该有点麻烦了，长期勾结共产党嘛！

金处长：哎呀，李乔治被敌产处派去的警察堵在他自己屋里了！

钱站长一怔，重视了：什么？敌产处派去的警察？消息可靠吗？

金处长：可靠！司令，是我们的同志刚从警局传出来的消息！

钱站长：具体什么情况？说！

金处长：他们这是对咱们接收京隆矿的报复啊！想从李乔治身上打开缺口，反我们的贪腐哩！说是，宋子文院长已经到了上海……

钱站长：别说了，别说了，赶快营救李乔治，别让他胡说八道！

金处长：是，是，司令，我这就去办！

26　抗日先遣军司令部大门口　日　内

一辆满载大兵的军车呼啸冲出大门。

27　李乔治家　日　内

李乔治、钱阿宝都被警察控制了。

警察甲—副教训的口吻：李乔治，咱们明人不说暗话，这次你们他妈的太过分了！太岁头上动土啊！明明知道京隆矿作价卖给了我们田老板，还敢这么反动！还敢抓我们田老板，不知道田老板姓宋吗？

李乔治：田老板怎么姓宋呢？不是姓田吗？

警察甲：宋院长的人不姓宋啊？装糊涂啊你！

警察乙：所以，我们要反贪腐，在京州，就是反先遣军的贪腐！

李乔治：哎呀，二位，这些话你们得到先遣军司令部找钱司令说去！要不，我给你们带话也行！我再次声明，我痛恨贪腐，非常痛恨！

28 京州街上　日　外

军车呼啸驶过。

29 李乔治家洋房楼下　日　外

军车戛然停下。

军车上的大兵纷纷跳下车。

金处长在一旁指挥：快，快！

30 李乔治家　日　内

大兵们踹开门，冲进房内。

警察甲乙全呆了。

金处长手一挥：把人全带走！

李乔治、钱阿宝、警察甲乙被大兵们带出门。

31 抗日先遣军司令部　夜　内

钱站长、李乔治、朱昌平一起喝酒。

钱站长乐呵呵地举杯：来，来，乔治，喝一杯，压压惊！

李乔治喝了一杯酒：钱司令，有你在，我不惊，真的！

朱昌平举杯：司令，我们敬您一杯，感谢您及时营救啊！

李乔治也举起了杯：对，对，钱司令，敬您，敬您！

32 拘押所　夜　内

警察甲、乙狼狈不堪，和金处长隔着铁栅对话。

金处长：你们胆大包天啊，搞到我们钱司令头上来了！

警察甲：我们错了，有眼不识泰山，我们知罪，知罪了！

警察乙：金处长，还……还请您老替我们美言几句啊！

警察甲：就是，就是，金处长，我们出去后，一定重谢！

金处长吐着烟圈：你们出去了，我到哪里找你们啊？让家里人赶快送赎罪金吧！你们俩在日占期间都做过伪警察，是在册的汉奸，按我们钱司令的规定，在册汉奸每人赎罪金不得低于法币一百万元！

33　抗日先遣军司令部　夜　内

钱站长乐呵呵地对李乔治说：李参议啊，我们还是要合作呀！现在我们抓了一批中、小汉奸，包括那两名警察，怎么办呢？都关起来没那么多地方，都放了，老百姓不答应啊！所以，我决定收赎罪金！

李乔治没当回事，吃着喝着，应付：好，好，就得让他们赎罪！

朱昌平赔着笑脸：钱司令，这……这汉奸的认定？怎么认定啊？

钱司令：朱老板，这你就不要烦了，你烦不了！李参议啊，我还是和你说：我先遣军直接就收钱，吃相难看！所以我就想啊，赎罪金由你来收，我给你弄台车，派几个兵，搞个参议办公室，专门收钱！

李乔治这下子警醒了，嘴里一口酒喷了出来：你……你说啥？

34　拘押所门前　夜　外

警察甲试探着对金处长说：赎罪金能不能少点？我们直接给您！

警察乙：对，对，处长，钱司令收了钱又不能分给你多少，是吧？

金处长厉声怒喝：把我当啥了？啊？让我贪腐啊？四处看看，声音低了下来：那就每人五十万吧，三天内送到我这里，过时不候！

警察甲乙连连点头：明白，明白……

35 抗日先遣军司令部 夜 内

李乔治连连拱手：钱司令，你饶了我吧，我可真是被整怕了！

钱站长：哎，当年你买卖共产党都不怕，收点赎罪金就怕了？

李乔治：这不是被人家盯上了嘛！钱司令，我给你挑明了说，人家是要收拾你啊，用枪顶着我脑门问：这参议是不是从你那儿买来的！

朱昌平：钱司令，你还真得慎重啊，起码不能公开买卖汉奸！

钱站长想了想：这倒也是，得小心那些汉奸反动派！好了，不说了，咱们还是朋友，这个党、那个党的，咱们都别再提，发财要紧！

李乔治：是，是，司令，您说得太好了，发财要紧，发财要紧啊！

钱站长：京隆煤矿算是便宜你们了，朱老板，你麻利地，赶快把五千万交上来，法币一时凑不齐的话，金条、美金都可以，别误事啊！

朱昌平：不会，不会！这款子我已经筹得差不多了！

钱站长：哦，对了，还有那个庆祝光复的特别分红，还算不算数？

朱昌平一脸萌态：有……有这事吗？我……我说过特别分红吗？

钱站长：哎，哎，别赖账啊，李乔治李参议说的，当时你在场！

朱昌平苦笑不已：那……那就分呗！不过，钱司令，这五千万买矿的钱还没最后凑齐呢，这个特别分红，咱们缓一缓再说，行不？

钱站长笑着：行，行，老朋友，好朋友嘛，好商量，好商量！

36 京州福记 日 内

朱昌平对董万钧说：……董老板，鉴于目前形势，京隆矿我们福记先代你管着，一旦时局允许了，我们一定完璧归赵，请相信我们！

董万钧：我相信，我相信！如此腐败，这个政权也长不了的！

李乔治：是，我估计啊，十年内这个无耻的政府非垮台不可！

董万钧：用不了十年，我看，最多撑个七八年吧？！

朱昌平：要我说，连七八年都用不了，有个五六年差不多了！

37 空镜 日 外

欢庆胜利免费三日的春来面馆已经倒闭。

一条横幅在风雨中飘摇——

想中央，盼中央，中央来了更遭殃……

38 朱道奇家 日 内

朱道奇对张继英感慨说：……李乔治预言的十年，董万钧猜测的七八年，朱昌平估摸的五六年，都没说准！他们谁都没想到，国民党政权竟然会在三年内倒台，滚出了大陆！真个是呼啦啦似大厦倾啊！

张继英：是的，是的，因为腐败，人民抛弃了他们，所以他们失败了！战场上的失败只是表象，骨子里的原因是，这个政权烂透了！

朱道奇：哎，继英，你不是来找我说古道今的吧？说事，说事！

张继英：哦，京州中福和齐本安的情况，我得向您老汇报一下！

朱道奇心中似乎有数：怎么？京州中福的问题到底暴露了？嗯？

张继英：是的，情况比较严重，林满江已经要把齐本安撤回来了！

朱道奇：不奇怪，齐本安触动某些人的核心利益了！继英啊，你是中福集团党组副书记，还是副董事长，这种时候要有态度了……

（第四十三集完）

第四十四集

1　京州街上　日　外

一辆法院的司法警车行驶在街上。

开车的是年轻的法警吕小梁。

牛石艳坐在副驾驶位置上，手拿录音笔，跟车采访。

吕小梁：……牛记者，提起荣成集团我就想骂人！这家公司涉讼三十八起，都是民一庭和民二庭受理的，个别案子还涉及刑庭。我承担了这些诉讼传票的送达任务，实在是太难了，宝宝心里苦啊！

牛石艳：哦？怎么个难法？小吕，细说说，别夸张！

吕小梁：我没想到这位著名企业家做了被告之后会变成无赖，搞了一堆莫名其妙的老头老太太做他旗下企业的法人代表！也没想到原告银行会那么凶猛，被告人中除了罪魁祸首钱荣成和荣成钢铁集团之外，每起官司的担保单位和第三人都不下五六个，有一个案子竟高达十一个。

牛石艳苦笑：这是要累死你们法院的节奏啊！

吕小梁：可不是嘛！他们告了谁，我就得把传票送达，一个都不能少。那些当上被告的担保人和第三人呢？很多本来就是他们银行拉郎配硬拉来的，你说人家能积极配合原告玩一场老少爷们上法庭啊？！

牛石艳：就是，像荣成集团替美丽食品的担保就是拉郎配！

2　京州中级人民法院民一庭　日　内

钱荣成的母亲钱王氏和七八个其他被告的律师坐在被告一侧的座位上等待开庭。原告一侧的座位空空荡荡，座上仅有一位律师。

这时，法官、书记员入场。

3　某居民小区院内　日　外

警车停在院内一角。

吕小梁把手机递给牛石艳，边走边说：……牛记者，我有图有真相。看见了吗？图上这老太太就是个难缠的主儿。大号钱王氏，芳龄八十三岁。老当益壮接了儿子钱荣成的班，成了荣成集团法人代表！

牛石艳看着手机上的钱王氏：她是诉讼案中年龄最大的被告吧？

吕小梁：No，No！年龄最大的不是钱王氏，是李桃树。就是今天要找的主儿！这位被告八十七岁。常住地址就是这儿！有联系电话，一打就通。可你一说是法院的，他就不承认是李桃树了。过一会儿你再打，骗他说，我是街道办事处的，要给您送温暖！他会说，好，那就来送吧，老长时间没温暖了。你转口说，我是法院的，今天不送温暖送传票。他立马就改口，谁是李桃树？我不是！你看这老头逗不逗？

牛石艳禁不住笑了：小吕，你真幽默！你不能邮寄传票吗？！

吕小梁：真能邮寄送达我还这么烦啊？能试的早就试过了！我走过特快专递，走过双挂号，结果全一样，都被这桃树大爷拒收退回了。

4 京州中级人民法院民一庭 日 内

主审法官关切地问钱王氏：老人家，你的身体情况如何呀？

钱王氏声音很大：好，头不晕，眼不花，血脂血压全正常！

法官夸赞：好，好，老人家，我看你精神头也不错！

钱王氏：那是！改革开放成就很大，生活条件变好了，咱小病大养，没病小养，牙好胃口好，吃嘛嘛香……

法官：好，祝你老胃口一直好！哎，老人家，代理律师来了吗？

钱王氏：没来，原来有个法律顾问，没钱发工资，饿跑了！

法官：这个……老人家，你的文化程度是？

钱王氏：识字班毕业，解放后扫的盲，得过扫盲奖状！

被告席上一片哄笑。

钱王氏：笑啥？我字写得好着呢，"文革"时抄大字报练的！

法官扫视被告席：哎，哎，你们哪位陪这位老人家来的？

保镖毛七慌忙站了起来：哦，我！我是这位老太太，哦，不，是这位钱总，钱总的助手兼司机。

法官不悦地看了毛七一眼，走到高台上自己的座位上坐下，法槌一敲：好，京州城市银行诉荣成集团贷款违约一案现在开庭……

5 某居民楼 日 内

吕小梁和牛石艳走进楼内。

吕小梁叹息着，对牛石艳说：……我现在也是无计可施了，原告前两天在网上发帖子说我们懒政不作为，领导把我们一顿训，咋办啊？我今天只得带上传票上门送达了。喏，就是这里了：8栋101室。

一位老头正在锁101室的房门。

吕小梁上前打听：李桃树老先生在家吗？

老头扫了吕小梁一眼：你谁啊？

吕小梁：这是李桃树的家吗？我法院的！

老头：不是，李桃树住楼上701！（说罢，离去。）

吕小梁认真看了看传票：没错，就是101呀！

牛石艳：也许是工商登记上搞错了，101和701容易出错。

吕小梁：也是，走，上楼！要不，牛记者，你在楼下等我？

牛石艳：走吧，走吧，我还要录像呢，要有图有真相嘛……

6　京州中级人民法院民一庭　日　内

原告律师发言结束：……荣成集团欠了我行三亿贷款，还有八千多万承兑票据，加利息合计四亿三千万，原告要求拍卖荣成大厦抵债。

法官看着钱王氏：被告，原告起诉书说的都是事实吗？

钱王氏：不是事实，是诬陷，肯定的！假的就是假的，伪装应当剥去。今天是剥去城市银行漂亮画皮的时候了……

法官：被告，不要跑题，本庭不研究画皮，请说债务事实！

钱王氏：事实是，我荣成集团这十年不欠城市银行一分钱，是城市银行欠了我们八千多万哩！我要求拍卖城市银行大楼还我们的款！

这话刚落音，被告席上立即发出一片哄笑。

法官敲法槌：肃静，肃静！

钱王氏悄声问毛七：咱后面咋有那么多人啊？你请来助阵的？

毛七的声音也很小：钱奶奶，这不是咱请的，都是城市银行告下的，也是被告。他们被城市银行拉着替钱荣成的公司做了担保哩！

钱王氏点头：哦，我明白了，就是连坐株连九族，是吧？

毛七：哎，对，对，差不多就是这个意思吧。

7　某居民楼 701 室门前　日　内

门半开着，一位中年妇女隔着门对吕小梁说：……李桃树住楼下 101！你被这死老头子骗了！只要听说是法院的，他就往楼上支派！

吕小梁回转身，对牛石艳说：快，下楼去追！

二人气喘吁吁，"咚咚咚"地下了楼。

8　京州中级人民法院民一庭　日　内

原告代理律师气得大叫起来：赵法官，这老太太是个疯子……

毛七站了起来：哎，哎，法官，法官，这家伙对钱奶奶，哦不，对我们钱总，进行了人格污辱啊，你法庭得制止……

赵法官制止：原告，请不要使用污辱性语言，说事实！

原告律师拿起一沓贷款合同书：我行的债权有确凿证据！

赵法官对庭上法警说：请把原告的证据呈交被告确认。

法警把几份贷款合同复印件拿到了钱王氏面前。

钱王氏胡乱翻着合同：哎呀，这么多年了，终于看到一份城市银行的贷款书了，也算我老太太有福吧！赵法官，您可不知道，城市银行坏呀，每年签完合同书都一起收走，一份不给我们留啊……

法官：被告，原告的证据你认可吗？

钱王氏：不认可！我刚才不说了吗？我们其实不欠银行的钱，是原告银行它欠了我们八千万啊，我们要求拍卖它的大楼还债……

赵法官：那么，被告，也请你出示证据吧！

钱王氏把脸转向毛七，煞有介事：小七，给他们上证据！

9　某居民小区　日　内

吕小梁四处张望着，抹着头上的汗，对牛石艳说：完了，和这位桃树老先生又失之交臂了。你说我怎么没想到呢，差点就送达了！

牛石艳不无同情：那现在怎么办？

吕小梁：还有一招，去街道办事处，走，上车！

牛石艳不解：街道办事处能替你去找李桃树？

吕小梁：是走另外一个法律程序……

10　京州中级人民法院民一庭　日　内

毛七从身旁拖出一只特大号旅行箱。

毛七在法官、法警和原告被告的注视下打开。

箱子里装满历年来的账册和会计凭证原件。

毛七将账册抱出来，一堆堆摆在法庭中间，小山似的。

钱王氏指着小山似的证据对法官说：赵法官，这是我们公司和城市银行交往的账目。经我们财务部门精确计算，这十年来，我司总共借了原告城市银行十八亿六千万。还给它城市银行多少钱呢？二十八亿八千万啊。所以城市银行倒欠了我们十亿两千万！我说清楚了吧？

身后被告席上一片笑声。有人笑得又响又脆，有啦啦队的感觉。

法官敲了敲法槌：肃静，肃静！被告，请问，银行接收储户储蓄要不要支付利息？对企业贷款该不该收取利息？企业逾期贷款是不是应该收取罚息？请你回答我。

钱王氏：银行是得支付利息，也得收取利息，但不能太黑……

赵法官：被告，不要跑题。那么我请问，你们的财务人员计算这十年往来账目时，是不是把城市银行的应得贷款利息罚息算进去了？

钱王氏：就是算进利息啥的，他们也还欠我们八千多万啊！

赵法官问原告：原告，被告说的是事实吗？

原告：不是事实！我现在没法去算这笔账，估计被告只是计算了贷款的基本利息，没计算其他业务成本，比如票据，比如保理……

钱王氏拍手：对呀，一鸡三吃嘛，加上这些二吃三吃的业务，我们每年要付的实际利息都得百分之十五了。这还不算请客送礼的花费哩！

原告律师：这些业务是合法合规业务，全国银行都在做，并不是我们一家做。被告如果认为很吃亏，当初完全可以不做这些业务嘛！

钱王氏：我们敢不做吗？你银行店大压客，我们是捏着鼻子做！

赵法官：被告，这些都是合法业务，不能成为你们逃废债务的借口和理由！好了，今天是交换证据，下次开庭时间另行通知，休庭！

赵法官起身时，一阵眩晕，摇晃着倒地……

11　京州街上　日　外

救护车鸣笛呼啸前行。

车内，医护人员紧急救护赵法官。

书记员在一旁叹息：又倒下一个！一年几百个案子，真吃不消啊！

12　京州中级人民法院门外　日　外

毛七拥扶着钱王氏向车前走：……哎哟钱奶奶，您真棒，老当益壮啊，舌战群雄，还当庭干倒了一位法官，了不得，了不得！哎，当心脚下！光明区法院咱们还有一场，十一点开庭，咱们得抓紧了！

钱王氏：七儿，今天咱们一共得打几场官司啊？

毛七：不多，下午三点钟楼区还有一场就完了……

钱王氏：哎，你估摸这三场官司咱们荣成集团能赢几场？

毛七：不用估摸，钱荣成说了，咱全得输，咱确实欠了人家钱！

钱王氏：那这孽障还瞎打啥官司？不把自己老娘当人啊？！

毛七：这不是得拖延时间嘛，得给你儿子留下回旋余地嘛！

钱王氏：打阻击是吧？我老太太掩护，他带钱带人撤退？

毛七：哎，差不多就是这个意思，钱荣成现在还在设法贷款呢！

钱王氏叹息：也不知哪家银行又要倒霉了！

13 某公园 日 外

钱荣成和胡子霖边走边说。

胡子霖：荣成，我的个亲，最疼你的人也就是我了！我可是和汉东银行的毕行长说了，你是长明集团傅长明杏园三结义的血朋友，和当年刘关张桃园三结义有的一比！毕行长就信了，想和长明集团建立存贷关系，说是你只要帮着他们拉上这层关系，他们考虑贷款给你！

钱荣成：哥，我的亲，你这忙不会白帮吧？什么条件，说！

胡子霖：别再往市里跑了，别再找人呼吁了，行吗？去外边坑别的银行去，兔子还不吃窝边草呢，你就逮着哥哥一家坑，有意思吗？

钱荣成：这倒也是啊，你看今天上午，咱们两家还有一场官司！

胡子霖：是啊，你也做得出来，连八十三岁的亲娘都逼上阵了！

14 京州街上 日 外

司法警车急驰。

车内，吕小梁对牛石艳说：……是这么回事：我有个高中的要好同学，大学毕业后分配到这里的街道当办事员了，我要是愿意破点小财，找他帮忙，让他给我做个法律文书的留置处理是可以的！

牛石艳笑问：你愿意为公家的事破财吗？不是可以公告送达吗？

吕小梁：公告送达又得拖时间，人家原告都骂我们懒政了！

牛石艳：那你今天就决定破财了？

吕小梁：破财吧，也顺便请你牛记者！（说罢，用无线耳机和同学通话）孙大头，我，吕小梁！大头，有这么个事啊，农业银行状告美丽集团贷款违约，有一份开庭传票要送达美丽集团现在的法人代表李桃树，我围追堵截没找到人，拟将传票交你街道做留置处理！

电话里的声音：哎呀，好的，好的！小事一桩！见面再说吧，想死你了都！最近咱们同学也没多少来往，嘴都淡出鸟了，你请次客吧。

吕小梁：那是，应该的，那咱们就羊蝎子馆吧，怎么样？！

电话里的声音：还能怎么样？上次我请你吃的火锅，也没指望这次你能请我吃龙虾鲍鱼！羊蝎子馆见，我正好调休，能陪你喝点！

吕小梁：喝啥喝？大中午的，我上班，还开着警车！

电话里的声音：行，行，我自己喝，那就不勉强你陪了！

吕小梁结束通话，冲着牛石艳苦笑：惨了，大头调休，得上酒！

15　羊蝎子馆　日　内

吕小梁和牛石艳边走边说：……实话说，我心痛难忍，却又不能不答应。我给大头帮忙也这样！我们同学归同学，该宰照宰，我才不管他头大头小呢！他呢，也不管我是否心疼，反正谁难受谁知道！

牛石艳"咯咯"直笑：你们同学真是一对活宝！

16　京州街上　日　外

轿车急驰。

毛七开车：……钱奶奶，我算是服你了，你上法庭不怯场啊！

钱王氏：怯啥怯？我们这代人搞建设不行，搞斗争很厉害哩！七斗八斗斗出了一个新中国！七斗八斗，哎，又把咱新中国斗到崩溃的边缘。崩溃边缘不是我说的，是中央文件上说的，我不是太赞同。当时国家虽然有点乱，都写大字报不干活了，可也不至于就崩溃吧？

毛七：就是，就是！其实那时挺好的嘛，不要上学，不要考试！

钱王氏：还有人说，现在不是老人变坏了，是坏人变老了。这种说法我更不赞同！哦，就因为我们这代人有革命造反的特殊经历就统统成坏人了？坏人哪个时代没有？别一竿子打翻一船人好不好……

17 某公园 日 内

钱荣成对胡子霖说：哥，我的亲，你算是消息灵通人士了，连我请牛记者帮我呼吁都知道！其实你知道也是好事，我一直说我要是走上绝路，大家谁都没有活路！你现在看看表，十三小时零二十分钟以后，可能就是我告别这个世界的时刻，所以我请你出来再见一面！

胡子霖：哎，哎，亲，世界这么美好，你家伙忍心就此别过？

钱荣成：是，是，胡行长，我亲爱的，告别之际，我最舍不得你啊，你让我做大做强，你让我背水一战，你拉断了我的资金链……

胡子霖：胡说八道啊！亲，准备一下资料，我尽快安排你和汉东银行毕行长见面！你呢，也和傅长明联系一下，帮他们拉上关系！

钱荣成惨笑：一切都晚了，十三小时后我拿不出八千万还给鑫鑫公司，我儿子就永远见不到了！除非你十三小时内给我弄八千万……

胡子霖：什么？什么？我的个亲啊，那……那你赶快报案啊！

这时，钱荣成的保镖毛六跑了过来：钱总，长明集团来人找你！

18 羊蝎子馆 日 内

吕小梁眼见着一男两女三个年轻人东张西望走进门。

吕小梁悄声对牛石艳说：坏了，坏了，大头一人宰我还不算，还带了两位女同事一起来宰我，这事闹的，有点大了……

牛石艳：要不，你躲躲？

吕小梁：也好，也好……

不料，男青年已远远看见吕小梁：哎，吕小梁！

吕小梁无法躲了，被迫应付：哟，哟，大头，大头！

19 某公园 日 内

毛六和钱荣成咬耳朵说：……钱总，长明集团傅总把那八千万替你还上了，把欠条拿回来了，把孩子也给领回来了，嫂子让你赶快去见一见长明集团的人，当面谢谢人家！

钱荣成：哦，好，好，那快走！又对胡子霖说：你看看，这真是山重水复疑无路，柳暗花明又一村啊！到底是杏园结义的弟兄啊，八千万欠款，我哥傅长明悄悄地他就替我还了！孩子也给我领回来了！

胡子霖一脸惊愕：我的亲，钱总，你不是编故事吧？

钱荣成自豪地：这年头还有如此感人的故事吗？没啦！

胡子霖：那汉东银行的事？或许大有可为？我让毕行长候着了？

钱荣成：让毕行长候着吧，我和我哥傅长明谈好就去找他！

说罢，钱荣成和毛六匆匆忙忙离去。

胡子霖狐疑地看着钱荣成和毛六的背影自语：真的假的？

20　羊蝎子馆　日　内

吕小梁向男青年介绍牛石艳：大头，这是牛记者，《京州时报》深度报道部主任，今天一天跟着我做调查采访，破解送达难现象！

牛石艳和孙大头握手：幸会，幸会！

孙大头：牛主任，幸会，幸会！哎，小梁，我给你介绍两位街花！今天和我一样，调休，我就让她们放弃休息，为你成立了专案组！

吕小梁：哎呀，二位街花原是专案组成员啊？大头，至于吗？就送一份开庭传票，你搞了这么大动静，还影响人家俩女同志的休息！

孙大头：过意不去是吧？过意不去就好好招待人家！来，二位街花，今天想吃点嘛自己点吧，千万别和我法院的好朋友客气，这次是法院请咱们，不是咱请法院，不涉及任何腐败，是吧，小梁……

21　鲍翅馆　日　内

李顺东、秦小冲宴请执行局李、赵两位法官。

李法官：哎呀，李总，秦总，你们这也太客气了！

赵法官：就是，在这么高档的地方请我们，违反八项规定精神啊！

李法官：李总，秦总，咱们就这一次，下不为例啊，要廉政嘛！

李顺东：好的，好的，下不为例！李法官、赵法官，真是太感谢你们了，干净利索就把黄清源给执行了，这对老赖们震动很大哩！

秦小冲：大家都说执行难，其实并不难，关键看你是不是动真格的去执行！是不是把法律判决当回事！是不是有个好的法制环境！

李法官笑：秦总不愧是当过记者的，出口成章，出口成串啊！

赵法官：秦总啊，法制环境真要这么好了，你们天使就得关门了！

秦小冲话里有话：我们宁愿关门，也希望有个好的法制环境……

李顺东：胡说啊，天使关门，我们吃嘛？秦总，别这么书生气！

秦小冲不敢作声了。

22 羊蝎子馆　日　内

孙大头抓过菜单：……你们也太客气了，有这么好的内蒙古羊肉，还吃什么羊蝎子啊？我调整一下，改涮羊肉吧！大中午的，也别喝小二了，你吕小梁也不陪我喝，喝扎啤吧，我们二位街花也能喝点！

吕小梁含蓄地提醒：哎，大头，搞大了哦，搞得有点大……

孙大头：我知道，你妄想在一百元内解决我：一个羊蝎子火锅，一瓶二锅头。但是，面对我的两位街花朋友，你能这么小气吗？嗯？

吕小梁强作笑脸：不能，不能，那是绝对不能的……

牛石艳和两位女青年直乐。

23 鲍翅馆 日 内

李顺东等四人喝着酒，吃着南非鲍鱼，说着黄清源。

赵法官：这个黄清源很难对付啊，进去一周了，还硬挺着！说是在政府的拘留所待着还是比较舒服的，不住狗笼子，也没人虐待他！

李顺东：那就没办法了？让黄清源在咱人民监狱里继续犯赖？

李法官：我个人认为啊，指望黄清源服法还债希望不大，他公开说了，挺住一阵子，幸福一辈子，那是死不悔改顽抗到底的节奏！李总，你们得从外部做工作，去找一找长明集团，查实黄清源的股份！

赵法官：对，只要你们查实，我们就去长明集团执行！

李法官：哦，对了，黄清源的老婆怎么说？

李顺东：他老婆没说出长明保险股票，倒意外说出了郊外的一个养鸡场，被我们执行了！就是昨天吧，拉回来几车鸡，正在门口卖呢！

24 天使商务公司门前 日 内

一帮人在买鸡卖鸡。

大幅招牌：清源公司破产还债鸡，给钱就卖！

25 《京州时报》深度报道部 日 内

几个记者在分鸡。

范家慧走过来：哪来的鸡？你们自己的进货渠道？

记者甲：不是，范社长，这是人家送的，我部人员每人两只！

范家慧：谁这么大方，白送鸡给你们吃？

记者乙：哦，牛石艳的男朋友，估计是个鸡场老板！

范家慧狐疑地：不对吧，咱们这牛女能找个鸡场老板？嗯？

记者甲讨好地：范社长，来，你也来两只吧！

范家慧：别，别，来路不明的动物我可不敢乱吃，别犯错误！

记者乙：犯啥错误？范社长，你和牛石艳还讲廉政？

范家慧甩手就走：我怕这鸡有毒，——你们也给我小心了！

26 荣成钢铁厂车间 日 内

钱荣成匆匆进门，财务总监迎了上来：钱总，你可来了！

钱荣成四处看着：哎，李总，他们长明集团的人呢？

财务总监叹息说：哎呀，走了，我没留住！人家也不想见你，还郑重地留了一句话给你，说是傅长明亲口说的，让他转达给你！

钱荣成眼睛里充满渴望：什么话？傅长明又要和我合作了？

财务总监：让你好自为之，说和你今生今世的故事全结束了！

钱荣成怔了一下：扯吧，他说结束就结束了？哎，我儿子呢？

财务总监：让他妈接走了，说是得赶快离开京州，怕以后再出事！

钱荣成长长出了口气：好，好，这么也好，我以后就放心了……

27 羊蝎子馆 日 内

吕小梁和孙大头边吃边说，牛石艳在一旁用手机录像。

孙大头：……这扎啤不错，再上一个大杯！

吕小梁：上啥上？差不多了，酒喝多了伤身体！

孙大头：啤酒不伤身体，是液体面包！

吕小梁：那我回头给你买俩面包！说李桃树吧！

大头：李桃树有嘛说头？吕小梁，你要知道，我这是给你业余帮忙，不能耽误本职工作，人还得你去主动盯，堵住给我打电话，我到场给你做留置手续！小鬼，不要泄气，你要有信心斗垮这老头……

这时，牛石艳手机响。

牛石艳接手机：哦，范社长！我还在采访呢……

28　范家慧办公室　日　内

范家慧和牛石艳通话：……艳，你啥时找了个土豪男朋友啊？送了那么多鸡过来，把报社快弄成鸡圈了！哎，和你男朋友说一下，如果价格合适的话，我们报社多种经营部可以正规地进点货，设个点！

电话里的声音：范社长，你开啥玩笑？我哪有鸡老板朋友啊？

范家慧：那你过来看看，谁送了这么多鸡！怪事了，就算做好人好事，也没有这么做的啊！艳，请你好好回忆一下自己的情史吧！

29　羊蝎子馆　日　内

吕小梁和几个年轻人已准备散场。

牛石艳仍躲在一侧和范家慧通话：……范社长，我不用回忆，肯定没这样的男朋友！哎呀，我想起来了：会不会是李顺东啊？这个贼心不死的家伙，没准又纠缠上来了！你等着，我这就找李顺东！

30 鲍翅馆 日 内

秦小冲将两张银行卡分别送给赵法官和李法官。

李顺东谦恭地：一点心意，不成敬意，以后还得二位多费心啊！

赵法官和李法官相互看了一眼，心照不宣地收下银行卡。

赵法官：好说，好说，朋友嘛！

李法官：就是，就是……

这时，李顺东手机响。

李顺东闪到一旁接手机：哎呀，艳，怎么想起我了？对，对，鸡是我送的，黄清源的抵债鸡，实在不好处理，就送了一些到报社，慰问你们记者朋友！你们坚守正义，是社会的良心，值得我做出奉献！

31 京州街上 日 外

警车急驰。

吕小梁开车。

牛石艳和李顺东通话：……李顺东，你少来！赶快到报社把你的鸡拿走！这种小手段以后别使了，也别再败坏我的名声了！现在老范和报社的同事都知道我男朋友是个鸡老板，这就是你想要的效果吧？

电话里的声音：不是，不是，哎，哎，艳，那我请客赔罪吧！

牛石艳：打住吧你！我再和你说一遍：咱们完了，早就完了！

电话里的声音：完了也可以做朋友嘛……

牛石艳没再理睬，挂断了手机。

吕小梁：和男朋友闹意见了？

牛石艳：什么男朋友，一个无赖！哦，小吕，说你！

32　荣成钢铁厂车间　日　内

钱荣成对财务总监说：……好，儿子回来了，离开京州了，我就没什么后顾之忧了，也能再放手一搏了！李总，我给你说，傅长明显然是怕我了！你看看，我一说要到北京，要去中纪委举报，鑫鑫的八千万一下子就解决了，我没问他要这笔钱，我一直说的是担保……

财务总监：钱总，担保就算了吧，人家一把替你还了八千万啊！

钱荣成：哎，哎，这是两码事！八千万我打欠条，缓过气就还他！

财务总监：人家明说了，和你的故事全部结束了……

钱荣成兴致勃勃：他说结束就结束了？我们杏园三结义的故事哪这么容易结束？刘关张桃园三结义后，打出了一片天地，形成三国鼎立！我们杏园三结义也得在中国的资本市场闹出点动静！实话告诉你吧：我翻身的希望就在傅长明身上了！哦，他发了那么大，发得不明不白，我呢？虎落平阳啊！现在还真有一个好机会，胡子霖给我提供的，我得抓住了，只要长明集团给我担保五个亿，我这盘棋就活了……

33　京州街上　日　外

警车急驶。

车内，吕小梁对牛石艳说：……我有啥说的？牛记者，今天你都看到了嘛！人心变了，没底线了，啥工作都不好干了！我父母在煤矿下岗，要不我也不会放着好好的大学不去上，非上警校啊。好不容易修出了正果，当上了法院的法警，每月挣上了三千多元的工资，唉！

牛石艳仍在录像：小吕，这点工资在京州生活可是够紧巴的啊！

吕小梁：可不是嘛，今天一顿吃掉了四百，我是真心疼啊！

牛石艳：别心疼了，这四百我给你，让报社报销吧！

吕小梁乐了：你们报社能报销？哎呀，这可太好了！

牛石艳掏出四百元，给吕小梁：公事，不能让你私人掏钱！

吕小梁收下钱，突然想了起来：没问他们要发票，你怎么报销？

牛石艳：这个……哎，我们报社不要发票的，真的！

吕小梁不信，把四百元还给牛石艳：牛记者，你别这样，我的事情，又是请我的同学、朋友，哪能让你出钱！这年头谁都不容易！

牛石艳动容地：哎呀，我比你容易，快把钱拿着，算我请客！

吕小梁：哎，别，别，牛记者，请尊重一个法警的人格尊严！

牛石艳苦苦一笑，只得把四百元钱收了起来。

34 鲍翅馆 日 内

两位法官已经离去，屋里只有李顺东和秦小冲。

秦小冲看着账单，惊呼：我的天，连酒水一顿吃掉八千多块！

李顺东：叫啥叫？舍不得孩子套不了狼！

秦小冲：我就怕舍下孩子也套不了狼，这俩家伙本身就是狼！

李顺东：别嚷嚷，我还指望他们尽快到长明集团执行一回呢！

35　京州时报社门前　日　内

警车停下。

牛石艳下车：哎，小吕，你等等，我给你拿两只鸡！

吕小梁：别，别，牛记者，这违反规定，法院纪律严着呢！走了！

牛石艳：那再见！微信联系啊！

吕小梁：好，微信联系！

36　《京州时报》深度报道部　日　内

每人桌下放着两只活鸡，一公一母。

牛石艳看看人，又看看鸡，故意问：报社又发福利了？

记者甲：嗯！牛主任，这不是你给大家发的福利吗？

牛石艳翻着白眼：哎，我凭什么给你们发福利啊？

记者乙凑上来：艳姐，我不知理解得对不对啊？你开鸡场的男朋友是不是想让我们一起分享一下你们爱情的美满幸福呢？嗯？

牛石艳：呸！我不美满，也不幸福，更没有开鸡场的男朋友！

这时，牛石艳手机响。

牛石艳看看来电显示：李顺东，立即挂断。

37　范家慧办公室　日　内

范家慧语重心长对牛石艳说：这不是鸡，是沉重的历史啊！

牛石艳：是，是，范社长，李顺东这历史教训那是很深刻的！

范家慧：今天怎么个情况？说说，这一天跑下来，有什么收获？

牛石艳：收获不小，人心变了，没底线了，啥工作都不好干了！

范家慧：哎，哎，怎么这么负能量啊？就没有点震撼人心的东西？

牛石艳：这话不是我说的，是那个法警说的！范社长，生活很奇怪，生活很无奈啊！钱荣成不容易，一不小心弄成了两院院士！银行和债权人呢，也不容易哩。李顺东为了对付那些老赖，绞尽脑汁，用尽了手段！今天跟着法警小吕跑了一天，才知道咱们人民法院也不容易啊，连送个开庭传票都那么难！那个小吕兢兢业业，让我很感动！

范家慧：是，各有各的难处，写出各方的难来，文章就有看头了！

这时，牛石艳的手机又响。

牛石艳看看来电显示：李顺东，再次挂断。

范家慧：谁的电话？

牛石艳：鸡贩子！

范家慧：这个鸡贩子贼心不死啊，已经把秦小冲拉上贼船了，你牛石艳一定要小心，要记住当年流过的眼泪，别好了伤疤忘了疼……

牛石艳：我哪能忘了疼？现在还疼着呢！范社长，那我继续说啊，我准备把今天跟小吕送传票的经历发到微信公众号上，让大家知道法院的不容易，这个小吕真是有职业荣誉感和原则底线的好法警啊！

范家慧乐了：看看，这就是正能量嘛，好，艳，我们就是要有一双慧眼，在任何时候，都要有能力发现生活中积极向上的东西！先发公众号，下周的深度调查发专稿：钱荣成和银行的专访，天使讨债公司的所见所闻，法警小吕的跟踪采访等等，作为一组文章同时推出！

牛石艳：好，范社长，你既然同意，那我就给大家安排了！

范家慧：安排吧，艳，你现在是我手下第一大将了！记着，千万别学秦小冲那厮，听到银子的响声立即就放弃对真相和真理的追求！

牛石艳：范社长，你放心，《京州时报》哪怕最后只你一个人了，我也跟随你追求真理和真相！但是——声音低了下来：我那个副总编？

范家慧：快了，快了，我哪天去趟市委宣传部，给你落实了！

牛石艳：谢谢，谢谢！那我就不考虑跳槽到天使公司去了……

（第四十四集完）

第四十五集

1 京州人民医院病房　夜　内

石红杏帮程端阳收拾着吃罢的碗筷：……师傅，医生说你的伤好得差不多了，要是想出院可以出院了。我和本安商量了一下，给你在宾馆员工宿舍找了间房，带厨房的，你看咱哪天搬过去？

程端阳：红杏，你们别安排了，我还是回矿工新村老窝吧！

石红杏：哎，哎，老太太，你开啥玩笑？马上大冬天就来了，你能住简易房啊？又没暖气没空调，还不把你冻出病来？不能住的！

程端阳：秦师傅他们那么多群众能住，我咋就不能住啊？杏，我和你说啊，我住那里好，还能督促李达康书记和政府加快拆迁呢！你不知道吧？我智斗光明区那个孙区长，到底把孙区长给弄出院了！

石红杏：我听说了！怎么着，还听说你也跟着大家乱签名了？

程端阳：怎么叫乱签名？群众要挽留达康书记，我支持！我一个群众，为啥不能签名？杏，你可别说，达康书记有人缘人望啊……

2 齐本安办公室　夜　内

牛俊杰愕然看着齐本安：……什么？什么？林满江把这些年批

下来的违规违纪的条子全给抽走了？哎，这谁和你说的？石红杏？

齐本安点头：是，我一问，她就说了。

牛俊杰叫：哎，这样的领导也太绝了吧？别说对自己的师妹了，对谁也不能这么干啊！你看石红杏傻不傻？还把林满江当神供着呢！

齐本安苦笑：现在她也在变，起码不再那么迷信林满江了！

牛俊杰摇头：难说，我就怕她关键时候又犯糊涂！本安，你是她二师兄，我有话直说，石红杏能为林满江做出一切牺牲，你信不信？

齐本安略一沉思：我信！别人都说她在办公室挂林满江的像是拉大旗作虎皮，我觉得没这么简单！红杏对林满江有一份特殊的感情！

牛俊杰：没错，没错！这正是我耿耿于怀、不能原谅她的地方！

3 京州人民医院病房　夜　内

石红杏扶着程端阳在沙发上坐下，不经意间，把想问的事情说了出来：……师傅，要不，你干脆去住皮丹光明花园的大别墅吧，那里条件好！有上档次的物业管理，有暖气，有煤气，还靠着光明湖！

程端阳一脸的惊异：杏，你说啥？皮丹在光明花园有大别墅？

石红杏看着程端阳：哎，师傅，你没听皮丹他们两口子说过吗？

程端阳缓缓摇头：没有，他们两口子谁也没和我说过这个事！

石红杏：师傅，你真不知道啊？长明集团送了一套大别墅给你！

程端阳神情严肃，较起真来：杏，你可别拿师傅开心啊，当真会有这种事吗？光明花园那种高档别墅贵着呢，一幢上千万，我又不是人家长明集团的劳模，人家长明集团凭啥送我一幢别墅？没道理啊！

石红杏：师傅，你真不知道这事？行，那就算了，算我没说！

程端阳十分警觉：哎，杏，你说了就说了，怎么算没说？！莫不是皮丹收了人家长明集团的大别墅？这些年大家都在传，说傅长明是跟着林满江和中福集团才发起来的，皮丹和林满江不会犯错误吧？

石红杏一把握住程端阳的手：哎哟，师傅，这正是我担心的啊！

4 齐本安办公室 夜 内

牛俊杰对齐本安倾诉说：……我这个人心粗，家长里短、儿女情长啥的，从不往心里去！可就我这样的粗人都能感到这傻娘儿们对林满江的那份真情！只要林满江到京州，她就魂不守舍了，只要她去一趟北京，见过林满江，回来能亢奋好几天！林满江就是她的精神毒药！

齐本安：是，是，俊杰，今天话题既然被你一下子挑开了，那我也不必隐瞒了，从当年我们三人跟程端阳学徒开始，红杏就迷恋林满江，不承想这一迷竟是一辈子！用仓央嘉措的话说，就是放下过天地，放下过万物，却从未放下过林满江！据我所知，当年她就央求师傅做红娘，为她和林满江牵线搭桥。

牛俊杰：程端阳做了这个红娘没有？

齐本安：做了，但没做成！人家林满江正在追童格华，那个会拉小提琴的才女！不过，林满江也不说没看上石红杏，只说是要一辈子把红杏当妹妹待，让红杏伤心了好一阵子，整天像掉了魂似的。

牛俊杰叹息：本安，要我说，红杏也许是伤心了一辈子，跑掉的鱼是大的嘛！哦，对了，就是那时候吧？程端阳把你介绍给了红杏？

齐本安自嘲：没错，师傅好心啊，一来要安慰红杏，二来又觉得我单着，也挺可怜的，就本着肥水不流外人田的原则，拉郎配了。

牛俊杰讥讽：也是，林满江追得美人归了，你们俩就凑合吧！

齐本安：我倒是想凑合，石红杏不干啊，她根本没看上我，当面拒绝了我，弄得我下不了台，后来还给我弄出了个老头看瓜！她当时因为林满江的缘故，有点自暴自弃，和锻工班的大刘好了一阵子！

5　京州人民医院病房　夜　内

石红杏对程端阳说：师傅，你知道我对大师兄的感情，我是真担心他出事啊！这么多年来，他利用我对他的信任，对他的不设防，做了不少违规违纪的事！

程端阳：这是齐本安查出来的？齐本安当真翻脸去查林满江了？

石红杏：哎呀，师傅，你不懂，不是翻脸，是例行审计！齐本安过来接京州这摊子事了，以前的账不得查清楚？不查清楚将来就是齐本安的事！谁来接都得查的，碰上齐本安这么个认真人，就出意外了！

程端阳：要我说也不是意外，本安本分老实，不像满江，胆大！

石红杏：这一查，林满江问题不少，也把我和皮丹牵扯了！这阵子都愁死了，和谁都没法说。牛俊杰你知道的，恨死了林满江！林满江呢，也要把牛俊杰往死里整，陆建设四处搜集牛俊杰材料……

程端阳很惊讶：我的天哪，杏，你们怎么搞到了这一步?!

6 齐本安办公室 夜 内

齐本安对牛俊杰说：……所以，俊杰，我今天得和你谈透。本来我不想和你说，可不说真不行，怕将来出了什么大麻烦，对不起你和石红杏，你会怪我骂我！

牛俊杰：本安，你应该和我说，我们都是为石红杏好嘛！

齐本安：这次审计审出的问题不少，最终许多账都会算到石红杏头上！京州中福这六年毕竟不是别人，是她在主持工作啊！你说这不让我纠结吗？我怎么办？我知道问题出在林满江身上，林满江也许烂掉了，但红杏、皮丹，甚至包括我师傅程端阳都挡在林满江前面啊！

牛俊杰：把你师傅程端阳也牵扯进来了？哎，这不应该啊，这老太太人挺好的，虽说有些拿大、滑头，可不贪不占，洁身自好……

齐本安叹息：起码涉及长明集团一幢别墅，人家说是送她的！

牛俊杰：人家怎么会送程端阳别墅？这里面肯定有文章嘛！

齐本安：是啊，不但有文章，文章还很大……

7 京州人民医院病房 夜 内

程端阳怔怔地看着石红杏：别墅？我老太太在光明花园有别墅？

石红杏：是啊，光明花园是长明集团参加开发的，傅长明给你送别墅时，又正好在谈京丰、京盛矿的转让，我和皮丹，还有林满江说得清吗？当时我就怕出麻烦，一再请示，林满江同意了，皮丹才办的！

程端阳急了：哎呀，杏，这事我不知道，一点都不知道！你们几个也真是的，当时谁也不给我说！别说你们和长明集团正谈着生意，就是没生意，我也不会要的，我无功不受禄嘛！杏，你麻利地，赶快让皮丹把别墅给人家长明集团退回去，一定要退回去，可别惹事啊！

石红杏：现在这事比较麻烦，别墅在你名下、在公司名下都还有辩解余地，如果落到皮丹或者他老婆名下，只怕还要被追究啊……

程端阳：杏，那……那你说怎么办？皮丹这……这不是作死嘛！

石红杏叹气：我也不知该怎么办，齐本安现在和林满江是对手对头，两个人互相盯着，一副你死我活的样子，想想我都睡不着觉！

8　齐本安办公室　夜　内

齐本安对牛俊杰说：……我不想成为任何人的对手，尤其不想成为自己大师兄林满江的对手，但怎么办呢？对这些违规违纪，甚至是内外勾结的非法经济活动不闻不问？我也做个傻傻的石红杏？嗯？

牛俊杰：本安，你说轻了，恐怕不是非法经济活动这么简单！十个亿的交易费用，人家钱荣成可找上门了！谈判是皮丹操作的，幕后又有林满江，现在这幢别墅的出现并不意外，可以肯定就是行贿嘛！

齐本安一声叹息：那京丰、京盛矿转受让上问题就太大了！

牛俊杰：没错，这种事我们谁都没法装傻！

9　京州人民医院病房　夜　内

程端阳一把拉住石红杏的手：要不，我找找本安，和本安说说？

石红杏思索着：和本安说啥？在这种事上，本安不会听你的……

程端阳迟疑着：那……那我去找找林满江呢？

石红杏：哎呀，我的师傅，你这一找，不是将林满江的军嘛！你让林满江说什么？怎么说？还可能进一步激化矛盾，让林满江觉得我们大家都在找他的茬，都和他作对！尤其是我，更是脱不了干系啊！

程端阳打定了主意：那我找皮丹吧，动员他把别墅退给傅长明！

石红杏想了想：好，让皮丹把屁股擦干净，别连累了我们大家！

程端阳：杏，你放心，你放心，师傅明白，师傅还没老糊涂！

石红杏：师傅，就算林满江再不是东西，我也不能害他呀！其实，林满江真不该对我这样！我在京州中福当了六年家，就等于林满江当家！不但是林家的事，就连他家亲戚朋友的事，都是我一手包揽，可你不能让我干了违规的事，还把自己撇得那么清，这可把我害惨了！

程端阳：是的，是的，杏，这怪满江，哪能这么做人做事！过去他不是这样的啊，敢做敢当，我看也是被官场的坏风气给带坏了！

石红杏：算了吧，大师兄本身就是坏风气的源头，唉，不说了！

10 齐本安办公室 夜 内

牛俊杰向齐本安建议：本安，你也别冲到第一线，这幢别墅就让陆建设去查，陆建设现在不是和皮丹好得一个头吗？看他怎么办呗！

齐本安：也好！俊杰，你也费点心，从侧面做做红杏的工作，让她千万守住一个国企经营管理者的原则底线，站稳党员干部的立场！

牛俊杰：好的，本安，我这院也别住了，上班和你并肩作战吧！

齐本安：对嘛，你也该出院了，我都兼任你京州能源董事长了嘛！

11 皮丹公寓 夜 内

皮丹和陆建设对酌，双方都明显有了些醉意。

陆建设：……皮主任，我是真不想回去啊！齐本安、石红杏、牛俊杰、王子和，他们一个个都不是东西，我一不小心没准就踩上雷了！

皮丹：哪来这么多雷，老陆，你……你记住：现在你……你朝里有……有人了，再也不是谁都能杀的野猴子了，你……你是花果山上的猴子！是……是齐天大圣的猴子，谁动你试试？找……找死他们！

陆建设：皮主任，真正花果山的猴子是你，你早点过来就好了！

皮丹：目前有些困难，我觉得不是领导不想让我去京州，是领导有……有难处，张继英、朱道奇不是吃干饭的！他们是齐本安的后台！

这时，皮丹手机响。

皮丹接手机：哦，妈！咋这时候来电话了？我在干吗？我还能干吗？我一佛系干部，与世无争，与人无争，远离尘世，服务领导，烦闷时喝两口，痛苦时喝两口……什么？妈，你……你说什么？别墅？

12　京州人民医院病房　夜　内

石红杏已经离去，程端阳恼怒地和儿子皮丹通话：……皮丹，你最好清醒点，赶快把光明花园的那幢别墅退给傅长明，别自己弄得臭烘烘一屁股屎，也熏得你妈和大家跟着你一起臭。现在是什么政治形势你不知道吗？党和政府在反腐倡廉，在壮士断腕，在刮骨疗毒！

皮丹的声音：妈，你别扯那么多，我问你：你怎么知道别墅的？

程端阳：要想人不知，除非己莫为！皮丹，你给我记住了，你妈是党组织一手培养起来的劳动模范，有做人的原则和底线，你妈眼里容不得沙子，更容不得身边亲人腐败犯罪，不管是你，还是林满江！

皮丹的声音：哎，妈，这事是不是齐本安、石红杏和你说的？

程端阳：谁和我说的你管不着！皮丹，你千万别糊涂啊，别以为林满江是中福集团一把手，你就可以无法无天，你妈这里就通不过！

说罢，程端阳挂断了手机。

呆呆坐在床上，程端阳眼里涌出泪水。

13 皮丹公寓 夜 内

皮丹破口大骂：妈的，这两个不得好死的，搞到老太太那儿去了！

陆建设：这别墅是怎么回事？长明集团送的？这可不是小事啊！

皮丹眼皮一翻：那也不是啥大事，傅长明非要送，明白说了，是送我妈的！我妈住在矿工新村棚户区，傅长明看不下去，林满江也看不下去，他们一商量，就送了我妈一幢别墅！怎么了？照顾劳模嘛！

陆建设赔着小心：但是，但是，你妈好像……好像不知道这事啊？

皮丹：我当时没敢和她说，老陆，你不知道，我家这老太太一身的劳模病，动不动就党啊、组织啊，头脑太僵化了！这不，刚才又给我反腐倡廉，上起政治课了！

陆建设话里有话：皮主任，我是好意哦，你还是要小心！现在京州中福的老大老二毕竟不是我老陆，是人家齐本安和石红杏啊……

皮丹：没错，老陆，你赶快回去，按领导的指示，查一查他们的腐败问题，抓住牛俊杰往死里整！我也向领导做个紧急汇报……

14 林满江办公室 日 内

林满江放下手上文件，看着皮丹：说，继续说，别吞吞吐吐的！

皮丹似乎很纠结：林董，我……我真不知道该怎么说，我妈昨夜半夜三更突然来了个电话，把我臭骂了一通，就为了那幢别墅……

林满江没在意：别墅？什么别墅啊？你在哪买别墅了？！

皮丹：哎呀，林董，你忘了？五年前和傅长明谈京丰、京盛矿生意时，长明集团傅长明不是送了我妈一幢光明花园的别墅吗？当时还要送你一幢呢，差点给你办手续了，你硬是没要！

林满江这才想了起来：对，对，有这事，怎么，齐本安追查了？

皮丹：我妈电话里没说，但肯定是追查了呗！

林满江恼怒地站了起来，难得爆粗口：妈的，真不是个东西！

15 齐本安办公室 日 内

齐本安、石红杏、陆建设在研究工作。

陆建设时不时地看着笔记本：……这次到北京向林董汇报，林董特别指出：对牛俊杰违反中央八项规定精神的问题，不讲政治纪律的问题，不能视而不见，要敢碰硬，在调查落实的基础上进行严肃处理！

石红杏：哎，老陆，我打断一下：林满江同志怎么对牛俊杰这么感兴趣啊？你是不是当面做了汇报？是不是添油加醋了，请说清楚！

陆建设一脸诚恳：老石，别对自家老公护短啊！牛俊杰的这些问题并不是我今天才追究的，其实早在老齐调来之前就追究了！老石，我从来没瞒过你的，我襟怀坦白和你说过，我给林董写过举报信的！

石红杏：我请问：在齐本安到来前的京州中福，违反八项规

984

定精神的难道只是牛俊杰一人吗？牛俊杰又因为什么才违反纪律的？你弄清楚了吗？你是不是为了一块"代书记"的牌子，故意报复牛俊杰啊？

齐本安绷着脸：同志之间搞打击报复不好啊！再说了，关于请客吃饭的事，我调查过了，都是招待债权人，事出有因，也批评过了！

陆建设：老齐，你的意思……我们就不必调查处理牛俊杰了？

齐本安：没错，当时我是董事长兼党委书记，我处理过了嘛！

陆建设：老齐，我再提醒你一下：牛俊杰是林董要求处理的！

齐本安：在这件事上，林董说了不算！老陆，我也说清楚了吧？

陆建设：老齐，你的意思，在京州中福，反腐倡廉可以不搞？

齐本安脸一拉：谁说不搞了？搞啊！不但要搞，还得搞好了，搞彻底了！有线索的腐败要一查到底！皮丹收受了长明集团一幢别墅，价值人民币一千多万，怎么个情况啊？老陆，你好好查去，我等着！

陆建设怔住了。

16 林满江办公室　日　内

林满江有些恼怒：……皮丹啊，你怎么这么混蛋呢？我当时让你把别墅办到老太太名下，她就你一个儿子，别墅以后不还是你的吗？

皮丹苦着脸：我……我这不是怕以后万一交遗产税嘛！

林满江：遗产税在哪里啊？哪辈子能出来啊？尽耍小聪明！

皮丹：林董，我……我……我这不是觉着有您撑……撑腰吗？

林满江：我真是上辈子欠你的！（说罢，批起了文件）事情既然出了就不要怕，让傅长明在账务上处理一下，静观其变吧！现在齐本安不是京州中福的党委书记了，党委书记是陆建设，要查也得陆建设去查！陆建设怎么查，会及时向我请示的！把这份文件送人事部！

皮丹接过文件：好的！林董，但是，陆建设是代书记啊，三把手！

林满江：三把手怎么了？齐本安敢把老陆踹开，自己来查你？齐本安还没这么蠢，他肯定会用老陆来将我的军，我这里候着他呢！

皮丹：林董，老陆真是难啊，都打退堂鼓，说是不想干了……

林满江讥讽：好不容易弄到的位置，放弃了？不想干了？嗯？那就让他辞职好了，换个愿意干的人去干！这种人随手一抓就是一把！

皮丹不敢再说下去了，拿着文件离去。

17　齐本安办公室　日　内

陆建设看看齐本安，又看看石红杏：老齐，老石，皮丹是中福集团办公室主任，级别正局，又直接为林董服务，我们没权限查吧？

气氛有些僵。

石红杏迟疑不决：齐董，这个……这个，要不这事先摆一摆？

齐本安手一挥：摆什么？有线索的事就要查，就事论事嘛！说到权限，其实也很清楚：如果皮丹现在犯事，归张继英他们查，但在京州中福犯的事，在京州能源董事长任上犯的事，那就归我们查了！况且，这又是审计时发现的问题，我们必须弄明白！老陆，你说呢？

陆建设：老齐，对你上面的话我怎么理解啊？你这是命令我吗？

齐本安不愿纠缠：你把它理解为一个班子同事的意见和建议吧！

陆建设：老齐啊，不是我批评你，即使是意见和建议你也是不妥当的！你凭什么认为皮丹犯事了？那幢别墅是不是存在啊？就算真的存在，也未必就是犯事吧？皮丹一直在炒房子，我们大家都知道嘛！

齐本安：老陆，我提醒你：这幢别墅当年的价值就超过千万！

陆建设故意装糊涂：你什么意思？我不是太理解，请说明白！

齐本安：凭五年前皮丹的合法收入，他根本付不起首付！

陆建设仍然装糊涂：那他可以借钱啊，谁没几个好朋友，是吧？

18　林满江办公室　日　内

林满江和程端阳通话：……哎呀，师傅，这点小事怎么又把你惊动了？我今天上班才听皮丹说，没关系，齐本安、石红杏、牛俊杰他们这帮人无事生非！这幢别墅的确是长明集团送给你住的，人家主动提出来的，我也不愿看着你住棚户区破房子，就同意了！

19　京州人民医院花园　日　外

程端阳在花园一侧和林满江通话：……满江，你糊涂了不成？你手里掌握着成千上万亿的国有资产啊，多少人的眼睛盯着你啊，现在京州不少人传，说傅长明是跟着你发起来的，咱还敢收人家的别墅？

林满江的声音：哎呀，师傅，你别烦了，这件事我来处理好了！

程端阳：好，那你赶快让皮丹退房吧，这混蛋东西不听我的，就听你的，满江，你可得头脑清醒，领着皮丹走正道啊……

这时，手机里变成了忙音。

画外音：程端阳心里产生了从未有过的恐慌，光明花园的别墅是真实存在的，儿子皮丹和大徒弟林满江全陷进去了！林满江怎么处理？当真一手遮天吗？天是遮不住的！这可不是齐本安、石红杏、牛俊杰他们无事生非，是受贿犯罪啊！天哪，她该怎么办呢？

20　齐本安办公室　日　内

陆建设逼视着齐本安，语含威胁：老齐，你一定要查皮丹是吧？

齐本安不退让：是，没错，要查，必须查，老陆，这是你的职责！

石红杏：哎，哎，老陆，本安，你们都冷静点，有话好好说！

陆建设根本不理睬石红杏，大大咧咧地拨起了手机。

21　林满江办公室　日　内

桌上电话响。

林满江抓起电话：哦？老陆？什么事啊？说！

22　齐本安办公室　日　内

陆建设在齐本安和石红杏的注视下，和林满江通话：林董，向您做个汇报啊！您和集团明令查处的牛俊杰违反八项规定精神的问题，齐本安和石红杏都不同意查处！他们要求我查处皮丹同志，说是在交接审计中发现皮丹收受了长明集团一幢别墅。我觉得这是很不妥当的！皮丹目前是您办公室主任，直接为您服务，未经您和中福集团的同意就查处，会产生不良影响。但齐本安仍然坚持查处，和我僵持不下，我们谁也无法说服谁，所以，我现在向您和集团做这个汇报，请您指示！

23 林满江办公室　日　内

林满江脸色极其难看：好，我知道了！（说罢，挂机。）

画外音：尽管在意料之中，林满江听到陆建设的这个汇报仍然深感震惊，就像被人当头打了一闷棍，眼前直冒金星。齐本安的胆子也太大了，公然违背他的指示另搞一套，而且搞到了皮丹头上。他的权威受到了前所未有的挑战，是可忍孰不可忍……

愣了片刻，林满江突然冲着门口大吼：皮丹！皮丹……

24 齐本安办公室　日　内

齐本安也失了态，桌子一拍，一声吼：散会！

陆建设把公文包一夹，抬腿就走。

石红杏没动，待陆建设走了才说：本安，别意气用事嘛！

齐本安颓然坐倒在身后的椅子上，恼怒异常：混账，这个混账东西，他……他竟然敢给我来这一手！敢当面将我的军！

石红杏：本安，要不，我……我再给林满江打个电话说一说？

齐本安苦笑：红杏，你觉得还能说通吗？

25 林满江办公室　日　内

皮丹诚惶诚恐地站在林满江面前。

林满江忍着显而易见的痛苦，努力保持着一以贯之的威严：皮丹，你……你通知在家的党组成员开会，研究京州中福的干部调整！

皮丹心知肚明：好的，林董！

林满江：你也准备一下，会一散，就到京州中福接替齐本安！

皮丹压抑着自己内心的激动：林董，您……您到底下决心了？

林满江汗下来了：下决心了，下决心了……

皮丹：林董，您好像不舒服？哎呀，该吃药了！

林满江：是，又难受了！药……药呢？

皮丹把药和水递上：林董，您现在脸色不太好看……

林满江：被气着了，齐本安这……这个混账的东西！

皮丹：还有石红杏，忘恩负义，也跟着使坏！

林满江叹息：是啊，是啊，都……都不是玩意啊……

26 齐本安办公室　日　内

石红杏很平静地对齐本安说：陆建设就是个小人、坏人，你别和他一般见识！我相信林满江不会因为陆建设这个汇报就对你动手……

齐本安苦笑：我的天哪，石红杏，怪不得你们家老牛夸你傻，你是真傻啊！陆建设这小人、坏人是谁用的？是不是林满江啊？事已至此，林满江还不向我动手？他不但要向我动手，也不会饶了你！别忘了，林满江是握着三角刮刀冲上仕途的，翻了脸，他是敢动刀子的！

石红杏：哎，本安，他和你动过刀子吗？他年轻时的一时冲动你怎么就是忘不了？谁年轻没有冲动的时候？你我没有啊？都有嘛！

齐本安：我两次被林满江一撸到底，你不知道吗？其中有一次还和你有关！你向林满江汇报，说我有野心，改换门庭投靠了威虎山！

石红杏：哎，你是投靠威虎山了嘛！朱道奇从国资委调来做董事长，相中了你，让你做了他的秘书，你兴奋啊，一下子变得让我和林满江都不认识了，林满江能不骂你？他骂你，我就跟着附和了几句！

齐本安：就附和了几句？哎，哪次林满江收拾我你不跟着附和？！

石红杏：其实那次也怪你，林满江和朱道奇是甥舅，本来关系就不好，你呢，还跟着添乱，弄到后来两个人连话都不说了！你说你！

齐本安恼怒地：那时我哪知道他和朱道奇是甥舅？你知道啊？！

石红杏：我也不知道！不过，你没在朱道奇面前说过林满江的好话吧？你和林满江明争暗斗的，别人不知道我知道！你也别怪林满江后来收拾你，一来一往嘛，我这是说公道话！

齐本安：你还公道？你……你这个林满江的无耻信徒！

石红杏：哎，本安，你别叫，我现在不信了，起码不全信了！

齐本安：所以，你就别心存侥幸了，林满江也饶不了你的！

27　林满江办公室　日　内

皮丹向林满江汇报：……林董，都通知了，在家的党组成员一共三位，靳董这边还有些麻烦，他今天晚间的航班去开罗，加上您，也只有四位，刚过半数。如果靳支援马上再走了，这个会开起来可就……

林满江思索着：皮丹，你通知靳支援马上过来，我来和他谈，让他的非洲之行改期。另外，为了保险起见，让上海的秦总打飞的赶快飞过来，会议晚上开！

皮丹：好的，我这就去办！

28　齐本安办公室　日　内

石红杏对齐本安说：……本安，大师兄握着三角刮刀为劳模指标要去捅那位局党委书记，我后来也想过，觉得他是吓唬师傅，让师傅让出自己的劳模给他！本安，你想啊，如果林满江真想杀人，还跑到师傅那儿告啥别啊？是吧？一告别，师傅肯定要阻拦嘛，是吧？！

齐本安：如果这样，林满江那就更恶劣，那就是吃准了师傅，利用师傅的善良达到他个人的政治目的！劳模对师傅来说是个称号，弄到林满江手上，他就能玩出花样来，就能变成他仕途起飞的平台！

石红杏：哎，这倒是，这么说，林满江还真是挺有心机哩！

29　林满江办公室　日　内

集团党组成员兼副董事长靳支援走了进来：哎呀，林董，非洲这可是你给我派的差事啊,今晚的飞机飞开罗!怎么又突然开会了?

林满江乐呵呵的,仿佛变了个人:哎,老靳,你坐,坐下说!

靳支援在沙发上坐下:非洲的问题不解决也真不行了,三天两头地罢工,虽说是观念冲突,但不能无休无止!林董你也真是疼我,刚甩掉京州中福,又让我兼了非洲公司的董事长!

林满江:老靳,我疼你,你们不疼我,就没有啥让我省心的!

靳支援:又怎么了?林董,你说!

林满江:老靳,和你通个气:今天我们开会要解决的,是你在京州中福遗留的问题,所以你不能走!你是京州中福的原董事长,现在交接审计没通过,你往哪里走啊?你走了,谁替京州中福做解释啊?

靳支援一下子跳了起来:什么?什么?京州中福的交接审计到今天还没搞完?这快两个月了吧?齐本安想干什么?啊?!这个混蛋王八蛋,他找死啊他……

林满江:哎,坐下,别叫,别叫,所以要开会解决他嘛!

30　皮丹办公室　日　内

皮丹和陆建设通话:老陆,现在说话方便吗?

陆建设欢快的声音:方便,方便!皮主任,你不打电话给我,我也得打电话给你!我正要和你说呢!哎呀,我今天可是狠狠地将了齐本安和石红杏他们一军啊!痛快,痛快,太痛快了!你说过,摩擦起火,现在看来,不但起火,它还让人心旷神怡,还有益于身心健康呢!

皮丹乐了：就是，就是嘛，老陆，你现在深有体会了吧？你这一军算是将到位了！我这边的情势一下子逆转，咱们领导终于下决心了！

陆建设的声音：是吗？哎呀，太好了！

31 齐本安办公室 日 内

石红杏不安地问齐本安：本安，你觉得这次林满江会怎么做呢？

齐本安推测：林满江肯定会把我拿下来，派皮丹过来做董事长！

石红杏想了想：根据以往的经验，把你拿下来是必然的，你恐怕要来个三上三下了！但是，把皮丹派过来我认为不太可能！皮丹几斤几两，林满江最清楚，这是不会的！

齐本安：红杏，我不和你争论，不信，你就睁大眼睛看好了！

石红杏：皮丹的能力先不说，这次事情也因他而起，光明花园的别墅总得弄清楚，有个说法吧？林满江会这么不管不顾吗？那也太不负责任了吧？如果林满江是这种人，本安，咱这辈子就都瞎了眼！

齐本安：红杏，咱们谁都没瞎眼，是权力改变了林满江！

32 林满江办公室 日 内

靳支援冲着林满江吵：……林董，你别怪我发火，我看你这位师弟就是欠管教！上任没几天，就不屈不挠地追着我找碴，从京州追到昆明，追到西双版纳，还一路上游山玩水，严重违反八项规定精神！

林满江一副意外的样子：哦？老靳，你不说我还不知道呢，齐本安他还一路游山玩水？这是什么时候的事？顶风违纪嘛！太放肆了！

靳支援：可不是嘛，就是他到京州上任以后的事，这不是谁随便乱说，那是有图有真相，那是证据确凿！齐本安和他们京州中福的办公室主任吴斯泰一起去游的，吴斯泰在网上四处招摇，影响极坏！

林满江：这些问题都要在会上说！我这个师弟啊，以前倒还是不错的，这些年变化太大！内战内行，外战外行，不顾大局，不顾影响！

靳支援：还自以为是，和我们集团闹独立！林董，如果我们继续容忍齐本安，让齐本安在京州中福搞割据，中福集团迟早要出大乱子！

林满江忧心忡忡：是啊，是啊，所以，齐本安要坚决拿下来……

（第四十五集完）

第四十六集

1　陆建设办公室　日　内

陆建设快乐地和皮丹通话：皮主任，我现在是不是应该称你"皮董事长"了？这真叫喜从天降！我现在有一种解放了、天亮了的感觉啊！

皮丹的声音：但是要低调，低调，知道吗？

陆建设：对，对，低调，不能给人一种还乡团回来了的感觉！另外，皮董，我也好心给你提个醒啊：长明集团光明花园别墅的事，你得赶快处理一下，千万别让齐本安他们在这上面做什么文章啊！

2　皮丹办公室　日　内

皮丹和陆建设通话：他们做什么文章？做得了吗？别墅这事领导又不是不知道！实话说，别墅既是傅长明送的，也是领导送的！领导和我家老娘情同母子，能看着我家老娘一直住寒窑吗？傅长明要孝敬领导，领导要孝敬我家老娘，我家老娘的房子就是我的，哪里有错？

陆建设的声音：皮董，理是这理，但是要小心坏人捣乱啊！

皮丹：是的，是的，老陆，我和领导商量一下再说吧！

3 齐本安办公室 日 内

齐本安对石红杏说：好了，不说了，红杏，我必须做最坏的思想准备，等着走人离开京州中福。你呢，心里也要有个数，把过去这几年的事都好好复一下盘，回忆一下：许多违规违纪的事情都是怎么发生的？林满江每年抽走的批示都是些什么内容？以免被他们诬陷。

石红杏：本安，会……会这么严重吗？林满江会对我不管不顾？

齐本安：当你危及他仕途前程的时候，他肯定把你一脚踢开！

石红杏：林满江都这么高位置了，还有什么仕途前程好奔啊？

齐本安：哎，他要再进一步，从副部升正部，做汉东省的省长啊！

石红杏叹息：这倒也是，所以，本安，你真不该到京州中福来！

齐本安苦笑：这话就别说了，又不是我要来的，是他们派的！

4 林满江办公室 日 内

靳支援斟词酌句对林满江说：齐本安该拿下来，但是让皮丹接任京州董事长？是不是有些轻率了？林董，皮丹那可是佛系干部啊！

林满江：皮丹不太负责任，能力也不太够，但现在咱临时抓谁呀？

靳支援牙疼似的吸着冷气：也是，也是！皮丹毕竟对京州熟悉！

林满江：所以啊，老靳，我把话和你说到底：比皮丹强的干部不是没有，但一时顶不上去啊！皮丹哪怕他是一坨屎，我们也得用他！

靳支援苦笑：林董，你都把话说到这份上了，我还有啥可说的？听你的呗！不过，张继英那里你最好提前沟通一下，只怕她会有想法！

林满江：没错，有想法，我已经和她沟通过了，不理想啊……

靳支援耍起了滑头：要不，林董，等你做通张继英的工作再开会？

林满江脸一拉：老靳，你愿意眼看着京州中福地雷爆炸吗？啊？

靳支援不禁一怔：不说了，不说了，林董，你定，定啥我都支持！

5 京州街上 日 外

轿车急驰。

车内，齐本安打手机，布置工作：……老王，你这样啊，从现在开始加一加班，把审计发现的问题项目的资料，全给我复印出来！另外，那个小金库的账目，要一笔笔核实清楚，别管涉及谁……

6 石红杏办公室 日 内

石红杏和牛俊杰通话：老牛，我给你打个招呼：林满江要对你下手了，陆建设今天也许就会找你，你看看怎么办？是不是继续住院？

电话里的声音：哎呀，早说呀，我已经出院了，刚办的手续！

石红杏略一沉思：那就辞职吧，人家不待见你，你也没必要为一千块生活费这么卖命了！老牛，抓紧，赶快把辞职报告交给齐本安!

电话里的声音：这不好吧？我昨夜还答应陪齐本安走一程呢!

石红杏叹息：别陪了，齐本安自身难保，也要下台离开京州了!

7　京州街上　日　外

轿车急驰。

车内，齐本安和牛俊杰通话：是的，我可能会离开京州，但是老牛，我不希望你辞职! 中福集团不是林满江的独立王国，京州中福也不是哪个人的封建领地! 我不会丢下你不管，老牛，你得挺住了!

8　京州能源院门前　日　外

一辆轿车驶入大门。

车内，牛俊杰和齐本安通话：本安，你让我想想吧!

轿车在门厅停下。

牛俊杰挂上手机，忧心忡忡地下车。

9　天使商务公司　夜　内

李顺东、秦小冲、白副总吃着盒饭，研究工作。

白副总汇报：……李总，秦副，黄清源养鸡场的这六千只鸡得之不易啊，还和鸡场的农民打了一架，我方四人受伤。当然，对方也被我们打倒了几个。双方都有人被公安拘留，我方二人，对方三人!

秦小冲讥讽：白总，那你这鸡算怎么回事？是鬼子进村抢来的?

白副总：不，不，还是算抵债，黄清源的老婆签字同意的，当时她也在场！但是李总，秦副，我提个抗议啊，哎，这六千只鸡来之不易，你们怎么就不知道珍惜呢？我们线下同志付出了鲜血和拘留的代价啊，怎么能乱送人？怎么能给钱就卖呢？真让我痛心，很痛心！

秦小冲：给钱就卖是个幌子，做广告的，实际上卖价不算低了！

李顺东：就是，给报社送鸡算在我账上，算我为爱情付出的代价！

白副总：那行，那行，谁的爱情谁付钱，亲兄弟明算账是吧！但就这么着，我这桩买卖也亏了，卖鸡钱的提成估计不够伤员的养伤费和被拘员工工资！都说讨债是暴利产业，我咋就没见过暴利呢……

李顺东：别发牢骚了，抢下六千只鸡，黄清源项目总算开了张！下一步暴利就来了，今天我和执法局沟通过了，争取到长明保险公司执行黄清源那笔长明保险的股权，这要执行下来，亏空就全弥补了！

10　长明集团　夜　内

傅长明捻着佛珠，心气平和地对皮丹说：皮主任，你放心，光明别墅账务上做个处理就成，这种事情财务公司有经验，查不出来的！

皮丹：那就好，领导也说了，你有办法，再说，还有老陆配合！

傅长明：这种区区小事不谈了！这么说，你马上要去京州上任了？

皮丹：是，他们党组正开会，如果没有意外的话，应该这样！傅总，也得感谢你啊，给领导吹了不少风，终于让领导下决心用我了！

傅长明：你知道就好！皮主任，你我是什么关系？虽然没有一起下过乡、扛过枪，一起嫖过娼，但一起共过事，一起发过财，是吧？

皮丹：傅总，我的哥呀，是你发财，我也就是跟着喝点汤罢了！

傅长明：你到京州做了董事长，就不是喝汤了，有大肉可吃啊！

皮丹眼睛一亮：傅总，你的意思？

傅长明：皮主任，这人心里都有魔啊，叫心魔。哎，你说怪不怪，我只要一见到你，心里就魔动不安！也知道这不好，可就是避不了。

皮丹：啥事啊，你是半仙之体，别神神道道，说得我心惊肉跳！

傅长明：还是京丰、京盛矿的事嘛，你们集团战略委员会定下十五亿给我的，因为齐本安去了，牛俊杰瞎起哄，僵在那儿了，你这一去？

皮丹：哦，明白，明白，只要咱领导不改变主意，我就给你办了！

傅长明：好，好，那就好！我们长明保险现在一个月的保费收入就六七百亿，全年七八千亿，能买的东西太少了，你们京州能源经营不善，好好的矿开不下去了，不如市价还给我，我包装一下再上市！

皮丹：就是，就是……

11　中福集团会议室　夜　内

林满江、张继英、靳支援等五名党组成员在开会。

林满江绷着脸严厉斥责齐本安：……不讲政治，不讲规矩，对集团闹独立性，拒不执行集团的战略决策，这样的干部在我们中福集团的历史上就从没见过！所以，我建议撤销齐本安京州中福董事长的职务，重新安排力所能及的工作，派集团办公室主任皮丹同志任京州中福董事长，主持全面工作。新的京州中福领导班子排名次序为：皮丹、陆建设、石红杏。陆建设的"代"字拿掉，正式任命为党委书记。

众人沉默着，没人发言。

林满江威严地扫视着众人：如果没有意见的话，那么就……

张继英举手发言，态度十分鲜明：满江同志，我反对！

众人目光都投向张继英。

林满江：好，继英同志，请发表意见，我和同志们洗耳恭听！

12　天使商务公司　夜　内

白副总翻着白眼，对秦小冲说：……黄清源项目好歹开了张，钱荣成和荣成集团还是没进展！这两个月成本花去了不少，已经大几十万了，仍然看不到希望，李总虽然没批评，但是秦副，你不惭愧啊？

秦小冲冲着白副总苦笑拱手：惭愧，惭愧！好在又缴获了钱荣成一辆大奔，即使最终收不上账，也不至于亏本。

白副总：大奔是你缴获的？是李总足智多谋！

李顺东：不能这么说，秦副不足智多谋啊？！我一直讲，我们的同志在困难的时候，要看到光明，光明就在我们前方不远处，最多十米远！在这一点上，咱们得学一学人家钱荣成！钱荣成直到现在都没灰心丧气，还准备骗银行呢！最新情报啊，说是准备骗汉东银行！

秦小冲：是吗？汉东银行好骗吗？不知道防火防盗防荣成啊？

李顺东：人家怎么不知道？知道，但架不住钱荣成会讲故事啊！钱荣成大讲他和傅长明、黄清源杏园三结义的故事，故事还有根有据——好像傅长明替他还了八千万的账啊，这也真让我目瞪口呆……

13　长明集团　夜　内

皮丹问傅长明：傅总，听说你用八千万把钱荣城摆平了，是吗？

傅长明叹息：唉，没办法啊，我本来不想给的，哪来什么十亿交易费啊？纯属讹诈嘛！可咱领导正在仕途的关键时候，我不能让这条疯狗乱咬啊！就白给了钱荣成八千万，一个油水很足的肉包子啊！

皮丹：傅总，不会肉包子打狗吧？

傅长明：应该不会吧？这可是不小的肉包子，我还救了他儿子！

皮丹：你还是要小心一点！钱荣成不是凡品，还梦想翻身呢！对了，还有黄清源，你们杏园三结义的三位好汉，两位都不是东西啊！

傅长明叹息：是啊，是啊，我这辈子最后悔的就是沾上了这两坨屎！这两坨屎还偏偏拿我当张牌打！我现在总算明白了，为啥开国皇帝一坐稳江山立即杀功臣——不，这比喻不对，是杀当年老弟兄……

14　中福集团会议室　夜　内

张继英在林满江的注视下，平静地发言：满江同志，我不同意你对齐本安的评价！你找我征求意见时，我就明确表示了我的意见：不宜动京州班子。在这里，也向同志们重复一下：齐本安调京州仅两个月，刚刚熟悉了情况，因为同事间的一些琐事就动干部，不太合适。

林满江玩弄着手上的红蓝笔，低头思索着什么。

张继英：今天，满江同志又提出了一个皮丹，建议让这位同志去接替齐本安，就更让我感到不安了！皮丹也许是个好的办公室主任，但并不是一个好的董事长，他在京州能源的任职经历证明了这一点……

15　天使商务公司　夜　内

李顺东表情严肃：这阵子，我也在检讨：在钱荣成项目上，都有哪些经验教训？表面上看我们占了上风，让京州市民一举认识了豪车劳斯莱斯，让京州各个银行知道了防火防盗防荣成，但也把钱荣成逼到了绝路上。钱荣成走上了绝路，我们也就没有活路了，不应该啊！

秦小冲立即争辩：哎，李总，钱荣成项目组的每一项讨债措施可都是你批准的啊，有些措施还得到了你的高度评价和充分肯定……

李顺东：秦副，你不要误会，我没有追究责任的意思，是总结经验教训！我们犯了一个大错误呀，不该去搞豪车游行活动，应该和钱荣成一起去弄资金！现在钱荣成贼心不死，准备讲好杏园三结义的动人故事，把汉东银行套进债务圈，我们不能反对，要积极配合支持！

白副总：哎，有道理！以往我们的讨债方法太耿直了……

李顺东：所以，现在要考虑调整战略，执行和平的讨债政策！

白副总：对，对，现在武的也不行，公安抓得太紧，动不动就扫黑，咱不是黑社会也给弄成黑社会了，所以线下活动越来越困难了！

秦小冲：李总，我建议干脆把线下活动全部外包给刘三吧！

白副总：对，对，刘三是真的黑社会！

李顺东：别包了，这一包没准就真涉黑了，刘三他们万一弄出了人命，咱们脱不了干系！还是多和各地法院的执行局合作吧……

16　长明集团　夜　内

皮丹和傅长明告别：……行，傅总，那就这么说，我回去了！

傅长明：回吧，皮主任，如果有时间的话，我就给你送个行！

皮丹：咱们就别客气了！不过，钱荣成的事可千万别出麻烦！

傅长明：哎呀，让领导放心，我八千万还买不下他那张臭嘴吗？！

皮丹走后，傅长明脸上的笑意抹去了，问王主任：他真来了？

王主任：来了，非要见你，带来一张八千万的欠条，还说有个计划要向你汇报，我让他回去，他就是不听，大扯什么杏园三结义……

傅长明叹息：这叫啥？啊？这就叫贪得无厌，不识时务啊！

王主任：他也不甘心就这么死了，还想挣扎，想东山再起呢！

傅长明阴冷地：做梦去吧！别说钢铁制造业了，甚至整个实体经济都进入了死亡通道，大数据时代的虚拟经济在强势资本的推动下横扫一切，他钱荣成和荣成集团还想活下去？阿弥陀佛，善哉，善哉！

17　中福集团会议室　夜　内

张继英仍在发言：……另外，我也非常担心京州班子出现逆淘汰现象。皮丹、陆建设都是京州上来的干部，京州中福的干部群众对他们的底细一清二楚，拿下齐本安，让这样的干部主持工作不服众啊！

林满江：好，有话就说，民主集中制嘛，大家也说说？靳总！

靳总：那我也说一说！本来不想说的，满江同志定了的事就执行呗，继英同志有看法，说了自己的意见，那我作为京州中福的前任兼职董事长也不能沉默了！我不同意继英同志的看法，我认为齐本安就该拿下来！这个同志不讲政治，不听招呼，自行其是，是绝对不能容忍的！如果容忍下去，京州中福将成为封建割据之地，齐本安也会成为一代经济军阀，也没有下级服从上级、令行禁止这回事了……

张继英：哎，靳董，我不赞成你的意见！

林满江敲了敲桌子：哎，继英同志啊，请让靳董讲！要善于听取不同意见嘛，要民主决策、民主议事嘛，好，靳董，请你继续讲!

靳支援:好，我继续讲! 齐本安不讲政治，不讲纪律，还严重违反中央八项规定精神，顶风违纪，影响极坏! 同志们都知道，我身兼八家公司董事长，齐本安上任后借口找我交接工作，说是一路追我，实际上是在他们办公室主任吴斯泰的陪同下，花着公款游山玩水!

张继英:林董，靳董，关于齐本安游山玩水，我要说明一下……

18 齐本安家 夜 内

范家慧一副事后诸葛亮的口吻，抱着胳膊，在齐本安身旁踱步:……齐本安，我说什么来着? 啊? 我让你悠着点，你不听，你不重视我鸡头的领导经验，你胆大妄为，轻举妄动，冒险进攻，结果……

齐本安在电脑上查资料:结果我完蛋了，彻底完蛋了，是吧?

范家慧:你有自知之明，已经知道完蛋了，我就不多说了!

齐本安看着电脑:你就说，有什么宝贵建议吧! 我认输出局?

范家慧讥讽:难道你还想乘胜追击? 不过，倒有一个好处，你出了局，林满江总得给你一口饭吃，应该不会太差，人家知道给出路的政策! 你也就不必拿一千元生活费，和京州能源的工人同甘共苦了。

齐本安打开一个新发过的电子文件:你也别把林满江想得那么好，这次不是前两次了，林满江不一定会给我出路了，我得有充分的思想准备……哎呀，果然不出我的所料，这个小金库就是姓林啊!

范家慧把头伸了过来:哦,怎么回事?

19 中福集团会议室 夜 内

张继英发言接近尾声:……关于齐本安所谓游山玩水的情况就是这样。希望靳董和同志们不要再以讹传讹,对齐本安造成不良影响。

林满江不动声色:好,继英同志,你说完了吧?

张继英:先说这么多吧,这些意见仅供满江同志和大家参考!

林满江:好,就是要知无不言言无不尽嘛!就是要集体领导,集体决策嘛!有民主也要有集中,现在集中一下!同志们,我再重申一下我的建议:撤销齐本安的京州中福董事长,皮丹同志任董事长,主持工作。新的京州中福领导班子排名次序为:皮丹、陆建设、石红杏。陆建设头上的"代"字拿掉,正式出任党委书记。现在表决一下吧!

说罢,林满江率先举起手。(升格)

除张继英外,靳支援和几个与会者一一举了手。(升格)

林满江:好,一票反对,四票赞成,少数服从多数,通过!随即起身:同志们,散会!

张继英站起来:哎,等等,满江同志,那齐本安怎么安排?

林满江根本不看张继英,大步向门外走着:这个就不讨论了,我送皮丹上任时会征求他的意见,安排力所能及、符合他能力的工作!

张继英看着林满江出门的背影怔住了。

20 齐本安家 夜 内

齐本安和范家慧趴在电脑前看报表。

范家慧：怎么姓林？账单上的人叫童格华，林满江的老婆？

齐本安：没错，你看看，她买时装、买皮鞋都在京州中福报销！

范家慧：谁给她报的？石红杏？

齐本安：除了石红杏还能是谁？！石红杏和童格华联系密切，每星期都要通电话，只要童格华开口的事，她没有不给办的！真糊涂！

21 张继英办公室 夜 内

张继英进门后，反手关上门。

张继英陷入沉思。

画外音：表决结果虽然早在意料之中，但仍让张继英感到十分沮丧。她坚持党的干部任用原则，为困境中的齐本安据理力争，却以失败告终。齐本安被集体研究后撤职了，不干事的佛系干部皮丹被集体研究后上位了，陆建设也被集体研究成了正式的党委书记。中福集团党组的民主集中制，再一次显示出被林满江强势把控的诡异。

张继英抓起电话，想想，却又放下了。

22 齐本安家 夜 内

范家慧：麻烦了吧？齐本安，你这得罪的人可就不是一个林满江了！这账单上有集团这么多的高管家属、关系户，还有一大帮权贵太太，包括靳支援的老婆，你把小金库的账目一公布，北京集团那边还不炸了锅？不要林满江动手，靳支援这些人一个个就能吃了你！

齐本安：怪不得靳支援讨厌我，我和他办交接，他拿我当猴耍！

范家慧：本安，不是开玩笑啊，我劝你悠着点，先到此为止吧！

齐本安苦笑：现在哪还停得下来啊？且看林满江怎么动作吧！

23　林满江办公室　夜　内

林满江问靳支援：靳董，你说，把齐本安派到非洲怎么样？嗯？

靳支援忙推辞：哎，别，别，千万别！林董，齐本安到非洲，我就不兼非洲公司的董事长了！我好不容易摆脱了他，你别再套我了！

林满江：哎呀，让齐本安只做非洲公司机关书记，不管任何业务！

靳支援：那我也不要他！他这种人不食人间烟火，是大圣、大神！

林满江：齐本安到了海外，就翻不起大浪了，再大圣大神也没用！

靳支援想了想：林董，那你不如让齐本安到集团的海外部做个书记呢，专门负责海外公司的党员教育、文化宣传、思想政治工作！

林满江讥讽：好嘛，他这一闹，还闹成旅游部长了？满世界转悠？

靳支援：林董，毕竟是你自己的师弟嘛，一把砸倒之后，不能再踏上一只脚，怎么着也得捋捋他爹起的毛，先让他安静下来吧？！

林满江恶狠狠地：不！过去我就是这么做的，这次不行了！

靳支援：那就地安排，降级使用，找个不显眼的地让他趴着去！

林满江：让齐本安趴到你非洲公司做个机关书记就不行吗？啊？

靳支援：哎，哎，林董，你饶了我吧，还是就地安排吧！

24 齐本安家 夜 内

齐本安思索着问范家慧：……哎，你说林满江对我下手，把我调离京州中福，集团党组会上能通过吗？就是一个正常交接审计，发现了一些疑问，我要弄清楚，怎么了？当真他一手遮天了？我就不信！

范家慧：齐本安，你别不信，林满江明天就会让你信！人家审计也就是走走过场，谁像你这么认真？认真审计哪家哪任没问题？你不听招呼呀！还有京丰、京盛矿的退出交易，集团有明令，你也不执行！

齐本安：哎，我不是不执行，我发现这笔交易后面有腐败问题！

范家慧：但你没拿到证据啊！你以为林满江还会给你时间让你去搜集证据反对他吗？不可能的，他肯定也出手！这次你会很被动！

齐本安：但是，党组不光一个林满江啊，还有张继英等同志！

范家慧：张继英咱另说，和你一样是异类。等同志不能指望，等同志肯定支持林满江，和一把手保持一致，这就是我们的政治嘛！

就在这时，齐本安手机响了。

齐本安看手机，向范家慧做了个噤声的手势：哦，继英书记！我正想着你呢，你电话就过来了！怎么个事，我的工作又要动一动了？

25 张继英办公室　夜　内

张继英看着落地窗外的夜景，郁郁寡欢和齐本安通话：是啊，你就是聪明过人，一下子就猜到了！本安同志，和你通个气啊，党组今天晚上专门为你们京州中福的班子开了会，做出了一个决定：让你离开京州现岗位，由皮丹来接替你！我虽然不同意，但没有顶住啊！

齐本安的声音：我的天，林满江胆大包天啊，真的用了皮丹？！

张继英：是的，本安，你这次对京州中福的审计也许触犯到了林满江的核心利益，让他和他的利益集团无法容忍了！其实，不是国资委要求限期整改，不是朱老点将，林满江不会安排你去京州的。他开始悔棋了，出手又快又猛，真的让我有点措手不及！我昨天还向朱老汇报过，朱老很忧心，要我提醒你，注意策略，注意自我保护……

26 林满江办公室　夜　内

靳支援已经离去。

林满江向皮丹交代：回去收拾一下，明天我送你到京州上任！

皮丹十分意外：林董，你……你这么忙，还亲自送我上任？

林满江自嘲：人家都看不起你，看不上你啊，怎么办呢？我不得替你站个台啊？！皮丹，我真不知道哪辈子欠你的！满意了吧？！

皮丹：满意，满意！林董，要不你还是别去了，集团那么多事！

林满江：你也想像陆建设一样被齐本安收拾啊？别烦了！我到

京州还要和齐本安谈一谈，别让他给你埋地雷使绊子，这个人鬼着呢！

皮丹：对，对，林董，石红杏那边我怎么处理？

林满江：这正是我要重点交代你的地方……

27 张继英办公室 夜 内

张继英和齐本安通话：……本安，我感到林满江对京州中福的重视异乎寻常，也很耐人寻味！还要亲自送皮丹去上任，太反常了呀！

齐本安的声音：也许是冲我来的，我就等着他好了！

张继英：那么我问你：本安，你能不能忍辱负重坚守在京州？

齐本安的声音：我的张书记啊，问题是，我守得住吗？啊？

张继英：我相信你守得住！本安啊，你知道的，还有一件事也是必须做的，就是矿工新村棚户区改造嘛，朱老很关心，现在李达康书记又考虑尽快启动，人家也要求我们这边协调配合他们的拆迁工作。

28 齐本安家 夜 内

齐本安和张继英通话：……继英书记，这些都不是我考虑的，看林满江的意思吧！从他这么不计后果下手的情况看，他是急眼了！不但要把我踢出京州，甚至想把我一脚踢到国外，踢到月球上去！

张继英的声音：你知道就好，你们彼此了解，我也不多说了！

齐本安：如果林满江安排我留在京州，那我就留下，要安排我到非洲、月球，我也得去啊，你们党组做了这种决定，我可就太难了！

张继英的声音：是啊，现在林满江是一把手嘛，嘴大腰粗嘛！

齐本安：好了，不说了，继英书记，你让我想想吧！

挂上手机，齐本安陷入沉思：好，好啊，该来的都来了……

范家慧没心没肺开玩笑：本安，你的意思，咱下一步迁居月球？

齐本安下意识地：嗯！突然省悟：老范，你还有心思开玩笑？！

范家慧：哎，我总不能陪你号啕大哭吧？革命的乐观主义嘛！快洗洗睡吧，就算迁居月球也不是今天的事！困死我了都……

齐本安：你睡吧，我得准备准备了，我这人就这样，不打无准备之仗，尤其是对他林满江！林满江这厮，这一辈子都小瞧我……

29　齐本安家　日　内

天亮了。

齐本安关掉台灯，在电脑桌前伸了个懒腰。

范家慧睡眼惺忪走了过来：我的天，齐本安，你一夜无眠啊！

齐本安：是，我这次非揭开林满江核心利益圈的画皮不可！

范家慧：哎，小心点，别让你们老大玩壮烈了！

齐本安：不会，不会，现在我牢牢攥着他的狐狸尾巴了！

范家慧：不就是个小金库吗？哪个单位没有？我现在倒有些怀疑，石红杏把这些记下干什么？哎，皮丹的别墅你怎么审计出来的？

齐本安：通过一份会议记录的补充材料发现的！

范家慧：石红杏让人记的？

齐本安：是，就是石红杏让人做的补充材料！怎么了？

范家慧：哎，本安，我瞎说啊：你该不会上了石红杏的当吧？

齐本安：什么意思？我和石红杏现在在一条船上，是战友了！

范家慧：但是，这个审计的后果，石红杏可是要承担责任的！

齐本安：石红杏胆小，正是怕承担责任，才成了我战友嘛……

这时，范家慧手机响了。

范家慧接电话向外走：哟，来不及了，不和你说了！

齐本安：时间不早了，我也得走了！（也匆匆忙忙出了门。）

30　京州机场　日　内

林满江被皮丹等人拥出机场。

林满江在皮丹、陆建设呵护下上了第一辆轿车。

皮丹和陆建设及其他人分别上了第二辆、第三辆轿车。

31　京州中福门厅　日　外

一辆辆轿车停下。

林满江、皮丹、陆建设等一一下车。

石红杏在门口一一和大家握手。

林满江态度温和，若无其事：红杏，本安呢？病了？

石红杏：哦，没有，林董，在安排会场呢！

林满江：哦，好，好！就是要站好最后一班岗嘛！

32　京州中福会议室　日　内

林满江、皮丹、陆建设、石红杏鱼贯上台走到自己位置上坐下。

台下第一排居中位置上坐着齐本安。

林满江走上台时，齐本安举起手打招呼：林董！

林满江：哎，本安，你怎么回事？给我上台上来坐！

齐本安一脸讥讽：林董，我不被你撤了吗？得摆正位置啊！

林满江：哎，齐本安，你怎么知道你被撤了？谁告诉你的？

齐本安讥讽：还乡团回来了，这谁不知道？我不得识趣啊？！

林满江：那也给我上来！在我没宣布之前，你的位置还在台上！

齐本安：行，行！对吴斯泰交代：林董赐座了，搬个椅子上去！

33 医院花园 日 外

张继英和朱道奇边走边说。

朱道奇：……好，情况我知道了！继英啊，你做得对，虽然反对最终没起作用，但明确了一个态度，也算是给了林满江一个警告！

张继英：只是害苦了齐本安了，估计林满江不会轻饶了他的！

朱道奇：继英，你别小瞧了齐本安，要我看啊，齐本安是林满江的天敌！别看他们是一个师傅教出的徒弟，做人做事完全两个样子！

34 京州中福会议室 日 内

陆建设满面春风，主持会议：……同志们，开会了！首先，让我们用热烈的掌声欢迎中福集团董事长、党组书记、总经理，我们敬爱的满江同志在百忙之中莅临京州！

台上台下一片掌声。

陆建设、皮丹、石红杏热烈鼓掌，久久不停。

齐本安看着石红杏，不禁苦笑。

35　医院花园　日　外

张继英和朱道奇边走边说：朱老，我不是小瞧齐本安，是担心齐本安斗不过林满江的圈子文化！林满江不是一个人，是一个圈子，一个利益集团！加上目前一把手现象，有时候你真是心有余而力不足！

朱道奇：是啊，是啊，林满江这位同志对传统文化中的消极因素算是吃透了，从苟富贵勿相忘，到一人得道鸡犬升天，身体力行啊！

张继英：所以，陆建设、皮丹，甚至靳支援这些人就卖身投靠！

36　京州中福会议室　日　内

陆建设扫视着台下：下面，请集团组织人事部刘部长宣布任命！

观众见过的那位刘部长第三次出现在同一会场的同一位置，有板有眼地宣读任命文件：同志们！为了进一步加强京州中福投资集团公司领导班子的建设，经中共中福集团党组研究决定，皮丹同志任董事长，陆建设同志任党委书记、副董事长，石红杏同志任党委副书记、总经理。中共中福集团党组，二〇一五年十一月一日。宣布完毕。

陆建设：下面，让我们以热烈的掌声欢迎皮丹同志发表就职演说！

台下，掌声响起，依然热烈。

在掌声中，齐本安举起手问林满江：我该下台了吧？

林满江厌烦地冲着齐本安挥了挥手。

齐本安端起桌上的茶杯，晃荡着下台。

皮丹这时已经开始演讲：同志们，这个时刻我期待已久了……

（第四十六集完）

第四十七集

1 医院花园 日 外

张继英和朱道奇坐在椅子上聊着。

朱道奇：……继英，林满江成为现在这个样子，有个因素我一直想说又不好说，那就是：他认为我们这个红色家族严重伤害过他。

张继英心里有数：这次搞八十周年庆典我才知道，林满江的母亲叫朱多余，被抛弃过。朱老，你是不是指这个？其实这当时也是无奈啊！

朱道奇：可林满江不这样想！包括当年香港大撤退，我差点被饿死的史实，都让林满江耿耿于怀！"文化大革命"中他姥姥被逼死，他从没在任何场合表示过同情，后来平反昭雪的追悼会他都拒绝参加……

张继英：怪不得他想把香港谢英子不留一枚铜板的史实拿下来！

朱道奇：是啊，当时齐本安还在，我对齐本安说了：要尊重历史！

2 京州中福会议室 日 内

皮丹的演讲接近了尾声：……同志们，我相信，在林满江董事长的英明领导下，有在座同志们的努力奋斗，我们京州中福的明天一定会更美好！最后，请允许我再一次代表京州中福干部群众，代表京州中福领导班子，代表在座同志们，向林满江董事长表示崇高的敬意！

言毕，皮丹向林满江和台下各鞠一躬。

陆建设带头鼓掌，掌声又一次响起。

陆建设：下面让我们以热烈的掌声欢迎我们敬爱的董事长、党组书记、总经理，我们中福集团四十一万员工心中最可爱的人——林满江同志作重要指示！

林满江在掌声中开始讲话：好了，同志们，不要拍巴掌了……

3 医院花园 日 外

朱道奇对张继英说：……林满江不承认我们的革命伦理啊，一直耿耿于怀地认为，他姥姥、姥爷，还有我，都对他和他妈没感情。他渴望感情的滋养，顺理成章找到了传统文化中的消极因素，中国又是那么一种特有的土壤，就让他历练成了圈子文化、帮派政治的高手！

张继英：没错，是高手啊，他即使胡说八道，也有人捧场！像这次党组会，从形式上看，是集体研究，民主决策，但结果却糟透了！

朱道奇：所以，要研究这种现象，为从严治党提供新的经验……

4 京州中福会议室 日 内

林满江谈笑风生发表讲话：……同志们，又和大家见面了！

上次来是因为京州矿工新村出了事故，出了王平安、李功权腐败案！王平安现在死掉了，李功权进入了司法程序，京州中福反腐倡廉成果突出！

台下，齐本安时不时向台上看一眼，在笔记本上认真做记录。

林满江语重心长：但是，同志们啊，反腐倡廉是我们当前的一项重要工作，但不是唯一的工作。我们是大型国有企业，担负着国有资产保值增值的重任，担负着为人民创造物质财富的使命，这个重任和使命完成得怎么样呢？不怎么样，坦率地说，我和集团领导层很失望！

齐本安不时地点头，似乎很赞同林满江的意见。

林满江：所以，这次我给大家带来了一个老同志，新班长，就是我们的皮丹同志！皮丹刚才做了个表态性发言，很好，思路对头……

5　医院花园　日　外

张继英和朱道奇边走边说。

朱道奇：……继英同志，也不要灰心，圈子文化、帮派码头这些消极现象在今天从严治党的大环境下是长不了的，我会请国资委领导同志找个适当的机会警示林满江！人家骂你林家铺子不是没道理嘛！

6　京州中福会议室　日　内

林满江手一挥：好了，同志们，就说这么多，散会！

台下第一排，齐本安起身就往门外走。

林满江看见了：哎，本安同志啊，请你留一下！

齐本安驻足。

7　医院花园　日　外

朱道奇、张继英在阳光下站着，两道身影拖得很长。

张继英：朱老，对齐本安撤职后的安排，你可否干涉一下？

朱道奇：我怎么干涉？我毕竟是离休干部，挂名联络员。

张继英：如果你能从国资委或者国务院层面上……

朱道奇摆了摆手：先静观其变吧，搞掉齐本安没这么容易！

8　京州中福会议室　日　内

会议室里的人已经走光。

林满江在台上，齐本安在台下，二人隔空相望，沉寂良久。

齐本安打破沉默：林董，请你下台吧！

林满江自嘲：我请你上台，你倒请我下台，好！

齐本安：哎，大师兄，你又想哪去了？那我上台好了！

林满江面带笑容：还是我下台吧，官当再大最后总要下台嘛！现在你这个同志委屈很大呀！就巴不得我立即下台滚蛋，是不是啊？

9　京州中福会议室门外　日　内

皮丹、陆建设、石红杏等守在门外，透过半开的门看着室内。

10　京州中福会议室　日　内

林满江从台上走下来，边走边说：但是，本安你错了，又一次错误地估计了形势，高估了我对你的容忍度！你呀，就是不接受教训！

齐本安自嘲：是，是，林董，你又赢了！教训深刻，很深刻！

林满江猫玩老鼠似的：说说，本安同志，你觉得你还能干点啥？

齐本安挑衅问：林董，你真让我说？这是在征求我的意见吗？

林满江：是啊，我和集团总还得给你碗饭吃啊，共产党的政策是给出路嘛！你看你哪一次犯到我手上，被我撸下来，我没给你出路？

齐本安：是，是，林董，你是大将风度嘛，不像我那么小气！

林满江：一辈子快过完了才知道自己小气啊？说吧，能干点啥？

齐本安看着林满江，很严肃：我觉得我能做中福集团的董事长！

林满江：有点意思！齐本安，你是不是说，我得向你让贤了？

齐本安一脸的萌态：哎，你高升啊！上正部，到汉东省任省长嘛！

林满江脸一拉，严厉地：你以为你是谁？啊？中组部部长吗？中组部部长也没这个权力！齐本安，你太放肆了，不知自己姓啥了吧？！

齐本安：你看，你看，我不想说，你非要我说，我就知道我一说就让你来气，你又得批评我，怪我不够谦虚，有点骄傲了……

林满江冷笑不止，出口成章：齐本安，你不是不够谦虚，有点骄傲了，是比较猖狂啊！你是麻木不仁，顽抗到底，不知天高地厚……

齐本安：哎，我怎么不知天高地厚了？皮丹一佛系干部都被提成京州中福董事长了，不干事的陆建设闹摩擦也都把"代"字闹掉，弄成党委书记了，我怎么就不能主持咱中福集团的工作呢？你让我试过吗？

林满江：我倒想让你试一试，但国资委和中央不会同意啊！

11　京州中福会议室门外　日　内

皮丹和陆建设面面相觑。

石红杏：皮丹，你去劝劝林董，让他们到办公室谈吧！

皮丹：我……我不敢，他们都是你师兄，还……还是你去劝吧！

石红杏眼皮一翻：我劝啥？你是一把手，我现在降为三把手了！

皮丹连连作揖：但你还是我姐，还是我姐……

石红杏：什么你姐、我姐，这是工作场合！

12　京州中福会议室　日　内

林满江居高临下教训齐本安：本安，你别想气我，我不气！你也别认为皮丹、陆建设就一定比你差，我看不一定！我们共产党人讲唯物主义，讲辩证法，干部的好坏没那么绝对！关键是看什么人用，用在什么地方！比如皮丹、陆建设，用在京州中福就比你齐本安强！

齐本安：因为他们都是你林家铺子的伙计，对大掌柜言听计从！

林满江：错了！因为他们是党的干部，对上级的决策能够坚决贯彻执行！不像你，自以为是，另搞一套，让我和组织非常被动！

齐本安：大师兄，你一口一个组织的，我浑身直起鸡皮疙瘩！我觉得你很讽刺，而且越来越讽刺了！辩证法怎么被你一本正经地搞成了诡辩论？革命伦理怎么在你那里变成了江湖义气？党和组织怎么就变成了你们林家铺子的代名词？中福集团怎么成你的码头了？

林满江：瞧瞧，瞧瞧，你齐本安受了多大的委屈啊！但不管你委屈多大，发什么牢骚，我今天都要请你下台走人！因为我不能眼睁睁地看着你阻碍中福事业的健康发展，历史的教训我必须吸取啊……

13 医院花园　日　外

朱道奇对张继英说：……继英，今天我也给你交个底：让齐本安去京州，我真心是为林满江好！林满江和长明集团的关系，社会上说法一直就不少：林满江和傅长明都是京州人，还都不是一般人物，业务上时有交集，有些交易就让人议论纷纷，像京丰、京盛两矿的交易，我很担心啊！在中福集团八十年的历史中，还没有哪个一把手倒在腐败的泥潭里，林满江会不会倒下？不好说啊！现在他有政治野心啊！

张继英：没错，朱老，满江是有政治野心！据说，他已经不太安心在中福集团的工作了，正通过某种途径谋求出任汉东省的省长……

14 京州中福会议室　日　内

齐本安似乎很诚恳：我知道，林董，你对我不太满意！你几乎和我明说了，你马上要走了，要再进一步，到汉东省当省长了，希望京州中福不要出事。我呢，也不想让京州中福出事，我到任后也想把事情做好，可能是因为和你的工作方法不一样，让你再次产生了误会!

林满江:这就对了嘛,我们是同志加兄弟的关系,遇到问题心平气和地谈嘛,不要动不动就来邪的,以致做出亲者痛仇者快的事!你比如说在上海公司,重点项目部的一个经理,王国平,啊,就是多吃多占,贪污了几万块办公费用,你非要报案,我电话里和你说,当面和你说,你支支吾吾应付我,最后还是走了司法程序,是吧?!哎,你说有你这样不服用的部下吗?这谁能受得了你啊?你自己说!

齐本安苦着脸争辩:林董,问题是王国平他真的贪污了呀,我又没冤枉他!还有个情况我一直没和你说,王国平还想行贿呢!为了批江南的电厂项目,他准备向国家有关部门的人行贿,吓死我了都……

林满江:对,这事我正要说:王国平进去了,不行贿了,江南电厂项目就泡汤了,中福集团的经济损失高达几十亿,你知道不知道?

齐本安:但是,后来国家有关部门的腐败大案就和我们无关了嘛!林董,你知道的,那个腐败大案涉及好几家央企,咱们就幸免了!

15 医院花园 日 外

朱道奇突然问张继英:知道林满江为什么想到汉东做省长吗?

张继英一怔:这还用问?政治野心嘛,往上爬,上正部嘛!

朱道奇:估计还有一个心结啊!我父亲、他外公朱昌平一生的最高职位就是汉东省副省长!林满江在十七岁时就发誓要超过他外公!

张继英不无讥讽：哦，那我们满江同志可算得一个有志青年了！

朱道奇：这些事啊，我不想说，大家都知道我和林满江这个外甥老死不相往来，却不知道是什么原因造成的。今天我和你敞开说说！

张继英：哦，好，好，朱老，你说，这也是我早就想知道的！

16 京州中福会议室 日 内

林满江一脸讥讽：我的天，你多高明啊！齐本安，我是不是还得给你发个大勋章？一个电厂项目让你搞完蛋了，你还有脸皮自吹自擂？那三家行了贿的央企，哪一家的项目因为行贿停工了？愚蠢！

齐本安：是，是，林董，我不就是因为愚蠢，被你第二次拉下马的吗？你把我从上海公司调到北京眼皮底下看着，赏我一口饭吃，让我管理机关卫生！你认为腐败是经济发展的润滑剂，你迷信腐败嘛！

林满江：不，不对了！我迷信的不是腐败，是按市场规律、价值规律办事！当权力阻碍市场规律运行、阻碍价值规律发挥作用时，我们就要顺时应变，根据市场情况采取必要的措施，这正是一种担当！

齐本安：错了，林董，你这是对党风、政风、世风的破坏！正是因为这种腐败无害论信奉者的肆无忌惮，党风、政风、世风才坏到了不堪入目的地步！我们党才不得不壮士断腕，刮骨疗毒，铁腕反腐！

17 京州中福会议室门外 日 内

齐本安的声音一阵阵传来：……我的林董林兄林满江同志！十八大之后，反腐如此高压，你仍不省悟，非常危险啊！说起担当，你作为中共中福集团党组书记首先要担当的是反腐倡廉的主体政治责任！

石红杏、皮丹、陆建设支棱着耳朵听着，一个个面面相觑。

皮丹对吴斯泰等人交代：去，把住各个门口，别让闲人进去！

吴斯泰：哎，好，好！

18 京州中福会议室 日 内

林满江不无讥讽地对齐本安说：……齐本安，我的小师弟，你还是那么慷慨激昂，那么朝气蓬勃！多少人被岁月磨平了棱角，比如说我。你还是那么意气风发，真是令人羡慕！你刚才怎么自荐中福集团董事长呢？你讲政治啊，做书记的一把好手，应该自荐党组书记嘛！

齐本安：林董，我的大师兄，我要真做了党组书记，你可能就坐不稳董事长的宝座喽！算了，不说了，人在屋檐下，不能不低头！

林满江：好，知道低头就好，你低了头，我也不能揪住不放！那就说吧，能干啥别说了，你不太清醒，有些麻木，只说想干啥！也别再慷慨激昂了，组织上没安排你做党组书记，你的工作还得我安排！

齐本安：是，是，那我就直说了，我想继续留在京州中福！

林满江：哦，留下来专门和皮丹、陆建设作对？不利于工作吧？

齐本安翻着眼皮：那……让我再回北京集团机关管清洁卫生？

林满江：这不是让你屈才吗？张继英和朱道奇也不会答应啊！再说，现在清洁卫生有物业公司管着，也用不上你……

19　医院花园　日　外

朱道奇对张继英说：……我父亲朱昌平解放后历任中央政府政务院商业部副司长，上海财政局副局长，汉东省商业厅厅长，汉东省副省长。做了副省长后，入住了高干住宅区庐山路的一幢法式小洋楼。

张继英：庐山路的法式洋楼和矿工新村的工人区差别太大了吧？

朱道奇：是啊，这给童年的林满江留下了刻骨铭心的记忆啊。另外，两位老人的固执守旧，也伤害了孩子的心。我记得孩子第一次上门，大约只有五岁多，见了电话很好奇，把话筒拿起来把玩，被我母亲一把夺了过去，厉声批评说：这是你姥爷的工作电话，不准碰的！

张继英苦笑：这个当姥姥的也有些过分了……

朱道奇：可不是过分嘛！这些从历史硝烟中走出的老人，身上总或多或少带着火药味，天生缺少一些人情味。革命造反年代走到了极致，我母亲谢英子，居然揭发我父亲攻击无产阶级司令部，还叫我作证，让我父亲成了现行反革命，差点被造反派打死！我母亲下场其实更惨，她这么追随革命，最后还是死在了一场万人批斗大会上……

20　京州中福会议室　日　内

林满江话里有话，对齐本安说：……过去我一再和你说，我们之间是同志加兄弟的关系，同志要讲原则，兄弟要讲感情！做事不能不顾一切，你不顾一切，非与全世界为敌，那就不要抱怨天道不公！

齐本安：林董，我不抱怨了，我自作自受，你安排我干啥我干啥！

林满江：这就对了嘛，干部就是要能上能下嘛，朱道奇同志有个心思一直放不下，就是矿工新村棚户区的改造！本安啊，你看这样好不好？到工会做个副主席，就负责一件事：配合市里搞棚户区改造？

齐本安怔了一下：林董，你还真敢让我留在京州啊？

林满江笑了笑：为什么不敢？齐本安，你当真以为我怕你吗？

齐本安：哦，不是，不是……

林满江：齐本安，你既然把话说到了这份上，那我也得把话说清楚了：从今天开始，你不是董事长，也不是党委书记了，你只是京州中福的一位工会副主席！我绝对不会允许你这个工会副主席干涉皮丹、陆建设这届班子的工作，你的任务就是配合政府搞棚户区改造！

齐本安：好，我明白了，我就是再有能耐，你大师兄也不用我了！不过，大师兄，请你放心，我干一行爱一行，而且我也有义务做好棚户区的工作，矿工新村棚户区毕竟是我老家，是我出生成长的地方！

21 京州中福会议室门外　日　内

陆建设幸灾乐祸：林董终于看透齐本安了，再也不会用他了！

皮丹：齐本安这种人能用吗？他这是自作自受，自己找死嘛！

石红杏没好气地：以后好了，京州中福就你们俩说了算了！

皮丹：石总，还有你嘛，是咱们三人说了算，集体领导嘛！

陆建设立即附和：就是，就是，石总，咱们三人都是京州中福的老同志，一定要搞好团结，别让什么别有用心的坏人钻空子……

22　京州中福会议室　日　内

林满江看着齐本安，研究着齐本安的表情：……好，很好啊，本安，好同志，好兄弟嘛，不愧是从矿工新村走出来的干部啊，不忘本！矿工新村棚户区不但是你的老家，也是我的老家嘛，那就拜托你了！

齐本安：但是有个遗憾，我本来答应牛俊杰的，过去兼任一个京州能源董事长的，现在看来是不太可能了。林董，你对我这么不放心，一心想把我往泥里踩，肯定不会再让我插手京州能源的工作了吧？！

林满江：怎么是把你往泥里踩呢？你这话有情绪嘛，还是能上不能下嘛！其实，我这是为你好，解放了你！你就不必履行向工人同志做的承诺了，不必只拿一千元的生活费了嘛，你家小范肯定感谢我！

齐本安自嘲：是，是，我这里也谢主隆恩了……

23　医院花园　日　外

朱道奇仍在对张继英说：一九七八年，中国开始了改革开放，李乔治从香港回来了，在"文革"中一直挨整的我父亲重新被中央起用。中央派我父亲重回香港，和李乔治一起，组建一个新的中福集团，训练内地干部。那年林满江十七岁，也想跟着去香港，但被我父亲回绝了……

张继英：后来的事我就知道了，林满江没去成香港，就进了京隆矿机厂，跟劳动模范程端阳学徒，嗣后也成了劳动模范，从京州基层一步步上来了。应该说，早期的林满江真不简单，在职读完大学、研究生，大刀阔斧搞改革，在京州搞股份有限公司筹建电厂，电厂运营后又拿到上海去上市，为中福集团的上市之路树立了一个标杆！

朱道奇：没错，那时候的林满江意气风发，真是令人骄傲啊……

24 京州中福会议室　日　内

林满江满怀深情地对齐本安说：……本安，有时候，我真怀念过去！你说过去在矿工新村的时候，每一家的生活虽然都不富裕，但每一天都是那么充实，尤其是我们，少不更事，呼啸而来，呼啸而去！

齐本安：你那时就是龙头老大，得罪了你，就别想在街面上混了！

林满江：所以那时候你从不得罪我，挺识相的，我也没揍过你吧？

齐本安：没，没揍过我，你还保护过我，西街那帮人欺负我的时候，你替我教训了他们，然后收了我一根冰棍的保护费，三分钱！

林满江：又胡说了吧？还收保护费！三分钱的冰棒你也能记住！

齐本安：当然能记住了！要知道，那时我妈每月给我的零花钱只有五分钱！你一根冰棒吃掉了我大半个月的零花钱啊！哎呀，如果没有后来改革开放，大师兄，我觉得你有可能混成黑社会老大！

林满江：谢谢你的夸奖，可我混成了矿工新村第一代大学生！

齐本安：是，是，这正是我佩服你的地方！我记得那时咱们都跟程端阳学徒了，有一天，都到下班时间了，你不走，还蹲在车间门口的铁墩上傻傻地看着西边的太阳发呆，我以为你研究太阳和黑子呢！

林满江：于是，你就琢磨了，大师兄想啥呢？你鬼呀，就恭恭敬敬地向我请教，大师兄，你想啥呢？我就语重心长地告诉你，要读点书了！结果第二天我就收到了京州矿院的入学通知！你傻眼了，是吧？

齐本安：所以，我一下子省悟了，时代变了，拳头和肌肉不再是强者的标志了，我也像你一样读书了，第二年也收到了京州矿院的入学通知！大师兄啊，我承认，这辈子没有谁对我的影响能像你这么大！

25 京州中福会议室外　日　内

皮丹、石红杏、陆建设等人聚精会神地听着。

陆建设：没想到林董和齐本安还有这么多故事！

石红杏立即警告：所以，老陆，对齐本安，你最好悠着点！别以为自己得势了，就把齐本安往泥里踩！

陆建设：是，哪能把退下来的老同志往泥里踩呢，得往天上捧！

皮丹：老陆，别胡说，石总提醒得对！

26　京州中福会议室　日　内

林满江看了看手表，对齐本安说：……好了，本安，不和你扯了，你看，不知不觉扯了快一个小时了！皮丹他们还等着我谈工作呢！

齐本安：哎，林董，那我再耽误你几分钟，向你交一下班！

林满江一怔：你向我交什么班？回头向皮丹、陆建设交去！

齐本安从公文包里掏出厚厚一沓材料和一个U盘：林董，不交不行啊！京州中福在反腐倡廉上做得不够好啊！这个是京州中福六年来小金库违规违纪报销人员的名单和详细记录，请你务必收好了！

林满江脸一下子拉长了：齐本安，你……你什么意思？啊？

齐本安也拉下了脸：六年来，仅京州中福一家的违规违纪金额就高达三百多万，涉及中福集团上百位太太、秘书和关系人员，中福集团党组和纪检组就不该好好查一查吗？京州中福如此，其他地方呢？

林满江怔住了，看着齐本安，脸色难看极了。

27　京州中福会议室门外　日　内

齐本安的声音一阵阵传到了门外：……其他地方，其他公司有没有类似的问题啊？我们集团的反腐倡廉是做样子吗？林满江同志？

皮丹、陆建设、石红杏全怔住了。

石红杏身体晃了晃，勉强扶墙站住。

28 京州中福会议室　日　内

林满江愤恨地看着齐本安，讪讪着：好，好，齐本安你厉害！

齐本安：林满江同志，不要意气用事，这不是谁厉害的问题，是涉及党纪国法的问题，我作为一个党员干部，有责任提醒你注意！

林满江后退一步，向齐本安鞠了一躬：齐本安，我谢谢你！

齐本安手一摆，大大咧咧道：不必谢，这是我应该做的！

29 医院花园　日　外

张继英对朱道奇说：……好了，朱老，那今天就到这里，有了新情况，我再向您汇报吧！

这时，张继英手机响。

张继英看了看来电显示：林满江！

朱道奇：接吧！

张继英接手机：哦，林董，你好……

30 京州中福会议室　日　内

林满江阴沉着脸，当着齐本安的面和张继英通话，发指示：……继英同志吗？和你说个事啊：不管你现在在哪里，在干什么，都请你先放一放，立即着手组织召开中福集团反腐倡廉电视电话会议！

张继英的声音：好的，好的，林董，会议时间和规模怎么掌握？

林满江：时间就定在今天晚上七点，集团所属部门负责人和下属地区公司、行业一级公司负责人及纪检负责人必须到会，不得请假!

张继英的声音:明白了,林董,我这就安排!

齐本安没事人似的:林董,那你忙,我走了!

林满江像没听见,阴着脸挂断电话。

齐本安:我不是地区公司负责人了,晚上的会不必参加了吧?

林满江恼怒地:是的,齐本安,你没资格了!(说罢,冲着门外压抑不住地一声大吼)皮丹、石红杏、老陆,你们都给我进来!

31 医院花园 日 外

朱道奇看着张继英:……奇怪呀,林满江怎么突然想起反腐倡廉了?继英,你赶快了解一下,究竟有什么内情?估计是齐本安有什么动作,把林满江逼上梁山了!这个齐本安,不是个简单的人物啊!

张继英:好的,朱老,我了解后向您汇报吧,现在得去布置晚上的电视电话会议,别让满江同志挑毛病,人家难得这么重视反腐!

32 京州中福会议室 日 内

林满江严厉审视着石红杏、皮丹、陆建设,余怒未消:……都看到了吧?都听到了吧?啊?这就是今天京州中福必须面对的局面!我真不明白你们三位都是干啥吃的,让一个齐本安搅得天翻地覆!

石红杏满眼泪水:林董,怪我,都怪我,都……都是我的错……

林满江大怒不止:现在知道错了?晚了!这份名单涉及集团上

百号干部啊，别人我不说，我老婆童格华，我是不是一再提醒你，让你不要听她的，不要为她办任何事！她就是她，不代表我，她只代表她自己！你倒好，童格华说啥你就听啥！你看看，你看看，这里，她名下的花销竟然有四十多万！石红杏，你害死了童格华，也害死了我！

石红杏哭了起来：大……大师兄……

林满江：什么大师兄？谁是你的大师兄？你是不是和齐本安串通好了？故意搞我一个措手不及？醒醒吧，石红杏，想死也不能这样死！

石红杏脸上满是泪水：齐本安查小金库我……我不知道啊……

林满江不再理睬石红杏，脸孔转向皮丹：皮丹，你马上通知童格华，让她把这六年来在京州中福吃进肚里的私货全给我吐出来，今天就到银行取钱，把这四十几万退还到集团纪检组廉政基金账户上！

皮丹迟疑不决：这个……林董，是不是等查实后再……再说？

林满江恼怒地：再说什么？齐本安学雷锋做好事，帮我把童格华的腐败线索查实了，齐本安的盟友石红杏也认账了，立即给我办去！

皮丹窘迫地：那……那好，那我这……这就给嫂子打电话……

林满江又对石红杏和陆建设说：齐本安拉响炸药包以后，拍拍屁股走人了！这个烂摊子要我们收拾！石红杏，你别在这儿待着了，赶快回去反省，在晚上的电视电话会议上向大家做出你的解释和回答吧！

石红杏讷讷着：林董，我……我不知道，我真……真不知道……我不知道齐本安会来这一手，他事先没和我说过，真……真的！

林满江：好，好，不说了，石红杏，你走吧，也让我冷静一下！

33　齐本安办公室　日　内

齐本安走进门，颓然倒坐在沙发上，像一个中了弹的伤兵。

齐本安双手抱着脑袋，片刻，缓缓抬起头，已是泪水满面。

这时，响起了敲门声。

齐本安抹去脸上的泪水，努力恢复了镇静：进来！

门开了，吴斯泰走进来，怯怯地：齐董……

齐本安指了指对面的沙发：哦，坐！

吴斯泰坐下：这回真乱套了，这皮丹、陆建设都上来了，唉！

齐本安压抑着自己的情绪：干部能上能下嘛，这也正常！

吴斯泰：齐董，石总有……有点不对头……

齐本安一怔：哦？石总回办公室了吗？

吴斯泰：回办公室了，好像刚哭过，见了谁都不理……

齐本安一声叹息：吴斯泰，你先去劝劝，我马上过去！

吴斯泰讷讷着：齐董，她……她不理我呀！

34　石红杏办公室　日　内

石红杏坐在办公桌前掩面痛哭，哭得浑身颤抖。

这时，响起了敲门声。

石红杏猛然警醒，慌忙掏出手绢擦泪。

齐本安的声音：红杏，你怎么了？开门啊！

石红杏眼里又涌出泪，再次掩面哭……

35　中福宾馆贵宾楼　日　内

林满江、皮丹、陆建设和林满江带来的随行人员鱼贯进门。

林满江边走边说：……你们现在就和张继英副书记联系，把齐本安交上来的材料和 U 盘都转给她，告诉她我的处理意见：只要在名单的人，都要调查，查实一个处理一个，就从我老婆童格华开始……

这时，秘书递过手机：林董，您的电话。

林满江接过手机，看了看来电显示：童格华

林满江接手机：童格华，你还敢来电话？我问你，六年来，京州中福账上怎么出现了你这么多烂账？从时装皮鞋、烟酒礼品，到洗衣费、住宿费，高达四十几万！你疯了？怎么贪婪到了这种程度？！

36　石红杏办公室门前　日　内

齐本安焦虑不安地敲门：哎，红杏，石总！

房门紧闭，石红杏就是不开门。

37　中福宾馆贵宾楼　日　内

林满江和童格华通话：……童格华，你是穷人吗？你缺钱吗？我们家缺钱吗？这些年来我对你的嘱咐你全当耳旁风！我一再提醒你：我是一把手，我的一举一动对下属同志影响很大。你倒好，背着我和石红杏狼狈为奸，违规违纪大占公家便宜！这是腐败行为，你知道吗？！

童格华的声音：老林，违纪金额可能没这么多啊！最好能让皮丹把账单发过来让我确认一下！石红杏可能弄错了，我回忆了一下，最多二十多万吧？有些账，像食宿费用，不能算到我的账上吧……

林满江：食宿费用只要不是因公出差，只要超标也得自理！童格华，你不要再狡辩了，齐本安、石红杏他们不会弄错的，赶快退赔！

说罢，林满江挂断手机。

（第四十七集完）

第四十八集

1 石红杏办公室　日　内

齐本安仍在敲门：红杏，你开门，听我解释！

门突然开了。

石红杏木然站在门口。

齐本安：哎呀，吓死我了，红杏，你这是闹的哪一出？

石红杏拦在门口，不让齐本安进门：有话就在这里说吧！

齐本安怔住了。

2 中福宾馆贵宾楼　日　内

随行人员和酒店技术人员在安排布置晚上的电话会议设备。

皮丹凑过来，赔着小心请示：林董，晚上怎么安排？吃点什么？

林满江冷冷地：你们还想吃什么？自助餐，严格执行规定标准！

陆建设：林董，那就让服务员把自助餐拿上来吃吧！

林满江点了点头，警告：老陆，皮丹，你们都小心了，在廉政问题上别让我抓住什么把柄！只要犯到我手上，你们别怪我六亲不认！

皮丹：是，是，林董！

陆建设：其实，京州中福在廉政建设上还是比较好的……

林满江恼火地：比较好？老陆，小金库事件还没处理呢！

陆建设忙往回缩：这……这倒是，这倒是……

3　石红杏办公室门前　日　内

石红杏像变了个人，冷冷问齐本安：齐本安，你还有什么可说的？

齐本安满脸恳切：红杏，你听我解释：我真不是冲着你来的！我直到昨天才查清小金库的事，折腾了整整一夜才弄出了明细账目！而且账目上也没有你啥事，都是童格华他们的费用，所以……

石红杏：那也该找我核实一下，问问是怎么回事吧？你问了吗？

齐本安：这不是没来得及吗？林满江突然过来了，一把把我撸了！

石红杏：那你就不管不顾，拿我堵枪眼？你故意的吧？这下子好了，你满意了吧？集团这么多高管家属被你套进去了，黑账是我记的！

齐本安：是，是，红杏，这怪我考虑不周，咱们进屋谈吧……

石红杏：不必谈了，齐本安，咱们这一辈子的恩怨都结束了！

说罢，石红杏闪身退到门内，"砰"的一声，关上了门。

关门发出的响声，让齐本安为之一惊。

片刻，门又开了半边，石红杏伸出一张泪脸：齐本安，你行，明里暗里和我斗了一辈子，最后还是你赢了，你……你到底把我将死了！

齐本安：哎，哎，这叫什么话，红杏……

门"砰"的一声又关上了。

齐本安怔了片刻，步履蹒跚地离去。

4 齐本安家 夜 内

范家慧愕然看着齐本安：……齐本安，你没毛病吧？想完蛋也不能这么完蛋啊！你这叫啥？叫自我爆炸，自绝于团体，是一种极其愚蠢的完蛋方式！这么多年了，我怎么就没能让你变得聪明起来？你别怪石红杏骂你，我也要骂你！腐败不是这么反的，这是找死的节奏！

齐本安心灰意冷：老范，那你说，林满江的腐败我该怎么反？

范家慧很严肃：要依靠组织，依靠群众，依靠咱纪检监察机构！

齐本安：哎，老范，我现在心里很难受，你别和我说大话！

范家慧：我的本安同志，这不是大话啊！你小金库的材料，首先该找石红杏去证实，问问她，这账是怎么记下来的？她为什么要记这些账？然后，说服她一起去向主管纪检工作的张继英副书记汇报，请张继英副书记指示处理！你倒好，没和石红杏沟通，也没和任何人商量，就在林满江面前一下子拉响了炸药包！你以为这么一来林满江被动了？No，是你被动了！集团高管全让你得罪了，包括石红杏……

齐本安：冲动是魔鬼啊，我本来也没想这么干，但林满江太混蛋了，猫玩老鼠似的反复把玩我，表演着权力的任性，我是忍无可忍！

范家慧：齐本安，别狡辩，没想这么干，你带材料过去干啥？你犯下的冲动错误还少啊？上次一冲动，差点辞职，都用不着人家来免！齐本安，我和你打赌，现在林满江肯定把你用枪挑着公

开示众了！

　　齐本安：是，我现在也后悔，我这次可真是对不起石红杏了！

5　中福宾馆贵宾楼　夜　内

　　中福集团电视、电话会议已经开始。

　　包括张继英在内，各分会场的人员一一出现在屏幕上。

　　林满江对着镜头发表讲话：……京州中福前董事长齐本安的揭发举报触目惊心啊！本安同志责问我：这种腐败现象只是京州中福一家吗？问得好！估计不止京州中福一家，整个集团都有类似问题……

　　画面上，石红杏在京州中福座席上低头垂泪。

6　齐本安家　夜　内

　　齐本安对范家慧说：老范，实话和你说，这一辈子我最不能接受的就是林满江的傲慢！当年在工厂的时候，他身上都有一种常人没有的傲气，所以，他敢握着三角刮刀冲上仕途！林满江虽然对他自己的革命家庭没有啥感情，甚至充满了厌恶，但骨子里有血统优越感！

　　范家慧：血统优越感？哎，本安，你什么意思？

7　中福宾馆贵宾楼　夜　内

　　林满江的讲话接近尾声：……先说这么多！继英同志，你说吧！

　　画面上出现张继英的图像和声音：同志们，京州中福的问题是严重的，的确如满江同志所言：触目惊心！下面，请京州中福总经理石红杏同志说吧，这一切都是怎么发生的？说说违规违纪资金的来源！

画面上出现石红杏麻木的面孔：好，我说，我说！同志们……

8　齐本安家　夜　内

齐本安思索着，对范家慧说：很早以前，林满江就在我面前发过感慨，说是我们中福集团实际上还真就是私家铺子！这个铺子是他外祖父朱昌平和外祖母谢英子卖了祖宅做资本起的家！这一点连共产党都承认，一九四九年底甚至一度把股权还给了朱昌平和谢英子呢！

范家慧：哦，还有这种事？中福集团公司史料上有记载吗？

齐本安：有！一九四九年，中共中央召开西柏坡会议，决定从商业领域退出，福记公司的股份退给了十六名私人股东，包括两名大股东朱昌平和李乔治。朱昌平是起始股东，占有的股份最大，约占百分之三十五，是很大一笔财富，作价三十五万元袁洋，也就是俗称的银圆袁大头。朱昌平和谢英子当时都没有要，当作特殊党费上交了……

9　京州中福会议室　夜　内

石红杏泪水涟涟，对着镜头发言，作检讨：……违规资金主要来源于下属单位和合作公司的承包工程、项目的奖金。下属单位和合作公司拿了奖金总要上交给京州中福一部分，我觉得不能拿，可又推不掉，就陆续放进了小金库，用作了对上接待和其他不能报销的费用！

画面上出现林满江的面孔：所以，你一笔笔账目都记得很清楚！

石红杏抹泪：是的，林董，你知道的，我胆小！就怕将来说不清楚！我个人一分钱也没用过，张继英书记，请你们一笔笔去查……

10　齐本安家　夜　内

范家慧抱臂思索着：……历史的确诡秘，我要是林满江，就会这样想：什么反腐倡廉？什么八项规定？凭什么呀？中福集团本来就是靠我们老朱家卖祖屋起家的，我吃点、拿点、占点、贪点怎么了？这本来就是老子的公司，就是老子前人打下的一片江山……

齐本安：没错，没错！哎呀，老范，你总算听明白了！林满江这种血统思维是沉浸在骨头里的！正是这种思维造成了他和朱道奇的老死不相往来。林满江不认同自家前辈抛家舍业为革命的理想主义啊！

11　中福宾馆贵宾楼　夜　内

林满江对着镜头痛斥石红杏：……石红杏，你胆小吗？你胆子大得很！矿工新村棚户区五亿协改资金，你都敢批给你表弟王平安炒股！

画面上出现石红杏：林董，这事我向你汇报过，不是炒股，就是做国债回购，没风险的，是王平安见财起意犯了罪……

林满江：你为什么要跑来向我汇报啊？是因为你的谎言被戳穿了，不向我汇报不行了！你这个同志就是这样，一贯的自作聪明……

12　齐本安家　夜　内

齐本安对范家慧说：……项庄舞剑意在沛公，我拉响炸药包，意在林满江！老范，实话告诉你，我认为林满江不是一般的腐败，将来揭破内幕会惊煞人！皮丹的别墅、石红杏的小金库只是冰山一角……

范家慧心照不宣：你还是盯着那十个亿的交易费用？嗯？

齐本安：是的，长明集团奇迹般的发家史，值得好好研究啊！

13　中福宾馆贵宾楼　夜　内

林满江和张继英隔空对话：……继英同志，对京州中福的问题要一查到底，调查期间，石红杏同志停职，配合集团纪检部门的调查！

画面上，出现张继英的镜头：好的，林董！

林满江：石红杏，你不要再心存幻想，这次也甭想蒙混过关……

画面上，石红杏摇晃了一下，从自己的座椅上一头滑倒在地。

片刻，画面上出现皮丹：林董，张书记，石红杏昏过去了！

林满江：赶快送医院！好了，同志们，今天的会就开到这里！

14　京州街上　夜　外

轿车急驰。

车内，皮丹和吴斯泰守护着昏迷中的石红杏。

15　牛俊杰家　夜　内

晚饭后，牛俊杰剔着牙，和牛石艳一起坐在沙发上聊天。

牛石艳：爸，这么晚了，我妈怎么还不回来？又瞎忙啥了？

牛俊杰看着报：哦，林满江又来了，说是开电视电话会议！

牛石艳：哟，惨了，石老太又得把林老大的画像挂咱家了！

牛俊杰：这回不会挂了！林老大烦她了，她像掉了魂似的！

牛石艳：哎，爸，我怎么觉得你也像掉了魂似的？

牛俊杰放下报纸，抬起头，叹了口气：是吗？看出来了？

牛石艳：好像你们京州中福的革命形势不是太好，是吧？

牛俊杰：是很不好啊，比你们《京州时报》还要困难！

牛石艳：哎，你和我妈是不是和林满江林老大闹翻了？

牛俊杰：差不多吧，我准备辞职了，这回是真的，不伺候了！

16　中福宾馆贵宾楼　夜　内

林满江看着墙上的历史照片，和皮丹通话：……皮丹，你们到医院了吗？石红杏怎么个情况啊？是不是一时血糖低造成的昏迷？

皮丹的声音：哎呀，林董，真让你说准了，就是这个情况！

林满江：她一直有这个毛病！你们就不要再刺激她了，今天也怪我，一气之下有些话说得过了头，让她别想太多，先回家休息吧！

皮丹的声音：是，林董，我们正要送石总回家呢！

林满江心事重重地挂断了电话。

画外音：林满江有些后悔，自己暴怒之下当众狠批了石红杏，让她晕倒在众目睽睽之下，这种情况对他和石红杏来说都是第一次。但愿这个愚蠢的女人别再节外生枝，做出什么蠢事来。

17 牛俊杰家 夜 内

牛俊杰晃着手上的报纸，颇为欣赏地看着女儿：……艳，你越来越牛了，这组经济乱象的报道既真实又深刻，让老爸刮目相看啊！

牛石艳：牛总，那就请你说一说，我这组报道好在哪里？

牛俊杰：你把各方的难处都写到了。企业难，银行难，法院难，连讨债公司也难！哎，我想起来了，你莫不是又和李顺东联系了？

牛石艳：没有，石老太不让联系，再说，我们也俱往矣了！

牛俊杰：其实呀，这个李顺东不容易，也够努力的……

就在这时，响起了门铃声。

牛石艳一怔，起身去开门：肯定是石老太回来了！

门开了，石红杏呆呆地站在门口。

牛石艳惊愕地：妈，你……你这是怎么了？

皮丹：没什么，这个，石总受了领导批评，有些不舒服……

石红杏：好，皮丹，你……你回吧！我……我没事的！

皮丹：石总，那我回去了！哎，老牛，把石总照顾好啊！

牛俊杰挥了挥手：这还要你说？皮蛋，走你的吧！

18 中福宾馆贵宾楼 夜 内

林满江聚精会神地看着一幅幅老照片：当年京州的朱家祖宅、当年上海摩斯路上的福记中西贸易公司，当年的朱昌平和李乔治……

秘书过来汇报：林董，小伟到了，是不是让他现在就过来？

林满江怔了一下：哦，让他过来吧！

片刻，林小伟出现在面前：爸，你又来京州了？找我有事？

林满江脸上现出慈祥：什么又来了？浑小子，不欢迎老爸啊！

林小伟：我哪敢不欢迎，可我欢迎不欢迎都没有意义！

林满江动情地一把搂住林小伟的肩头，眼中噙泪：有意义！我的儿子，对我来说，你是在这个世界上最有意义的人，没有之一！

林小伟这才发现异样：爸，你哭了？

林满江：哦，没有，没有！小伟啊，今天爸要好好和你谈谈！

林小伟：两个男人之间的谈话？

林满江：没错，所以，就没让佳佳过来！哎，佳佳还好吗？

林小伟：好，挺好，我们正做京州棚户区的社会调查呢……

19　牛俊杰家　夜　内

牛俊杰关切地问石红杏：这是怎么了？林满江为啥批评你？

石红杏满脸泪水：不说了，老牛，啥都不说了，我认了！

牛俊杰急了：哎，你认什么认？林满江他啥玩意？凭什么批评你？红杏，你别哭，哭有屁用？！你们这到底开的啥会啊？林满江不是送皮蛋来上任的吗？怎么突然在京州开起全国电视电话会了？

牛石艳递过纸巾，给母亲擦泪：就是，妈，有事你就说嘛！

石红杏可怜巴巴看着牛俊杰：老牛，林满江要反我的腐败了！

牛俊杰惊愕地：啊？他反你腐败？这大腐败分子他……他反你？

20　中福宾馆贵宾楼　夜　内

林满江指着京州朱家老宅：……儿子，今天老爸要给你讲一讲历史。中福集团创立至今有八十周年了，再过十几天就是它八十周年的庆典！

林小伟：我知道，它就是从这里起家的，你们家祖上的老宅！当年把它卖了五根金条，想救一个共产党大人物没成功，就用它做资本——在这里，（手指向另一幅照片）创建了福记公司。

林满江：是啊，儿子，如果按照今天的市场经济规则来说，中福集团从理论上说，就是我们这些福记后人的……

林小伟：但是，爸，你前阵子也说过，前辈们早把股权捐献了！

林满江：是啊，捐献了，他们第一代革命者把自己的股份产业当作特殊党费交掉了！这就让第二代、第三代都成了无产者……

21 牛俊杰家 夜 内

牛俊杰问石红杏：这事齐本安是什么态度？他没帮你说话吗？

石红杏"哇"的一声，哭着扑到牛俊杰怀里：老牛，这都是齐本安使的坏啊！他把京州中福的小金库悄悄一锅端了，没和我打一声招呼，就把我记的账公布了！齐本安用我将林满江的军，他坏蛋啊他！

牛俊杰呆了：怎么……怎么会这样？不行，我这就找齐本安去！

石红杏：别，别，我和他们俩从此完了，啥都结束了……

牛俊杰：谁说结束了？这才刚开始呢！你先让我想想，让我想想！

牛石艳：就是，妈，你不贪不占的，不能这么不明不白倒下！

22 中福宾馆贵宾楼 夜 内

林满江满怀深情地对林小伟说：……无产者对你爸来说，不是一个简单的名词，是一种生活状态，这种生活状态你可能不会理解。

林小伟：就是穷呗，当时大家都穷，是吧？也不是我们一家。

林满江点点头：你出生在九十年代，你懂事时，已经改革开放了。

林小伟：爸，你是说你的童年少年，在京州矿工新村的时候？

林满江：是，矿工新村，两间平房和两张木床全是租公家的，吃饭的桌子是炮药箱改的，我们一家的全部家当不值一百元人民币！

林小伟：那是惨了点！不过，这种情况棚户区现在也还有呢！

林满江：是啊，是啊，我知道，发展不平衡嘛……

23 牛俊杰家 夜 内

牛俊杰对石红杏抱怨：红杏，让我怎么说你才好呢？你真是聪明反被聪明误！承包奖的事我知道，前些年煤炭行情好时，京隆矿承包集团成员年薪资金每人上百万，为了讨好你们，也给你们发奖金！

石红杏：哪有下级奖上级的，这其实就是受贿，我可不敢拿！

牛俊杰讥讽：于是你搞了个小金库，专门用来讨好上面领导？

石红杏点头：也有一部分用在了群众身上，像劳模田大聪明，得了癌症，自费药品不能报销，师傅找我解决，我就解决了十五万！

牛俊杰：这部分钱有多少？没多少吧？主要还是巴结领导吧？

石红杏：是，童格华和靳董的老婆的花费最多……

牛石艳：妈，这就是你的毛病，见领导就一身的奴颜和媚骨！尤其是对林满江，包括对林满江的老婆、孩子，你做的那叫一个……

石红杏异常暴怒：住嘴，不许再提林满江，谁都不许提！你们谁再提他，我就从楼上跳下去。牛石艳，你信不信？真要我跳楼啊?！

牛俊杰：哎，别，别，我信，我信！艳，快给你妈道歉！

牛石艳被迫道歉：对不起，妈，我……我就是随口一说！

牛俊杰向牛石艳使了个眼色：奴颜和媚骨能随便乱说吗？那是鲁迅批判敌人的！你妈是敌人吗？不是，她是我们的同志，是吧，杏?！

石红杏：不是，我是让你们不要再提林满江，都不要再提了！

牛俊杰：好，好，不提，不提，咱就当这个人死了……

石红杏：还有齐本安！

牛俊杰：对，还有齐本安！

24　中福宾馆贵宾楼　夜　内

林满江对林小伟说：……我出生于一九六〇年，那是个灾难的年代，你奶奶月子里只吃了六个鸡蛋，弄出了一身病，后来死于肺炎。

林小伟：我知道，奶奶叫朱多余，一出生就在战乱中被抛弃了……

林满江：是啊，对那些第一代革命者来说，这是必然的选择，他们为了理想可以抛弃一切，不但是物质财富，甚至包括自己的亲人。

林小伟：爸，他们真是了不起，今天像这种纯粹的人太少见了！

林满江笑了笑：小伟，你有些像第一代革命者，家境富裕，不知贫困为何物。你如果生长在贫民区，对贫穷有刻骨铭心的记忆，也许就不会迷恋这种所谓的纯粹了，比如对切·格瓦拉，我就从不迷恋……

25　牛俊杰家　夜　内

牛俊杰向牛石艳使眼色：好了，好了，艳，你不是要写稿吗？到你屋写吧，我和你妈聊聊！杏，我给你说，艳又做了一组爆款文章！

牛石艳悻悻离去：小心哪天我把你们一个个也都写进去！

牛石艳走后，石红杏才说：老牛，也好，今天让林满江这么不管不顾地一骂，算是把我给骂醒了！我这辈子看错人了，跟错人了！

牛俊杰：知道就好，以后就不会上当了，林满江就是个坏人！

石红杏：没错，起码后来变坏了！别的不说，就这六年，违规违纪甚至违法的都是他，他批给我的条子哪年没有十张八张的？事给他办完了，条子他抽走了，马上都要查了，还不都得我担着？坑人啊！

牛俊杰：红杏，那你就实话实说呗，让他们找林满江理论去！

石红杏：林满江不会承认的，他要承认，也就不会把批条都抽走了。现在，林满江还拿我开刀，宣布让我停职了，下一步肯定撤职！

牛俊杰大怒，跳起来大骂：林满江也他妈的太混蛋了吧？他是个什么东西啊他！还大师兄呢，就是对一般部下同志也不能这样干啊！

石红杏又哽咽起来：就是，就是啊……

26　中福宾馆贵宾楼　夜　内

林小伟对林满江争辩：爸，我不同意你的看法！任何一个时代都要有精神力量，我们今天恰恰缺少这种力量，走遍地球村，到处都是利己主义的物质动物，财富成了衡量成功的主要标准，这是不道德的！

林满江：难道贫穷就是道德的吗？

林小伟：贫穷当然是不道德的，邓小平早就说过：贫穷不是社会主义！但对财富的极度追求，无休止的占有欲，肯定是不道德的！所以，西方很多富人都写下遗嘱，把财富捐献给社会！我觉得朱昌平当年把福记的股权捐出来，除了政治因素，也有自己的道德要求……

27　牛俊杰家　夜　内

石红杏抹了把泪，起身：好了，不说了，老牛，洗洗睡吧！

牛俊杰：你先睡吧，我得找齐本安理论去，他搞什么搞啊？！

石红杏：行，你问问他也好！我这辈子，成也是这两个师兄，败也是这两个师兄！这一次我是帮齐本安的，没想到，他也把我给卖了！齐本安不也混蛋吗？我怎么这么倒霉，碰上了他们两个混蛋师兄！

牛俊杰：好，不说了，红杏，你早点休息，我约齐本安见个面！

28　中福宾馆贵宾楼　夜　内

林满江感慨万端：儿子，转眼间你成大人了，时间过得真是快！

林小伟：爸，你也老了，可与生俱来的那股气还在！

林满江：什么气啊？

林小伟：还是那么霸道，霸气十足！

林满江苦笑：儿子，我今天这么平等地和你对话，还霸气啊？

林小伟：我这不是贬义，爸，我是夸你！李达康也是这么霸气！

林满江："九二八事故"后，李达康还这么霸气吗？嗯？

林小伟：是啊，爸，你别说，我真是服他了！李达康和我们俩小字辈说，他可能要因为"九二八事故"下台，下台后他要做的一件事，就是矿工新村的棚户区改造。所以，我和佳佳现在都成了他的助手，搞棚户区调查，为下一步的棚户区改造提供各种精准的决策数据……

29　茶社　夜　内

齐本安倒着茶，对牛俊杰解释：……老牛，你就是不找我，我也得找你！红杏是误会我了！我哪能拿她堵枪眼？我这是一时冲动，犯了策略上的错误！我们家老范教训了我一个晚上，让我痛悔不已！

牛俊杰：齐本安，我现在也不太相信你了：你到底怎么想的？咱们是一条战壕里的战友啊，石红杏一直配合咱们的调查啊，该做的工作都做了，你这样做不伤害她吗？你说清楚：你这是不是声东击西？

齐本安苦笑：声东击西？什么意思？我就是狗急跳墙，真的！

牛俊杰：狗急跳墙的应该是他林满江，怎么会是你？你故意的！

齐本安：真不是故意的，哎呀，现在弄成这样子，我也很惭愧！

牛俊杰却又掉转话头：不过也好，这下子也让石红杏把林满江的嘴脸看破了，林满江这个名字在我们家成了禁语，被屏蔽了……

齐本安讪讪问：我的名字只怕也成禁语了吧？

牛俊杰苦笑：没错，也成禁语了！

30　牛俊杰家浴室　夜　内

淋浴房里，石红杏任莲蓬头喷水在脸上流。

（闪回）年轻拙朴的石红杏和师傅程端阳在雨水中奔跑。

年轻的林满江打着一把伞，拿着一把伞跑步迎上来。

师徒三人说笑，打着伞走进京福发电厂大门。

党委书记办公室，林满江给师傅程端阳、师妹石红杏泡茶。

程端阳擦着头上脸上的水：满江，红杏今天我给你带来了，交给你了，你得拉扯着她一起进步！不能你和本安上去了，让她掉队！

林满江：掉啥队？本安前几天还和我说呢，红杏接你的班挺好！

石红杏可怜巴巴地：大师兄，齐本安故意使坏，不想让我提干！

林满江：红杏，你到我这儿也提不了干，提干得有大专文凭啊！

程端阳：杏，听大师兄的，去读书，拿文凭，时代变了，别再犯傻了！你看本安，也和大师兄一样拿了文凭，一毕业就是干部！

石红杏：嗯！（眼巴巴地问林满江）大师兄，那……那你要我吧？

林满江：过来吧，市里有个半脱产的大专干部班，你先去学习吧！

　　石红杏：哎，好，好！（闪回完）

31　茶社　夜　内

　　牛俊杰对齐本安说：本安，我知道，你对红杏是爱恨交加，时不时地也会给她上点眼药！她对林满江的迷恋，让你一直都很受伤……

　　齐本安：哎，哎，老牛，受伤的是你，不是我，我对你深表同情！

　　牛俊杰：我不要你同情，是和你说事！本安，你我都清楚：林满江很可能有极其严重的经济犯罪问题，正是因为我们两人紧紧抓住疑点死不放手，才一步步激怒了林满江，才有了今天这种局面，是吧？

　　齐本安：没错，要说被坑，老牛，我是被你坑了，我一上任，你就跑来和我嘀咕京丰、京盛两矿的事，先是让我疑惑，后来也让石红杏疑惑！我们就开始调查是吧，结果没落实证据，却弄得我被人家撤职！

　　牛俊杰：于是，你老兄一把拉响炸药包，打响了京州中福之战！

　　齐本安：哪里，京州中福之战早打响了，是你牛俊杰开打的！我是被你拉上了战车，被迫应战！现在，弄得和师兄师妹都翻了脸……

32　中福宾馆贵宾楼　夜　内

　　林小伟对林满江说：李达康说得对，人生在世是有使命的，不能只是吃喝拉撒睡！我和佳佳现在就特有使命感，天天快乐而充实！

林满江：好，快乐充实就好，这么看来，李达康比我懂教育啊！

林小伟：爸，你也懂教育，就是不教育我，让我成了妈宝男！

林满江：好，今天我就教育你！儿了，使命是个很沉重的词，知道不？它不像李达康说得那么轻松，也不像你理解得那么快乐！

林小伟：是，有些人只要能把自己养活了，就算完成了使命！

林满江：听我说！对朱昌平、谢英子那些革命者来说，使命意味着奉献和牺牲，意味着用自己的肩担起一个国家和一个民族的苦难！

林小伟：事实上，他们担起了，因此也赢得了我们后人的景仰。

林满江：对李达康来说，使命意味着对一个地区、一座城市的无限责任，日日夜夜不敢掉以轻心，而获得的报偿几乎可以忽略不计！

林小伟：但这个地区、这个城市的老百姓会记住他们，历史会记住他们！比如说李达康，许多年后，京州老百姓也许还会说起他……

林满江不悦地：小伟，你听我说！

林小伟：好，好，爸，你说！

33　牛俊杰家　夜　内

石红杏对着镜子刷牙，看着镜子中的自己又陷入回忆——

（闪回）矿机厂宿舍，石红杏刚洗漱回来，透过窗玻璃，看到林满江拿着脸盆去洗漱间，把牙刷毛巾一拿，脸上抹了些灰，又去洗漱。

洗漱间，齐本安看到石红杏，不禁一怔：哎，你怎么又来了？

石红杏瞪了齐本安一眼：要你管！又亲热地对林满江说：大师兄，下班又打球去了吧？瞧你这一身汗！来，来，我给你擦擦后背！

齐本安：哎，杏，给我也擦擦，我身上汗更多，还痒！

石红杏给林满江擦着背，挤对齐本安：你到门外树上蹭蹭吧！

齐本安：石红杏，你把我当猪啊？大师兄，你小心她勾你魂！

石红杏眼一睁，准备动手：安子，你皮又痒了吧？

齐本安端起脸盆，慌忙逃跑，和一个女工撞个满怀。（闪回完）

34 茶社 夜 内

齐本安严肃地对牛俊杰说：不开玩笑了，老牛，红杏的情绪你真要注意，林满江大庭广众之下这么批评她从没有过，她别想不开！

牛俊杰：我倒觉得不是坏事，让她认清林满江的真面目！每年违规违纪批了那么多条子，完事后收走，我就没见过这么无耻的小人！

齐本安：所以呀，尽管没和石红杏通气就曝光小金库，伤害了石红杏，让我很后悔，但这么做也有一个好处：炸药包突然爆炸了，张继英书记和纪检部门就可以顺藤摸瓜查下去了！你说是不是？

牛俊杰：这倒是！也许还会引起国资委和中纪委的注意！

齐本安：没错！我就不信他林满江能把一切都做得严丝合缝！

牛俊杰：京丰、京盛矿的那笔交易就既不严丝，也不合缝！

齐本安：老牛啊，下一步，你的位置就很重要了……

牛俊杰：我什么位置？你都下台了，我撑得住啊？我得辞职了！

齐本安：哎，哎，老牛，我是被撤了，让林满江一脚踢进棚户区了，想干没办法干啊！我婉转提出，留任京州能源董事长，和你一起做伴，人家当场否决，没留一丝缝隙让我钻！所以，你可千万别主动辞职！你只要在京州能源的位置上，林满江、皮丹他们对京丰、京盛动手就得小心点，你要辞职走了，人家就一马平川了，这都没看明白？

牛俊杰：但我担心他们把我套进去，他们一直对我耿耿于怀啊！

齐本安：不怕，现在炸药包爆炸了，张继英、朱道奇，甚至包括国资委、中纪委都注意到这起事件和京州中福了，谁敢轻举妄动？！

35　中福宾馆贵宾楼　夜　内

林满江动情地搂着儿子：儿子，使命不是你的嫩肩能担起的！而且，你也没必要去担负某种使命。朱昌平、谢英子这代人牺牲了，林铁柱、朱多余这代人牺牲了，李达康、林满江这代人又牺牲了……

林小伟困惑地看着林满江：爸，我不明白你这是什么意思？

林满江一声叹息：走吧，和佳佳一起出国，到美国或者加拿大去，那里会有你的用武之地！儿子，牺牲的年代过去了，你们不必牺牲！

林小伟怔住了。

36　牛俊杰家　夜　内

石红杏身着睡衣倚在床上陷入回忆——

（闪回）办公桌前的林满江猛然抬头，看着站在面前的石红杏：……什么？石红杏，你再说一遍，你刚才说的什么，我没听清！

石红杏怯怯地：大师兄，我……我……

林满江：什么大师兄？林书记！

石红杏：林……林书记，我不想上学了，上课尽犯困……

林满江：好，那你说说，想干啥？回矿机厂车工班？

石红杏：不，我……我就在这儿给你端茶倒水，搞内勤……

林满江：石红杏，你可真有出息！那你还不如看车床去！

石红杏：大师兄，我……我就想留在你这里！

林满江：那就好好读书去，拿不到文凭别回来见我！（闪回完）

37 茶社 夜 内

齐本安对牛俊杰说：……老牛，你看，我也没临阵脱逃！林满江让我去配合棚户区拆迁，我就答应了，就是想留在京州和你做个伴！

牛俊杰：哎，本安，那你说，陆建设不会搞我的小动作吧？

齐本安：搞，人家肯定要搞，但搞不到哪去！皮丹的别墅，小金库账上涉及那么多高管家属，估计够林满江、陆建设忙活一阵子的！

牛俊杰：这倒是，他们一时也许顾不上出击？

齐本安思索着：也许他们觉得，他们已经占据主动了……

（第四十八集完）

第四十九集

1 陆建设家 夜 内

陆建设和陆妻倚在床头聊天。

陆妻：你们京州中福这阵子真是怪了，走马灯似的换人！

陆建设：那是，领导那是不能得罪，你得罪了领导就完犊！领导是凶猛的大动物，决定你的仕途前程！领导说你行你就行，不行也行！

陆妻：领导说不行就不行，你行也不行！

陆建设：没错，没错，像齐本安，是个有本事的人，现在怎么的了？一把撸到工会副主席的位上，被一脚踢到棚户区垃圾堆去了！皮丹呢，屁事不管的佛系干部，哎，京州中福一把手，我都觉得好笑！

2 京州人民医院病房 夜 内

皮丹对程端阳说：妈，真的，让齐本安下台，让我做京州中福一把手，是林满江提议，经过中福集团党组会慎重研究决定的，你不相信我，难道不相信林满江、不相信党组织吗？妈，齐本安拒不执行集团决策，和林满江分庭抗礼，犯了严重的政治错误，石红杏私设小金库犯了经济错误，于是我就上来了！你要看到我的进步和成长！我在你大徒弟林满江身边四十八天啊，几乎等于读了一次博士后，长成熟了！

程端阳：成熟了就完蛋了，苹果桃子成熟掉到地上就烂了！皮丹，我现在真是害怕，你不要没有数！知子莫如母，你不是这块料啊！

皮丹烦了：好，好，不和你说了。你一个老劳模、老党员，对党组织的决定这么不信任，原则立场有问题了，老太太，你要警惕啊！

程端阳：我要警惕的是你！皮丹，你先把光明花园别墅的事给我说清楚：人家傅长明的长明集团凭啥要给我送别墅？是你受贿吧？

皮丹：哎，老太太，我正说要请你到你的别墅去养老呢……

3 中福宾馆贵宾楼 夜 内

林满江动情地对林小伟说：……儿子，人的生命是短暂的，你应该去追求属于自己的那份幸福生活！不要被一些激情的词汇迷惑了！

林小伟：爸，你今天是怎么了？我觉得怪怪的……

林满江：爸积劳成疾，没准哪一天就会倒下，我最不放心的就是你！我的长辈家庭为我做得太少，所以，我想为你尽可能多做一些！

林小伟动容地：这我知道，爸，你已经为我做得够多了……

林满江：儿子，好好想想爸爸的话，不要留在国内就业，留在国内，最好的结果是成为另一个李达康、林满江，这真的有意义吗？

林小伟：可是，我真的很佩服李达康，还有老爸你……

林满江：你看看李达康的遭遇，当这一切落到你身上的时候，你能安然处之吗？儿子，你受不了，你既不是李达康，也不是林满江！

林小伟：可我会学习做一个李达康、林满江……

林满江：当手握重权，决定芸芸众生命运的时候，你能保持不滥用权力吗？能永远不被权力腐蚀，在物欲横流的时代做一股清流吗？

林小伟想了想：这个……人性都有弱点，爸，这个我不敢保证！

林满江：那你就将陷入万劫不复之境，共产党没有将功折罪之说！

4 牛俊杰家 夜 内

石红杏看着一台老旧的长虹牌古董电视机陷入沉思——

（闪回）林满江和五个干部在开会，石红杏在一旁记录。

干部甲：……林书记，这一百万元承包奖金是中福集团奖励给你个人的，你为京州电力创建立下了汗马功劳，没必要这么推辞啊！

干部乙：就是，这钱是北京给你的，你不要，还能再退回去啊？

林满江：嘿，工作是大家做的，平均分配给全厂每一位同志吧！

干部丙：这个不太好吧？奖金哪能再搞平均主义？上面不让！

干部甲：是啊，上面一再强调，奖金不是福利要奖得大家眼红！

林满江：那就搞福利，给全厂干部群众每人买一台电视机吧！

干部丙乐了：哎，这成，这成，一人发一台长虹牌电视机！

石红杏也快乐地插上来：这应该叫满江牌电视机！

干部甲、乙等：对，对，满江牌彩电！（闪回完）

5　陆建设家　夜　内

陆妻对陆建设说：……皮丹再好笑，你也别去笑，你敢笑他，他就会让你哭！人家老娘是林满江的师傅，他又经过林满江一手调教。

陆建设：是，这我还能不明白吗？而且，皮丹人情世故都懂，又是佛系干部，他当家也就等于我当家了，以后油水不流外人田了。

陆妻：你不说我还忘了呢，今天家里来了一个送礼的！

陆建设：是一个姓刘的科长吧？他说来看我的！哎，送的啥？

陆妻：哦，两瓶五粮液，两条中华烟，还有几盒茶叶。

陆建设：就是烟、酒、茶叶？哎，你都一一拆开看了吗？

陆妻：看了，就是烟和酒啥的，没有钱，也没有银行卡！

陆建设：不可能啊！他想升副处，怎么着也得送我十万八万的啊！哎，刘科长送的东西在哪里？我……我再过细找一找！

陆妻：别找了，你电话给我一交代，我就过细找过了，睡觉！

陆建设思索着：嗯，现在反腐高压，大家都得小心，送的收的都不能那么张狂，以后会有的，一定会有的，没准还有人送别墅呢……

6　茶社　夜　内

齐本安对牛俊杰说：……我相信，皮丹的别墅张继英书记也不会轻易放过，露出水面的东西张继英肯定会去认真查。我们呢，要注意的是水面下的东西！我拒不执行的那个集团决策，皮丹上台要坚决执行了，老牛，你就把牛眼瞪大了，看看这位皮丹同志怎么执行？看皮丹怎么把京丰、京盛两矿十五亿卖给傅长明！看他到底有多大的胆！

牛俊杰：明白！我是京州能源董事，我会在董事会上投反对票！

齐本安：钱荣成那条线索也不能放弃，十个亿的交易费用，总是无风不起浪吧？钱荣成敢找到石红杏，找到我头上来，可能真有其事！

7 京州人民医院病房 夜 内

程端阳对皮丹说：……皮丹，我给你把话说清楚：别说你这幢别墅不清不楚，就算清清楚楚是你光明正大买的，我也不会去住！矿工新村街坊邻居几十年了，能陪我聊天，陪我打牌，你那空楼我住不惯！

皮丹：哎呀，住不惯你也去住几天嘛，别让林满江骂我不孝顺！

程端阳：你够孝顺的，差点没让我砸死，行，你走吧，我还有事！

皮丹：你有啥事？妈，你听我说……

程端阳拨手机：别说了，我找林满江有事！

皮丹：哎，哎，妈，我的个亲妈，你……你可别坏我的事啊……

程端阳的手机通了：哦，满江吗？我是师傅啊！按说呢，老人不该干政，可这回涉及皮丹，师傅就不能不说了：皮丹不堪重用啊！

皮丹脸拉长了：我的妈呀，你又犯病了吧？！

8 中福宾馆贵宾楼 夜 内

林满江和程端阳通话：……师傅，皮丹的工作是我和组织经过慎重考虑安排的，你确实不该随便发表意见！组织上把皮丹安排在京州中福的位置上，自有道理！师傅，你听皮丹安排，到你别墅住去吧！

电话里的声音：那不是我的别墅！

林满江：皮丹的别墅就是你的别墅，你较啥真?!（说罢，挂机。）

林小伟赔着小心：爸，我发现你今天心情比较灰……

林满江：是啊，京州中福碰到了一堆烂事，我不得不处理！好了，不说了，今天是我们之间的一次平等对话，儿子，你回去好好想想！

林小伟：好的，爸！你多保重，自己都知道积劳成疾了，就得多注意休息！爸，我和佳佳留在国内，其实还有个好处，能照顾你！

林满江：我不要你照顾，你这次回国就泡在京州，照顾我啥了？

林小伟：哎呀，我这不是被达康书记抓了差嘛！

林满江：哦，对了，告诉达康书记，我要和他见面谈谈！

林小伟：这次？谈什么？谈我和佳佳？

林满江：不谈你们，谈矿工新村棚户区！好，你回吧！

9 京州人民医院病房 夜 内

程端阳当着皮丹的面，和齐本安通话：……本安，红杏的电话我打不通，关机了，只好打给你！你帮我安排一下，我明天出院，搬回矿工新村老地方。不是说政府给安置了一间简易房吗？咱搬过去吧！

电话里的声音：师傅，你算了吧，皮丹那么多房子，还有别墅！

程端阳：我可不去住皮丹的别墅，别将来被人家反贪局赶出来！

电话里的声音：那好，那好，那我明天接您吧，反正也没大事！

程端阳挂上手机：皮丹，我劝你把别墅还给傅长明，无功不受禄！

皮丹火透了：我就没见过像你这样的妈，这么不相信自己儿子！妈，我告诉你：这幢别墅是我花钱买的，长明集团不过给了点优惠！

程端阳根本不信：行，别编了，赶快还给人家，别等别人举报！

皮丹：谁敢举报？谁？再说了，举报有用吗？这事林满江知道的！

程端阳也火了：林满江他不是天，也不能无法无天！快滚蛋你！

皮丹悻悻离去：好，好，你老太现在病得不轻，我不和你说了！

10　茶社　夜　内

齐本安对牛俊杰感叹：我这个师傅不简单啊，大事不糊涂！

牛俊杰：老太太是不敢住皮丹的别墅吧？别墅肯定有毛病嘛！

齐本安：但是，林满江态度鲜明，不准查，这里面能没文章？

牛俊杰：所以，咱们得想法查！没准这就是个突破口！哎，你说程端阳会不会知道点啥？否则，怎么这么坚决，就是不接这个招？

齐本安想了想：方便时我来问问师傅吧！好了，不早了，撤吧！

牛俊杰：撤！哎，伙计，下次拉炸药包时打个招呼，别炸着我！

齐本安：哎，哎，看你，又来了，我这真的就一战术性失误！

牛俊杰：齐本安，你还忽悠，还忽悠！

11　中福宾馆贵宾楼　夜　内

林满江看着一幅幅老照片发呆。

秘书过来：林董，程端阳师傅又来电话了，在座机上。

林满江：别接，这老太太认死理，三言两语和她说不明白。

秘书：好的！

林满江：哦，对了，明天一上班，你和京州市委办公厅联系一下，看李达康书记明天下午或者晚上是不是能抽时间和我见一个面？

秘书：林董，见面谈啥事？

林满江：还能有啥事？了解一下棚户区情况，看能不能尽快启动啊？还有王平安弄走的那五个亿的资金，是不是还有希望追回？

秘书记录：好，林董，我明天一早就办！

12　牛俊杰家卧室　夜　内

牛俊杰进门一怔：红杏，你怎么还没睡？

石红杏带着哭腔：睡不着，想来想去都是事！

牛俊杰：来，来，那吃片安定！

石红杏：不吃了，老牛，咱再聊聊天！

牛俊杰打了个哈欠：别聊了，困死我了……

石红杏眼圈红了：牛俊杰，你是猪啊？就知道睡！

牛俊杰：这都几点了？哎呀，好，好，聊，聊，我聊死你！杏，我给你说啊，我替你狠狠骂了齐本安一通！齐本安也真是后悔莫及，一再让我带话给你，说向你道歉，请你原谅！其实，他真不想伤害你！

石红杏：不想伤害我，他还这么干啊？我和他斗了一辈子，能不知道他？老牛，你别说了，我不会原谅齐本安的，他就是故意使坏！

牛俊杰：行，行，那我就不说了，你现在不太冷静……

石红杏指了指古董电视机：明天把这电视扔了，再换台新的！

牛俊杰话里有话：这要扔了，可就再也没有满江牌电视机了！

石红杏哭了：牛俊杰，你……你现在还气我呀？

牛俊杰：哎，别哭，别哭，扔，我明早起床就给你抱楼下扔了！

13　中福宾馆院内　日　外

皮丹和陆建设下车进门，边走边说。

陆建设：皮董，齐本安挺识相，昨天主动把办公室让出来了！

皮丹：我知道，吴斯泰已经告诉我了，让我今天搬进去。

陆建设：可是石红杏不自觉呀，怎么不把她的办公室让给我？

皮丹驻足站下：哎，哎，老陆，我给你提个醒啊，小事别计较！

陆建设：皮董，我咽不下这口气啊！我现在排名老二，石红杏的办公室得让给我，我的厕所套间归石红杏，皮董，你不能和稀泥！

皮丹四处看看，声音压低了：老陆，咱们现在上台了，要大度！

陆建设：就因为上台了，才不能受这份气了，也该他们受气了！

皮丹：老陆！咱别小人得志行不？算给我面子！石红杏是我姐！

陆建设眼皮一翻：什么姐？你哪来的姐？人家老石早不认你了！

14　石红杏办公室　日　内

石红杏在吴斯泰的帮助下，默默收拾自己的私人物品。

吴斯泰指着一柜子旧工作笔记：石总，这么多笔记本怎么处理？

石红杏没作声，走过去，随手拿起一本本笔记，胡乱翻着。

吴斯泰赔着小心：石总，我咋觉得像做梦似的……

石红杏：是，我也觉得像梦，皮丹、陆建设竟然都爬上来了！

吴斯泰明知没人，还是四处看了看：林满江和上面犯糊涂了吧？

石红杏：也许吧，谁都有犯糊涂的时候！吴斯泰，找些纸箱来，这些笔记本都不能扔，是我三十年工作的记录啊，全装箱送我家去！

吴斯泰：好，好，这事我亲自办！哎，不送您新办公室吗？

石红杏苦笑：啥新办公室？我用不着新办公室了，就送我家吧！

吴斯泰咂嘴：也是，也是……

15　京州人民医院门口　日　外

齐本安和皮丹的老婆扶着程端阳上了一辆轿车。

皮妻：齐书记，你看看，老太太出个院还麻烦你领导！

齐本安：不麻烦，我现在不是领导了，领导是皮丹了！

皮妻：齐书记，你这是犯了什么错误，让上面拿下来了？

齐本安：哎呀，这个，没揣摩好领导意思，让领导生气了！

皮妻：所以啊，我们家皮丹就这点好，从来不让领导生气！

齐本安戏谑地：哎，也不一定，我当皮丹领导的时候，他尽让我生气！有时，我都恨不能把他剁剁碎做碗皮蛋瘦肉粥！

程端阳：是啊，皮丹这个所谓的领导，连我都不看好他！

皮妻看看程端阳，又看看齐本安，不作声了。

16　中福宾馆贵宾楼　日　内

林满江和皮丹、陆建设谈话。

陆建设时不时地看一眼笔记本，向林满江汇报：……林董，我已经让办公室通知下去了，今天下午召开京州中福党员干部大会，传达您昨晚在集团反腐倡廉电视电话会议上的重要讲话精神，尤其是你讲到的五个重点、六大落实、七个做到、八项措施、九个必须、十个注意，组织各单位干部群众深入讨论！

林满江手一挥：讨论？讨论啥？光彩啊？不怕群众骂娘呀？

皮丹：也是，也是，老陆，这个……这个确实可能有消极影响！

林满江敲了敲桌子：你们现在要抓经济，抓发展，抓企业解困！

皮丹：是，是，林董，我……我们也是这样想的，也是这样想的！

陆建设：齐本安给我们留下了一个烂摊子啊，实话说，够收拾的！

林满江冷冷地：这个烂摊子是齐本安给你们留下的吗？睁着眼睛胡说八道！这个烂摊子是你们自己留下的！你、皮丹、石红杏！你们三个可都是京州中福的老人，没一个是新调来的！

皮丹：林董，主要是石红杏，这六年来都是她主持工作……

林满江：石红杏不谈了，下一步撤职，你们俩说说，怎么办？

17　石红杏办公室　日　内

石红杏对吴斯泰交代：这些笔记本按年度摆放，别搞乱了，一本都不能丢！从年轻的时候林董就是我的领导，他一次次作报告、发指示，我都记下来了，有时翻着、看着，就觉得往日的时光又回来了！

吴斯泰：是啊，人生如梦啊，石总，您……您也别太难过了……

石红杏：我不难过，我难过啥？我这一生啊，算不上精彩，可想想也算值了！你说我何德何能，碰上了林满江、齐本安这种人尖！

18　棚户区程端阳家简易房　日　内

皮妻向程端阳介绍：……政府每户给安排了一间简易房，现在还凑合，就怕冬天难过！空调、电炉不让用，只能用罐装煤气取暖！

程端阳：那也行，没准用不着在这儿过冬，政府就拆迁了！哎，本安，你这下了台，不就专门负责和政府那边办协调吗？好好协调啊！

齐本安：是，是，师傅，我从今天开始就在这里办公了！

程端阳：这里有你的办公室吗？矿上的房子早交给街道了！

齐本安：街道收拾出一间仓库给我，离你这儿不到百十米远！

程端阳乐了：那敢情好，就在我这儿搭伙吧，我也有个伴了！

皮妻：妈，你既有伴了，那我就回了？今天还有客户看房呢！

程端阳：回吧！房子别炒了，皮丹都人模狗样的了，你悠着点吧！

皮妻：是，是，悠着点，悠着点……（说着，离去。）

19　中福宾馆贵宾楼　日　内

皮丹硬着头皮汇报：……林董，我是这样想的：首先要解决京州能源两万工人的欠薪，这个问题不解决，矛盾就随时可能爆发……

陆建设：没错，林董，我被工人群众包围过，我知道他们的激烈情绪！而且，这里面还有个很危险的因素：齐本安也许是知道自己干不长了，就无原则地讨好群众，承诺和欠薪群众一样，只拿

1074

生活费！

林满江：这怎么就成危险因素了呢？老陆啊，请你说清楚！

陆建设：林董，你想啊，齐本安是群众贴心人啊，却被撤了职……

林满江：哎，老陆，我说你们就不能也成群众的贴心人吗？嗯？

皮丹和陆建设相互看了看，一时间谁也没表态……

林满江：怎么不说话了，你们？好，你们不说我说，这也是我今天要和你们重点谈的：从下个月开始，你们也停发年薪，只拿生活费！

皮丹苦笑：林董，我就在集团拿了两个月的工资，这又……

陆建设：林董，这事吧，我没意见，就怕我老婆有意见……

林满江像没听见：京州能源干部的生活费是每月一千，工人是每月五百，你们呢，就按五百拿吧，一定要做得比齐本安还漂亮！

20　石红杏办公室　日　内

石红杏对吴斯泰絮叨：……你不知道，我这两个师兄啊，一个比一个厉害，他们布下的局，你可能过了许久都想不明白，哎，等你想明白了，时代的列车已经飞驰而过了，只把你一人扔在站台上发呆！

吴斯泰收拾着笔记本：石总，我看也没这么神吧？

石红杏：就是那么神啊！老话说，春江水暖鸭先知，林满江和齐本安都是这种鸭子，林满江是矿工新村第一代大学生，考上去的！齐本安一看林满江上学去了，一年后也上学去了，只有我傻，被落下了！

1075

吴斯泰：那时提干部都看文凭，只要有一张文凭，猪都能提！

石红杏：是啊，林满江、齐本安都干部了，我还看车床呢！师傅就把我交给了林满江，林满江逼着我脱产去上学，才让我有了今天！

吴斯泰：难怪您对林满江这么痴迷！不过，这次林满江把皮丹、陆建设这两个熊人弄上来，并不是聪明之举，他这不是自己找难看吗？

石红杏：不会的，林满江敢用他们，自然会有一套，你等着瞧吧！

吴斯泰：瞧啥？这两人要德无德，要能无能，还自私得要命，分个水果都要拣大的挑，为一点八平方米办公面积吵得天翻地覆……

吴斯泰絮叨时，石红杏抓起桌上电话，拨号。

电话里传出忙音。

石红杏叹息：他都不接我的电话了。

吴斯泰：谁？

石红杏木然地：林满江！

21　**程端阳家简易房　日　内**

齐本安和程端阳收拾房间。

程端阳：这都是怎么回事？本安，你们怎么就闹到了这一步？

齐本安：不是闹，是发生了重大原则分歧！师傅，我今天必须把话和您说透了：林满江不是过去那个林满江了，可能已经腐败掉了！

程端阳：涉嫌受贿？他老婆童格华在红杏那儿乱报销，是吧？

齐本安：这是明里暴露的，暗中的问题可能更大，很吓人的！

程端阳惴惴不安地：皮丹也涉及了吧？那幢别墅？对吧？

齐本安：是，从林满江对别墅的态度看，这事就益发可疑了。

程端阳：林满江和傅长明勾结，侵吞咱中福集团的国有资产？

齐本安：是啊，这几年从集团到社会上，许多人有这种议论，我先还不信，到京州中福上任后才发现，这不是空穴来风！有人竟然以此为借口上门敲诈勒索，既找了石红杏，又找了我。我和石红杏去北京和林满江谈，却进一步得罪了他，这不，我和红杏双双下台滚蛋了。

程端阳：你们俩上次去北京我知道，我也给满江打了电话的……

齐本安：我后来听红杏说了，您希望他永不掉队！现在看来，这不是掉不掉队的事，而是是否涉及腐败和经济犯罪的事……

22　中福宾馆贵宾楼　日　内

林满江严厉教训皮丹和陆建设：……不客气地说，齐本安的工作方法、工作作风、做人做事的原则，你们都要学习！你们如果学到家了，有齐本安的本事了，京州中福就有希望了，就不用我操心了！

皮丹、陆建设分别做记录，大气不敢喘。

林满江：好了，我不苛求你们，你们研究一下，拿出可行性计划向我和董事会汇报，集团的战略决策必须执行，京丰、京盛两矿继续向长明集团转让！价格呢，不是十五亿了，是四十五亿，你们和傅长明谈！

皮丹停止了记录：林董，我……我没听清，您说的是多少亿？

林满江郑重地：四十五亿，皮丹，皮董事长，这次听清了吧?!

皮丹急眼了：四十五亿? 林……林董，这……这不可能啊！

林满江脸一拉：这个世界上从没有啥不可能的事，好好谈去！

陆建设赔着小心：对，对，皮董，咱们先去谈吧，谈了再说！

林满江：好了，今天就到这里吧，我还有事！

皮丹、陆建设只得起身告辞。

23 石红杏办公室 日 内

吴斯泰已经离去。

石红杏拨林满江的手机。

手机里的声音：对不起，您所拨打的电话已关机……

24 中福宾馆贵宾楼 日 内

秘书向林满江汇报：林董，达康书记安排得挺满，下午晚上都有活动，临时挤掉上午一个会，十一点和您会见，中午共进午餐，您看?

林满江看了看表：可以，通知齐本安一起参加会见！

秘书怔了一下：哦，好的，林董！

25 程端阳家简易房 日 内

齐本安把手在毛巾上擦了擦，接手机：哦，张秘书，好，知道了！哎呀，我就知道林董关心基层群众疾苦！好的，我这就去市委恭候！

程端阳：怎么，本安，满江找你?

齐本安：是，要我和他一起去见李达康，谈棚户区拆迁的事！

程端阳：本安，你别说，林满江和李达康可都是干事的人啊！

齐本安：是啊，我这大师兄干好事干坏事都是一把好手！

26 京州中福办公楼门厅　日　外

陆建设和皮丹分别下车。

二人走进门厅，边走边说。

陆建设：皮董，我总觉得哪里不对头啊，林董这是闹哪一出？

皮丹：是啊，我也在想，咱俩是他的人啊，他不应该折腾咱呀！

陆建设发牢骚：五百块钱一个月？人家都说，当官不发财，请我都不来！他五百块钱一个月，那我还不如当副书记呢，年薪三十二万！

皮丹：哎呀，老陆，不要计较一城一地的得失嘛！

陆建设：我可以不计较，我老婆计较啊，她能生吃了我！

27 石红杏办公室　日　内

石红杏一脸欣喜，用手机和张秘书通话：……张秘书吗？可打通你的电话了！林董的手机关机，我只能找你了！我想向林董做个汇报！

电话里的声音：林董太忙，今天肯定没时间！

石红杏：林董在你身边吗？你让林董接个电话，我就说几句！

28 京州街上　日　外

轿车急驰。

车内，林满江冲着张秘书摇了摇头。

张秘书：林董不在身边，林董在市委和李达康书记谈事呢！

29　石红杏办公室　日　内

石红杏和张秘书通话：你帮我约一下林董，下午或者晚上能否见我一下？我向他做个汇报。他对我有些误会，不解释清楚我死不瞑目！

张秘书的声音：等林董回来，我请示一下，尽量安排吧！

石红杏：好，好，张秘书，谢谢啊！

挂上手机，石红杏长长舒了口气。

30　电梯里　日　内

皮丹对陆建设说：老陆，到我办公室坐坐？

陆建设：算了，还是你到我办公室参观一下我的厕所套间吧！你这次杀回来，还没进过我的豪华办公室呢！

皮丹：哦，也好，也好！

31　陆建设办公室　日　内

皮丹和陆建设走进办公室。

陆建设：你闻闻，这么长时间了，办公室里还一股尿骚味！

皮丹：还好嘛，没那么夸张，就是花露水味嘛！老陆啊，你小事就别计较了，要有高风亮节，要顾全大局，要全心全意为人民服务……

陆建设：哎，哎，还有我的年薪工资呢，这是顾全大局的事吗？

皮丹：咱们当家了，堤内损失堤外补嘛，我保证帮你补到每年四十万！现在的大事是京丰、京盛两个矿的转让啊！领导也真夸张，从十五亿一下子涨到了四十五亿，让咱们俩卖给谁去？他疯了不成？

陆建设：就是，就是！这事也真是怪啊……

32　京州市委大楼门厅前　日　外

一辆轿车停下。

林满江从车内走出。

站在门口的齐本安迎上来打招呼：哎，林董！

林满江大大咧咧向前走，迫使齐本安步步紧追。

齐本安：林董，昨晚的电视电话会议反响不错啊！

林满江讥讽：那得谢谢你啊，你真是我的好兄弟，给我帮大忙了！

齐本安：所以，你就派我以工会副主席的名义来协助棚改了嘛！

林满江：那是，做董事长你不合格嘛，这是经过实践证明的！

齐本安：是，是，我十五亿也没能把京丰、京盛两矿转让出去！

林满江：人家皮丹一上任就向我汇报，要四十五亿转让出去！

齐本安一怔，惊呼：我的天哪，皮丹他成神了？

林满江驻足：哎，别一惊一乍的，这是在人家市委！

齐本安：是，是，大师兄，皮丹背后的大神是你吧？

林满江：齐本安，你背后的大神不也是我吗？（说罢，又走。）

齐本安赶紧跟上去：是，是，林董，这倒也是！不过，我在任上时，你可没这么帮过我……

林满江：你怎么知道我帮了皮丹？

齐本安：因为我不相信皮丹的能力！

林满江：信不信在你，看皮丹怎么完成这笔交易吧！啊？

齐本安：哎，这矿这价皮丹卖给谁？还是傅长明的长明集团？

林满江：这个不是太清楚，你如果感兴趣，可以直接问皮丹！

齐本安：那……那我还真得抽空问一下，学习皮董的好经验！

林满江煞有介事：这就对了嘛，任何人的长处都要学嘛！

33 京州市委书记会议室　日　内

李达康、郑子兴等人和林满江、齐本安等人会谈。

林满江像啥也没发生过，指着齐本安向李达康介绍：……达康书记啊，这位，齐本安同志，以后就是我们中福集团的全权代表了！

李达康：哎，满江，我知道，本安同志是京州中福董事长嘛！

齐本安乐呵呵地：达康书记，现在不是了，林董和中福集团对矿工新村的改造十分重视，派我专职负责协调此事，争取早日启动！

李达康：好，太好了，你们是矿工家属，你们做工作比较有利！

林满江：所以呀，达康书记，我是千挑万选，给你找到了齐本安同志！这位同志和我一样，从小在矿工新村长大，对矿工新村有感情啊，"九二八事故"后，痛心不已，主动向我请缨，要替历史还债！

李达康：哎呀，本安同志，那咱们还得再握一次手，谢谢你啊！

齐本安忙站起来，和李达康握手。

李达康：好了，言归正传，先请子兴同志通报一下王平安、李功权和那五亿资金的情况吧！这阵子子兴他们忙得不轻，立了大功啊！

郑子兴：好的，我就把有关情况汇报一下！（说着，翻开文件夹。）

34　陆建设办公室　日　内

皮丹踱步思索着：……老陆，领导是不是虚晃一枪？让傅长明报个虚价，然后让我们京州能源大股东中京州中福拿四十五亿接过来？

陆建设：这不就是牛俊杰、齐本安提出的方案吗？领导反对！

皮丹：老陆，领导反对的那是牛俊杰和齐本安，不是咱们俩！

陆建设想了想：这倒也是，咱们是领导的人啊！

皮丹：看明白了吧？事情就是这样，领导永远有理，绝对有理！

陆建设：但愿齐本安这次能接受教训，长点记性！

皮丹快乐起来：好了，好了，这事不烦了，我心里有数了！哎，你这屋味是大了点，叫办公室再多喷点花露水吧！

陆建设：再喷也不行，多年的厕所积味深远，我等石红杏挪窝！

皮丹：别急，石红杏肯定挪窝，也就这几天的事了，她这人我知道，识时务，不会赖的！

说着，皮丹推门出去。

这时，对面石红杏的办公室门突然开了。

皮丹一怔，又退了回来。

陆建设：怎么了你？

皮丹做了个手势：嘘，石红杏！

35 石红杏办公室 日 内

石红杏站在办公室门口回望，眼中噙泪。（升格）

石红杏提着女包走出办公室。（升格）

石红杏身后，吴斯泰和两个办公室人员抱着纸箱相继出门。

36 京州市委书记会议室 日 内

郑子兴时不时看着文件夹，向李达康、林满江、齐本安等人介绍情况：……李功权、王平安通过原京州副市长丁义珍将五亿协改资金划拨出来以后，几经辗转，通过武玲珑，投到了财富神话基金进行股票和股指期货炒作，初始获利颇丰，产生了丰厚的回报……

37 审讯室 日 内

武玲珑对公安干警交代：……这期间，我们基金增长了八倍，上证指数只增长百分之一点六。今年六月，股市开始剧烈下跌，三周内，跌去了三分之一。全世界都受到震动。美国发生黑色星期一，道琼斯工业指数下跌超过一千点，伦敦富时 100 指数损失一千一百多亿美元……

38 京州市委书记会议室 日 内

郑子兴在对齐本安、林满江等人汇报：……财富神话真是一个神话，在市场的这一自由落体中毫发无损！

林满江：这就是说，我们那五个亿没受损失？

郑子兴：是的，不但没有损失，账上反而赚了两亿多！

齐本安眼睛一亮：哟，这么说，坏事变好事了？

郑子兴：没这么好，犯罪所得要充公的，还要罚款！

林满江：郑书记，那请你介绍一下财富神话的相关情况吧！

郑子兴：好的！财富神话的武玲珑已经开始交代问题……

39 审讯室 日 内

武玲珑在对审讯干警交代：……二〇〇五年中国证券法的修订，为私募对冲基金发展铺平了道路。二〇一一年初，我们财富神话成立，初始资金只有三千万，因为投资者少于二百人，不需要透露客户名单。

干警：上海、京州一些涉案的权势人物就是这时进来的吧？

武玲珑：是的，我们基金旗下当时有七个产品，最成功的一个是神话一号，投资人都是上海、京州的权势人物，其他六个是老鼠仓……

干警：用这些老鼠仓推动股票价格上涨，抬升神话一号净值？

武玲珑：是的，是的，我们必须保证权势人物只赚不赔！

干警：股市崩盘后，你们脱身也挺及时的，怎么个情况？说说吧！

武玲珑：好的，好的！政府对股市危机出手很快，拿出了三万亿组织国家队救市。我们因为在证监会内部有人，消息十分灵通，就抓住政府救市的这个大好时机从股市全身而退了……

（第四十九集完）

1085

第五十集

1 皮丹办公室（原齐本安办公室） 日 内

皮丹趾高气扬地在办公室踱步看着。

皮丹在办公桌前的椅子上试着坐下，很满足的样子。

这时，桌上电话响。

皮丹迟疑了一下，抓起话筒，突然谦恭：哦，傅总！你好，你好！

傅长明的声音：皮董，你更好啊，完成对京州中福的接管了吧？

皮丹：哎呀，这要感谢傅总你啊，你那里小边鼓不断地敲，加上我和老陆又十分努力，这有志者就事竟成了！哎，傅总，我正要问你呢，领导是不是和你说了，咱这京丰、京盛矿的那盘买卖又要启动了？

傅长明的声音：那是，让你过去干啥的？就是启动这盘买卖啊！

皮丹：好，我明白了，方案你和我们领导定吧，我执行就是！

傅长明的声音：这就对了，皮董，等着听招呼吧！

皮丹放下话筒，陷入沉思，不禁自语：这事真奇了怪了……

2 京州市委书记会议室 日 内

郑子兴继续通报情况：……中国证监会内部那位消息灵通人士

被审查之后，让财富神话的神话彻底破灭了，这个基金公司的三名高管被捕，其中包括京州公司的女将武玲珑。目前该案尚未侦查终结。

林满江：这么说，我们中福集团的这五个亿还是能找回来的？

郑子兴：希望很大，我们一直盯着呢，看有关部门最后的查处情况吧！林董事长，大致就是这么个情况！李书记，我政法委还有个会！

李达康挥了挥手：好，好，子兴，那你忙你的去吧！

郑子兴和林满江挥手打了个招呼，匆匆离去。

3　石红杏办公室　日　内

陆建设阴着脸，背着手，在被他占领的办公室巡视。

吴斯泰赔着十分小心，跟在陆建设身后转悠。

陆建设：老吴，你对石红杏忠心耿耿啊，服务到了最后一分钟！

吴斯泰：陆书记，我对您也一样的，您在一天我肯定服务一天！

陆建设：哎，吴斯泰，你是不是特希望我明天就下台走人？啊？

吴斯泰：陆书记，您看您，想哪去了？有啥需要您只管吩咐！

陆建设突然发现了问题：哎，这房间那幅林董的画像哪去了？

吴斯泰：哦，这个，当初您提出了批评，石红杏她就取下来了！

陆建设：取下来摆哪了？快，找出来，找出来！

4　石红杏家　日　内

阳台上码着几纸箱来自办公室的笔记本。

石红杏在阳台上找出林满江的油画像。

石红杏扶着相框，呆呆看着油画像。

5　京州市委书记会议室　日　内

李达康对林满江、齐本安说：……满江、本安同志，请放心！不管这五个亿什么时候追回来，都不会成为阻碍棚户区改造启动的理由！可能你们也知道，现在市委和政府的意见还没达成统一……

林满江：我当然知道，小伟这孩子现在成你的亲兵了嘛！

李达康：哎呀，满江啊，小伟这孩子真不错，让我对小海归们刮目相看啊！政府方面也不能说没理由，那个24号文件客观存在嘛！我们准备从两方面做工作，其一，否掉这个过时的文件；其二，最大限度地做通钉子户的工作！本安同志啊，我让拆迁办给你提供一份钉子户名册，你们配合一下，这几天我准备开个现场办公会，全市讨论！

齐本安：太好了，李书记，我们全力配合您和市里的动作！

林满江：哎，达康书记，资金问题不大吧？现在政府平台也欠债啊！

李达康苦笑：问题再大也得解决，反正你们中福集团是不会再给我们钱了！已经在和银行谈了，资金缺口准备发行中期票据解决……

6　石红杏办公室　日　内

吴斯泰抹了把汗，对陆建设说：……陆书记，没找到，林满江的像可能让石红杏拿回家了吧？您知道的，她是林满江董事长的铁粉!

陆建设收拾着办公桌：现在她不会再粉林满江了，你再仔细找找！

吴斯泰：陆书记，都找遍了，肯定让她拿回家了！

陆建设：公家的东西怎么能随便拿回家呢？打电话找她追回来！

吴斯泰：算了吧，陆书记，追回来也没用……

陆建设：怎么没用啊，挂上！我现在是林满江董事长的铁粉了！

吴斯泰一怔：哟，这……这我真没想到，您也粉林满江了？！

陆建设眼皮一翻：那当然！我不粉集团领导，粉你啊？！

7 石红杏家 日 内

石红杏拆下镜框，将林满江的画像取下。

石红杏将林满江油画像用剪刀剪碎。

石红杏将碎片扔进垃圾箱。

8 京州市委书记会议室 日 内

齐本安对李达康、林满江说：……李书记，林董，现在要命的问题是：冬天马上来临了，简易房和帐篷里的住户困难较大，而且存在很大的风险因素。比如，冬天取暖肯定会造成电力过载。我想，可否由市里统一协调组织，拿出一部分库存房源，先解决过冬问题呢？

李达康：这个，市里一直在协调，但还是卡在拆迁上——你们不同意人家房产公司启动棚改，人家凭啥拿出房子给你过渡过冬？

林满江叹息：是啊，是啊，市场经济嘛，这也是没办法的事！

齐本安：李书记，林董，我倒有个想法：京州中福房产公司在西郊开发的一个楼盘是否可以由政府收购，置换安置一部分急危户呢？

李达康：哎，行啊，行啊，本安同志，你去做工作吧，只要拆迁户同意就成！货币化棚改也是个路子！现在的问题是，许多住户希望原拆原建，不愿离开市中心啊……

9　石红杏办公室　日　内

吴斯泰试探着对陆建设说：陆书记，您……您不是开玩笑吧？

陆建设：我开啥玩笑？找不到原来的像，就给我重新整一张挂上！

吴斯泰：这个，陆书记，我记得为挂像的事，您批评过石红杏的！

陆建设翻着眼皮：我说老吴，你哪来这么多废话呀？该说不该说的，你还都敢说，太没规矩了！今非昔比了知道不？给我赶快办去！

吴斯泰：哦，好，好吧，陆书记，那，那要多大的尺寸？

陆建设：这个我说不好，反正比石红杏那幅大一些就成！

吴斯泰：那成，那成，陆书记，您把林满江董事长的相片给我！

陆建设在手机上找着，吴斯泰在一旁看。

手机上出现了一张陆建设和林满江握手的照片。

吴斯泰一下子看到了：哎，哎，陆书记，我看这张就不错！我给您在像下再加上一行字：林满江董事长亲切接见您——陆建设书记！

陆建设似有所悟：哎，是啊，合影比单独挂林满江像好啊！

吴斯泰：那是，那是，这显得您和林满江董事长走得近啊！

陆建设：嗯，有道理！那我把这张相片发给你，你找人画去！

吴斯泰：好，好，我今天就安排！像素要够的话，放大照片多好？

陆建设难得有了笑脸：没错，没错，那就是大照片了！

吴斯泰：好的，好的！

陆建设：老吴啊，你还是能为领导考虑的嘛！

吴斯泰讨好地：应该的，应该的，为领导服务嘛……

10　京州市委书记会议室　日　内

林满江对齐本安说：本安啊，你的想法挺好，就算不能解决长远问题，也能解决眼前的一部分问题！好了，你入戏很快，我也放心了！

齐本安口气不无自嘲：你放心就好！就是要干一行爱一行嘛！

李达康看了看手表：今天就到这里吧，下面是私人时间了！

齐本安：那好，李书记，林董，那你们两位亲家聊，我走了！

11　中福宾馆贵宾楼　日　内

一辆出租车停下。

石红杏下车，失魂落魄走进贵宾楼。

画外音：石红杏渴望被安抚，那个让她迷恋了一生的男人的安抚。当不当总经理无所谓，林满江只要推心置腹地和她好好谈一次话就行。比如他说，杏，在电视电话会上我没办法，只能让你委屈了。杏，其实，你为我做的一切，我心里都有数，你只不过暂时做一下牺牲，等到风头过去，我对你自有安排，毕竟齐本安拉响了炸药包，炸出了一个烂摊子，我不得不面对，我没有办法啊……

12 宴会厅 日 内

林满江和李达康共进午餐，分餐制，午餐很简单。

秘书快步走到林满江面前低语：林董，石红杏非要见您，突然跑到贵宾楼去了。服务员说，她像受了刺激，神情不……不是太正常！

林满江恼怒地：她一直就这么神经，让她回去，该干啥干啥！

李达康似乎看出了什么：满江，齐本安怎么又让你换下来了？

林满江：不是我要换他，是他不服用，齐本安太有主张了！

李达康含蓄地说：太有主张不好，但是没有主张也不好啊！

林满江一声叹息：你京州大震已过，我这里是山雨欲来啊！

李达康：你不是要到汉东了吗？中福的山雨和你没关系了吧？

林满江吃着喝着：那也得给后任留下一个好基础嘛！

李达康：那倒是，不能像那个法国皇帝——我走后哪管它洪水滔天！尤其像齐本安、石红杏这些同志，和你关系又比较特殊！

林满江苦笑：所以呀，我得严于律己，主动清君侧！

李达康开玩笑：满江，你自以为君啊？胆子够肥的啊！

林满江：达康，你胆不肥啊？你在京州难道自认是民吗？谁不知道你达康书记霸道？"九二八"后还不安分，还让两个孩子给你当亲兵！

李达康苦苦一笑，换了话题：满江，怎么听小伟说，你想让两个孩子到海外发展？是不是因为你马上要到汉东省工作了，要避嫌？

林满江被迫应付：哎，是有这个意思，必须避嫌嘛……

13　中福宾馆贵宾楼　日　内

石红杏坐在门厅沙发上苦苦等候林满江。

服务员送来一杯水，赔着小心劝说：石总，喝杯水吧，林董那么忙，今天还不知道什么时候才能回来呢，您……您还是别等他了吧？

石红杏沉着脸：你忙去，别管我……

14　宴会厅　日　内

李达康放下筷子，看着林满江，迟疑着：……满江，我想问你个冒昧的问题……（想了想，却又摆起了手）算了，算了，还是别问了！

林满江：哎，你看你，问呗，咱们之间有啥冒昧不冒昧的？

李达康却换了话题：哎，满江，我可没勉强小伟留在国内啊！

林满江：我知道，小伟是迷上了你，被你的精神人格感召了……

李达康：满江，你别捧我，啥精神人格，就是想干些事罢了！要我说啊，他们这两个孩子有一点倒真是不错：身上没有多少铜臭气！

林满江意味深长：那是因为我们身上的铜臭气太重了！

李达康：哦？什么意思？满江，你说你自己，还是说我？

林满江：说我们这一代人！我们在贫穷中出生长大，差不多都唯物嘛，有几个不食人间烟火的精神贵族？贵族起码要三代才能养成！

李达康：这倒是，贵族气质的确是要经过环境和岁月的洗礼……

15 京州街上 日 外

出租车急驰。

车内，齐本安木然看着窗外。

手机响。

齐本安接手机：哦，老范！

范家慧的声音：本安，你现在在哪了？

齐本安：在出租车上！老范，有事？

范家慧的声音：当然有事：又有人举报你们中福和林满江了！

齐本安眼睛一亮：哦？怎么个情况？快说！

范家慧的声音：电话里说不清，你一下岗干部，到我这儿说吧！

齐本安本能地辩解：谁说我下岗了？我仍然在岗！刚和林满江一起见过李达康书记，讨论棚户区改造……

范家慧的声音：行，行，齐本安，你爱来不来！

齐本安：好，好，我这就过去，老范，替我打份饭啊！

齐本安挂上手机，对司机交代：不去矿工新村了，去《京州时报》吧！

16 宴会厅 日 内

李达康对林满江说：……因为经历了计划经济的全民贫穷，我们对贫穷有深刻记忆，不排除其中有些人成了金钱的奴隶！但是，满江啊，你我不应该成为这样的人啊，如果我们也是这样的人就太可怕了！

林满江：瞧你，随便一句话，引起了你这么多感慨！好，走了！

李达康：这个，满江，我还是冒昧地问了吧！

林满江心照不宣：怕我在经济上犯错误？是不是？

李达康：是！满江，你在海外没有什么公司或者产业吧？

林满江呵呵笑了起来：达康，想哪去了？我敢在海外置办公司产业？我是想让孩子在中福集团的海外公司就职，当然，得他们愿意！

李达康：那就好！满江，咱们都别干涉孩子，让他们自己选择！

林满江：没错，让他们自己选择！真得走了，再见！

17　中福宾馆贵宾楼　日　内

林满江威严地走到大办公桌前坐下，指了指对面的椅子。

石红杏眼睛盯着林满江，魂不守舍地半个屁股坐下。

林满江：石红杏，你还敢来见我啊？

石红杏眼里满是泪水：大师兄……

林满江敲了敲桌子：什么大师兄？直呼其名：林满江！

石红杏哭了，仍喊"大师兄"：大师兄，你……你不要我了？

林满江冷漠地：啥要你不要你？你是我的什么人？莫名其妙！

石红杏哭得益发伤心：大师兄，我是你的什么人，你不知道吗？

林满江喝水：我不知道，我只知道我就是那个倒霉的东郭先生！

石红杏惊愕地：你……你咋这么说？那……那我不成狼了吗？

林满江把茶杯狠狠一蹾：石红杏，难道你是什么善良动物吗？小白兔？小松鼠？啊？！

石红杏：我……我哪里不善良了？大师兄，你……你的恩情我一直铭记在心呢！你……你把我引上了从政之路，你……你手把手地教我怎么处世为人，你逼着我去读书上进学文化，你出试卷给我一个人考试，你……你对我来说，那……那就是亲人，那是如兄如父啊……

林满江恼怒地：又来了，又是这一套，石红杏，我受够你了！

18 范家慧办公室 日 内

范家慧：……有个人打了一个电话给我，说是林满江通过京丰、京盛两矿的交易收受了傅长明十个亿的回扣，而且这个人是岩台口音。

齐本安眼睛一亮：哦？早先给秦小冲打电话的那个岩台人？

范家慧：对，我判断应该是，但遗憾的是，我当时忘了录音！

齐本安：真是，这么重要的电话，怎么能不录音呢？你看你！

范家慧：哎呀，当时我们正开深度报道部的策划会呢！不过，没关系，我估计他还会打过来的，这个人是有备而来，而且很执着！

齐本安思索着：两年多以前就给秦小冲打过电话，秦小冲出狱后又给秦小冲打过电话。知道秦小冲去了天使公司不干调查记者了，今天就把电话直接打给了你范总编？这么说，这个人是够执着的！

范家慧：是啊，你看，我躲都躲不了，我觉得他肯定还会来找我！

19 中福宾馆贵宾楼 日 内

石红杏诚恳向林满江道歉：……大师兄，对不起，实在对不起！但我真不是故意的！你说我怎么能故意害你和嫂子呢？你知道的，我……我就是胆小，怕将来说不清，因为这个钱来路不正啊……

林满江：所以，你就记黑账，然后故意让齐本安抓个正着？

石红杏：大师兄，不是这样的，我要真记黑账，就不会摆在财务小账上了，我记在自己的小本本上就行了，我真不是记黑账啊……

林满江冷冷地：石红杏，你还不如记个黑账呢，偷偷交上去还能立个大功！现在倒好，功劳是人家齐本安的，你也被套进去了！童格华他们不利索了，你也得承担渎职责任，简直是愚蠢透顶！

20　范家慧办公室　日　内

齐本安思索着：能否和这个人建立某种联系呢？比如微信？

范家慧收拾着桌上的碗筷：争取吧！但估计难！他打过来的号码是黑卡号码！举报人的防范和自我保护意识很强啊……

齐本安踱起步来：那就不好办了！这十个亿口说无凭啊，这个举报人说有，钱荣成也说有，但是，证据在哪里啊？这十个亿款子是何年何月何日，从什么银行什么账号划出去的？又划到了哪里？嗯？

范家慧：举报人应该知道！他言之凿凿说，林满江是大贪官！

齐本安：把电话打过去，咱们约他见面谈！

范家慧：哎呀，我打了，他那边永远关机！

齐本安一声叹息：是，黑卡嘛，估计他打一次就扔了！

21　中福宾馆贵宾楼　日　内

林满江义正词严斥责石红杏：……石红杏，别人不知道我，你也不知道我吗？啊？我严于律己！我一身正气，两袖清风！我平生最痛恨贪污腐败！你倒好，竟然把贪污腐败的罪名弄到我头上来了！啊？

由于入戏太深，自我感动了，林满江眼里竟泛出些许泪光。

石红杏讷讷着：我知道，你清廉，你清廉，你太清廉了……

林满江出戏了，脸一拉：石红杏，你什么意思？讥讽我吗？

石红杏：不是，我看着当年那台电视机，还想到你拒收奖金哩！

林满江：就是嘛，一百万是奖给我个人的，但我要一分了吗？！

石红杏：大师兄，那时候你一身正气，两袖清风，但是……

林满江：但是什么？啊？今天我仍然一身正气，两袖清风！

石红杏：是，是，也是……（石红杏苦笑着，没再说下去。）

林满江：可是你呢？包括我老婆童格华，这么多高管家属在你这里违纪报销，你胆大包天啊，我三令五申，你麻木不仁，我行我素！

石红杏的态度发生微妙变化：林董，这件事我是向你汇报过的！

林满江：汇报过什么？我怎么不记得？

石红杏换了个话题：很多事情，你……你也是批过条子的！

林满江喝了口水：我批过啥条子啊？条子都在哪里啊？

石红杏：条子后来都让你收走了，你每到年底就派人来收……

林满江：又胡说八道了吧？我遵纪守法，从不乱批条子！

石红杏震惊不已：林董，你……你……你……

林满江严厉地看着石红杏，如狼似虎：你什么？啊？说！

石红杏怯怯地看了林满江一眼，吓得不敢再说下去了。

22　范家慧办公室　日　内

齐本安对范家慧交代：……老范，联系一下秦小冲，让他把前两次的电话录音带过来听听，确认一下，这是不是同一个人！

范家慧：好的，好的！（拨着电话，又说）哎，对了，本安，人家秦小冲的冤案，你倒是给人家查了没有？人家还眼巴巴地等着呢！

齐本安：嘿，你又不是不知道，这阵子出了那么多事，一件接一件，哪顾得上啊！现在好了，我下台了，也有时间了，找到那个岩台人，正好也可以帮秦小冲弄清事实真相！

范家慧：现在看来，秦小冲肯定是冤枉的，得罪林满江了嘛！

齐本安：是啊，是啊，林满江又和长明集团不清不楚的，傅长明在京州树大根深黑白通吃，收拾他秦小冲还不是小菜一碟？！

范家慧：所以，我正做牛石艳的工作，让她找她公安局的同学帮忙，把秦小冲的这个所谓诈骗案复查一下……

齐本安：这事不能找公安吧？得找法院，找检察院，公安局一般来说不会接这个茬的，秦小冲将来翻了案，公安局那儿就是办了错案！

范家慧：我知道，可这办案人是牛石艳的同学，你别烦了！

这时，电话通了。

范家慧对齐本安做了个手势，和秦小冲通话：哎，小冲啊，你怎么一直不接电话？哦，发了财就忘了老东家了？你在哪了现在？

电话里的声音：范社长，我还能在哪？在催债讨债的路上啊！

范家慧：哟，你还永远在路上啊你！这又是哪笔账啊……

23　上海长明保险总部门外　日　内

秦小冲、李顺东和执行局法官分别从两辆车里下来，走进门厅。

秦小冲躲在一侧，和范家慧通话：……哎呀，范社长，还能有哪笔账？就是黄清源那笔账嘛，其中有我三十万，至今还没要来呢！这个无耻老赖宁愿去坐牢也不还我们钱！那好，牢你坐着，法院执行局说了，准备判他个不执行生效判决罪，起码两年半！我们还就得把账要回来！这就是天使的风格！好，不吹，不吹，说正事，说正事！

范家慧的声音：小冲，齐本安帮你查了，你可能真是被冤枉了！

秦小冲一下子激动了：是吧？是吧？我过去怎么说的？代我谢谢啊，谢谢齐书记，谢谢你们两口子！范社长，怎么个情况，你说！

范家慧：电话里几句话说不清，等你回来当面说吧！

秦小冲：好，好，等我忙完了这阵子，就去找你们！

24　中福宾馆贵宾楼　日　内

林满江又换了副面孔：红杏，我呀，这辈子算是犯在你手上了！

石红杏很委屈：大师兄，你不能这么说，我……我啥都学你！

林满江：设小金库，给童格华这么多高管家属送礼也学的我吗？

石红杏诚恳地点头：嗯！

林满江敲了敲桌子：好，那就说说这个吧！

石红杏：你得了一百万奖金自己不要，给大家发福利，一人一台彩电，让我一直记在心里，大家都把这台电视机叫"满江牌"！我呢，就学你，下面各单位给我发奖金，我也没要，给童格华他们办了福利！

林满江：纠正你两点！其一，我当年那一百万是上级奖的，不是下级送的！其二，我是给全厂干部职工发福利，你是腐蚀干部家属！

石红杏：是，是，大师兄，现在我知道了，我……我犯错误了！

林满江：是犯罪啊，经济犯罪！不要认为你没拿就没你的事了！

石红杏怔住了：大……大师兄，你……你还没完没了了，是吧？

林满江：你认为这事完了吗？中福集团的天都被你和齐本安捅破了！现在张继英书记和纪检组同志正日夜加班，一个个找人谈话呢！

25　张继英办公室　日　内

一个干部模样的人在交代问题：……张书记，大体就是这么个情况！

张继英一脸疲惫：好，王总，这一万六千元违纪金在本周内打到廉政账号上去，写个情况说明交上来，组织上统一处理！接受教训！

干部：好，好，张书记，我一定会加强对家属子女的教育！

张继英挥了挥手，又对秘书交代：让下一个进来！

片刻，另一个干部进来：张书记，我已经把六千元打到廉政账上了！哎呀，怪我家教不严，也怪京州中福的石红杏腐蚀拉拢啊！

26　长明保险股权登记处　日　内

秦小冲、李顺东和两个执行法官在交涉黄清源的保险股权。

秦小冲：刘总，我们天使公司有确凿的证据证明：梅王氏名下的四千万股长明保险的股权的真实持有人是清源矿业公司的黄清源！

李顺东：而且，长明集团傅长明董事长也知道这个内情！

刘总：是的，是的，这个，我们已经接到了傅总的电话指示，让我们配合你们！但是，这里面有个技术问题，你们得把那个梅王氏请来，我才能办理股权转移手续，否则将来梅王氏要找我们后账的！

法官甲：那么，这笔股权现在就先行司法封存吧！

刘总：可以，这可以，封吧，其实我们也恨这种无赖！

27　中福宾馆贵宾楼　日　内

林满江讥讽石红杏：……我就没见过你这么蠢的人！齐本安是别有用心，你是愚蠢得让我伤心！你害了我，害了大家，也害了自己！

石红杏：是，是，我愚蠢，我一生追随一个聪明人，却硬是没改变得了自己的愚蠢！我要是不愚蠢，能让你的人年年收回违规违纪的批条吗?！你对我说你平生最恨的是贪腐，我不服气！大师兄，你可没少搞贪腐！你还说你一身正气，两袖清风，我觉得这太不要脸了！

林满江冷笑不止：石红杏，你到底要和我算总账了，是吧？

石红杏大叫：不是！是你不给我活路了！我一生追随你，迷恋你，把你当成了神。你呢，把我当个渣渣！林满江，渣渣也是有尊严的！

林满江怔住了。

28 范家慧办公室　日　内

齐本安对范家慧说：石红杏那里，你也帮我做做工作，她现在对我有些误会！方便的时候，你去和她谈谈，她这个人一辈子糊涂，但是个好人，起码在京州中福主持了六年工作，不贪不占，这就不容易！

范家慧：这两个月，你到底把京州中福的烂账查清楚了？

齐本安：大体上查清楚了，真正有问题的是林满江和皮丹啊！另外，还有个事对我蛮有触动的：田大聪明十五万的自费药报销，让石红杏解决了，是在她小金库解决的。师傅没指靠上我，却靠上了她！

范家慧：这话我早就说过，石红杏不贪财，内心挺善良的！

齐本安：是啊，等她冷静下来，我再找机会和她交心谈吧！

范家慧：好吧！哎，本安，你还当真去协助棚户区改造吗？

齐本安：这还有假？这其实也是个大事，朱老一直很关注的！

范家慧：我们报纸也一直在帮着宣传呢，达康书记都表扬了！

齐本安：哎，那你们想法让达康书记把你们报纸收编了呀！

范家慧：这个不容易，再说，谁知达康书记还能干几天？让纪检部门收编倒有可能，这几天我正忽悠易学习书记呢，他来了点兴趣！

齐本安：哎呀，好事，好事！继续忽悠，多做点纪检监察反腐倡廉的报道！好了，不说了，走了，棚户区那边我也要开张了！

范家慧递过车钥匙：没人给你开车了吧？把我的车开走吧！

齐本安：哎呀，谢谢，谢谢！老范啊，你难得这么温暖一次！

29　中福宾馆贵宾楼　　日　内

石红杏像是换了个人，直面林满江：……林满江，你既然这么无情无义，那我也得把话说说清楚了：关于这个小金库，我向你汇报过，而且是向你一个人汇报的！请你回忆一下：二〇一〇年春节前夕，你代表集团到京州中福慰问干部群众，就是在贵宾楼这间办公室里——

（闪回）五年前的同一场景，石红杏拿着笔记本，向林满江汇报：……林董，还有个事向你汇报一下：就是下面各公司拿到年度承包奖后，就给我和董事长靳支援同志发奖金，去年每人五万，我和靳支援董事长都没在意，也就拿了，今年每人五十多万，这怎么办啊？

林满江温和地：我也不知道怎么办，不少公司都有这种情况！

石红杏：这有点吓人了，哪有下级这么奖励上级的？受贿吧？！

林满江：没这么严重，下面的心意嘛，说明你们工作干得好！

石红杏：但是，林董，我们是上级单位，决定他们的工资总额啊！

林满江：我明白你的意思，这个……认真起来也是有问题的！

石红杏：是啊，那我们就别拿了吧，别以后给你和集团惹事！

林满江：不过，红杏，你不拿，靳支援也不好拿啊，不别扭啊？靳支援是兼职董事长，兼职不兼薪，再不拿点外快，就没积极性了！

石红杏：也是！林董，那我也不说不拿，我拿了用来搞接待，为大家解决一些无法报账的项目吧！

林满江：哎，这主意好！既照顾了靳支援，又有利于工作……

石红杏在笔记本上迅速记录着林满江的这一指示。（闪回完）

30 张继英办公室　日　内

又一个干部出门。

秘书向张继英汇报：……靳支援从非洲来电话了，说是尽快让他老婆发个电子文件给您，说明情况。靳支援在电话里说，在他兼任京州中福董事长期间，应该是执行了集团薪酬委员会的规定，即兼职不兼薪……

张继英：应该执行了？什么意思？到底是执行了，还是没执行？

秘书：靳董说他不知道，他工作太忙，工资奖金卡都在老婆手上！

张继英讥讽：哎呀，我们靳董事长公而忘私啊，也是，毕竟身挂八国相印嘛！那我们就义不容辞了：这次就帮助靳董事长好好清理一下以往的薪酬账目吧……

31 中福宾馆贵宾楼　日　内

林满江冲着石红杏缓缓摇头：红杏，我怎么一点印象都没有了？

石红杏尽管无奈，却很固执：好，林满江，为了加深你的印象，我再说一件事：二○一○年九月，也是在这里，在这间办公室——

（闪回）石红杏手拿笔记本，向林满江汇报：林董，长明集团刚和我们签订了矿产交易合同，就送给我们一幢别墅，这不合适吧？

林满江:有什么不合适?傅长明和我说了,那是送给咱师傅的!

石红杏:送师傅也不合适,毕竟是我们的师傅,我们说不清嘛!

林满江:哎呀,你这个红杏,我知道了,我能说清!照顾劳模!

石红杏:照顾劳模怎么不照顾田大聪明?田大聪明也是劳模!

林满江:这能比吗?你我的师傅是田大聪明吗?嗯?人家凭啥?

石红杏似有所悟:那……那,林董,那这事我就不过问了!

林满江:对,别过问,让皮丹办吧!人啊,有时要难得糊涂!

(闪回完)

32 京州街上 日 外

轿车急驰。

齐本安开着车,手机响。

齐本安用耳机接听手机:喂,哪位?

手机里的声音:齐书记,我说了你也没印象!

齐本安:很神秘啊!哎,找我有什么事?举报?

手机里的声音:不,自首!你刚到京州时监控摄像头是我安装的!

齐本安很惊异:哦?就是中福宾馆 2202 房?

电话里的声音:对,齐书记,就是你的那间临时办公套房!

齐本安:谁让你这么做的?

电话里的声音:齐书记,我当面和你说吧!

齐本安想了想:好,那你到矿工新村我新办公室来吧!

挂断手机,齐本安陷入沉思。

33 中福宾馆贵宾楼 日 内

林满江淡然看着石红杏：石红杏，你又弄错了吧？

石红杏：我哪里弄错了？光明花园别墅在那儿摆着呢！

林满江：但那是人家皮丹从傅长明那里买的呀，手续完备！我什么时候给你说过这样的话？还送劳模？还我知道？我什么都不知道！

石红杏：一幢一千多万，他皮丹买得起吗？林满江，这事你敢说不知道？你知道得一清二楚！现在你把我当傻子玩啊？是，我傻，我无知，我可以无知，但你们不能这么无耻啊……

林满江：石红杏，你说完了吗？

石红杏：没有！你承认不承认我都要说！

林满江隐忍着：好，你说，你继续说，我洗耳恭听！

石红杏却"哇"的一声哭了。

林满江脸一拉：别哭天抹泪了，你这一套现在不灵了！

34 张继英办公室 日 内

张继英交代代秘书：……准备一下，尽快去京州！齐本安、石红杏揭露出的问题相当严重，最终的结果可能会远远超出我们的想象！

秘书：好的，张书记，我今天就安排！

张继英：下去的人员要少而精，事先不要透气！

秘书：也不向林满江董事长汇报？

张继英：不必汇报，这就是满江同志的指示嘛，我们落实执行！

秘书会意：明白了，张书记！

35 中福宾馆贵宾楼 日 内

林满江严厉地看着石红杏：石红杏，现在看来，你不但愚蠢，而且还坚持错误立场！京州中福问题严重，当真是别人的责任吗?！

石红杏：我有责任，听你的话，渎了职，但你林满江责任更大！

林满江：好，好，那我也来回忆一下！你表弟王平安是怎么上来的？二〇一一年几月？这个我记不太清了，但也是在这间办公室，你带着王平安向我汇报，实际上是为王平安跑官——

（闪回）四年前的同一场景，石红杏带着王平安来向林满江汇报工作。石红杏手上拿着王平安的简历。

石红杏将王平安的简历递给林满江，满面春风：……林董啊，我要向你隆重推出一个人才：王平安同志！

林满江翻看着简历：哦，王平安，你这几年搞起金融证券了？

王平安半个屁股坐在沙发上，头伸得很长：是的，是的，林董！您离开上海公司后，我也去了中信证券公司，这一干就是五年多！

石红杏：王平安现在是金融证券业专家了，我又把他挖回来了！

林满江：好，我知道了，王平安，你先回吧！红杏留一下！

王平安走后，林满江问：红杏，王平安好像是你表弟吧？嗯？

石红杏点头：是，但是王平安能干啊，我们京州证券需要他！

林满江：红杏，王平安毕竟是你表弟，还是要注意影响啊！

石红杏：所以得大师兄你表态，你同意了，靳支援就不会反对！

林满江迟疑不决：证券业非同寻常，如果用错人那就……

石红杏：大师兄，你放心，用错了王平安，你找我算账好了！

林满江终于下了决心：好！红杏啊，你这话我可记住了啊！

（闪回完）

林满江一声叹息：后来发生了什么，石红杏，不要我多说了吧？

石红杏呆呆地：这……这我也没……没想到王平安胆子这么大！

林满江：石红杏，你胆子也不小，五个亿没了，你还嘴硬撒谎！

石红杏：我……我承认，对王平安我……我的确是看错了……

36　齐本安新办公室　日　内

是一间破旧的平房，摆着一张办公桌和两只破沙发。

齐本安倒了一杯水摆在一位年轻人面前：你小伙子有些面熟啊！

年轻人：那是，齐书记，我是京州中福纪委的，负责监视你的。

齐本安一惊：啊？你……你小伙子负责监视我？你好大的胆啊！

年轻人：所以说京州中福水很深嘛！你看，你没事都被撤职了！

齐本安：干部能上能下，懂不懂？没事就不能下啊？非得升啊？

年轻人：能上能下只是一种说法而已，齐书记，你见过谁没有原因就突然下台了？比如你，还是有原因的吧？否则没有说服力啊！

齐本安笑了起来：你这位同志啊……好，说事，说事！

37　中福宾馆贵宾楼　日　内

林满江：李功权你也看错了，我及时带走李功权也是为了你啊！

石红杏：不，你是为了拿住齐本安！齐本安和李功权是好朋友！

林满江：你又想偏了吧？那个时候我和齐本安并没有矛盾冲突！

石红杏：但你一辈子都防着齐本安，咱们三个，谁不知道谁？

林满江：你既然知道，为什么还和齐本安一起害我？你疯了你？

石红杏：不，我没疯，我这是省悟了，不愿再被你利用了！你别以为我不知道：你从没想过要重用齐本安，当然，我也并不希望你重用齐本安！所以，让齐本安到京州中福是你老谋深算的一个圈套！

林满江惊异地：圈套？什么圈套啊？

石红杏一脸冷峻：你想让齐本安栽在京州嘛！你在齐本安上任的第一天就安排你的头号跟屁虫陆建设在齐本安的房间里安装偷窥探头，还让齐本安怀疑到我头上查我！林满江，你够黑够狠的啊你……

（第五十集完）

第五十一集

1 齐本安新办公室 日 内

年轻人对齐本安说：……齐书记，在你的2202房间安装偷窥探头，是陆建设亲自向我布置的，是由我和党办的小刘共同完成的。我们纪委田书记去世后，中福集团没有及时安排新纪委书记，纪委这一摊子就被陆建设抓到了手上。陆建设说你涉嫌受贿，让我上手段……

齐本安：哎，哎，小伙子，你们知道不知道？这是违法行为？

年轻人：知道啊！当时我就向陆建设提出来了：除非法律授权的国家执法机关，任何组织和个人都无权搞这种违法活动！但是，陆建设对我们说，这是集团大领导的指示！说是你已经涉嫌违法犯罪了！

齐本安：陆建设有没有透露是哪个大领导？

年轻人摇了摇头：陆建设没明说，但我觉得应该是林满江！

2 中福宾馆贵宾楼 日 内

林满江强压着愤怒：请问：陆建设什么时候成我头号跟屁虫了？

石红杏言之凿凿，义正词严：就在齐本安到任的那一天！你对陆建设委以重任，让陆建设对齐本安搞监听监视，陆建设祖坟冒烟，抱上了你的粗腿，京州中福的干部逆淘汰就开始了！你聪明啊，口口声声不搞林家铺子，把我和齐本安整下来了，却让林家铺子进了两个新人！屁事不干、只知道炒房的皮丹成了董事长，缺德狭隘的陆建设成了党委书记！这也让我一点点看清楚了，你林满江到底是什么人！

林满江阴阴地看着石红杏：好，说说看，我林满江是什么人？

石红杏：你是个坏人！无原则，无底线，无情无义，胆大妄为！牛俊杰和齐本安怀疑你和傅长明有勾结，可能收受了长明集团十个亿的贿赂！我从不信，到半疑半信，今天我是全信了，这种事你林满江干得出来，你有胆！你是握着三角刮刀走上人生舞台、政治舞台的！

林满江鼓起了掌：好，太好了，石红杏，你立大功的机会到了！

石红杏：长明保险实际上是在卖出京丰、京盛矿才奠定的规模！两座煤矿的高价转让，让傅长明一下子拿到了四十七亿现金，傅长明才有钱向长明保险增资五十亿，进入十大保险公司的行列！傅长明和长明集团是站在我们京州中福肩膀上起步发展起来的！难道不是吗？

林满江拍手：天哪，石红杏，我真小看你了，你可真有想象力！

石红杏：不是想象力，是鉴别力！长明保险创始时，两个亿的注册资金有一亿是借京州中福的，是你批条子安排给我，让我经办的！

林满江手一伸：好啊，我批的条子在哪里？请拿出来给我看一看！

石红杏：林满江，你怎么这么不要脸啊？所有违规条子不都让你收走了吗?!我接着说!二〇一〇年长明保险具有决定性意义的大规模增资,其中五十亿里四十七亿来自京州中福,林满江,这都是巧合吗?

林满江:石红杏,这是齐本安推测的吧?你是替他当传声筒吧?

石红杏否认:不是!林满江,我没你想象的那么愚蠢!我早看清楚了:你这么护着长明集团不是没原因的,令人深思、耐人寻味!

林满江:石红杏,你就凭着令人深思、耐人寻味来敲诈我吗?

3 齐本安新办公室　日　内

齐本安思索着,对年轻人说:……我不相信林满江会向陆建设下这种命令!如果真不信任我,林满江当时还有其他的选择,比如,让靳支援过来,虚任集团副董事长,实任京州中福董事长兼党委书记!

年轻人:齐书记,信不信在你,反正我把知道的都和你说了!

齐本安:等等,哎,你小伙子为什么要和我说这个?我又没权了!

年轻人:齐书记,因为我不崇拜权力,只崇尚真理!

齐本安:那我是真理啊?你看我哪里长得像真理?

年轻人:因为在你上任这六十多天里,我没发现你有任何违法乱纪的腐败行为!我在视频上看得清清楚楚,王平安和李功权送的银行卡你都没收,你不是装出来的,你是真的清正廉洁,不像陆建设!

齐本安:陆建设怎么了?你也说说!

4　中福宾馆贵宾楼　日　内

林满江悲哀地对石红杏说：石红杏，你……你今天真伤到我了！

石红杏冷硬地：林满江，这么多年了，你对我伤得还少吗？！

林满江怒吼：石红杏，你说得已经够多的了，现在听我说！

石红杏也火了：林满江，我这一辈子就听你说了，笔记都记下了一百七十八本了，我听够了，不想再听了！

林满江忍着气：你这辈子委屈大了，那你说，说，今天说够了！

石红杏却又不说了，捂着脸抽泣起来。

林满江：你不说，那我就说了！红杏，你把我想象得太坏了！齐本安都不会认为我安排在他房间里装偷窥探头，都不会认为我和傅长明是一伙的，我们师兄妹之间怎么连这一点起码的认识都没有呢……

石红杏：你还问我？今天就我们两个人啊，你都当面撒谎，都拒不承认自己批过的那些条子，林满江，你……你混账不混账啊？！

林满江阴狠地看着石红杏：这怎么是混账呢？我这是对你有预见性啊！幸亏我及时收回了那些批条，否则更要被你害死！石红杏，你害了童格华和集团这么多高管家属还不够吗？就一点都不内疚吗？

石红杏：今天进你这个门之前，我是内疚的，现在，我一点都不内疚！内疚的应该是你林满江！你对不起我，对不起中福集团！你就是一个坏人、小人、阴险毒辣的阴谋家，这辈子怎么让我碰到了你！

林满江气得浑身直抖，讷讷着：疯子，疯子，你简直是个疯子！

石红杏失去了理智：林满江，你才是疯子！你就该下地狱……

林满江颤抖的手指着门：滚，滚，给我滚出去，滚！

石红杏最后轻蔑地看了林满江一眼，抹干眼泪，昂然出门。

5　齐本安新办公室　日　内

年轻人对齐本安说：……陆建设是我们领导，按说我不该背后议论他。但是，他就是个心胸狭窄的小人，一直是想贪贪不着……

齐本安讥讽：现在能贪到了，权力大了，京州中福党委书记了嘛！

年轻人：齐书记，你小心陆建设！他对你什么下流手段都能使出来，从你上任到今天，他一直盯着你！现在到底让他弄到这地方了！

齐本安：我明白，谢谢你！哎，还忘了问你：尊姓大名啊？

年轻人：哦，我叫米粒，"大米"的"米"，"颗粒"的"粒"！

齐本安：哟，你是粮食啊！好，有了你米粒我不怕闹饥荒了！

米粒：齐书记，我有个中学同学你认识！就是高四——高小朋！

齐本安：哦，他呀！我正说要找他呢，告诉高小朋，过来一下！

米粒：好，好，齐书记，我安排，给你组织几个可靠的保镖！这地方治安情况不好，是京州最乱的街道之一，你可千万小心！我得上班，不能常过来，但我的这些下岗的同学可以在暗中保护你……

齐本安：米粒，谢谢你啊！

6 中福宾馆贵宾楼　日　内

林满江有气无力地对秘书交代：……打个电话给牛俊杰，让他注意石红杏的情绪，别……别再闹出意外！石红杏情绪失……失控了！

秘书：好的，林董，我马上找牛俊杰！外边有个您的电话……

林满江：谁……谁的？

秘书：靳支援副董事长从非洲打过来的！

林满江一声叹息，勉强地站起来。

秘书上前扶住了林满江。

7 京州街上　日　外

出租车在街上行驶。

车内，司机问石红杏：……大姐，你到底要去哪呀！

石红杏表情木然：你开，只管往前开！

司机：都开了二十多公里了，再往前就到江桥了！

石红杏一怔：哦？是吗？那……那就在江桥公园停吧！

司机不放心：哎，大姐，你是不是碰到啥不开心的事了？

石红杏努力镇定着：没啥不开心的事，就是出来散散心！

8 中福宾馆贵宾楼　日　内

林满江极力镇定着情绪，和靳支援通话，秘书架扶着林满江。

林满江：……老靳，你就放宽心，事情也没那么严重！

靳支援的声音：不对呀，林董，张继英发了疯查京州小金库啊！

林满江：京州小金库这点事算什么？放心吧，我会把控的！

靳支援的声音：林董，关键是把控住你那两个宝贝师弟、师妹！

林满江：这还用你说，我……我正在京州紧急处理呢！

9 江桥上 日 外

石红杏站在江桥上茫然四顾。

这时，手机响。

石红杏接手机：老牛，找我有事？

手机里牛俊杰的声音：哎，红杏，你在哪里？没啥事吧？

石红杏：没啥事，能有啥事？我现在扔下了包袱，一身轻松！老牛，我给你说，我今天把该说的话都和林满江说了，我和林满江彻底翻脸了！他不是个东西啊他！我一生追随他，迷恋他，我把他当成了神。他呢，他把我当个渣渣！我对林满江说了，渣渣也是有尊严的！

手机里的声音：杏，说得好，你这一场大梦到底醒了，太好了！

石红杏叹息：醒了，也晚了，一辈子就这么过完了！我对不起你啊！我是自作自受，你不该跟着我陪绑！我这辈子欠你一场爱情！老牛，你要是不嫌弃，下辈子我还来做你老婆，只对你一个人好……

手机里的声音：哎，别胡思乱想，千万别胡思乱想啊！咱这辈子还早着呢！你既知道对不起我，就赶快回家，啊？我在家等着你呢！

石红杏眼含泪水，挂断了电话。

10　牛俊杰家　日　内

牛俊杰匆匆忙忙进门。

牛俊杰抹着头上的汗，一遍遍拨打石红杏的手机。

手机里的声音：……您所拨打的电话正忙，请稍后再拨。

11　齐本安新办公室　日　内

齐本安很激动地和石红杏通话：……哎呀，红杏，你到底把电话打过来了！咱们尽快见个面好不好？有些情况我要向你解释一下！再说，事情已经这样了，下一步应该怎么办，我也想听听你的意见……

手机里的声音：行了，本安，你别解释了，我也没意见了……

12　江桥上　日　外

石红杏站在桥上和齐本安通话：……本安，咱们俩真是冤家，恩恩怨怨一辈子，互相帮过忙，也互相拆过台！这次你真不该到京州中福来，你不来哪有这么多的事？哪能让我和林满江闹到这一步啊？！

齐本安的声音：红杏，这也不能怪我，是林满江违法乱纪啊！

石红杏：我知道，一辈子就这么过去了，我也算把林满江看透了！

齐本安的声音：哎，哎，红杏，什么一辈子过去了？别瞎想啊！

石红杏：我没瞎想，我冷静得很！本安，你不是一个坏人，我现在不恨你了，我原谅你了！但你要对牛俊杰好一点！我们家老牛是好人，我这辈子没欠你的，更没欠林满江的，就欠了我们家老牛的！

　　齐本安的声音：哎，哎，红杏，你怎么了？尽说这些干啥？

　　石红杏哭喊起来：齐本安，你听见了吗？对我们家老牛好一点！

　　齐本安的声音：我听见了，听见了，红杏，你可千万想开点……

　　石红杏挂断电话，又拨通女儿牛石艳的手机。

13　齐本安新办公室　日　内

　　齐本安再次拨打石红杏手机。

　　手机里的声音：……您所拨打的电话正忙，请稍后再拨。

　　片刻，牛俊杰的电话打了进来：本安，你知道红杏在哪吗？

　　齐本安：不知道啊，她刚才和我通了个电话，情绪不对头！

　　牛俊杰：是的，是的，本安，我担心她出意外啊！

　　齐本安：哎，她会不会在师傅那里？等着，我这就去找！

　　说罢，齐本安匆匆忙忙出门。

14　范家慧办公室　日　内

　　牛石艳在范家慧的注视下，和石红杏通话：妈，你怎么突然打电话过来了？我正和范社长谈事呢！我的副总编批下来了，任职谈话！

　　石红杏的声音：是吗？艳，那可太好了！你真让老妈骄傲！

　　牛石艳：那你和我们范社长说两句？谢谢我的领导？

　　石红杏的声音：算了，不说了！艳，老妈就和你说……

15 江桥上 日 外

江风席卷着石红杏的秀发和衣裙。

石红杏和牛石艳通话：……艳，你这孩子从小就不让妈操心！人家孩子哭闹起来找妈妈，你找爸爸！这也怪妈那时太忙，留下了许多许多的遗憾！没有能够好好欣赏你的成长，现在啊，悔之晚矣！

牛石艳的声音：哎，妈，你怎么突然变得这么多愁善感了？

石红杏：对你爸好一些，你爸老了，多陪陪他，让他少喝酒！

牛石艳的声音：知道，知道，这还要你说？我和我爸是铁哥们！

石红杏：那就好，那就好，那我就放心了！（说罢，关机。）

16 范家慧办公室 日 内

牛石艳突然犯过想来，对范家慧说：哎呀，不对，肯定不对！

范家慧：艳，怎么回事？一惊一乍的，哪里不对了？

牛石艳：我……我妈的情绪！坏了，她可能要出事！

范家慧：快，那你赶快把电话再挂过去，我这边也打……

17 程端阳家简易房 日 内

程端阳惊愕地看着齐本安：红杏不在我这儿，出什么事了？

齐本安叹息：红杏和林满江闹翻了，听说在贵宾楼吵得挺凶。

程端阳讷讷说：肯定要闹翻嘛，听皮丹回来说，林满江在电视电话会上公开批评红杏了，红杏一辈子崇拜林满江啊，这哪受得了啊？！

齐本安应着：就是，就是！（仍在给石红杏打手机。）

手机里的声音：……您所拨打的电话已关机。

齐本安不安地：哎呀，您看看，她怎么又关机了？！

18 江桥上 日 外

石红杏在江风中迷乱。

石红杏将手机扔进了江中。

江水滚滚，惊涛拍岸……

19 程端阳家简易房 日 内

齐本安匆匆忙忙向门外走着，对程端阳说：……师傅，您继续打红杏的手机，我到公司去找找，看她是不是又躲到自己办公室哭了。

程端阳：哎，好，好！

20 一组空镜 由日转夜

牛俊杰拨打手机。手机里的声音：您所拨打的电话已关机。

齐本安拨打手机。手机里的声音：您所拨打的电话已关机。

牛石艳拨打手机。手机里的声音：您所拨打的电话已关机。

程端阳拨打手机。手机里的声音：您所拨打的电话已关机。

皮丹拨打手机。手机里的声音：您所拨打的电话……

……

21 京州机场 夜 内

林满江一行在登机口准备登机。

皮丹赶过来：林董，石红杏的手机仍然关机！

林满江：继续打！

皮丹不安地：林董，她会不会想不开，自……自杀？

林满江：有可能！都给我找去，活要见人，死要见尸！

皮丹：好的，好的！我回去后安排人连夜找……

22　**北京机场　夜　内**

张继英一行匆匆忙忙走着。

秘书赶上来汇报：张书记，有个突发情况：石红杏失踪！

张继英驻足，一脸惊异：哦？失踪？

23　**京州机场　夜　外**

一架飞机拔地而起，飞往北京。

24　**北京机场　夜　外**

一架飞机拔地而起，飞往京州。

25　**中福集团大厦大堂　日　内**

　　字幕：三天之后

林满江在门厅下车，和秘书一起走过大堂。

林满江问秘书：皮丹到了吗？

秘书：到了，在办公室等您了！

林满江：石红杏怎么个情况？

秘书：京州公安部门通报说，已经溺水死亡。

26　程端阳家简易房　日　内

齐本安和程端阳郁郁寡欢地呆坐着。

齐本安：……找了三天，没想到，红杏到底还是跳江自杀了！

程端阳抹泪：这孩子，怎么就这么想不开？非走这条绝路呢？

齐本安叹息：想来也是一言难尽吧？牛俊杰给我发来个电话录音，是红杏和牛俊杰的最后一次通话，让牛俊杰录下来了，您听听！

齐本安放石红杏和牛俊杰的通话录音——

没啥事，能有啥事？我现在扔下了包袱，一身轻松！老牛，我给你说，我今天把该说的话都和林满江说了，我和林满江彻底翻脸了！他不是个东西啊他！我一生追随他，迷恋他，我把他当成了神。他呢，他把我当个渣渣！我对林满江说了，渣渣也是有尊严的！

程端阳眼中的泪水滚落下来。

27　林满江办公室　日　内

皮丹替代了秘书，轻车熟路为林满江沏茶倒水。

林满江问皮丹：公安部门确定江桥下游的尸体是石红杏吗？

皮丹：确定，牛俊杰和齐本安都去认过尸了，绝对不会搞错！

林满江在一份文件上签字，签罢，递给秘书：好，发下去！

秘书：好的，林董！（拿着文件离去。）

林满江有些伤感：这个石红杏啊……

28 程端阳家简易房 日 内

程端阳抹去脸上的泪：你们亲眼见到红杏的尸体了吗？啊？

齐本安点了点头：尸体是在江桥下游一百四十六公里处找到的！我和牛俊杰、牛石艳、范家慧，还有吴斯泰都赶过去了，是红杏……

程端阳：那，本安，你说，石红杏会……会不会是被人害了？

齐本安：应该不会吧？石红杏和牛俊杰的通话您刚才听了嘛，贵宾楼服务员也向公安局反映了，说那天红杏和林满江的确吵了架，吵得还很厉害，她又哭又笑的！是林满江刺激了她，让她走上了绝路。

程端阳讷讷着：林满江对红杏如父如兄啊！红杏这孩子一生追随林满江，迷恋林满江，她把林满江当成了神！

齐本安：林满江呢，却把她当个渣渣！她的尊严被践踏了！

程端阳抹泪：所以，她一下子就想不开了？就走了绝路？

齐本安：是啊，一生的追求幻灭了，让她觉着活得没意义了！

齐本安一声沉重的叹息，眼里噙上了泪水。

29 林满江办公室 日 内

皮丹声音低了下来：其实，死了也好，她真是疯了，尽瞎想！

林满江：是啊，是啊，精神出毛病了嘛，我要是早发现就好了！

皮丹：我看她这精神病也是齐本安给弄出来的！

林满江一声长叹：没错，齐本安拉响炸药包，害死了石红杏啊！

30　程端阳简易房　日　内

程端阳眼中的泪水滚落：红杏这孩子太傻，到死才弄明白啊！

齐本安流泪：好在红杏最后终是省悟了，认清这个曾经如父如兄的大师兄的本质了！我到京州中福这短短七十天，胜似七十年，林满江翻手云覆手雨，拉帮结派，大搞权术，让红杏极其失望，加上我让小金库突然曝了光，这就……唉，我现在也后悔，觉得对不起她！

程端阳声音哽咽：本安，事已至此，别多想了，你们三兄妹，别人不知道，我还不知道吗？你们也太能闹了，过去红杏也不止一次整治过你嘛！本安啊，师傅心疼红杏，担心林满江，也能理解你！

齐本安：师傅，理解就好……我得走了，张继英要和我谈话！

程端阳木然向齐本安挥了挥手：好，走吧！

31　林满江办公室　日　内

林满江问皮丹：皮丹，张继英书记他们怎么个情况啊？

皮丹：林董，我正要说呢，张书记他们一到京州，就不断找人谈话，谈话内容不限于小金库，包括和傅长明的交易，还有保险入股。

林满江不动声色：意料之中的事，干部群众有反映，能不查吗？

皮丹：不过，奇怪的是，张继英他们一直没找齐本安谈过话！

林满江有些意外：哦？这个信息准确吗？

皮丹：准确！陆建设不是在配合他们吗？贵宾楼一直有监控！

林满江：这种活动要小心，齐本安还在追查早先那个摄像头呢！

皮丹：我知道。不过，林董，你得赶快下个令，让张继英他们走人，齐本安、牛俊杰都苦大仇深的，万一让他们抓住啥就不好了！

32 京州街上 日 外

出租汽车行驶在通往滨江公园的路上。

齐本安看着街景，回忆着自己和石红杏生前的往事——

（闪回）

齐本安在开放式厨房炒菜，石红杏吃着黄瓜，漫不经心地打下手。

石红杏：本安，知道吗？我昨晚就来了，大师兄非要找我谈话！大师兄一说让你到京州干一把手，哎呀，把我兴奋的呀！这真是天上掉下个林妹妹啊，天塌下来有你大个子顶着了，我就享福吧！

齐本安对石红杏说：石总，请审计公司两位女同志过来！

石红杏：哦，对不起，齐书记，那两只花蝴蝶让我给打跑了！

齐本安一怔，大怒：你有什么权力打跑她们！啊？

石红杏：因为她们会引起绯闻，会对你和公司名誉造成伤害！

齐本安：石红杏，你信不信？我现在有枪就一枪毙了你……

石红杏：知道你的脾气暴躁，所以林董没敢给你配枪！

石红杏站在桥上和齐本安通话：……本安，咱们俩真是冤家，恩恩怨怨一辈子！这次你真不该到京州中福来……我这辈子没欠

1126

你的，更没欠林满江的，就欠了我们家老牛的！

（闪回完）

齐本安一声沉重的叹息，眼中噙泪。

车窗外，滨江公园已近在眼前。

33　陆建设办公室　日　内

陆建设和办公室主任吴斯泰通话：老吴吗？过来一下！

片刻，吴斯泰进门：陆书记，您找我？

陆建设一脸官气：这个，老石死了，她这丧事还得咱们办啊！

吴斯泰：可不是嘛，石红杏生前毕竟是咱们的领导，人也不错！

陆建设：什么领导？一个唯恐天下不乱的腐败分子！她是自绝于党，自绝于人民，这要在过去……算了，不说了，死者为大！

吴斯泰唯唯诺诺：就是，就是，死者为大，死者为大……

34　林满江办公室　日　内

林满江对皮丹说：……死者为大嘛，你们谁都不许再对石红杏说三道四！对外也不许说石红杏是自杀，要说是因公殉职，意外落水！

皮丹在笔记本上记着：可公安部门……

林满江：公安只说死因是溺水，怎么溺的啊？得我们说吧？嗯？

皮丹意会：那……那肯定是因公殉职了！

林满江：皮丹，和老陆商量一下，要把事说圆了，别授人以柄！

皮丹：这个……这个，林董，我估计齐本安那儿可能通不过！

林满江想了想：那就意外落水吧！我尽快把张继英他们撤回来！

皮丹：就是，石红杏人都死了，小金库还查个屁啊查！纪委、检察院被查人死了还审查终止呢！林董，你最好让张继英今天就回北京！

林满江不悦地：你当张继英是你啊？那么听我的？！

35　滨江公园　日　外

齐本安和张继英边走边说。

张继英：……本安，我这次过来以后一直没找你，也没把你列入谈话人员的名单，就是为了保密。今天为了保密，特意把你约出来谈！

齐本安：我明白，有人在监视我！陆建设手下有位叫米粒的同志主动找到了我，把一些情况和我说了，他们在我房间安装监视探头！

张继英：所以，要注意安全！本安，你把小金库的事说说吧！

齐本安：好的！张书记，小金库问题，我到京州中福上任不久就发现了，我追着靳支援搞交接，就是想和靳支援、石红杏三人照面弄清楚这件事，以及由此引发的腐败问题：集团薪酬委员会明文规定兼职不兼薪，靳支援却在京州中福拿钱，他身挂八国相印，兼职八家地方公司董事长，这些年一共拿了多少钱？其他那些副董事长、副总经理呢？后来发现，京州中福的问题不是小金库这么简单，水太深了！

张继英：石红杏的自杀，是不是也因为她自身有什么问题啊？

齐本安：至今为止，没发现她有多大的问题，她不贪不占……

张继英：自身不贪不占就没问题了？渎职，不负责任，或者说

1128

不敢负责任，就是问题！主持工作六年，京州中福问题这么严重，人民的财产大量流失，石红杏难道没责任吗？她有不可推卸的责任！

齐本安略一沉思：是的，她有责任，还有一份愧疚和痛悔！

36 陆建设办公室 日 内

陆建设踱着步，对吴斯泰交代：吴主任，你这样，以工会的名义搞个告别仪式吧，让齐副主席主持，我和皮董以个人名义送个花圈！

吴斯泰：陆书记，告别仪式，您和皮董不……不参加吗？

陆建设：我和皮董事那么多，皮董去了北京，就不参加了！

吴斯泰：那京州中福党委和行政是不是也各送个花圈呢？

陆建设：不送，不送，丧事从简。再说，老石又是……不说了！老吴，你可以不忘旧主，但你别为难我，知道吗？有个形式就行了！

就在这时，桌上电话响。

陆建设抓起电话：哦，皮董！怎么样？和林董谈完了？哦，你还在林董办公室啊？好，好，你说，你说，我找个笔把林董指示记下来！

吴斯泰麻利地递上纸和笔……

37 林满江办公室 日 内

皮丹在林满江的注视下，和陆建设通话：……老陆，林董紧急指示：一，石红杏不是自杀，是失足落水，大家别去瞎议论。二，丧事要办得郑重、庄重、隆重，林董等领导和集团董事局、党组都要送花圈。三，善待石红杏亲属，做好牛俊杰的慰问工作，不要再查牛俊杰了！

电话里的声音：明白了！哎呀，我本来还想……

皮丹：你别想了，领导已经替我们想好了，执行吧！

电话里的声音：是，是，执行，咱执行呗！

38　陆建设办公室　日　内

陆建设放下话筒，立即对吴主任布置：哎呀，老吴，皮丹董事长这个电话来得及时啊，要不就犯错误喽！这个，林董指示，老石的丧事不但不能从简，还得按"三重"的原则办！要郑重，庄重，隆重……

39　滨江公园　日　外

齐本安对张继英说：……林满江是一把手，一把手若是搞权术，带头破坏政治生态，下面的干部就遭大难了，也只能且战且退！

张继英：也不是退，我看你齐本安就没退，一直坚守着阵地嘛！

齐本安：快守不住喽！京州中福谁都能看出是逆淘汰，林满江偏振振有词，弄得石红杏自杀身亡，弄得我在京州下台滚蛋被动挨打！

张继英：是啊，这些都值得我们好好反思啊！朱老说了，这种消极现象要在以后从严治党的过程中逐步解决。我们今天的这场反腐倡廉的斗争，实际上也在不断为新时期我们党的建设提供新经验啊！

齐本安：逆淘汰是事物的表象，京州中福的逆淘汰呢，其实质是

1130

林满江利益集团对人民的财产的掠夺和侵吞，后果可能相当严重啊！

张继英：是啊，是啊，皮丹、陆建设上位了，他们就更好下手了！

齐本安：不，张书记，我的感觉不是这样，林满江也许在退缩！

张继英：哦？让皮丹、陆建设上了位，林满江反而要退缩了？

齐本安意味深长：这就是林满江啊，他从来都是先对手半步！现在石红杏自杀了，此事在京州中福震动极大，林满江不会不小心……

40　林满江办公室　日　内

林满江背对皮丹，看着窗外，对皮丹说：不要认为事情完了，事情没完，你和老陆都不要张狂，要低调行事，取得干部群众的信任！

皮丹在笔记本上记着：林董，我明白了，胜不骄，败不馁……

林满江：胜个屁！现在胜了吗？愚蠢！

皮丹不敢作声了。

林满江：让你家那个老太太赶快搬到别墅住去，就说我说的，不去也得去，让老太太顾全大局，别让张继英、齐本安他们抓住把柄！

皮丹：哎呀，老太太不干啊，愁死我了都！

林满江：石红杏现在不是死了吗？你就问问她，是不是还想再死两个，啊？让我和齐本安也拼死掉吗？有这样当师傅的吗？！

皮丹：好的，好的！还不知齐本安又怎么忽悠老太太了呢！

林满江：齐本安会忽悠，你就不会忽悠吗？去告诉老太太，让她知道政治斗争的残酷性，这种斗争有时候就是你死我活，没有人味！

皮丹：好的，好的，林董，我回去就办……

林满江：哦，对了，还有件事：把石红杏的工作笔记全收上来！

皮丹不解：这个？林董，我……我不是太明白……

林满江转过身：不明白？你不怕这个疯女人在笔记里乱写啊？！

皮丹：可石红杏死了，谁知道她这些笔记本在哪里？我去找找吧！

林满江：起码要把石红杏主持工作这六年的笔记收上来全销毁！

皮丹在笔记本上记录：好的，林董，我明白了！

林满江：这些烂事就不要记了，记在脑子里就行了！

皮丹停止记录。

41　陆建设办公室　日　内

吴斯泰合上笔记本：陆书记，您还有什么指示？

陆建设：哦，对了，你不问我还差点忘了呢！送个礼物给你！

吴斯泰：哎，陆书记，您千万别客气，为领导服务，我应该的！

陆建设却从办公桌底下拿出那块"代书记办公室"的小木牌：老吴啊，你也别给我客气，这个，拿走做个纪念吧！以后别再忘乎所以！

吴斯泰脸白了：陆……陆书记，这……这是牛俊杰送来的！

陆建设：这是你说的，人家老牛从不承认给我送过这种礼物！

42　滨江公园　日　外

张继英看着齐本安，疑惑地问：……本安，你又发现了什么？为什么做出这种判断呢？林满江踌躇满志，会在这时候主动退却吗？

齐本安沉吟着：这个……怎么说呢？一个直觉吧，应该不会错！

张继英：本安，那么，这个直觉的根据在哪里？总得有点根据吧？

齐本安：前几天，我和林满江一起去京州市委见李达康时，他似乎无意地告诉我：皮丹将要以四十五亿的价格转让京丰、京盛两矿！

张继英眼睛亮了：这不是好事吗？转让价一下子多了三十亿啊！

齐本安：如果林满江不是虚晃一枪，如果这两座矿还是转让给长明集团，那这笔交易就很反常！只能认定为林满江在大踏步后退……

张继英思索着：当年傅长明的长明集团四十七亿卖出的，现在四十五亿收回，京州中福没吃什么亏，国有资产流失纯属无稽之谈？

齐本安：是啊，十个亿的交易费，皮丹的别墅，也就没必要查了嘛！当然，能让他们以这种形式吐回三十亿不是坏事，我乐见其成……

43 林满江办公室 日 内

皮丹告辞离去，走到门口又回来了：林董，还有个事……

林满江已经坐到办公桌前看起了文件：又有什么事？说！

皮丹：林董，就是长明集团的那笔生意？京丰、京盛两矿转让？

林满江头都不抬：我还没来得及和傅长明谈呢，你等着吧！

皮丹：林董，你的意思是：我不去找傅长明，让他来找我？

林满江：你找他，他会理你吗？回去等着吧！

皮丹如释重负：好，好，林董，那我就回去等着了！

（第五十一集完）

第五十二集

1 长明集团 日 内

傅长明手捻佛珠，和手下老总经理谈笑风生：……我佛慈悲，我辈广种福田，企业就财源滚滚，有些看似不可能的事，就变得可能了！

比如京丰、京盛矿产交易，六年前，咱们四十七亿卖出去，今天又十五亿收回来了！虽说好事多磨，可磨到最后总是成了嘛，阿弥陀佛！

2 滨江公园 日 外

张继英对齐本安感慨：……本安，你是一夫当关，万夫莫开呀！现在党风廉政建设和反腐败斗争形势依然严峻复杂，中福集团尤其如此。腐败分子往往是集政治蜕变、经济贪婪、生活腐化、作风专横于一身，大搞结党营私、拉帮结派、团团伙伙，一门心思钻营权力！

齐本安：可不是嘛，林满江就是其中一个典型的代表，你看看现在这个京州中福，政治生态如此恶化，严重地损害党心、民心啊！

张继英：是啊，这短短几天的调查，我就听到了不少反映，有些反映很激烈！群众不满意，群众不高兴，群众不答应啊！所以，本安，我和组织上要感谢你啊，感谢你在这么困难的政治生态环境中守住了法纪的底线，没有退让，虽千万人吾独往矣，勇敢地做了一回逆臣。

齐本安感慨：张书记，这不是我和林满江个人之间的退让啊！反腐倡廉是关系到咱们党和国家生死存亡的严峻政治斗争啊！

张继英：是啊，是啊，有人和我说过，说是再严峻的斗争也不缺你哪个人！但是如果大家都这样想，这样做，就是对腐败势力的退让！

齐本安：如果我们的党员干部和人民群众都退让，林满江、陆建设这类拉帮结派、严重腐败的野心家就会一步步得逞，充斥朝堂……

3　长明集团　日　内

经理甲对傅长明和众人夸夸其谈：……傅总，我是这样想的，京丰、京盛十五亿拿下后，立即增发股份，以四十亿至五十亿的价格装入我们长明保险新近控股的电建股份，进一步做大长明保险表内资产！

经理乙兴奋地大叫：表内资产增大后，又可以抵押贷款……

傅长明数着佛珠，频频点头：这真是一个奇迹的时代，财富在杠杆的支撑下一跃千里，让人眼花缭乱啊！

经理丙提醒：但是，傅总，要小心保监会啊，他们盯上我们了！

傅长明：林满江在保监会高层有人，让林满江去谈嘛，不要怕！

经理丙：傅总，我的意见是在谈之前不要轻举妄动！现在在股票市场上我们太招眼了，上市公司老总都骂我们是资本之狼，是野蛮人!

傅长明笑容可掬: 阿弥陀佛, 世上有我们这样佛系的野蛮人吗?

这时, 秘书递过手机: 傅总, 林满江董事长的电话!

4　林满江办公室　日　内

林满江和傅长明通话: 长明, 晚上安排一下, 我们见个面!

傅长明的声音: 林董, 我正要找你呢! 京丰、京盛矿哪天签约?

林满江: 尽快吧, 我要和你说的就是这件事! 电话里先不说了!

5　滨江公园　日　外

张继英对齐本安说: ……对中福集团, 尤其是京州中福来说, 下一步的重点工作是净化被某些人搞坏了的政治生态。政治生态好, 人心就顺, 正气就足; 政治生态一旦不好, 就会人心涣散, 弊病丛生。

齐本安: 是啊, 正气不彰, 邪气不祛; 明规矩名存实亡了, 潜规则就会大行其道; 求真务实、埋头苦干的受到排挤, 好大喜功、吹牛拍马的就如鱼得水。这种风气不纠正, 对干部队伍杀伤力很大……

6　林满江办公室　日　内

林满江握着手机迟疑不决。

手机显示通话人是: 师傅

林满江终于没按下拨出键, 放弃了和程端阳的通话。

7　滨江公园停车场　日　外

　　张继英和齐本安站在车前继续说：……本安，我仍然觉得不可思议：长明集团怎么可能用四十五亿吃进京丰、京盛两矿啊？难道傅长明疯了？这个所谓佛系企业家我知道，那是无利不起早的，很疯狂啊！

　　齐本安：所以呀，我们等着瞧戏好了，人家已经报过戏牌了！

　　张继英想了想：除非有一种可能：长明集团是他们老林家的！

　　齐本安心照不宣：或者是他们的合伙企业呢？查着看吧！好在牛俊杰还是京州能源的副董事长、总经理，会及时通报有关情况的！

　　张继英意味深长地点了点头：我已经约了牛俊杰谈话！

　　齐本安提醒：哎，石红杏的自杀对牛俊杰打击可是很大啊，牛俊杰像掉了魂似的！石红杏渎职，责任很大，问题不少，但毕竟……

　　张继英：本安，我知道，我不会用石红杏的渎职刺激老牛的！

　　齐本安：牛俊杰可是从井下一线硬干上来的，优秀工人的典型！

　　张继英：你当年写过他的模范人物事迹嘛，还是我组织的呢！

　　齐本安：是，牛俊杰身上有着工人阶级的显著特点，有主人公的精神，有斗争性，大公无私。京丰、京盛矿是他一直抓着不放！石红杏的失职、渎职和牛俊杰没关系，牛俊杰一直坚持原则，顶在第一线！

　　张继英：我知道，牛俊杰是你在京州中福的最好助手，是吧？！

　　齐本安：是的！好，不说了，张书记，我走了！

　　张继英：哎，本安，该干啥干啥，别再莽撞打草惊蛇啊！

齐本安：明白，明白！再见，张书记！

张继英：再见，本安！

二人分头上车。

张继英上了自己的车，齐本安上了出租车。

8　牛俊杰家　日　内

石红杏的大幅照片挂上了黑纱。

牛俊杰和牛石艳沉浸在对石红杏的思念与悲痛之中。

牛石艳抹着泪：……爸，妈的最后一个电话是打给我的，她最不放心的就是你！说你老了，让我有时间多陪陪你，让你少喝酒……

牛俊杰讷讷着：是啊，是啊，你妈说了，她这辈子欠我一场爱情！说呀，我要是不嫌弃，她下辈子还来做我老婆，只对我一人好……

牛石艳：爸，这是妈的真心话，人之将死，其言也善啊……

牛俊杰满眼泪水：我就对你妈说呀，别胡思乱想了，咱们这一辈子还早着呢！你既知道对不起我，就赶快回家！我在家等着你呢……

这时，牛俊杰的手机响，牛俊杰却像没听见。

牛石艳：爸，你的手机响了！

牛俊杰木然接电话：谁？张继英书记？哦，我马上过去！

9　京州街上　日　外

轿车急驰。

车内，张继英和牛俊杰通话：……俊杰同志，你别过来了，我过去看你吧！石红杏同志出了意外，我得吊唁，车马上到你家了，请你把房号告诉我！好的，请等等，我记一下：京福雅园4栋501室……

10 齐本安新办公室 日 内

观众见过的年轻下岗工人高小朋、任三喜在破沙发上坐着。

齐本安看看这个，又看看那个：你们俩小子怎么愁眉苦脸的？

高小朋：齐叔，我们替你愁！你说你，怎么让人搞下来了？

任三喜：就是，你都被发配到这鬼地方了，我们也没啥指望了！

齐本安：我到了这里，你们就有指望了！米粒没给你们说吗？我招聘你们俩了，跟我一起做拆迁协调员，有补贴的，每人每月两千！

二人眼睛立即亮了。

高小朋：真的？米粒没说给钱，我还以为是免费给你当保镖呢！

任三喜：太好了，齐叔，这可救了我的急了……

齐本安：哎，听好了：别一口一个"齐叔"的，都给我正规起来！

二人异口同声：是，齐书记！

齐本安：好，今天就算你们上班了，赶快动手，打扫卫生！

11 牛俊杰家 日 内

牛石艳从张继英手上接过一束鲜花摆到石红杏遗像下。

牛俊杰局促不安：张书记，你看这事闹的，还让你亲自过来！

张继英：应该的，应该的，唉，真想不到会出这种意外！

牛俊杰：是林满江逼的，贵宾楼的服务员全都听到了他们吵架！

张继英：老牛，别激动！这件事组织上最后一定会弄清楚的！

牛俊杰：红杏一走，给你们添麻烦了，许多事都没旁证了！好在有我和齐本安，我们和林满江不会这么完了，红杏也不能这么白死！

12 齐本安新办公室　日　内

齐本安和高小朋、任三喜戴着报纸叠的帽子打扫卫生。

高小朋：齐书记，你流放到这里了，还有钱给我们发补贴吗？

任三喜：就是，现在董事长是皮丹，党委书记是陆建设，你说你给我们发钱，他们能同意吗？你是不是真的有权给我们发补贴啊！

齐本安：你们少烦，他们不给钱，我自掏腰包给你们发！

高小朋：齐书记，让你自己掏腰包，我们就不好意思了！

任三喜：再说，我婶子也未必就同意啊！你得找上面要钱去！

齐本安：这倒是，你们继续干活，我去要钱，要点办公经费！

13 陆建设办公室　日　内

陆建设和一个干部模样的人谈话：……老李，你知道来找我，说明你还不糊涂，知道京州中福发生了什么变化！你回去吧，该干啥干啥，你是了解我的，我这人胸怀宽广，不会计较你过去那些破事的！

干部：是，那陆书记，那……那晚上咱们一……一起聚聚？

陆建设：聚什么聚？不知道中央八项规定精神啊？好了，回吧！

那位干部离去。

齐本安擦身进来：哎，老陆！

陆建设有些意外：哦，老齐，你怎么也来了？

齐本安往沙发上一坐：有事找你！

陆建设仍在办公桌前坐着，似乎很忙：有事就快说，你看我这忙的，你们留下的一副烂摊子啊，唉！

齐本安：不好收拾是吧？不好收拾就对了，所以张书记过来了！

陆建设批着文件，头都不抬：老齐啊，说事，说事，我没工夫和你闲扯！（摸起电话，和吴斯泰通话）哎，老吴，过来一下，我找你！

14　牛俊杰家　日　内

张继英很动感情地对牛俊杰说：……老牛，我知道，正是在石红杏同志主持工作期间，你被调到京州能源当了总经理，放弃了一年六十多万的年薪奖金，拿起了每月一千元生活费，知难而上，不简单啊！

牛俊杰：所以，我们傻嘛，石红杏傻，我也傻！京州能源经济效益不行了，石红杏和靳支援一合计，说是干部只能拿生活费，京州能源的总经理辞职不干了，石红杏硬是把我弄来了，我从上任就没过过一天好日子！陆建设还追着我查什么腐败，我真是干伤心了……

张继英：我理解，完全可以理解……

牛俊杰：也请组织上理解石红杏！她工作没做好，让京州中福出了这么大的问题，造成了人民的财产的重大损失，她有重大责任，她失职！她渎职！但是，实事求是地说，她也是受害者，她和许多干部都让林满江一手导致的这种恶劣政治生态和官场坏风气给害死了……

15　陆建设办公室　日　内

陆建设当着齐本安的面大骂吴斯泰：……老吴，你看看你，还能干点人事吗？还作家呢，还吴尔斯泰呢！我这份辅导报告材料出现了六个错别字！六个啊！这样啊，一个字罚一百元，一共罚六百元！

吴斯泰：陆书记，这……这报告不是我写的……

陆建设：这我不管，我就罚你，你该罚谁就去罚谁，不能再像过去那样松松垮垮的了！你们过去的好日子过完了，永远过完了……

齐本安坐在沙发上插话：没有那么绝对，也没有什么永远事！

吴斯泰似乎这才看见齐本安：哦，齐书记！

齐木安自嘲：你还敢喊我"齐书记"啊？小心老陆再罚你六百！

陆建设：行，行，老吴，你走吧，老齐还有事向我请示呢！

吴斯泰唯唯诺诺退出。

齐本安拍着手，走到陆建设桌子对面坐下：老陆，很威风啊你！

陆建设：老齐，你还好意思说，机关作风就坏在你手上！说事！

齐本安：哦，老陆，皮丹和你说了吗？得给我们批五万办公费！

陆建设故意装糊涂：办公？老齐，你上哪办公啊？你工会副主席吧？工会应该有你一张办公桌吧？就算要经费，也不能找我要吧？你得找工会主席老刘去！老齐啊，你可别为难我，我这儿谢谢您了！

说罢，陆建设离开办公桌，郑重其事地向齐本安鞠了一躬。

齐本安泰然受之：老陆，你看你，这么客气！平身，平身！

陆建设像没听见，走到门前，拉开门：老齐，你请回吧！

齐本安稳稳坐着，根本不动：老陆，你难道不知道我的工作是协助矿工新村棚户区拆迁吗？我要的就是办公费用，得给两个协理发补贴！这块经费不属于生产经营性支出，皮丹说，得从党政口子上出。

陆建设：对不起，老齐，这个费用你得去找市委李达康要！

齐本安：哎，哎，老陆，皮丹难道就没和你说过这事吗？

陆建设恳切摇头：没有！你没事找个好地方凉快去，我这屋热！

齐本安煞有介事：嗯，是热，老陆，小心烧坏脑袋，让你变蠢了！

陆建设：谢谢你的提醒，老齐，我这不是蠢，我是大智若愚！

这时，齐本安已起身走了，边走边和皮丹通话：皮蛋吗？你们还乡团现在实在太威风了，连口饭都不给我吃了！领教，领教……

16 牛俊杰家   日   内

张继英问牛俊杰：老牛，你对组织上有什么要求吗？

牛俊杰：有，赶快让陆建设和皮丹从现岗位上离开，让他们这样的人占据着京州中福的领导岗位，京州中福就完蛋了，就没希望了！

张继英一声叹息：好，我会把你这话带到中福集团党组会上！

牛俊杰：林满江涉嫌腐败的问题希望引起组织和中央的重视！

张继英：组织和中央一直很重视，但是要有事实根据啊！

牛俊杰：张书记，你等着好了，我们会尽快拿出事实根据的！

张继英和牛俊杰握手告别：好吧，老牛，多多保重，再见！

牛俊杰：再见，张书记！

17　陆建设办公室　日　内

陆建设和皮丹通话：……皮董，实话告诉你：我拒绝了齐本安的请求！给他五万做协调办公室经费？这怎么可能呢？林董把他下放到棚户区，是让他反思反省的！不是让他作威作福的！他聘什么人他？！

皮丹的声音：哎，哎，老陆，你能不能把胸怀放宽大一些？啊？

陆建设：我这人最大的优点就是胸怀宽广！皮董，这不是胸怀的事！这涉及对林董的态度！除非让林董亲自替齐本安要这五万……

18　首都机场　日　外

机场出租车下客区一角。

皮丹和陆建设通话：……好，好，老陆，那这事先放下！你马上办另一件事！这件事可是林董亲自交代下来的啊，而且属于你的工作范围：马上到牛俊杰家找牛俊杰，把石红杏过去的工作笔记收上来！

陆建设的声音：皮董，你又佛系了吧？这事得你去办啊！

皮丹：老陆！我在北京那么多事呢，这几天可能都回不来！但是这些笔记本非常重要啊，怎么强调都不过分，又是领导再三交代的！你在家主持工作，你不办谁办？

19　陆建设办公室　日　内

陆建设和皮丹通话：……皮董，牛俊杰最恨的人就是我了，恨不得揍我一顿，你还让我找他要石红杏的笔记？皮董，这几乎是不可能完成的任务！倒是你，口口声声称石红杏"姐"，应该你上门去讨要！

皮丹的声音：老陆啊，我在北京还有很多重要的大事要办呢，三五天之内肯定回不来啊！哎，你这同志就不能多承担一些责任吗？就不能有点担当吗？

陆建设无奈：那好，那好，那我试试吧！我只能试试啊！

20　牛俊杰家　夜　内

陆建设恭恭敬敬地面对石红杏的遗像三鞠躬。

牛石艳和牛俊杰站在一旁冷冷看着。

陆建设礼毕，大人物似的和牛石艳、牛俊杰握手：节哀顺变！节哀顺变！俊杰，想不到，真是想不到啊，唉，你说这个石总，怎么就这么不小心呢？怎么就失足落水了呢？看来江桥防护栏还得加高！和石总二十多年共事啊，现在她走了，我想想全是美好记忆啊……

牛俊杰受不了了：行了，行了，老陆，也没这么美好吧？！

陆建设：美好，很美好！没石总我上不来，是石总提的我！

牛俊杰：所以，石红杏后悔死了，提起你就来气！

21　皮丹公寓　夜　内

皮丹和自己老婆通话：……本来呀，我都到机场了，想想还是没回去！石红杏遗体告别仪式还没搞，麻烦事一堆，我躲几天再回吧！

电话里的声音：皮丹，你都一把手了，怎么还这样？还躲？！

皮丹：一把手怎么了？一把手更得小心谨慎！京州中福没有一个好缠的主！齐本安不好缠，牛俊杰不好缠，陆建设也不好缠啊，张继英又带着个调查组待在那儿不走，我只要一回去，就成他们的菜了！领导呢，偏又不饶我，以为我是齐天大圣孙悟空呢，啥都让我干，唉！

电话里的声音：皮丹，你躲也不是事，该干的你就得干嘛！

皮丹：我不干！陆建设不是想抓权吗？让他干！我佛系的！

22　牛俊杰家　夜　内

陆建设对牛俊杰说：……老牛啊，实话说，我和石总还是大事讲原则，小事讲风格的！主要是咱们俩！咱俩虽说在工作上有些磕磕碰碰，可还是互相佩服的，是吧？你佩服不佩服我，咱另说，我可是佩服你的呀！你是我们中福集团的劳动模范，工人阶级的杰出代表……

牛俊杰：停，打住，打住，老陆，你给我致悼词还早了点……

陆建设指点着牛俊杰笑：哎呀，你这个老牛，就是幽默！

23　皮丹公寓　夜　内

皮丹和老婆通话：……还有咱们家那位老劳模，劳模病有好转吗？领导盯着呢，非让老太太到别墅去住，这我不好推给老陆，就得咱做了！你倒是给我做了没有？把老太太说动了吗？愁死我了都!

电话里的声音：说不动啊，老太太建议你到反贪局去自首!

皮丹：这老太太，病入膏肓了! 哎，你有没有和她说死人的事? 已经死了一个石红杏了，不能再死一个林满江或者齐本安吧? 是吧?

电话里的声音：说了，老太太说，她不是被谁吓唬大的!

皮丹：你……你……你给我继续加大工作力度，搞定老太太!

电话里的声音：不行啊，老太太不和我说话了，你快回来吧!

皮丹：回啥回? 明知山有虎偏向虎山行啊? No，我又不傻!

24 牛俊杰家 夜 内

陆建设扮着笑脸，对牛俊杰说：……老牛啊，你工人出身，大碗喝酒，大块吃肉，性格豪爽，快意恩仇，路见不平，拔刀相助……

牛石艳：哟，陆书记，你说的这是我爸呢，还是梁山好汉?

陆建设：哎，小牛，你爸就是梁山好汉啊! 路见不平一声吼，该出手时就出手! 我刚当代书记时，你爸一时想不通，就受了齐本安指使，亲手做了块"党委代书记"的办公室牌子钉到我们门上了，你说谁做得出来? 也只有咱老牛——牛俊杰同志，好家伙，那工人阶级的脾气!

牛俊杰平静地看着陆建设：老陆，说两点啊：第一，齐本安没挑拨过我! 第二，我直到现在也还是没想通：哎，你怎么就上来了呢?

陆建设：好，想不通就说，我给你解释，做思想政治工作! 老牛啊，你呀，耿直，太耿直! 你以为官场也这么耿直吗? 不是啊，官场那叫一个黑……（突然发现说漏了嘴，随即改口）官场是另一回事……

25　北京盘古宴会厅　夜　内

窗外的水立方犹在眼前。

偌大的宴会厅只有林满江和傅长明二人。

二人在窗外水立方和室内巨大的空间的映衬下显得很渺小。

傅长明呷着酒：……哥，我今天下午和大家议了一下：京丰、京盛矿咱们十五亿拿下来以后，下一步呢，就是尽快增发股份，以这个五十亿至六十亿的底价转入电建股份，进一步做大长明保险的表内资产！

林满江喝着白开水：电建股份？你们二级市场新近控股的公司？

傅长明：是啊，长明保险新近控股的一家上市能源企业！董事会刚改选，全换上了咱们的人，总经理和董秘也换了！哥，你懂行，咱只要把表内资产增大了，又可以进行下一轮的抵押贷款融资了……

林满江：哎，长明，我可提醒你一下啊，保监会和银监会都已经注意到了金融杠杆问题，下一步可能会有大动作，你别怪我没吹风！

傅长明：我知道，我知道，他上有政策，咱下有对策嘛！我正让政策和战略策划部门认真研究呢，谋定而动，不打无准备之仗……

26　牛俊杰家　夜　内

牛俊杰绷着脸，对陆建设下逐客令：……好，好，老陆，你别说了，你忙我也忙，你就别在我这儿泡了！我代表红杏谢谢你了，好吧?！

陆建设起身：好，好，老牛，节哀顺变，节哀顺变……

这时，陆建设似乎突然想了起来：哟，对了，还有个事忘说了！老牛啊，石总有一批工作笔记本是不是让你给拿回家了？是不是啊？

牛俊杰恼火地：不是我拿回家了，是红杏自己拿回家的！你占了她的办公室，她不把自己的东西拿回自己家，难道送你们家去?！

陆建设又坐下了：你看看，又误会了吧！这批工作笔记本不是简单的私人物品啊，涉及许多工作上的事！石总不小心掉江里去了，我们活着的人一方面寄托哀思，一方面还要继续工作，是吧……

牛俊杰：老陆，你什么意思，直说，别拐弯抹角！

陆建设一脸严肃：老牛啊，把石红杏这些笔记本找出来，明天我让办公室吴斯泰主任开车来拿！好，就这样，走了，这回是真走了！

牛石艳却拦了上来：哎，别呀，陆书记，请留步！

陆建设在门口回转身：又怎么了这？

牛石艳：陆书记，你可千万别让人来拉笔记本！你不知道吧？我妈有个遗嘱，生前笔记本全留给我了，让我好好看，将来写文章用！

陆建设怔住了，问牛俊杰：老牛，还有这事啊？

牛俊杰：嗯，有这事，老陆，我女儿现在是报社副总编了！

陆建设：是吗？哎呀，咱们小牛就是有出息，大小也是领导了……

27 北京盘古宴会厅 夜 内

傅长明对林满江说：哥，我知道，你在保监会、银监会都有人！

林满江不置可否，一声轻叹：长明，你还信佛吗？

傅长明：信啊，每年大佛寺头炷香都是我烧的，十二年了都！

林满江话里有话：那就慈悲为怀，不要轻举妄动！长明啊，我告诉你：人家的官不是为我当的，人家已经含蓄提醒我了，说股票市场上不少人在告你们长明保险，有些告状信直达中央和国务院啊！

傅长明怔住了。

28 牛俊杰家 夜 内

陆建设退了一步，对牛石艳说：……牛总编，那我和你商量一下好不好？你看这样行吗？我从你这里借一部分笔记本，用后还你！

牛石艳：陆书记，你要借的是哪一部分的笔记本？

陆建设：就是二〇〇九年初到今天为止的这六年间的笔记本！

牛俊杰心里有数：老陆，就是石红杏主持工作的这几年？

陆建设：是啊，我们和石总前后手得有个接续嘛，了解一下石红杏同志当年的思路、领导的指示啥的，这才能把工作顺利过渡嘛……

牛俊杰拉下脸来：别马了，驴也不行，私人物品，概不外借！

陆建设：老牛，又杠上了是吧？我不和你说，和小牛总编说！

牛石艳：陆书记，你和我说不着，我不归你管，不会听你的！

陆建设：好，好，我认你们爷俩狠，我让林满江找你们说！

牛俊杰火了：林满江敢进这个门，我就把他端出去！你信不信？

陆建设：又来了，工人阶级脾气又上来了！好，再见，再见！

29　齐本安家　夜　内

范家慧把一张银行卡递给齐本安：……别指望他们了！拿着，这里面有五万，该给人家高小朋、任三喜发工资就赶快发掉，别拖着！

齐本安：老范，你真让我感动！这么大度大方的老婆不多见了！

范家慧：齐本安，你少废话！像你这样的傻瓜笨蛋也不多见了！你当真以为我觉悟高，钱多得没地方花了？我呸！这不是担心你吗？棚户区治安太差了，年年出事……

齐本安：就是，就是！我来上任时去看望师傅，礼物就让抢了！

范家慧：所以啊，你没两个随从保镖，我能放心吗?！

齐本安：这么说来，是爱情的力量啊？

范家慧：不，这是人道主义的关怀！

齐本安：老范，你的意思，我……我这还闹成人道主义的灾难了？

范家慧：差不多吧！齐本安，你小心就是……

这时，手机响。

齐本安接手机，眼睛一亮：哦，俊杰?！有情况？

手机里的声音：有情况……

30　牛俊杰家　夜　内

牛俊杰和齐本安通话：……哎，齐书记，你能想得到吗？陆建设今晚突然跑到我家来了，竟然是为了要石红杏生前留下的那一堆笔记本！我和我家牛石艳都认为这里面有文章！林满江一伙心里有鬼啊！

31　北京盘古宴会厅　夜　内

林满江对傅长明说：……长明，人不能没有敬畏，人心不能没有止境，长明保险的疯狂步伐要慢下来，股市上的举牌要暂时停止！

傅长明：好吧，哥，我听你的！反正你掌舵！

林满江：京丰、京盛两矿的交易继续进行，赶快和皮丹签约！

傅长明：好的，我已经和皮丹沟通过了，他这几天正等着我呢！

林满江拿出底牌：但是，不是十五个亿了啊，是四十五个亿！

傅长明惊呆了：哥，你……你……你说什么？这……这为什么？

林满江平静地：还债嘛，你们拿出四十五个亿把矿收回来吧！

傅长明：哥，长明保险啥时欠京州中福的债了？你弄错了吧？

林满江摆弄着水杯：我会弄错吗？长明，没有五年前的四十七个亿，哪来今天的长明保险啊？你增资扩股怎么完成的？要知道感恩！

傅长明：可……可是，现在不是齐本安掌权了，掌权的是皮丹……

林满江：皮丹怎么了？皮丹的一举一动没人盯啊？别忘了，齐本安和牛俊杰，还有社会上的人，一直虎视眈眈盯着你和长明集团呢！

32　皮丹公寓　夜　内

皮丹和陆建设通话：……你看看，这事麻烦了吧？石红杏怎么可能把笔记本当遗产留给女儿呢？是被她女儿发现啥了吧？听说石红杏这个女儿挺厉害的，在《京州时报》专做深度报道，万一让她盯上来，也给咱们俩深度一家伙，咱们那可就吃不了兜着走了！怪不得领导这么担心！你老兄开动脑筋好好想一想，还有什么其他办法吧？

陆建设：我没办法了，我心机用尽，好话说尽，他爷俩油盐不进！

33 陆建设家 夜 内

陆建设和皮丹通话：……现在能说服牛俊杰的估计只有齐本安，要不，你给齐本安打个电话，让他去找牛俊杰要？或者让领导出面？

皮丹的声音：你想啥呢？这是不可能的！这种事领导怎么会出面呢？啥事都要领导出面，还要你我这些人干什么？你让我再想想吧？

陆建设放下电话，对老婆嘀咕：看来这笔记本里大有文章啊！

陆妻：有什么文章？你们北京的大领导也不干净了？

陆建设：不干净！大领导可能有大问题！否则，他盯着石红杏的笔记本干啥？也许还有作风问题：石红杏不会是领导的昔日情人吧？

陆妻：哎，哎，老陆，别瞎琢磨，没有领导，哪有你今天的地位！

陆建设：是，是，不过，也不能傻，城门真要失了火，池鱼该逃还得逃！你想啊，林满江提拔我才几天？至今连一个来送钱送卡的都没有，还失去了年薪，每月只能拿五百块生活费了，我凭什么呀我!

陆妻很意外: 什么? 什么? 你四十万年薪没了? 做二把手了,钱反而挣得少, 只拿生活费了? 那你还瞎折腾啥? 都不如提前退休了!

陆建设: 不要急功近利嘛, 哦, 鱼竿子一甩, 你就想钓条大鱼上来? 幼稚嘛! 看没看过那本书《左派的幼稚病》? 你这就是幼稚病……

34 齐本安家 夜 内

齐本安和牛俊杰通话: ……俊杰, 你说得对, 这鬼我看就在笔记本里, 你好好看, 发现什么及时告诉我! 千万别交给他们这伙人啊!

牛俊杰的声音: 我当然不会给他们, 但我怕摆我这儿不安全! 本安, 要不, 都放到你棚户区的新办公室去吧, 那个地方没人想得到!

齐本安: 别, 别, 我这鬼地方太乱, 更不安全! 要不, 送报社吧!

牛俊杰的声音: 行, 那就放到报社, 让石艳和老范给咱看着吧!

齐本安: 好, 好, 让石艳上班找老范好了, 我也和老范说一下!

挂上手机, 齐本安踱步思索着: 这么看来, 好戏又要开场了!

范家慧: 林满江对石红杏的笔记本咋这么感兴趣? 是不是担心情人关系曝光? 哎, 你说石红杏一生崇拜林满江, 会不会两人……

齐本安思索着: 两人的感情纠葛已经是二十多年前的事了, 而且陆建设讨要的是石红杏主持京州中福工作期间的笔记本! 所以,我估计啊，应该和林满江过去收走的那些违规批条有关，林满江也许是怕这些违规的事情被石红杏一一记录下来，给他埋下一颗颗地雷……

35 北京盘古宴会厅 夜 内

林满江语重心长地对傅长明说：……长明，别人不知道，你是知道的，我是个没有明天的人，你的日子还长着呢，要知进退啊！

傅长明仍不甘心：哥，你这是命令吗？

林满江缓缓地点了点头：是命令……

傅长明怔了一下，叹了口气：好，哥，那我啥也不说了！

林满江：这就对了嘛！

傅长明：哥，我知道你的心思，收缩战线，以退为进……

林满江：没有进了，以后进不进都是你们的事了，我呀，要的是一份平安和心安！好了，就到这里吧，长明，记住：现在要止盈了！

傅长明：哥，你放心，你怎么说，我就怎么做，我明天就飞京州！

林满江：好，有些大事不能拖，不能等，要以雷霆手段处理之！

36 陆建设家 夜 内

陆妻拉着脸对陆建设抱怨：……老陆，你不当这个破书记能死啊？看看，原来的三十二万年薪也没了！抢头魂似的去抢官帽子，抢来往头上一戴，都不如顶绿帽子！还得罪了齐本安、牛俊杰……

陆建设：什么绿帽子？怎么又扯到绿帽子上了？人各有志……

陆妻：有啥志？你早不是有志青年了，你五十八了，没前途了！

陆建设急眼了：我……我……我就是要为人民服务，怎么了？！

陆妻讥讽：人民不要你这样的人来服务，我都信不过你！

陆建设：住嘴！这世上没有后悔药卖！当初我到北京找林满江跑官，这些话你为啥不说？现在说，晚了，就算是绿帽子也戴上了！

37　牛俊杰家　夜　内

牛俊杰对牛石艳交代：……艳，明天一早就把这批笔记本装到你车上，拉到报社范家慧办公室。这件事到此为止，给谁都不要再说！

牛石艳：爸，我知道！我现在都副总了，又不是小孩了！

牛俊杰：好了，时候不早了，你快睡去吧！

牛石艳：爸，你也睡吧，明天还有妈的遗体告别仪式！

牛俊杰眼里噙上了泪：别管我，艳，我陪你妈再聊会儿天！

牛石艳：爸，那我陪你们聊，妈让我陪你的！

牛俊杰：好，好，那……那你就陪……

沉默片刻，牛石艳问：哎，爸，你们俩是自由恋爱吗？

牛俊杰：怎么说呢？一言难尽！

牛石艳：肯定不是自由恋爱吧？

牛俊杰摇摇头：不是！

牛石艳：也不会是拉郎配吧？

牛俊杰：差不多就是拉郎配，是你妈的师傅程端阳给拉的！当时我不知道内情，程端阳知道，你妈呢，让林满江甩了，心灰意懒……

（第五十二集完）

第五十三集

1 林满江家 夜 内

林满江在阳台上抽烟，看着星空，陷入回忆。

（闪回）车工班的十几个工人在车间吃午饭。

车间一角，石红杏站在林满江面前抹泪。

林满江：……哭啥哭？你跑到我新房胡闹还有理了？红杏，我和你说过，咱俩是不可能的，我会一辈子把你当妹妹待，像亲妹妹一样！

石红杏哭：大师兄，我……我不想当你妹妹，再亲也不想当……

林满江：但是，我已经和童格华订婚了，十一就办，你知道的！

石红杏不哭了：现在不是还没办吗？大师兄，我把话撂这里：你们俩根本不是一路人，以后过不好的！你们的人生将臭不可闻……

林满江突然想了起来：杏，我的新房里一股臭味，怎么回事？

石红杏眼皮一翻：我怎么知道？多买点香水喷喷！买法国香水喷！

这时，齐本安端着饭盒走了过来：大师兄，你要是愿意出五块钱情报费，我就卖个绝密情报给你，让你今天就除臭，比买香水便宜！

石红杏威胁：齐本安，你想作死是吧？

齐本安手一伸：杏，你要想堵我的嘴，掏五块钱保密费，快！

石红杏还在犹豫时，林满江已将五块钱拍放到齐本安手上。

齐本安把钞票装进工装口袋，立即把石红杏卖了：大师兄，石红杏激烈反对你的爱情，她故伎重演，弄了一只瘟死的鸡，让锻工班大刘塞到你新房烟囱里去了，大热的天，一只死鸡，能不臭吗？！

石红杏气急败坏，扑上去厮打齐本安：齐本安，你混蛋……

这时，程端阳在不远处招呼：哎，哎，别闹了，干活了，干活了！（闪回完）

2 齐本安家 夜 内

齐本安陷入回忆——

（闪回）程端阳给齐本安和石红杏介绍对象。

一张方桌，桌上放着瓜子花生，齐本安、石红杏各坐一方，程端阳居中主持：……杏，你别给我挂着脸！要我说，齐本安一点都不比林满江差！林满江十一就要和童格华结婚，你还闹啥闹？啥影响啊！

齐本安看着石红杏的脸色，讪讪搭话：就是，影响不好哩！

石红杏：齐本安，你闭嘴！我的事要你管？你还想卖情报啊？！

程端阳：杏，本安心里有你啊！你们三个，师傅看得清楚：你心里装的是林满江，齐本安心里装的可是你啊！要我说呀，结婚过日子是一辈子的事，杏，你得找一个心里有你的人，本安比满江还好呢！

石红杏：师傅，我没说本安不好，我知道本安好，才不愿故意坑他！齐本安，你别打我的主意了，这辈子咱们肯定没缘分！现在，我心里眼里全是大师兄，夜里做梦梦的都是他，从来没梦到过你！

齐本安苦笑：连……连一次都没梦到过吗？

石红杏：梦到也是和你干架，我把你揍得屁滚尿流……

齐本安：好，不谈，不谈了！师傅，我还有个会，先走了……

（闪回完）

3 牛俊杰家 夜 内

牛俊杰看着石红杏的遗像，对牛石艳说着：……程端阳把齐本安介绍给你妈，你妈没看上，这才把我介绍给你妈。那天的情景啊，我记了一辈子，现在眼一闭，就能看到你妈当年的音容笑貌……

（闪回）程端阳家。景同前一场。牛俊杰和石红杏相对而坐。

程端阳：杏，小牛是掘进二区秦检查师傅的徒弟，技术能手！

石红杏吃着瓜子，心不在焉：我知道，矿上光荣榜上有他的照片！

程端阳：你大师兄是劳模，人家小牛也是劳模，一样的！

石红杏言不由衷：是，是，一样的！

牛俊杰：不一样，林满江是省劳模，我只是矿劳模，差远了！

石红杏嘴里吐着瓜子皮：也没差多远！林满江其实不如你，他思想品质不好，嫌贫爱富，浑身上下都是资产阶级的臭气，竟然因为童格华会弹钢琴就上了童格华的床……

程端阳立即喝止：杏，别胡说八道啊！

石红杏极突然地：牛俊杰，咱们……咱们八一结婚吧？

牛俊杰怔住了：八……八一？咱们今天才第一次见面……

程端阳：就是，杏，婚姻是件很严肃的事，不要胡闹啊！

石红杏眼一瞪：谁胡闹了？林满江十一结婚，我就得八一结婚！八一南昌起义，我起义了，牛俊杰，我等你一句话：结不结？说！

牛俊杰怔了一下：结，结，石红杏同志，我跟你起义了！（闪回完）

4 林满江家 夜 内

林满江一声沉重的叹息，对夫人童格华说：转眼之间，一辈子过去了！红杏也走了！打个电话给皮丹，明天我参加石红杏遗体告别！

童格华很意外：满江，你不是说不去的吗？这突然又去……

林满江：你少啰唆，打电话去，让皮丹和陆建设安排！

童格华：哎呀，老林你这人真是的，说风就是雨！你身体撑得住吗？别以为我看不出来，红杏的死对你打击很大，到了那种场合……

林满江：别说了，不去告别我心里更难受！快打电话去！

5 皮丹公寓 夜 内

皮丹猛然坐起，接床头柜上的电话：哦，嫂子！

6 齐本安家 夜 内

齐本安和范家慧倚在床头。

范家慧：……本安，如果你和石红杏成了家，今天会怎么样呢？

齐本安：哪来这么多如果！但有一点红杏说得没错，她不想坑我！

范家慧感慨万端：结果，就坑了人家老实厚道的牛俊杰……

齐本安：可不是嘛，同床异梦，直到最后红杏才醒了，悲剧啊！

7　牛俊杰家　夜　内

牛石艳苦笑着对牛俊杰说：……爸，其实啊，你不应该参加我妈的南昌起义！她当时对你根本就没感情，她是拿你和林满江赌气的！

牛俊杰：艳，你看你这话说的，我要不参加你妈的南昌起义，哪来的你？再说了，你是不知道当年你妈的那个风韵，真的挺迷人呢！

牛石艳：被我妈迷住了？

牛俊杰：是啊！我当时心里就说，这个林满江，真是长了一双狗眼，这么好的女人他竟然看不上？！说真的，我当时兴奋不已，有一种乘人之危的感觉！哦，不，不准确，有点，这个……就像捡洋落吧！

牛石艳：但是，爸，她一辈子迷恋的还是那个林满江……

牛俊杰：但最终，她认的是我，不是林满江，女儿，我赢了！

牛石艳眼里落下泪：是啊，爸，你赢了，但赢得也太痛苦了……

牛俊杰：谁说不是呢，我赢了，你妈却走了，只能来世再见了！

8　皮丹公寓　夜　内

皮丹穿着睡衣，耳肩之间夹着手机，手忙脚乱地收拾行李，准备出发，一边和陆建设通着电话：……老陆，你别叫了，好不好？你感到突然，我也感到突然！我也是让领导从睡梦中叫醒的！领导突然要参加石红杏遗体告别仪式，谁敢阻止？我这就往机场赶，红眼航班回去！

陆建设的声音：告别厅都安排了，领导这一来，可能就嫌小了！

皮丹：那你赶快换一号大厅啊，让大家连夜都到殡仪馆加班去！

陆建设的声音：好的，好的！

9　京州殡仪馆第一告别厅　日　内

许多人在忙碌。

皮丹匆匆忙忙进来。

陆建设迎了上来：哎呀，皮董，你总算回来了！

皮丹：哦，老陆，林董马上就到了，说了，鞠个躬就走！

陆建设一怔，马上发牢骚：我们忙了大半夜，重新在最大的第一告别厅布置灵堂，领导来了，鞠个躬就走？这……这叫什么事啊！

皮丹：老陆，你不知道石红杏、牛俊杰和领导的关系啊?！

陆建设：你啥意思！

皮丹声音压低了：你不怕牛俊杰让领导当场难堪？

陆建设呷嘴：也是，这个牛魔王，那可是啥话都敢说……

皮丹：所以，老陆，还是让齐本安来主持告别仪式吧！

陆建设：哎，规格提高了，他还有这个资格吗？应该你我主持！

这时，齐本安远远过来了。

皮丹：好，好，别说了，就这样吧！

陆建设冷冷地看了齐本安一眼，掉头就走。

皮丹却笑着迎上前：哎呀，齐书记，这么早就来了？辛苦辛苦！

齐本安自嘲：没书记了，是齐副主席！

皮丹仍口称齐书记：齐书记，有事吗？

齐本安：当然有事啊，你说好给我的办公经费没落实啊！

皮丹装糊涂：是吗？财务没给吗？大胆他们！

齐本安：是陆建设没给我批，你看看，这是不是打击报复啊？

皮丹：哎，哎，齐书记，你别多想，我来批吧！你要多少？

齐本安：五万吧，购置办公用品，主要是发放人员补贴费！

皮丹不无讨好地：齐书记，那我给你批十万吧，不够再来找我！

齐本安乐了：哎哟，我们皮董就是大方，到底是有大别墅的人！

皮丹苦起了脸，声音也低了：二哥，别和我开玩笑，我求你了！

齐本安拍了拍皮丹肩头，四处看看，声音也很小：不开玩笑，有事主动找张继英说清楚，趁她在京州！皮丹，我这是为你好，真的！

10　机场高速公路　日　外

轿车急驰。

车内，秘书将手机递给林满江：林董，通了。

林满江接过电话：师傅，您准备一下，我中午到您别墅吃饭！

电话里的声音：满江，我哪来的别墅啊，你到矿工新村来吧！

林满江很意外：怎么？皮丹还没把您老安置好啊？这个混账东西！

电话里的声音：你来再说吧，满江，我给你弄好吃的！

林满江：好，好！（挂上手机，林满江脸拉了下来。）

11　京州殡仪馆第一告别厅　日　内

林满江在皮丹、陆建设等人的陪同下，气宇轩昂走进大厅。

一片迈动中的腿脚和飘飞的衣襟。（升格）

林满江面对石红杏的遗像遗体郑重三鞠躬。（升格）

林满江围绕石红杏的遗体缓缓走着。（升格）

林满江脸上，泪水缓缓流下。（升格）

12　京州殡仪馆第一告别厅外　日　外

齐本安走到牛俊杰面前：俊杰，林满江来了，去打个招呼吧！

牛俊杰有些意外：他专程从北京过来的？还这么有情有义？！

齐本安点了点头：我觉得他的心里怕是也过不了这个坎啊……

牛俊杰：我不理他，你们应付吧！

这时，齐本安手机响。

齐本安接手机：哦，师傅？！

13　程端阳家简易房　日　内

程端阳和齐本安通话：……本安，中午我约了满江吃饭，你过来陪吧！我不愿一人面对他，他非要逼着我去住大别墅，我害怕呀！

齐本安的声音：好，师傅，我知道了！电话里别多说了！

程端阳：红杏的追悼会哪天开，我得去跟红杏告个别啊！

齐本安的声音：现在丧事从简，不开追悼会，已经告别过了！

程端阳一怔：哦？是……是吗？！（木然挂机。）

14 程端阳家简易房 日 内

程端阳和林满江泪眼相对。

林满江：师傅，您就是不听劝！这地方能住吗？能过冬吗？您要再出意外，我林满江上对不起天，下对不起地，中间对不起良心啊！

程端阳：满江，我知道，我想过了，我尽快搬到皮丹家去住吧！

林满江：别墅为什么就不能住？您不知道齐本安在做文章吗？

程端阳：本安和我说过别墅的事，包括红杏，满江，我就不明白了：你为什么不能让皮丹退还给长明集团？共产党人生不带来死不带走，师傅今年七十多快八十了，清贫一生，你们怎么就不理解我呢？

林满江：师傅，事到如今，我不瞒您了：这不是一座简单的别墅的事，是一场关系生死的严峻斗争！死了一个石红杏，你还想看着再死一个林满江或者齐本安吗？师傅，政治有时是很残酷的，不是您经常听说的那些大道理！那些大道理是各级领导干部教育人民群众的！

程端阳摇起了头：满江，你这个想法很危险，很危险啊……

15 京州殡仪馆第一告别厅 日 内

齐本安、皮丹、陆建设、张继英等向石红杏遗体遗像三鞠躬。

张继英、皮丹、陆建设、齐本安一一和牛俊杰、牛石艳握手问候。

哀乐回旋……

16　程端阳家简易房　日　内

程端阳眼含泪水对林满江说：满江，大道理小道理先不说，红杏走了，白发人送黑发人，是人生的一大悲哀，你知道师傅心里多难受啊？过去，你和齐本安都在北京，只有杏在我身边，杏就像我亲闺女啊，现在我想问你的是：石红杏她为啥要走？是什么让红杏觉得生无可恋了？满江啊，作为她的大师兄和领导，你有没有责任啊？

林满江一声叹息：我有责任，责任很大！不该这么刺激她……

程端阳声音哽咽：不，不，不是！满江，我说的不是这个！我是说你们工作上怎么回事！自从在当年那个下着雨的日子，我……我把红杏亲手交给了你，你……你是怎么让她走……走到今天的？啊？

林满江泪水直流：师傅，对不起，我辜负了您，也辜负了红杏！

程端阳也泪流满面：你辜负她，辜负了她这辈子对你的一颗心！

17　京州殡仪馆第一告别厅门外　日　外

告别仪式已经结束，人们在往门外走。

张继英叫住了齐本安：哎，本安，上我的车吧！

齐本安略一迟疑：张书记，还是你上我的车吧，我开车！

张继英会意：也好！

18　京州街上　日　外

轿车急驰。

车内，张继英问齐本安：林满江突然过来，不知是什么意思？

齐本安开着车：心神不宁了，坐不住了，这边的破绽不小啊！

张继英：我也这样想，接下来，你和牛俊杰要把眼睛睁大一些！

齐本安：张书记，你最好再多留些日子，起码查一查皮丹的别墅！

张继英：我故意没查这座别墅，以免打草惊蛇……

齐本安：要我说，蛇已经惊了，否则林满江不会突然过来，也不会到师傅的寒窑去喝那么一杯苦酒……

19 程端阳家简易房　日　内

程端阳抹干泪，将一瓶京州老酒放到桌上：……满江，过去的事不说了，说了伤心！你现在难得下一回凡了，又是为红杏来的，那今天就最后再喝一次吧！咱们就当红杏还没走，本安我也叫来了……

林满江苦笑：师傅，你也不征求一下我的意见，我那么多事呢！再说，我几年前就酒精过敏了，不能喝酒的，齐本安他们都知道！

程端阳悲凉地：你为红杏来，就不能陪红杏最后坐一会儿吗？

林满江：师傅啊，您不知道，我和齐本安现在已经无话可说了！

程端阳：你和我老太太也无话可说了吗？我还能见你们几回呀！

林满江无奈，一声长叹：好，好，不说了，师傅，我听您的，再陪红杏最后一次吧！让齐本安陪您喝酒，我陪您喝茶！

20 京州街上　日　内

轿车急驰。

车内，陆建设问皮丹：中午怎么安排？

皮丹：安排啥？林满江到我家老太太那儿喝晕头大曲去了！

陆建设话里有话：不光喝晕头大曲吧？是不是和那幢别墅有关？

皮丹：也许吧，领导可把我骂惨了，老陆，咱们不能懒政啊！

陆建设：谁懒政了？皮董，我已经是知其不可而为之了……

21　程端阳家简易房　日　内

齐本安走进门，和林满江冷漠对视着，像两个陌生人。

林满江先笑了笑：本安，这么看着我干什么？没见过啊？

齐本安也笑了笑：有点眼生，觉得不应该在这里见到你！

程端阳摆着碗筷：哎，坐，满江，本安，你们都坐！

林满江坐下：废话，我在这儿长大的，你还是我的跟屁虫呢！

齐本安也坐下了：是，当年你讹了我一根冰棍，我一直忘不了！

林满江：你就是小气，一根三分钱的冰棍记了一辈子！哎，我记得那支冰棍是咱俩一起吃的吧？我咬了一小半，一大半又给你吃了！

齐本安：哪来的一大半？一大半被你吃掉了，到我手上只有一小坨，都快掉下来了！实话说，大师兄，这里的贫穷让我记了一辈子！

虽然是三个人吃饭，但四方桌子上却摆着四副碗筷……

22　京州四季酒店　日　外

一辆加长林肯驶上门厅。

傅长明在几个保镖的保护下，从车内钻出。

23 程端阳家简易房 日 内

齐本安把一杯酒倒在地上，噙泪说：……红杏，今天师傅请客，不是请大师兄和我的，是专请你的！说了，是最后一次了，你喝好！

程端阳也把一杯酒倒在地上：杏，师傅不知道今天是你的告别仪式，满江和本安怕我伤心，谁都没和我说！我说不能让你就这么走了呀，总得尽点心意吧！师傅就把林满江和齐本安请来陪你喝酒了！就是你们过去常喝的酒，晕头大曲，你们都说好，几杯就上头，有劲！

说罢，程端阳已是泪流满面……

林满江：哎，师傅，您坐下，别激动，千万别激动……

24 京州四季酒店大堂 日 内

傅长明在随从、保镖的前呼后拥中走向电梯厅。

秘书汇报：傅总，客人都在等您了！吴市长也从市政府出来了！

傅长明：先见见吴雄飞市长吧，其他人一个个来！

秘书：据说吴雄飞市长是钱荣成请来的，是不是让钱荣成也……

傅长明冷笑：也啥？钱荣成没这么大的脸，是我让吴雄飞过来的！

25 程端阳家简易房 日 内

齐本安和林满江二人孤坐，各呷各的酒和茶，气氛有些僵。

程端阳：哎，你们俩今天是怎么了？不打不闹不吵架了？

林满江一声叹息：还吵啥，吵了一辈子了，想想都累，是吧？

齐本安：就是，都把我吵到这里老头看瓜了，大师兄也没兴趣了！

林满江：叶落归根，到这里好哇，我昨夜还梦到这里了呢！

齐本安：大师兄，你真的假的？你天上的大神还能梦到人间？

程端阳：哎，能梦到人间敢情好啊！那满江，说说你的梦！

林满江：师傅，我梦见我和本安、红杏和您签订拜师合同！那时红杏连自己的名字都不会写，"杏"字下面那个"口"，让她写成了"日期"的"日"。

程端阳：没错！这个红杏啊，小学都没毕业！（说着，从床头铺盖下找出一个镜框，镜框里压着一张拜师合同）瞧，这就是当年的合同！

发黄的拜师合同——（特写）

合同签字人：师傅程端阳　徒弟林满江　齐本安　石红杏

签名上的石红杏的"杏"字写错了……

26　京州四季酒店总统套房　日　内

傅长明和吴雄飞市长亲切握手寒暄。

吴雄飞：你这个傅长明，怎么上了飞机才和我打招呼？

傅长明：对不起，对不起，吴市长，我也是临时想起来的！

吴雄飞看了看表：那咱们抓紧，我还要到省政府做个汇报！

傅长明：汇报什么？你老兄还和人家李达康书记拧着劲啊？

吴雄飞：哎呀，不是我要拧着劲，是这事行不通！达康书记明天要在棚户区开现场办公会，布置安排了，电视台、网站、新媒体的人都来！那架势，一不做二不休了，这哪像一个市委书记干的事？

傅长明：既然李达康全方位动员，吴市长，我劝你还是配合吧！

吴雄飞：我可不配合他，24号文件摆在那儿呢！我得向上面做个重要汇报了，不管是李达康还是王达康，都不能这么任性用权嘛！

傅长明咂嘴：这倒也是，这么任性用权，肯定要吃苦头的！

吴雄飞：行了，傅总，我不和你扯这个！咱们说你的事吧！

傅长明：我哪有啥事？实话说，荣成钢铁集团是你们京州的事！

吴雄飞：是，是，是我们京州的一个伤疤，也是我的一块心病！

傅长明：我佛仁慈，所以呀，我就来给你治病了！哎，喝点啥？

吴雄飞：我马上去见省长，你说喝点啥？赏我一杯矿泉水吧！

27 程端阳家简易房 日 内

程端阳眼含慈祥的泪光：……那天我也忘不了啊，一下子收了你们三个徒弟！而且沿用了以前的老礼！收徒弟就收徒弟呗，还要签订拜师合同！还要让我在太师椅上坐着，哎呀，我比你们还紧张呢！

（闪回）车间会议室，程端阳坐在和车间气氛极不协调的旧太师椅上。

林满江领着齐本安和石红杏站在程端阳面前念拜师合同：……我们是新时代的青年，为了实现四个现代化，诚心拜车工大王程端阳为师，接受师傅的教育指导，刻苦学习技术！自拜师之日起，我们视师傅为再生父母，师傅视我们为自己的儿女，为我们传道授业解惑，让我们茁壮成长为社会主义现代化建设的有用之材……

林满江、齐本安、石红杏向程端阳鞠躬。（升格）

程端阳率先在合同上签字。（升格）

林满江、齐本安、石红杏——签字。（升格）（闪回完）

28　京州四季酒店总统套房　日　内

傅长明对吴雄飞说：……钱荣成是你的心病，也是我的心病。我替他荣成集团无偿垫付了八千万高利贷本金，从鑫鑫公司捞出了他儿子，他还没完没了，缠着我帮他骗汉东银行。吴市长，你说我办不办？

吴雄飞：我怎么知道？你们是杏园三结义的朋友，你看着办呗！

傅长明：赶快让钱荣成破产清算吧，这种僵尸公司还留着干啥？

吴雄飞：破就破嘛，我没意见，哎，傅总，这事你和我说什么？！

傅长明：谁让你给他开银企协调会的？你现在成他狗肉幌子了！

吴雄飞苦起脸：这不是李达康让开的吗？我不是李达康的马仔吗？市委书记点戏让我唱，我敢不唱？不过钱荣成我早就不管他了！

傅长明：吴市长，你还得管，让法院依法办事，该破就破掉！

吴雄飞：哎，傅总，你是不是看上钱荣成啥宝贝了？嗯？

傅长明：他的铁路专线还有点意思，破产清算时我会来收的，尽量搞活这块资产！吴市长，我这也是为你和京州市排忧解难啊！

吴雄飞滑头地打起了哈哈：排忧解难好，不过，傅总啊，有关规定你知道，领导不能插手具体破产案子，这事你得和法院去谈……

29 京州四季酒店总统套房对门客房　日　内

钱荣成、黄清源眼巴巴地在等待傅长明的接见。

黄清源感慨万端：……当年杏园三结义啊，想不到今天变化竟然这么大，唉！人家世界五百强了，咱们俩呢？惶惶然如丧家之犬！

钱荣成：是啊，时也，命也，天时地利人和都让傅长明占去了！

黄清源：就是，就是，你看傅长明现在，吴市长都得过来拜他！

钱荣成：市长算啥？在国外，总统、议长都经常请傅长明吃饭！

黄清源：哎，怎么听说，这家伙要买美国纽约的帝国大厦了？

钱荣成：是啊，我也听说了，也不知是真是假。还有人说，他要买巴黎的埃菲尔铁塔，要把铁塔拆了搞房地产，这估计是假的！

黄清源：你别说，没准是真的！傅长明就没有办不下的事！人家早就说过，如今是一个奇迹时代，只有想不到的，没有办不到的！傅长明既然想到了埃菲尔铁塔，我估计埃菲尔铁塔就比较危险了……

30 程端阳家简易房　日　内

程端阳抚摸着镜框里的拜师合同：……中福集团搞八十周年庆典展览，本安想征收我这份拜师合同的，我死活没答应！舍不得啊！

林满江：所以，我把自己的那份捐给本安了。

齐本安：我的那份也捐了，红杏的合同早弄丢了。

林满江：来，本安，我们敬师傅一杯吧，你喝酒，我喝茶！

齐本安：好，师傅，我喝干，你们都随意！

三人碰杯喝酒。

31　京州街上　日　外

轿车急驰。

车内，陆建设惊疑地问皮丹：……四十五个亿还真就谈成了？

皮丹煞有介事：可不就谈成了吗?! 所以说呀，老陆，你不要和我瞎叽叽！谁说佛系就不干事？佛系干部也干事，干的还是大事！我昨天在北京和傅长明谈判，累掉了半条命，谈得那是相当艰难啊！

陆建设：从十五亿一下子涨到四十五亿，可以想象，可以想象！哎呀，皮董，我没想到你还这么能干！不可能的事竟然也能干成了！

皮丹恳切地：主要是要有责任心，要有担当，还要有谈判技巧！

陆建设：是的，是的，皮董，事实证明，京州中福一把手早就应该让你当！齐本安、石红杏占着茅坑不拉屎，耽误了多少发展机遇啊！

皮丹益发恳切：所以，老陆，咱们俩彼此之间一定要多理解，多支持，绝不能内讧，耽误京州中福的发展机遇！咱们一定要大事讲原则，小事讲风格，要团结起来，同心协力，创造京州中福的新局面！

陆建设：那是，那是，皮董，你就放心吧，我一定会摆正二把手的正确位置，在任何时候，任何场合，都维护你一把手的威信！

皮丹：好，那就好，那就好！

32　京州四季酒店总统套房　日　内

吴雄飞问傅长明：……怎么听说你们把京丰、京盛两个矿又十五亿收回去了？傅总，你们是不是也太黑了？京州能源市国资委可是二股东啊，我实话告诉你，我二股东肯定投票反对！不能黑到我头上嘛！

傅长明沉吟着：我要是四十五亿收，你们二股东也反对吗？嗯？

吴雄飞怔住了：哎，哎，你真的假的？这种事可不能开玩笑啊！

傅长明：不开玩笑，我今天就和京州中福签合同，四十五亿收了！长明集团发展势头良好，京州能源现在又比较困难，我就拉一把吧！

吴雄飞高兴了：哎呀，傅总，我真没认错人，你老弟有佛心啊！好了，不能聊了，我得去省政府汇报了！哎，晚上一起吃个饭吧！

傅长明：免了吧，吴市长，心领了！晚上我就飞回北京了，欧盟的一位前财长过来了，我们有个早就预订下来的晚餐！

吴雄飞：天哪，欧盟！哎，你自己的飞机过来的？

傅长明：是啊，这样方便一些嘛……

33 程端阳家简易房 日 内

齐本安和林满江又是一阵沉默。

程端阳没话找话说：本安，其实满江让你到这儿来拆迁也挺好！

齐本安吃着菜：是，这里是挺好，让我把生命的空间一下子填满了，感觉上好像自己从来没离开过这里，许多事就像发生在昨天！

林满江：可不是嘛，我这一辈子啊，走遍了全世界，有时候在美洲，在欧洲，眼一闭，一觉睡过去，哎，又成了矿工新村的一少年。

齐本安：我也是，我在铁路基建队砸过石子，常梦见当年的景象。

程端阳：哦，本安，你砸什么石子？铁路轨道下用的那种石子？

齐本安：对，师傅，就是铺铁路的石子，铁路施工段收，五分钱一大筐。我那时多大？六岁吧？我们就去抢山上炮眼周边的炮口石。

程端阳故作好奇地问：为什么一定要抢炮口石呢？它有啥好处？

齐本安：炮口石被炸酥了，砸起来省力出活。有一次，山上放过炮后，我们一帮孩子和老人冲上去抢炮口石，不料一个哑炮爆炸，夺去了一个孩子和一个老人的生命，这件事让我记了一辈子！

34　京州四季酒店总统套房对门客房　日　内

钱荣成关切地问黄清源：……你是怎么回事？不是出国了吗？还回来干啥？你要不回来，也不会司法拘留，长明保险的股权也不会丢！

黄清源苦着脸：这不是让一个中国胃给闹的嘛，张明敏那歌怎么唱的？洋装虽然穿在身，我胃依然是中国的胃，我的祖先早已把我的一切烙上了中国印，就算到了他乡，那也改变不了我的中国胃啊……

钱荣成：听说你的事还没完？下一步还得到北山去喝几年汤？

黄清源：是，是，李顺东、秦小冲两个王八蛋，揪住我不放了！非要法院判我一个拒不执行法院判决罪！所以，我得找傅长明帮忙！

钱荣成：要我说，清源，你也是过了，我是没钱，你怎么有钱也赖啊！像秦小冲，是你要好同学啊，几十万的事，你就是不还……

黄清源：行了，别扯我，你也不是啥好人，谁不知道防火防盗防荣成啊？二哥，你坑的人比我多，"天使"最恨的人，你排在我前面……

这时，钱荣成注意到，吴雄飞从总统套房出来了。

钱荣成拍拍黄清源的手背：走，走，轮到咱们了！

35 京州四季酒店总统套房门前 日 内

秘书和保镖将钱荣成和黄清源拦住：对不起，傅总还有客人！

钱荣成：哎，我们一大早就来这儿等了，这都等了两个多小时了！

黄清源：就是，我们可不是外人，我们是傅总杏园三结义的兄弟！

秘书微笑着：你们既然是结义兄弟，就更得体谅傅总了！傅总马上要和京州中福签订一个重要的合同，就是京丰、京盛两矿的产权交易！

钱荣成一怔：京丰、京盛的矿产交易还真谈成了？

秘书：是啊，谈成了，四十五亿又买回来了，今天就签合同！

钱荣成大为吃惊：四十五亿？哎，不……不是说十五亿吗？

秘书：这我就不知道了！哦，对不起，客人到了！

这时，皮丹、陆建设从不远处走了过来。

36 程端阳家简易房 日 内

林满江呷着茶，也说了起来：本安砸石子，我就想起了淘炭。

齐本安：这我知道，在矸子山上淘炭，很挣钱的，就是危险！

林满江：没错，但是极度贫穷容易让人们忘记危险。本安，你比我小五岁，总是没挨过饿的。我挨过饿，两岁时就吃过榆树皮，天上饿得掉下来的麻雀，我扯掉毛，放在暖气片上加热一下就几口吞掉。

程端阳叹息：城里还算好的呢，那时，周边农村真死了不少人……

齐本安：是的，多年以后，我有个小学老师告诉我：就是大师兄出生那一年，他们一村人几乎饿得死绝户了，说是蒿草遮严了村庄！

林满江继续说：那个年代，谁都不容易，我父亲林强柱在井下工伤牺牲了，我母亲朱多余呢，又生肺病在家休养不能上班了，我就和班上几个同学放学后到矸石山淘炭，还真挣钱，每月总能挣七八块！

程端阳：七八块可不得了啊，那时候够养活一个人了……

林满江：可有一天，塌方发生了，我最要好的同学埋在山里了！我妈吓坏了，哭着要把我送到庐山路我姥姥姥爷那儿去，我死也不去！

齐本安：也就是在那时，你下决心靠自己上位，超过你姥爷？

林满江一声长叹，点了点头：是！这有点狂妄，是吧？

齐本安郑重地：不，大师兄，那是一个有志少年的英雄梦！

林满江：哎，齐本安，你这不是讥讽吧？

齐本安：不是，大师兄，那时的你让我真心敬佩！

37 京州四季酒店总统套房 日 内

皮丹指着陆建设，向傅长明介绍：傅总，这位是京州中福党委书记陆建设先生，是林董最近一手提上来的，自己人，不必忌讳什么。

傅长明捻着佛珠，谈笑风生：皮丹啊，看你说的，我傅某这里有什么要忌讳的？阳光下的生意，阳光下的谈判，阳光下的共赢嘛！

陆建设满脸媚笑，吹捧：傅总说得太好了，出口那就是诗啊！

傅长明：诗我谈不好，佛倒可以谈一谈！陆书记，我佛慈悲，假我之手普度众生，因此长明集团所创造的物质财产不是哪个人的，它属于芸芸众生啊，所以凡我长明人都有一种大境界，心性沉静不虚妄。

陆建设：傅总，您说得太好了，怪不得皮丹董事长也成了佛系！

傅长明：佛系不是标榜。心中有佛的人心里平静，得大自在也！

皮丹：没错，没错，傅总，我现在就在修大自在之法哩……

（第五十三集完）

1179

第五十四集

1 京州四季酒店总统套房对门客房 日 内

钱荣成一脸疑虑对黄清源说：四十五亿把京丰、京盛矿买回去？老弟，你说这是真的假的，傅长明啥时真的变成慈善家了？奇怪呀！

黄清源：就是，咱们这位佛爷该不是又要出啥怪招了吧？

钱荣成思索着：不可思议，不可思议！大神就是大神啊！现在我们必须承认，我们虽然是杏园三结义的兄弟，但毕竟不是一个等量级的了！哎呀，他要是也能花个二三十亿把我的荣成集团买走就好了！

黄清源：你做梦吧，你那儿除了债务，就是一堆破烂钢铁……

钱荣成：哎，我也有好东西！铁路线啊，起码值四五个亿……

2 程端阳家简易房 日 内

齐本安感叹：……现在想想，那年头人的生命真是脆弱，不但是孩子，每一次差错都可能要人的命！前一阵子和年轻工人座谈我还说呢，这三十多年改革开放进步实在是太大了，人真正活得像个人了！

林满江：本安这话说得好，改革开放让人活得像个人了！这让我想起了田大聪明，田大聪明是全国劳模，当时还是省委委员，到北京开会掉了队，在火车站睡了五夜，后来我问过他，为什么不去住店？

程端阳：你还问？当时住店得有一级级的介绍信，介绍信在领队手上，田大聪明只能睡火车站！你们别笑话他，他还真是聪明呢！

齐本安：是，在那个年头，这种事不稀奇，像煤矿特有的孤儿寡母师徒班也不稀奇！就是从这一点上说，我们也要感谢这改革时代！

程端阳眼中含泪：可不是嘛，以往的贫困生活不堪回首，以血换煤的干法更令人痛心疾首！我家老皮"地球转一圈，我转一圈半"，结果睡眠不足，一个失足掉到了三百米深的大井里，唉……

林满江：许多不了解历史情况的同志都说，过去那个时代好，他们根本不知道那时的情况！那时出了事故严格保密，敢说出去就把你当反革命抓！别的不说，就咱京州矿务局起码出了三次大事故吧？

齐本安：是啊，一次煤尘爆炸死一百二十二人，一次井下掉水，淹死八十七人，还有一次瓦斯爆炸死了一百零二人！这三次事故让我们兄妹三人都成了孤儿，咱们才小小年龄进了矿，才跟了师傅！

程端阳泪水直流：党组织把你们三个矿工的儿女交给了我，工会老主席代表组织拿了三百块钱给我，哽咽着对我说，程端阳，你是车工大王，把他们养大，教他们技术，让他们的父亲在地下安心，啊？

林满江、齐本安痛哭失声……

3　京州四季酒店总统套房　日　内

傅长明捻着佛珠：……得大自在，就要弃小算计。我佛慈悲，该给你的，你不要他也会给你，你小算计，甚至和佛也算计，那就没有大自在了。和你们说个笑话，钱荣成这个人，你们应该听说过吧？

陆建设：哦，听说过，听说过，防火防盗防荣成嘛！

傅长明：许多年前，钱荣成跟我学佛，见我拜佛他也拜，见我捐纳供养佛陀他也供养，背后和人家说，说我给佛爷神仙送礼！把腐败搞到了仙界！你们说说看，这叫什么话呀？佛爷听了能高兴吗？嗯？

皮丹：所以，钱荣成就一败涂地了嘛！

陆建设：就是，这是佛爷惩罚他呀，活该……

4　京州四季酒店总统套房对门客房　日　内

黄清源叹气：说来说去，你比我好，我现在真是一无所有了！本想坐几天牢，靠长明保险糊弄过下半辈子，没想到让法院给冻结了！

钱荣成：你是不是指望傅长明帮你解冻这笔保险股权？

黄清源：没错！傅长明是什么人？举世瞩目的大人物啊，他路子硬，办法多，只要他帮我把长明保险的股权解了冻，我就把所有股权半价卖给他，我让傅长明狠狠赚上一笔！二哥，你觉得他会干吗？

钱荣成：我估计他不会干，他不是过去了，一肚子坏水，却满嘴的仁义道德！乍看上去，很像一个光芒万丈的慈善家啊……

5 程端阳家简易房 日 内

程端阳擦干眼泪：……你看我，这叫什么事，让你们伤心了！

齐本安呷着酒，吃着菜，似乎话里有话：伤点心也好！师傅，现在大家丰衣足食，日子都过得红红火火的，伤心的事不太多了，偶尔想一想过去并没有坏处，起码记着要知足！哎，你说是吧，大师兄？

林满江也在吃：没错，师傅，我和本安有同感！忆苦思甜嘛，记住过去的艰难和苦难，才会更加珍惜今天来之不易的改革成果嘛！

齐本安：所以，有时我就弄不明白，我们有些同志怎么那么贪心呢？得陇望蜀，有了十万想百万，有了百万想千万，有了千万，他又要当亿万富翁了。房子呢，不厌其大，四处买，从美国买到欧洲，买遍了全世界！大师兄，你说当年，你家前辈朱昌平那叫啥境界？啊！

林满江淡然地：一代人有一代人的追求，毕竟革命时代过去了！

齐本安：是啊，是啊，革命时代过去了，我们党从革命党变成了执政党，但革命的精神不能丢嘛……

林满江：本安啊，又想到中福集团去做党组书记了？喝酒吧！

齐本安：我知道，大师兄，你现在最讨厌我说这个！好，喝酒！

6 京州四季酒店总统套房 日 内

傅长明根本不谈那四十五亿的交易，仍手捻佛珠，信马由缰说着：……要感恩！我每天都在感恩。爹妈生我傅长明是大恩，活过困难时期没饿死是大恩，生逢如此盛世是大恩，认识你皮丹和陆建设也是大恩啊，我傅长明何德何能认识你们两位国企老总呀？我感恩啊！

陆建设一脸惶恐不安：哎，哎，傅总，傅总，您吓着我了……

皮丹：傅总，你看你这么忙，晚上还要赶回去，咱们是不是？

傅长明一脸懵懂的萌态：哎，皮董，陆书记，你们有事？

皮丹和陆建设全怔住了。

片刻，皮丹苦着脸说：哎呀，我的傅总啊，就……就是京丰、京盛两矿的交易啊！你看看，咱们在北京谈好了的，说好在这儿签合同的……

傅长明一副恍然大悟的样子：哎呀，我说嘛，好像有点小事！

7　京州四季酒店总统套房对门客房　日　内

黄清源压低声音：傅长明再仁义道德，也不会对钱有仇！我半价转让股权给他，我能让他赚上一个亿还多！我还就不信他会不动心！

钱荣成思索着：清源，有个事你注意了吗？京州中福的交易？

黄清源：怎么没注意？注意了，四十五个亿嘛！他买回去了！

钱荣成：你不觉得奇怪吗？傅长明凭啥多掏三十亿？别忘了，当年他四十七亿卖出时，还付了十个亿的交易费呢！难道林满江反过来向他支付交易费了？这可能吗？林满江是国企，长明集团是民企！

黄清源：哎，你别一口一个林满江，人家的交易对手是京州中福！

钱荣成：京州中福是谁管着的？不是林满江啊？你没发现京州中福最近一直在变化吗？原来的老总石红杏死了，说是失足落水，也许是自杀！新来的董事长齐本安又被发配到棚户区搞拆迁了，以前十五亿卖不出的货，今天四十五亿成交了，看不明白，实在是看不明白……

8 京州四季酒店总统套房 日 内

傅长明漫不经心地在一堆相关文件上签字。

皮丹在傅长明签过字的文件上一一签字。

傅长明：皮董，不是我批评你们，京丰、京盛矿多好的资产啊，五年前我四十七亿优惠转让给你们，你们倒好，弄得濒临破产！我是实在不愿意看着你们暴殄天物，这才慈悲为怀，按佛祖的意思收回的啊！

皮丹：就是，就是，国有企业根本就搞不好的，必须统统改制！

傅长明煞有介事：最早我为什么报价十五亿收回呢？就是为了给你们一个教训，我要不吓唬你们交点学费，你们就不知道珍惜嘛！

陆建设：傅总，我们知道珍惜了，您给我们上了生动的一课啊！

傅长明：好了，今天就到这里吧，以后别再后悔找我的后账啊！

陆建设：不会，不会，傅总，要我说，您……您就是佛啊……

9 程端阳家简易房 日 内

林满江想了想，一声轻叹：本安，红杏走了，咱们别再彼此伤害了，好不好？你也别赌气了，要不，回北京吧，到外事部做副书记去！

齐本安摇了摇头：大师兄，我不赌气，你既安排了，我就把这片棚户区协助市里搞搞好吧！李达康书记决心很大，明天要开现场会了！

林满江：这个李达康，我算是服他了，看来棚户区老百姓有福喽！

齐本安：可不是嘛，现在师傅最服的不是你我，是人家李达康！

程端阳：没错，你们就得学学人家李达康书记，知其不可为而为之，只要是对老百姓有利的事，压力再大、得罪人再多也敢去干……

10　京州四季酒店总统套房门口　日　外

皮丹、陆建设出门。

钱荣成、黄清源准备进门。

秘书将钱荣成挡住：钱总，一个个来，傅总要先见黄总！

钱荣成：这？我……我们可是杏园三结义的兄弟……

秘书：那也要一个个谈，对不起，钱总，请您再等一等！

11　京州四季酒店总统套房　日　内

傅长明像是又变了一个人，满脸冷漠，对黄清源视而不见。

黄清源一脸媚笑，胆怯地看着傅长明：傅总，我……我来了！

傅长明理都不理，吩咐手下：给欧盟的史密斯打个电话，再次确定一下晚上宴请欧盟财长的菜单，不要触犯欧盟那边的禁忌！像上次那种吃熊掌的恶劣事件是绝对不能再出现了！我们现在不是土豪了！

手下：是的，是的，傅总，犯错误的李总还在抄《金刚经》呢！

傅长明：还有礼品问题。欧盟官员对清廉要求很高，礼品不得超过十欧元！十欧元也买不了啥，一人送他们一幅中国画吧，比较体面，也不好计算真实价格。

手下：好，傅总，我马上落实！

手下走后，傅长明这才指了指对面的沙发，让黄清源坐下。

黄清源赔着笑脸：傅总，真没想到，您……您还愿意见我……

傅长明自己呷着茶，却让客人干坐着：有什么办法呢？你们四处大讲杏园三结义，现在京州人都知道你们是我的兄弟，我否认不了啊！

黄清源：是，是，傅总，我……我们失败了，给……给您丢脸了！

傅长明：失败不要紧，失败乃成功之母嘛，我也败过，现在怎么样？不是活得很好吗？不是越来越好吗？想没想过这是为什么啊。

黄清源：傅总，您……您抓住机遇，仗义疏财，交结权贵……

傅长明敲敲茶几：这都不是主要的，主要的是，我讲诚信，讲信用，我知道信用是安身立命之本，我宁愿失去性命也不失信用！你们呢？钱荣成的信用名声臭到烂大街，你黄清源的无赖让人目瞪口呆！

黄清源不敢作声了。

12 程端阳家简易房 日 内

林满江像是突然想起：哦，对了，本安，有件事我必须告诉你！

齐本安：什么事？是不是红杏的事？

林满江：红杏的事不提了，是皮丹！你可能想不到吧？皮丹很能干啊，京丰、京盛矿的事和傅长明谈了一天一夜，到底四十五亿拿下来了！

齐本安平淡地：是吗？太好了！这么说，我还真小看皮丹了！

林满江：你现在服气了吧？我敢拿京州中福这么一大盘买卖开玩笑啊？本安，师傅，用皮丹，我是慎而又慎啊！你们就放心吧！

程端阳心里有底，叹息说：满江啊，师傅还是不放心啊！皮丹当真有那本事？你要说他炒房本事大，那我相信，说这我不信！是你帮他的吧？傅长明是你的好朋友，你打个招呼，皮丹闭眼也谈下来了！

齐本安笑：师傅，就算大师兄打招呼也是应该的，总是好事嘛！

13　京州街上　日　外

轿车急驰。

车内，陆建设对皮丹说：皮董，我真是服你了！咱们是不是找地方庆贺一下？大喜事啊，咱们这次贡献太大了，一把赚了三十亿啊！

皮丹：庆贺是一定要庆贺的，但不是现在，林董还没走呢！

陆建设：对，对，送走林董再庆贺……

14　京州四季酒店总统套房　日　内

傅长明吃惊地看着黄清源：……你说什么？把你的股份半价转让给我？你把我傅某当什么人了？无赖？骗子？黄总，人不能这样不要脸啊！这些股权已经被法院冻结了，该说的我全和法院说清楚了，这些股权应该由法院公开拍卖，拿拍卖款还上你的欠债本息，我下面的人替你算了一下，差不多可以两清，你黄清源还是有机会重新做人的！

黄清源哭丧着脸：但……但是我……我又成了穷光蛋啊！

傅长明严厉地：杏园三结义时，咱们三人都是穷光蛋！

黄清源：傅总，您……您能再给我一次重新做人的机会吗？

傅长明：不给你机会我就不见你了！听着，在京州你是待不下去了，你连自己同学和亲戚朋友都骗，诚信已经归零，去吕州卖万能险去吧，做吕州分公司副总经理，保底年薪十万，奖金上不封顶，你干不干啊？

黄清源一脸惊喜：干，干，我干！傅总，您是我救命恩人啊！

15 程端阳家简易房 日 内

齐本安和林满江起身告辞。

林满江：好了，师傅，谢谢您的款待！

程端阳：不是款待你，是为红杏，唉，这苦命的孩子！

齐本安：大师兄，今天真是怪了，眼前晃来晃去全是旧事！我又想起当年红杏的一件事，那可是红杏为你这个大师兄干的！

林满江：哦，红杏为我干过什么事？

齐本安：在电厂，红杏做你办公室主任，童格华被报复你的一个歹徒砍伤了。红杏为你发起募捐，好家伙，募了六万多块钱啊，厂职代会也专门通过决议补助你两万元。你面对这八万巨款坚决不要，红杏和我说，咱们大师兄简直是圣人啊！

林满江笑着摇了摇头，自嘲：我们这个家族尽出这种圣人！

16　皮丹办公室　日　内

陆建设对皮丹说：……咱们立了这么大的功，为京州中福多赚了三十个亿啊，得发奖金！皮董，你说是吧？就得奖得让大家都眼红！

皮丹：对，对！这个……咱们俩一人奖励一百万吧！

陆建设不满意：才一百万？少了点吧？起码一人也得二百万呀！

皮丹：还是要注意影响！毕竟两万工人工资还欠着，咱们这么重奖自己，是有消极影响的！虽说咱该拿，但不宜多拿，就一百万吧！

陆建设：京丰、京盛矿高价转让出去了，钱来了，工人工资也能发了！

皮丹：工人工资还是不能发呀，长明集团这四十五亿要分十年付清，每年只能支付四亿五千万，工人现在欠薪就六个亿，你说说……

陆建设：妈呀，傅长明真滑头，十年后票子还不知毛成啥样呢！

皮丹：知道傅长明的手段了吧？所以我和他谈了一天一夜啊！

陆建设：行，行，皮董，我不说了，那咱们就奖励一百万吧！

皮丹：哎，这就对了嘛，就是要先天下之忧而忧嘛……

17　京州四季酒店总统套房　日　内

钱荣成人模狗样地和傅长明握手：傅总，你是我们的大救星啊！

傅长明皮笑肉不笑：大救星也救不了你啊，钱总，你身子太沉了！拉你进天堂拉不动，一不小心呢，还怕被你坠进地狱，你猛人啊!

钱荣成脸色变了:傅……傅总,你……你是不是对我有啥误会?

傅长明:误会?误会什么?没误会!咱们俩是杏园三结义的兄弟啊,不愿同年同月同日生,但愿同年同月同日死!你这马上要死的人了,要拉着我和黄清源一起死,不是题中应有之义吗?合情合理嘛!

钱荣成吓呆了:傅……傅总……我……我……

傅长明根本不看钱荣成,呷着茶漱口,漱口水直接喷吐到昂贵的波斯地毯上,肆无忌惮,俨然生杀予夺的帝王:不过呀,我刚刚征求了黄清源的意见,他现在还不愿意死,还想活下去,你看这事闹的?

钱荣成浑身哆嗦,哆嗦了半天,突然扑通跪下了:哥,大哥!

18 范家慧办公室 日 内

石红杏遗留下来的四纸箱笔记本已经码在办公室一角。

范家慧对牛石艳说:艳,你抓紧时间把这些笔记本好好看看,发现了啥,及时通气,咱们现在和齐本安、牛俊杰战略合作了!

牛石艳:我明白,范社长,我不会让我妈白死的,你等着瞧!

范家慧:要克制情绪,这可是一场严峻的斗争啊,不要被自己的情绪左右了,你看看,林满江突然又飞过来了,他想干什么?!

牛石艳:还能干什么?捂盖子,堵漏洞呗,这人是个阴谋家!

范家慧:没错!你妈留下的笔记本就是他们的漏洞之一!他们要的不是最近六年的笔记吗?你先重点看看这六年你妈都记了些啥!

牛石艳找出一摞笔记本放到桌上:就是,我爸也是这么交代的!

19 京州四季酒店总统套房 日 内

傅长明任钱荣成跪着，自顾自地说：……得知你把儿子押给鑫鑫做人质，钱荣成，你知道我是怎么想的吗？我想把你碎尸万段！老天造人不造鬼，世上怎么还有你这种人渣？你还敢说你信佛？

钱荣成泪水长流：傅总啊，我当时实在是没办法了，我被逼得走投无路了，我创办荣成集团不容易，企业想活下去，我……我无权无势，除了四处忽悠，就是把能押的都押上！我是狗急跳墙啊我……

傅长明讥讽：对，对，你不说我还忘了：你把你八十多的老娘也押上了，让你老娘一天跑几个法庭当被告！还有，京州所有法院都让你坑了，硬是当场累倒人家一名法官，你在京州都成一大传奇了！

钱荣成：傅总，其实，你知道的，京州许多国企的负债比我们荣成集团高，像京州能源，负债就比我高多了，但他们是国企，就有办法活，我真是啥办法也没有了！找了政府，吴市长亲自出马都没用！

傅长明：有困难要找市场，不能找市长，你不知道吗？这么多年了，怎么连这点起码的认识都没有？你把政府当啥了？当保姆啊？

钱荣成：知道，我都知道！可是市场上实业的日子不好过啊……

傅长明：不好过就破产嘛，都到我们长明保险来卖保险好了！

钱荣成：傅总，我们都……都替你去卖保险了，实业谁来做？

傅长明：钱荣成，你还实业呢，这些年，你不野心勃勃地做实业也死不了！当年黄清源还知道留后手，用卖矿的钱买了我一点长明保险股权，现在怎么样？把他救了！你呢？和你的实业一起死翘翘了！

钱荣成：不，不，傅总，还没到那一步，我……我还能活……

傅长明：你活个屁，僵尸企业，也就是苟延残喘罢了！

20　牛俊杰办公室门口　日　内

牛俊杰看着拥在门口的一堆人，怔住了。

甲：牛总，哎呀，我真不知道今天是石红杏同志的遗体告别！

乙：就是，牛总，你要说一声，我们也过去和石总告个别啊！

丙：唉，石总，那是多好的一个人啊，对谁都客客气气……

牛俊杰冲着众人抱拳：谢谢，谢谢各位，心领了，心领了！

说罢，牛俊杰木然进了自己办公室，关上门。

门口众人相互看了看，推开门，相继进了牛俊杰办公室。

牛俊杰：哎，哎，各位，请回吧，遗体告别仪式搞完了！

甲苦笑：不好意思，牛总，你……你们的欠债还没还上啊！

乙：就是，我们也不想在这时候来讨债，但是，行长催啊……

21　范家慧办公室　日　内

范家慧收拾着一份份材料，往公文包里装着，对牛石艳说：……艳，你现在是副总编，咱们领导之间先通报个内部情况！

牛石艳翻着石红杏的旧笔记本，心不在焉地：什么内部情况？

范家慧不无欣慰地：艳啊，我们的苦日子快熬到头了，我和京州市纪委主管宣传教育的王副书记正式谈过了，王副书记也说了，易学习书记对我们的投奔过去持欢迎态度，下一步和他们内刊《清风季》合并，重新进入京州党报集团，但单位性质不变，还是自收自支！

牛石艳：自收自支，吃不上皇粮，那有啥意思？还多了个爹！

范家慧：不懂了吧？多了个爹，不就多了个家吗？京州纪委监察系统不得订咱们的报纸啊？咱们帮他们搞宣教不收费啊？和下面的基层单位合作版面也容易了吧？我想定了，咱们就投奔京州纪委吧！

牛石艳：这倒也是！哎，咱们进集团后还叫《京州时报》吗？

范家慧：初步议了一下，叫《清风时报》，面向全国发行！

牛石艳：那好，那咱就把京州中福的腐败大案当开山炮吧！

范家慧：哎，哎，先别说什么腐败大案啊，查，查清楚再说！另外，山猪肉、晕头大曲都不要再卖了，主业、副业以后得分分清！

牛石艳：哎，范社长，咱存货还不少呢，晕头大曲堆积如山！

范家慧：没这么夸张，赶紧处理，这事就交给你了！

22　京州四季酒店总统套房　日　内

傅长明在钱荣成面前踱步：……好，好，能活就好！好死不如赖活着嘛！但是，钱总，你可别影响别人活啊！你要影响了别人，那人家就不会饶了你，也不会让你活，这个道理我想你应该明白，是吧？！

钱荣成笔直地跪着：傅总，您是我结义大哥，您没让我求您，就主动拿出八千万救了我儿子，您对我钱荣成恩重如山，我谢谢您了！

傅长明：你别谢我，去谢佛吧！你我都是心中有佛的人，我佛慈悲，你面临如此困境，我能不伸手拉你一把吗？我一直和你说，我得感恩啊！一个不知道感恩、只有怨恨的人能做大做强吗？不能的嘛！

钱荣成：就是，就是，傅总，所以，我说您是我们的大救星……

傅长明：我是你的大救星吗？那你怎么想把大救星送进大牢啊？

钱荣成凄绝地：哥，大哥，这……这是误会，绝对是误会啊……

傅长明冷冷地：我没误会，这个世界的妖魔鬼怪我见得多了！

23 牛俊杰办公室 日 内

牛俊杰被众债主围在屋子中间：……什么？京州能源有钱了？这么大的幸福，哎，它是啥时来临的啊？我这个总经理怎么不知道啊？

甲：牛总，您别和我们逗了，你们京丰、京盛矿四十五亿转让了……

乙：就是，咱们皮董就是有办法，到底让傅长明认下了这笔账！

丙：牛总，您可能是因为办丧事，没来得及过问，要不，您现在打个电话给皮丹董事长，问问情况？四十五亿啊，喜讯传遍了京州！

牛俊杰苦笑：所以，你们就不管不顾，全跑我这儿来逼债了？我这可是刚从殡仪馆回来啊，刚刚把老婆送走！你们比黄世仁狠呀……

乙：这……这话说的，不好意思，牛总，真是不好意思……

丙：牛总，您……您节哀顺变，节哀顺变……

甲：牛总，我们也不想当黄世仁，可我们行长是南霸天啊……

牛俊杰：好，好，你们等着，我这就给皮蛋打电话，真要是这四十五亿到了账，我立即还你们的钱，一个都不欠，欠债我也难受！

甲：就是，就是，无债一身轻嘛！

这时，牛俊杰已经拨起了办公桌上的电话。

电话里传出忙音。

24　范家慧办公室　日　内

范家慧挎起公文包，准备出门：……艳，我还得到纪委谈事，你今天在家值班，就在我办公室守着，我不回来哪也别去啊！

牛石艳：行，行，范社长，你手机开着，别有事我找不到你！

范家慧：艳，你现在是副总了，该处理的事你处理好了，也别等我！你这样，先给大家开个动员会，处理山猪肉和那些晕头大曲！

说罢，范家慧匆匆忙忙出了门。

这时，牛石艳手机响。

来电显示：李顺东

牛石艳：怎么是你？

李顺东的声音：是我，艳，我对咱妈的去世表示深切哀悼啊……

牛石艳立即挂断手机。

25　京州四季酒店总统套房　日　内

傅长明对钱荣成说：你起来吧！跪在这儿像什么样子？

钱荣成满面泪水：大哥，您不原谅我，我不敢起来！大哥您对我恩重如山，我怎么敢害大哥呢？我就是想活，想为企业留一口气！大哥，现在胡子霖帮我联系好了，您只要在汉东银行开个账号，做点小业务，汉东银行就会扶持我，就给我滚动发放流动资金贷款……

傅长明：钱荣成，你怎么还做这个大梦啊？这是不可能的！

钱荣成：怎么不可能啊？大哥，您能掏出四十五个亿收购京丰京盛，为什么就不能花点钱收购我们荣成集团呢？我们还有铁路线，还有其他优良债权啊，您只要援之以手，我们就活过来了……

傅长明冷漠地：去死，别活了！破产清算，这是你唯一的出路！

钱荣成叫了起来：不，不，我挣扎到今天，就是为了不破产……

傅长明：破产没坏处，从头再来嘛，可以到我这儿卖保险嘛！你看黄清源，多识相？老实到吕州卖保险去了！你呢，我也想好了，在京州你待不住了，你也信誉破产了，没人信你了，到岩台去吧，做长明保险岩台分公司副总经理，保底年薪十万，好好想想，干不干？

钱荣成从地上爬了起来：我不干，傅总，谢谢您的大慈大悲！

26 牛俊杰办公室 日 内

牛俊杰放下电话，对众债主说：皮蛋董事长说了，这四十五个亿要分十年支付，我们工人欠薪差不多就是六个亿，你们让我怎么办？

众债主全呆住了。

牛俊杰：所以，咱们彼此之间还是要多一些理解！

甲：总是有钱了嘛，大家多少总能分一点了吧？

乙：就是，起码可以做一个还款计划了吧？

牛俊杰：这可以，下一步咱们就坐下来细谈，长明集团既然有四十五亿摆在那里，你们就可以放心了，起码不必这么整天逼债了，是吧？好了，大家请回吧，也让我静静心，我这刚从殡仪馆回来！

众债主相互看了看，一一退出了牛俊杰办公室。

众人走后，牛俊杰拨通电话，大骂皮丹：皮丹，你个王八蛋！京丰、京盛矿这买卖是怎么谈的？十年付清，每年只相当于支付了市场利息，还不如十五亿、二十亿一次付清呢！当年傅长明把矿卖给我们，那可是一把拿走了四十七个亿啊！如果四十七个亿也分十年付清，我现在日子好过得很，既不会欠工人的工资，也不会有二十多亿的烂账！

27　京州四季酒店总统套房　日　内

钱荣成走到门口，被傅长明叫住了：钱荣成，你等一下！

钱荣成木然站下了：大哥，还有什么事？

傅长明走到钱荣成身边：我佩服你的顽强，所以，我还要和你说几句话！第一，永远记住：不要失信，一个人最宝贵的财富就是信誉！

钱荣成：我明白，但现在已经晚了，太晚了……

傅长明：第二，别把翻本的希望寄托在任何一位朋友身上，朋友不是你的赌注，更不是替你挨刀、上屠场的猪！

钱荣成：是的，这，我今天终于弄明白了……

傅长明：还有一条，当你威胁别人的时候，一定要想到后果！比如说，你要去中央纪委做客了，就得考虑进去后怎么出来。出来后会碰到什么？会不会碰上车祸？我真不知道你怎么对十个亿的交易费用那么感兴趣？现在这笔交易又翻盘了，我四十五亿又把它收回来了，要是哪天煤炭价格上去了，京丰、京盛矿价值上升到八十亿、一百亿，你钱荣成该不会认为我又给皮丹、陆建设或者什么人行了贿吧？

钱荣成：傅总，您……您别说了，我错了，我对不起您……

傅长明这才挥了挥手：走吧，荣成，好自为之吧！

钱荣成走后，傅长明阴着脸交代：继续密切监视这条饿狼！

秘书：是，傅总！

28　齐本安新办公室　日　内

办公室已经焕然一新，还多了两张办公桌和一套新沙发。

齐本安往新沙发上一坐：不错，有点办公的样子了。

任三喜递过一杯热茶：齐记，你喝杯浓茶解解酒！

高小朋：齐书记，这大中午的，在哪喝的？违纪了吧？

齐本安：今天不违纪，是陪去世的石总喝的，就这一次了！

任三喜：就是，齐书记是领导，干啥都不违纪，对吧？

齐本安：对个屁！三喜子，你就是个马屁精！这茶叶不错！

任三喜：那是，一百八一斤，专给你买的，我们喝白开水！

齐本安：你们也没必要这么节约，我这儿虽然穷，茶还喝得起！

任三喜：那是，那是！（说着，将一把发票递给齐本安）齐书记，办公桌、沙发、椅子、茶叶加上文具一共是七千七百六十五块！

齐本安把发票放到抽屉里：好，该置办的家当都置办了，咱们这个办公室得正式办公了，高小朋，赶快麻利地，把钉子户名册拿出来！

高小朋：齐书记，你是不是醒醒酒再说？

齐本安脸一拉：醒啥酒？我没喝多少，办公，先学习拆迁文件！

这时，齐本安手机响。

齐本安接手机：哦，牛总！

29 牛俊杰办公室 日 内

牛俊杰和齐本安通话：……齐书记，咱又让人家坑了！你知道四十五亿是怎么回事吗？得十年才能付清，京州能源的麻烦还是麻烦！你不是和林满江一起在程端阳那儿吃饭吗？问问林满江，是怎么个事？

齐本安的声音：我问啥？饭吃完了，林满江走了！你问皮丹去！

牛俊杰：我问皮丹了，皮丹说，傅长明这是做了很大的让步！这下子倒好，债主又挤破门了，他们还不如不签这四十五亿的合同呢！

齐本安的声音：签了总是好事，下一步再逼他们早点付款呗！

牛俊杰：这倒也是，反正现在京州中福当家人是他们了……

30 天使商务公司门前 夜 外

一辆轿车在门前驶过。

车内，钱荣成突然命令开车的毛六：停下！

毛六：这么晚了，去天使？

钱荣成点了点头。

毛六将车倒回头，在天使门前停下。

钱荣成却又变卦了：回去，半夜三更的，还是明天再说吧！

（第五十四集完）

第五十五集

1　齐本安新办公室　日　内

齐本安夹着公文包，打开挂锁，走进办公室。

高小朋嘴里咬着煎饼油条，跟着进来了。

齐本安看了看手表：任三喜呢？

高小朋咽下一口煎饼：还在早点摊上喝粥呢！

齐本安：这小子，恐怕没有上班的概念了吧？

高小朋：是，是，闲散惯了！

靠窗子的新沙发上有个明显的大脚印，窗子半开着。

齐本安发现了：哎，高小朋，昨夜你和三喜没爬窗户进来吧？

高小朋：我们又不是贼，爬窗户干啥？再说这屋有啥可偷的？！

齐本安：那就有问题了！快，小朋，关门关窗，窗帘拉上！

二人关门关窗，拉起了门窗、窗帘，办公室变得一片漆黑。

黑暗中，高小朋问：齐书记，你这是要干啥啊？查贼？

齐本安：估计有人搞咱们的鬼，你马上就知道了！

高小朋拉开电灯。

齐本安：哎，关灯关灯！

2 天使商务公司 日 内

一片欢笑声。

李顺东、秦小冲、田副总等人在开会。

秦小冲：……黄清源项目到底成功了，京州最著名的一个老赖败在了我们手下！我们李总那叫一个神勇，把债权全部收复了，奇迹啊！

李顺东：这是法制的胜利，事实证明，还是法院执行局厉害！

秦小冲：但听说吕州执行局的两个法官出事了！

李顺东：哦，这我也听说了，我正要问呢，两个执行法官怎么突然出事了？在座各位是不是有谁参加对这两个法官的举报了？嗯？

秦小冲快乐地：李总，你就别追问了，要我说，这两个家伙活该进去，反腐倡廉如此高压，他们还没数，还敢变相索贿，极其恶劣啊！

李顺东苦起了脸：秦副，咱们不能这么做人做事啊，知道不？人家毕竟收钱办了事，给我们帮了大忙……

秦小冲：哎，李总，你以为是我举报的呀？不是！这二位法官吃完原告吃被告，吃完被告吃执行，还不知得罪了多少人呢……

这时，一个马仔进来：李总，钱荣成突然来了！

李顺东眼睛一亮：我的天哪，这真是好事连台啊，秦副，走！

秦小冲起身，随李顺东出门。

3 牛俊杰办公室门口 日 内

一上班，又有几个债权人聚到了牛俊杰办公室门口。

办公室主任解释：牛总不在办公室，今天还没来上班呢……

4　牛俊杰办公室　日　内

牛俊杰把公文包往窗外一扔，爬窗子跳了出去。

5　齐本安新办公室　日　内

齐本安在黑暗中打开手机摄像，细心地扫描整个房间。

高小朋：齐书记，这黑乎乎的，你能拍到啥玩意啊？

齐本安：我啥也不拍，我找坏人安的针孔探头，有人盯上咱了！

这时，手机屏幕上出现一个闪烁的红点。

齐本安在红点处找到了一枚针孔探头。

高小朋惊呼：齐书记，你真神了，干过公安吧？

齐本安继续寻找：不是被人暗算过嘛，就学了一手！

第二第三个亮点相继出现，一个个探头被找到。

高小朋：齐书记，谁对咱们这么关心？反对拆迁的主？

齐本安：估计和拆迁无关，是想整我的坏人干的！

高小朋：怪不得米粒让我们来保护你呢！

齐本安：这事你知道就行了，不许说啊！对任三喜也别说！

高小朋：知道，知道！

齐本安：好了，把门帘、窗帘都拉开吧！

6　天使商务公司　日　内

李顺东和钱荣成亲切握手：哎呀，钱总，终于又见上面了！

钱荣成像是换了一个人，又恢复了自信：我这是上门自首了！

李顺东：瞧您这话说的，自首啥？我们这儿又不是执法机关！

秦小冲：就是，我们现在坚决不做二法院了，这阵子一直在学习整顿，我们真的就是法律的一个必要补充，信不信由你！

钱荣成：信，信！你们补充得不错，不是把黄清源给执行了吗？

秦小冲：哎呀，钱总啊，那是吕州法院根据我们债权人的强烈要求，在有了线索的情况下依法执行的，怎么？吓着你了？不会吧？

钱荣成：还真吓着我了，所以，我就来找你们谈判了！

李顺东夸张地：哎呀，哎呀，秦副，我怎么说的？一定要知法守法，维护法律判决的严肃性，维护社会诚信的底线！你看，钱总是明白人吧？虽然一时糊涂，今天还是明白过来了吧？欠债是不会赖的！

秦小冲一脸嘲讽：那是，那是，在咱京州也就数钱总最讲诚信！

钱荣成一声叹息：我的诚信是在这里丢掉的，你们把防火防盗防荣成的口号喊开了，所以，今天我还想从这里试着把诚信找回来……

秦小冲也夸张起来：哎呀，哎呀，钱总，你可真吓着我了！

7　齐本安新办公室　日　内

齐本安和两个手下高小朋、任三喜研究工作。

任三喜：要说钉子户，最牛钉子户也许得数我爹了！

高小朋：他家老爷子说了，他生在这儿，长在这儿，还要死在这儿！

齐本安讥讽：瞧瞧，多倔强的一个老头！"九二八"时他没受伤吧？

任三喜：没，没，我们家房子五年前翻修过，还扩出了两间，给我小弟弟做了新房，所以拆迁就很不合算，齐书记，你饶了他吧！

齐本安：废话，什么我饶了他？我和你爹是中学同学，我这是帮他！三喜子，这个钉子户你负责，把老头说服了，我奖励你五百元……

任三喜苦起脸：齐书记，你奖励五千，我也说服不了他，老头不讲理！我上次拿了他家一瓶花生油，他非赖我长期偷他的油，找到街道上，让我赔了他一百块钱，从此后，我和他就断绝了父子关系……

齐本安：好啊，那你就更能公事公办了嘛，就说我派你去的！

任三喜：老头拳脚不错，别看五十多了，一人能揍我俩……

齐本安：我让你去打架了吗？是说服动员，做工作，懂吗？！

任三喜：不懂，齐书记，你别难为我，让我去别的户做工作吧！

齐本安指着任三喜斥责：抓典型懂不懂？我不把你爹这头号典型拿下来，怎么说服其他钉子户？走，去你家，看我怎么做工作的！你说我怎么想起用你们这两个笨熊，一个熊大，一个熊二……

高小朋：哎，齐书记，你别捎上我呀！你原说是招聘保镖！

任三喜：就是，我跆拳道黑带，米粒才推荐的我！

齐本安：走，走，路上说吧！

任三喜：齐书记，那还是等我先和我爹打个招呼，咱们再去吧！

齐本安：那也好！那就上二号钉子户家，那是个谁呀？

高小四看了看名册：哦，是老寡妇！

齐本安：那就老寡妇吧，走，你们前面带路！

任三喜：齐书记，寡妇门前是非多啊！

齐本安出门：所以我带着你们嘛，有是非是你们的！

高小朋：齐书记，你现在成光头强了吧？蛮不讲理……

8　范家慧办公室　日　内

牛俊杰走进门，对牛石艳说：还是你们报社安静啊！

牛石艳：怎么，爸，你们那里又动乱了？

牛俊杰苦笑着摇头：唉，一上班债主就上门了，真不是人过的日子！（看见办公桌上放着一堆笔记本，又问）艳，发现什么了吗？

牛石艳：刚开始看，没发现啥，都是枯燥的大话套话！也不知我妈是怎么想的，记这些干啥？就因为是林满江说的，就得记了？！

牛俊杰：别抱怨，慢慢看，一定会有收获的！哎，范社长呢？

牛石艳：上市委宣传部汇报去了，我们又要回党报集团了……

9　天使商务公司　日　内

秦小冲一脸讥讽看着钱荣成：……钱总，你真的假的？改邪归正了？从此以后要做一个高尚的人，纯粹的人，脱离低级趣味的人了？

李顺东：这要求有点高！但是秦副，人家钱总毕竟主动来了嘛！

秦小冲：对，对，毕竟人家愿意和我们讨论债务问题了！

李顺东：对钱总来说，这是一个历史性的进步，这得肯定！

秦小冲：是，肯定，我这里充分肯定，钱总，请继续你的表演！

钱荣成苦笑摇头：秦副，我知道你们不相信我，现在呢，我也不谋求你们相信！咱们就事论事，谈债权债务，双方实事求是合作共赢！

秦小冲：这就对了嘛，钱总啊，你要早有这个态度，事情哪会闹到今天这个地步呢？我们最近也在总结经验教训：比如说，防火防盗防荣成的口号，是我司首创提出的，虽说没大错，但是不太有策略！

　　钱荣成：就是嘛，你们实在太麻木了！弄丢了一辆劳斯莱斯，你们还不警觉，你别怪我没提醒过你，李总，我提醒过的，是吧……

　　李顺东：对，对，你提醒过，给我打过电话，你还在电话里给我背诗哩——黑夜给了我黑色的眼睛，我却要用它寻找光明……

　　钱荣成：可你怎么回答我的？李总，你破口大骂，有失斯文啊！

　　秦小冲：哎，哎，钱总，你这表演的戏路子好像不对吧？找碴？

　　钱荣成：不，不，回忆往事，总结错误教训，不管是谁的错误！

　　李顺东：是，应该总结，应该总结！错误和挫折教训了我们，使我们比较聪明起来了，比较的成熟起来了嘛，是吧……

10　危房过道　日　内

　　齐本安、任三喜、高小朋走进阴暗的过道。

　　过道墙壁四处贴满小广告和广告印章，已完全看不到墙壁了。

　　齐本安看着小广告，不无惊异：我的天哪，这也没人管？

　　任三喜：谁管啊，每栋房子都这样，也算方便咱人民群众吧！

　　高小朋：就是，齐书记，你看仔细了，这里只有你想不到的，没有办不到的！瞧，这一版，专办各种证件，从哈佛大学毕业证，到身份证、军官证；这一块，美女代孕，上门服务；打野炮，找小三，这边请！想抓小三，请看这里：各类私家侦探，不捉奸在床分文不取……

齐本安气愤地：这城管都干啥吃的？看看，没城管真不行啊！

任三喜：我们这棚户区城管不敢来，来了就回不去了！

齐本安：那个老寡妇就住这儿？

高小朋：哎，哎，齐书记，小声点，别"老寡妇"了，人家是男的！

齐本安：男的？那怎么叫……

这时，对面门开了，一个女声女气的老男人：找谁呀，你们？

任三喜：哦，祁大爷，我们齐书记找您呢！

齐本安强作笑脸走上前：老同志，你好啊？

老男人脸一拉：不好！（"砰"的一声关上门。）

齐本安怔住了。

任三喜凑过脑袋：齐书记，看来您老又得破点财了！

齐本安会意：三喜，去，到门口小店买桶油吧！

11　天使商务公司　日　内

秦小冲一副恳切的样子，对钱荣成说：……钱总，这阵子，李总也在带着我们检讨总结：在对荣成集团账务催讨上都有哪些经验教训？事情是怎么开始，又经过怎样的发展，最终走到这死局上的呢？提出了十个问题让我们思考，我们正在李总的启发下整顿提高！

钱荣成：好，秦副，我也在总结啊，想了都不止十个问题！

李顺东：钱总，实话实说，几个月前，你太牛了，也太自以为是了，根本瞧不起我们天使公司啊，我们天使呢，又出手太猛……

钱荣成：你们不是一般的猛啊，让京州市民一举认识了豪车劳斯莱斯，替劳斯莱斯做了个空前大广告，让京州各个银行都知道我欠了你们的债，尤其是城市银行，行长胡子霖第二天就断了我的贷！

李顺东：是，是，紧接着我们秦副又提出了防火防盗防荣成，把你逼到了绝路上。你走上了绝路，我们也没活路了，很不应该啊！

秦小冲：我们犯了一个大错误呀，不该去搞豪车游行活动，应该帮你去搞资金！李总说了，下一步，我们准备陪你讲好杏园三结义的动人故事，千方百计帮你开源节流，扩大资金来源，缓解债务危机！

李顺东：对，对，这也是我想说的：以往我们的讨债方法太耿直了，现在决定调整战略，执行和平的讨债政策，就从荣成集团开始！

钱荣成一声叹息：晚了，杏园三结义的故事讲不下去了！傅长明这为富不仁的王八蛋，都威胁要宰我了，我和他的故事完蛋了……

秦小冲和李顺东相互看看，愣住了。

12　危房楼道　日　内

任三喜敲着老寡妇的屋门：祁大爷，组织上来给你送温暖了！

门开了，老寡妇再次伸出头，一眼看到了高小朋手上的油桶，脸上现出了笑意：哟，多少年没人送温暖了，难为组织上还想着我！

齐本安一行这才得以走进门。

老寡妇探问：齐书记，你是街道新调来的书记吧？

齐本安并不解释：嗯，老同志，"九二八"家里损失怎么样啊？

老寡妇：嘿，还好，摔坏了两个暖壶，两个碗，三个盘子！

齐本安：家里有人受伤吗？

老寡妇：没有！我这屋自己翻修过，花了三万多呢，在这一片是最好的房子了！所以说，我坚决反对拆迁，齐书记，你千万别和我谈拆迁，我们上个月刚投过票，反对拆迁！你政府不能为了政绩就不管我们老百姓利益！这房子是我买下的房改房，你钱再多我不卖！

齐本安：是，你不卖，目前也没人来买，你就放心好了！

老寡妇：就是，这里多方便，市中心，要啥没有？

齐本安：对，我看到了，你这过道的广告栏里啥都有……

老寡妇：就是，还有替人报仇的，打断一条腿才五千块，便宜！

齐本安眼皮一翻：哎，哎，老同志，你这不是吓唬我吧？啊？

老寡妇：不，不是，齐书记，你给我送温暖，我吓唬你干啥？我也想温暖温暖你，让你接点地气，多了解这里的情况，别像李达康似的，尽想着搞政绩工程，将来被人唬了，在这里弄个折沙沉戟！

任三喜讥讽：哟，哟，祁大爷，你学问见长啊，都知道折沙沉戟了！是折戟沉沙！意思知道不？就是你的老戟吧，断了，沉到沙里了！

老寡妇：你的小鸡巴才断了呢！折戟沉沙，我能不知道？林彪当年就是折戟沉沙，摔死在温都尔汗！我现在上网，地球村里的事知道得不比你少！你三喜子少给我能蛋……

高小朋咂嘴：听听，听听，地球村，地球啥时变成村，连我这种消息灵通人士都不知道！祁老头，请教一下，地球村村长是哪位啊？

老寡妇：连这都不知道啊？联合国秘书长嘛，是吧，齐书记？

齐本安笑：哎，这……这我可真不知道，老祁啊，你学问大！

老寡妇：学问学问，就是要学会问！齐书记，你不知道，就得问我呀！齐书记，我告诉你呀：地球村的村长是联合国秘书长，咱中国呢，是联合国的常任理事国，这个，就相当于地球村的一个村委！

13 天使商务公司 日 内

钱荣成对李顺东和秦小冲说：……我现在谁也不想骗，就想老老实实还债！我有债务，也有债权，可以把一些优良债权置换给你们！

李顺东不无疑惑：钱总，你那些债权收得回来吗？别骗我们啊！

秦小冲：就是，要是能收回来，你早先为啥不收呢？

钱荣成：因为我不想收，收回来也被各债权银行拿走了。现在我想开了，城市银行，还有其他银行的债都可以欠，唯有个人的高利贷不能欠，越欠包袱越沉重！再说又是私人的钱，谁都不会和你拉倒！

李顺东热烈地：就是，就是，这话我过去和你说过的吧？你听不进去嘛！现在到底想明白了，钱总，你进步了！那就具体说说吧！

钱荣成：汉东省有三家房产公司和两家建筑公司欠了我三亿多钢材款，这是能够收回来的，我全都转让给你们，但是你们这边的受托债权要重新确认，超过国家法定标准的高利贷部分，我不能认账！

秦小冲：也就是说，债务年息不超过百分之二十四？是这个意思吧？

钱荣成：没错，这是第一条。第二条，我希望通过你们给我留下一些养家糊口的费用，多了不要，五六百万吧，打到我指定的账号！

李顺东沉吟着：钱总，我得承认，你看样子是认真的，那我们也认真考虑一下吧！高利贷那一块我们没接受过委托，不合法的委托我们不会接受的，但这里面的计算可能会有争议，咱们都再算算吧！

钱荣成：对，对，咱们都再算一算，我还会来找你们的……

秦小冲：哎，我们找你行，你给我们留个联络地址吧！

钱荣成迟疑着：这个……这个，算了，还是我……我找你们吧！

李顺东：也好，也好，秦副，你也别担心，人家钱总今天毕竟是主动过来商量还债的嘛，老话咋说的？浪子回头金不换，是吧，钱总？

钱荣成苦笑：那是，那是，没诚意，我就不过来了！真的！

李顺东连连点头：我相信你的诚意，相信……

14　老寡妇家　日　内

齐本安试探问：老祁，如果棚户区赞成拆迁的居民总数超过政府文件规定的百分之九十五，那你怎么办？继续反对？反对也没用啊，无效啊！

老寡妇眼皮一翻：我才不管它有效无效呢，我的房子我不拆，怎么的了？它铲车敢往我屋里开？李达康现在吹牛 ×，我等他吹炸！

齐本安：老祁啊，你不能光想着自己，也得考虑大家的利益！

老寡妇：大家的利益你们组织上去考虑，关我屁事！

齐本安：哎，哎，看你这话说的，组织上考虑到了大家的困难，这才千方百计搞棚户区改造，国家还拿出了专项资金补贴你们呢！

老寡妇：是吗？那把补贴发给我们就是了，别让贪官贪走了！听说有个叫王平安的家伙，一把贪走了好几亿，齐书记，有这事吧？

齐本安：哦，这王平安畏罪自杀了，贪走的钱全都追回来了！

老寡妇：那太好了，赶快把钱分了吧，分了钱让大家自己修房，比啥都好！齐书记，你把我这意见带给市委李达康，就说我说的！

任三喜：哎呀，你脸真大，还你说的，你以为你是谁？

高小朋：就是，祁老头，你对着镜子照照，看看自己算老几！

老寡妇火了：我算老几？我算人民！

任三喜：也不怕风大闪了舌头，你还人民呢，人民没你这样的！

齐本安：哎，哎，不要吵，老祁啊，人民是个复数，复数是啥意思呢？就是指一个很大的集体，你一个人不能代表人民，知道不？

老寡妇：所以，我们一个个的都让你们给代表了！

齐本安：哎，让我们代表，总比让那些贪官污吏代表好吧？

老寡妇：是，是，那倒也是，起码你们给我送了桶油……

15　天使商务公司门前　日　外

钱荣成上车离去。

李顺东看着离去的轿车，问秦小冲：钱荣成立地成佛了？可疑！

秦小冲：没错，李总，我们得好好想想，看这里面有啥猫腻？

这时，田副总从门内出来，一脸惊慌：坏了，坏了，出事了！

李顺东：出什么事了？

田副总：吕州法院来电话了，要……要你们俩去一趟！

秦小冲：吕州法院？找我们干啥？哎，谁告我们了？

田副总：是吕州法院纪检组，说是让你们俩去协助调查！

秦小冲：协助调查？

李顺东：×！估计是调查法院执行局那两位法官吧？！

秦小冲一怔：李总，你看，我说别送卡吧？这下引火烧身了！

16 皮丹办公室 日 内

皮丹愁眉苦脸对陆建设说：……看看，牛俊杰又闹上来了吧？树欲静而风不止啊！牛魔王就是牛魔王，我到底还是没能摆脱他！我现在不是京州能源的董事长了，我是京州中福的董事长，他还找我吵！

陆建设：他不找你找谁？总不能找我这个党委书记吧？总不能找齐本安吧？齐本安访贫问苦去了。石红杏更找不上，驾鹤西去了！

皮丹：是啊，是啊，你说这叫什么事！他们留下的烂摊子啊！

陆建设：别这么说，领导批评过了，摊子烂咱俩也有点小责任！

皮丹：哎，老陆，你说是不是有人故意捣乱啊，我们这边和傅长明一达成协议，外界马上知道了，京州各界债主就全上门来祝贺了？

陆建设：现在债权人厉害，为了讨债，四处安插耳目！不说这个了，皮董，咱们还是议议奖金怎么发吧！实话和你说，得知我每月只拿五百块钱生活费，我老婆都不让我上床了，在沙发一夜没睡好！

皮丹：好，好，那……那就议一议，看看这奖金能不能发。

陆建设：怎么不能发？皮董，你可别开玩笑，我都睡沙发了！

17　老寡妇家　日　内

老寡妇和任三喜、高小朋吵翻了：……你们两个小兔崽子给我滚蛋，滚出去！我就知道你们不安好心，是狗汉奸，带着鬼子进了村！

高小朋：祁老头，你是个很反动的家伙，敢骂齐书记是鬼子！

任三喜：还敢骂我们是汉奸！行，行，温暖不送了，咱们走人！

老寡妇：滚，滚，赶快滚！哎，三喜子，把你手上的油给我留下！

任三喜：祁老头，你做梦吧，我们汉奸的油，得留给鬼子炒菜！

齐本安劝阻：哎，哎，三喜子，把油给人家老祁留下来，别闹！

老寡妇来劲了，欲上前夺油桶：齐书记说了，把油留下来！

任三喜、高小朋根本不睬，一把推开老人，夺门而出。

齐本安哭笑不得，连连向老寡妇抱拳：对不起，实在对不起！

老寡妇：齐书记，你钓鱼是吧？见鱼不上钩，你就把鱼饵提走了？

齐本安：不，不是！我……我去把油给你要回来！

老寡妇把齐本安推出门：走，走吧，我不稀罕你的油……

18　皮丹办公室　日　内

皮丹一声长叹：……这……这真叫不当家不知柴米贵啊！

陆建设：是，还不养儿不知父母恩呢！行了，说事，说奖金！

皮丹：老陆，你看啊，长明集团一年给咱四亿五，工人的工资还得欠着，想还清是不可能的，咱这时候一人奖励一百万，不合适呀！

陆建设：我也知道不合适，可咱们不是拿不到年薪了吗？工人工资不发清，咱就发不上年薪，就得堤内损失堤外补，天经地义啊！

皮丹：那这样，咱就四十万吧，我保证你不会再睡沙发了！

陆建设：皮董，你可真有气魄，从一百万一下子退到四十万！

皮丹：这四十万也不能说是奖金，得说是借支，你老陆借的！

陆建设：我借支？你不借支？要借支就多点，每人借一百万！

皮丹：同志，挪用公款要犯错误的！所以，我不借支，连这四十万我都不借，我得以身作则，只让你一个人借支，你就幸福吧！

陆建设：那是，你皮董不缺钱，你有那么多房子，还有别墅！

皮丹：哎，老陆，你怎么这么说话呢？咱们可是同志加兄弟啊！

陆建设：是，是，我这不是在沙发上没休息好吗？见谁都来气！

19　棚户区路边　日　外

齐本安批评任三喜和高小朋：……你说说你们俩，啊？这叫什么事？咱这是送温暖呢，还是钓鱼啊？一桶油也就几十块钱，送回去！

任三喜：送啥送？齐书记，就是钓鱼嘛，说吧，下一户去哪钓？

1216

高小朋：就是，齐书记，咱这里就这样，该钓鱼就得钓！

齐本安突然想了起来：哦，对了，三喜子，油钱没给你，家具办公用品也让你垫了七百多吧？你把账算一算，明天我把钱带给你！

任三喜：齐书记，你别带钱给我了，我正要和你说呢，家具办公用品一共花了四千多，我让他们开了七千多的发票，替你挣了三千！

说罢，任三喜掏出三千元现金递给齐本安：留着你喝酒吧！

齐本安接过钱，勃然大怒：任三喜，你敢贪污？啊！

高小朋：叫嘛叫？齐书记，咱这里就这样！

任三喜：就是，在咱这儿过手不沾油，谁给你过手？

齐本安重申：任三喜，你这是贪污行为，性质很严重的！

任三喜火了：我要贪污就不和你说了！没见过你这样的领导！

齐本安：没见过是吧？今天让你见一回：任三喜，明天别来了！

任三喜十分意外：齐书记，你啥意思？为这点小事就把我开了？

齐本安：这事还小啊？贪污腐败，而且明目张胆，气焰嚣张！

任三喜：齐书记，是你气焰嚣张吧？小题大做，无事生非……

高小朋：哎呀，齐书记，三喜子不能开啊，他可是你的人啊！

任三喜：就是，你不用自己人，换了别人，贪了你三千你还不知道呢！行，齐书记，咱固得您那个拜吧！这桶油能算我的辛苦费吧？

齐本安仍在气头上：拿去，拿去，油你拿去！明天别过来了！

高小朋恳求：齐书记，三喜子可是跆拳道黑带，你的保镖啊！

齐本安拍了拍高小朋的肩头：有你就够了，我不要他了！

高小朋：哎哟，不行啊，齐书记，我武功不行，不如三喜子……

这时，任三喜已经提着油桶，吼着《黄土高坡》走远了——

我家住在黄土高坡，大风从坡上刮过……

齐本安对高小朋发狠：你们这里的坏风气，我非得好好给整整！

高小朋：整啥呀，齐书记，你是临时下放劳动，别太认真了！

齐本安气道：大家都不认真，这腐败就没法反了！

高小朋：齐书记，这事难啊！

齐本安：我们每个人都认真，它就不难了……

这时，《黄土高坡》的歌声继续传来——

不管是西北风，还是东南风，都是我的歌我的歌……

高小朋：齐书记，任三喜你再考虑考虑，他可真是你的人啊！

齐本安不耐烦了：别说了，别说了，我不要这样的腐败分子……

高小朋：那我也滚蛋吧！齐书记，你要是让我去置办这些办公用品，我肯定也会帮你省钱，没准省得比任三喜还多！咱这地儿就这样！

齐本安怔了一下：高小朋，难为你暴露活思想，发人深省啊！

20　京州中福楼下院内　日　外

程端阳和一个保安说着什么。

保安指着办公楼：……哦，程师傅，您往上瞅，这楼的八楼，门上有牌子：董事长办公室，哎，那就是咱皮丹董事长的办公场所！

程端阳：好，谢谢你啊！

21 皮丹办公室 日 内

皮丹无意中从窗前看到了楼下的母亲，愕然一惊。

皮丹回转身，对陆建设说：老陆，快撤，老太太来了！

陆建设往窗下看了看：哟，老太太老当益壮啊！咱往哪撤？

皮丹略一沉思：去你办公室吧，别走电梯，走楼梯！

二人匆匆忙忙出门。

22 电梯口 日 内

电梯门开了，程端阳从电梯出来，迎面碰上吴斯泰。

吴斯泰：哟，哟，程师傅，您怎么突然来了？找咱皮董？

程端阳：是，吴主任，说是皮丹在这层办公？

吴斯泰很热情：没错，没错，来，来，程师傅，我带您去！

23 陆建设办公室 日 内

陆建设和皮丹进门在沙发上坐下。

皮丹：……老陆，今天咱们关着门把话说清楚：京州中福这董事长不是我要当的，我佛系，与世无争，是你要我帮你，我才跳进了这火坑！所以，你得凭良心，别为难我，别借口睡沙发，朝我乱发脾气！

陆建设：皮董，话也不能这么说吧？你帮我，我帮谁？这是谁家的买卖？林满江林家铺子的买卖，领导最信任的不是我，是你！我到点了，说退就退了，这么大的一个好铺子，将来都是你的，是吧？

皮丹：哎，又瞎说了吧，这都是人民的财产啊，不是哪个人的！

陆建设：行，行，你还没糊涂，那还这么抠门？五十万，成吗？

皮丹一声叹息：老陆啊！你这个人！唉，成，成，我认你狠……

陆建设：那我这就给你打五十万的借条……

皮丹：好，打，你打，我批！

24 皮丹办公室门口 日 内

吴斯泰对程端阳说：……奇怪啊，今天下午我还向皮董汇报过工作呢！刚才还听到皮董和陆书记在这屋里说话，这转眼之间能去哪了？程师傅，你别急，我给你打电话问一问！（说罢，拨手机。）

手机通了。

吴斯泰：皮董吗？我，吴斯泰，皮董，您母亲咱程师傅过来了！

25 陆建设办公室 日 内

皮丹和吴斯泰通话：……老吴，你听着，别乱说话！我母亲最近失眠严重，神经上有点毛病，你把她哄走，就说我不在，刚去了北京！

电话里的声音：好，好，皮董，我知道了！

陆建设凑上来：你家老太太又怎么回事？感觉像兴师问罪啊！

皮丹：还能怎么回事？婆媳矛盾嘛，我妈又有劳模病，愁死个人！

这时，皮丹手机响。

来电显示：林满江

皮丹看了陆建设一眼，接手机：哦，林董！

26　皮丹办公室门口　日　内

程端阳疑惑地问吴斯泰：……皮丹怎么又到北京汇报了？他这么追着林满江干啥？林满江昨天在我这儿吃的饭，刚回到北京吧？

吴斯泰苦笑：领导的事，我们哪敢多问，您说是吧？

程端阳：不是，领导违法乱纪你们也得制止！

吴斯泰：程师傅，您……您真会开玩笑！

程端阳不再理睬，转身离去。

吴斯泰怔了一下，追上去：哎，程师傅，我派车送您！

程端阳头都不回：不必了，我打车！

27　陆建设办公室　日　内

皮丹叹着气对陆建设说：……还是石红杏笔记本的事！领导一到北京就打电话过来问，说明对笔记本是极其重视啊！老陆，咋办呢？

陆建设：我办过了，没办成，皮董，看来非得你亲自出马了！

皮丹：老陆啊，难道你就不能再出一次马？不能迎着困难上？

陆建设：皮董啊，我要上得去，会不上吗？得你找牛俊杰去！

皮丹连连叹气：这个牛魔王，我躲都躲不及，你还让我找他？

陆建设：你躲什么躲？你现在是他的领导，还怕他了？找他去！

皮丹没办法了，准备拨手机：好，好，我先打个电话试一试！（看了看手机上的时间）哟，到点了，该下班了！算了，以后再说吧！

28　牛俊杰家　夜　内

牛俊杰、牛石艳围在一起吃晚饭。

牛石艳说：爸，我把有问题的笔记都给你折页找出来了，你和齐本安再认真梳理研究吧，许多违规违纪的事，妈都记下来了！哎，你说她是不是故意的，你、齐本安、林满江是不是对我妈都判断错了？

牛俊杰苦笑：艳，你别说，还真有这个可能性呢！

牛石艳：你们都以为她蠢，可也许她做了件最聪明的事！

牛俊杰：没错，估计现在林满江也犯过想来了，想把你妈这些笔记本都收走……

29　齐本安家　夜　内

齐本安对范家慧大发感慨：……你说这叫什么事！一个下岗工人，只要有机会也学着腐败！七千多元的东西，他一把贪污三千元！

范家慧：腐败不用学，人人都会，关键是有没有机会！但是，你说任三喜贪污，这我不同意！人家没贪污，他把抠下来的这三千元交给你领导了，自己一分钱没贪！

齐本安：那他是想让领导贪污了？老范，你说我是这种人吗？

范家慧：你不是这种人，但是，你也没必要做出这么激烈的反应！有人研究过，说在贫穷的情况下，人的思维和行为方式都会发生极端变化。贫穷会引发认知和判断力的全面下降，更会导致人格的不完善！

齐本安：但我们也有这么个话：人穷不能志短！反腐倡廉没有可以豁免的特区，只有一个标准，就是党纪国法！大家都得认真，动真格的，不管什么人碰了底线都不行！所以，我把任三喜给开除了！

范家慧一怔：啊？让你开除了？齐本安，你真是个彻底的完蛋分子！让林满江弄到这鬼地方了，还张牙舞爪，你活腻歪了是吧？！

30　牛俊杰家　夜　内

牛俊杰对牛石艳分析：……你妈虽说崇拜林满江、虚荣心强、要面子，但真的胆子很小，她把林满江违规违纪的事记下来也正常，你说她这是聪明，我看呢，也许是一种本能的自我保护吧！

牛石艳：这倒也是，我妈有外强中干的特点！

牛俊杰：你现在出息了，是副总编了，你妈要是还在多好……

牛石艳：爸，不说了，啊？说了又伤心！

牛俊杰将杯中酒一饮而尽：是，说了伤心……

（第五十五集完）

1223

第五十六集

1 齐本安家　夜　内

范家慧拿出手机，准备给任三喜打电话：……齐本安，把任三喜的电话给我，我替你请回来！高小朋说得没错，人家任三喜跆拳道黑带，不是你随便开除的！你开除了他，自己的安全怎么办？啊？

齐本安：老范，我的事你少管！我再重申一下：反腐倡廉必须认真，必须动真格的，谁碰了底线都不行！我这是在给他们立规矩！

范家慧：你完蛋分子少废话，把任三喜的电话给我，麻利的！

齐本安痛心疾首：老范，你也是党员干部，你们的报纸马上也要归口到纪检部门了，你怎么能这么没原则呢？怎么可以这样呢……

范家慧：齐本安，你不是神仙，不可能一天之内改变这种社会状态和社会现象，反腐倡廉要一步步来，不要指望一个早上就成功！

齐本安：老范，都像你这样想，这样做，反腐倡廉还能成功吗？

范家慧：都像你这样不讲策略，反腐倡廉就更不能成功，给我电话！

齐本安无奈地掏出手机：我把电话号码发给你吧！老范，你电话打了也没用，反正任三喜让我开了，你能咋的？你说啥都不算数！

范家慧：知道，知道，虽说你现在也成鸡头了，可鸡头也是头！

齐本安：所以，老范，你别跟着林满江一起欺负我！

范家慧：好心当成驴肝肺了，我这是保护你，齐本安同志！

齐本安：我不要你保护，我觉得我这是虎落平阳被犬欺了！

范家慧：其实你也是活该，这么较真，连我都受不了你！

2 京州街上 夜 外

轿车急驰。

车内，秦小冲苦着脸对李顺东说：……这下子麻烦了吧？咱们这是犯了行贿罪呀！李总你说，咱们不会进去吧？

李顺东：不会进去吧？一人五万，数额不大，又是他们索贿！你看今天谈完话，人家吕州法院纪检没让咱们留宿，估计问题不大！但是他们的那两个法官下一步可能得进去，吕州法院反腐还挺认真呢！

秦小冲：哎呀，我有喝汤的前科啊！人家也说了，进入司法程序后，检察机关还要来找我们，李总，你比较好说，我害怕啊！

李顺东：哎，你不说你是冤案吗？说是范家慧他们帮你证实了？

秦小冲：没呢！这不是被黄清源项目胜利冲昏头脑吗，就搞忘了。

李顺东：那赶快去把这冤案弄清，我也担心将来他们追究你啊！

秦小冲：李总，你的梦中情人牛石艳现在可是升任副总编了，方便的时候，你也帮我做做工作，让她和她爹牛俊杰一起给我帮忙。

李顺东一声叹息：梦中的情人还在梦中啊，她就不接我电话！

3 牛俊杰家 夜 内

牛石艳正收拾碗筷，桌上电话响了。

牛石艳抓起电话：喂，哎，李顺东，怎么又是你？

李顺东急切的声音：艳，你别挂电话，我和你简单说几句！

4 京州街上 夜 内

轿车急驰。

车内，李顺东和牛石艳通话：艳，听说你升任副总编了？我这里热烈祝贺啊！是，是，说事！还是秦小冲的事啊，现在看来呢，秦小冲百分之九十九点九九是被那帮腐败分子给陷害了，你得帮忙啊，毕竟秦小冲是你们《京州时报》出来的，是吧？你说《京州时报》出了个敲诈犯，也有损你们的名誉吧？再说，秦小冲现在又是我们的副总经理了！咱们双方单位组织得帮他平反昭雪啊，是吧？！

牛石艳的声音：我明天再去问问公安李大眼吧，他们办的案子！

李顺东：哎，我就是这意思，让公安把案子材料找来重审！

牛石艳的声音：重审啥？人家公安不会弄错的，我这也就是通过同学关系了解一下，真想翻案，应该让秦小冲去找法院，找检察院！

李顺东：是，是，我知道，我学过法律，能不知道？下一步，该找法院我们肯定会去找，现在关键要掌握被陷害的证据嘛！对了，艳，我还是得对咱妈的去世致以深切哀悼……哎，艳……她又挂机了！

秦小冲劝道：李总，别追了，你们不是一路人，不可能的！

李顺东苦笑：我以为她妈去世了，她就会……唉，也可能她现在太伤心，情绪不好，一时间也没这谈情说爱的心情，再等等看吧！

秦小冲感慨：李总，这两个月处下来，我觉得你真不是个坏人！

李顺东：这个世上有几个坏人？大家都是凡人，有时啊，被生活所迫，就干起了坏事，甚至犯罪；有时啊，被某种欲念左右，就做了错事，比如我，为了十万出卖了爱情，现在后悔也来不及了……

秦小冲：李总，所以说，你是好人啊，绝对不是什么黑社会！

李顺东：秦副，你也是好人嘛，现在我也不相信你会敲诈犯罪！

秦小冲感慨：是啊，我们是被社会误解了的一对大好人啊……

5 齐本安家 夜 内

齐本安在网上查找林满江的资料。

网页上出现一张张林满江不同时期的工作照片。

范家慧从背后过来：对了，秦小冲的事怎么说？又忘了吧？

齐本安：哦，没忘，我问了牛俊杰，牛俊杰说，这个案子具体是京州能源的副总王子和经手的，准备抽个时间三照面说说清楚！

范家慧：那就好，秦小冲是个好记者，真要重回报业集团，还是用得着的，他可以继续做深度报道！但是前提是，他没有犯罪前科！

齐本安：应该没有吧，据说最后是皮丹把秦小冲送进去的！

范家慧：皮丹？那就对了，这就和深喉的几个电话联系上了！

齐本安：哎，老范，深喉后来再没给你来过电话吗？

范家慧摇头：没有！哎，齐本安，你现在成林满江研究专家了？

齐本安看着电脑的一组林满江的照片，自嘲：业余爱好而已！

范家慧也看电脑：哎，这张照片怎么回事？放个大图看看！

齐本安放大一幅图像：林满江和一个香港漂亮女护士在一起。

齐本安：老范，你说林满江会在香港养小三吗？养个小护士？

范家慧：难说！现在林满江在中福集团一手遮天，什么事干不出来？这个护士蛮漂亮的嘛！是香港吗？别是北京哪家医院的护士吧？

齐本安：你看看背景嘛，他们身后就是维多利亚码头……

这时，范家慧手机响。

范家慧接手机：哦，刘处长，你好，你好！

6　京州街上　夜　外

轿车急驰。

车内，秦小冲对李顺东说：冤案弄清了，我可能会离开天使！

李顺东神色黯然：我知道，如果不是为了追讨黄清源欠你的债，你不会过来跟我干的，你骨子里瞧不上我们这份讨债鬼的事业……

秦小冲：李总，你别伤心啊！

李顺东：我不伤心，人各有志，不能相强，不过，秦副，真要是回报社，到牛石艳手下效力，只怕你也不会心甘情愿吧？

秦小冲：我还没想好，也许我会自己做公众号，搞新媒体……

7　齐本安家　夜　内

范家慧挂上手机，对齐本安说：看看，麻烦了吧？说好的事又变了，明天矿工新村棚户区的现场会和新闻直播被突然叫停了！我本来说要大干一场，给纪检部门领导留下深刻印象呢，这白准备了好几天！

齐本安：哎，谁能叫停李达康书记的活动？省委书记沙瑞金？

范家慧：估计是吧？想干点事也真难，可怜的达康书记！

齐本安自嘲：别可怜人家达康书记了，你可怜可怜老夫我吧……

范家慧：我不可怜你，你这个完蛋分子是自作自受！哦，对了，连李达康都被省里叫停了，你也就消停些吧，别朱道奇给你一根鸡毛你就当令箭，矿工新村棚户区少去，那地方太乱，小心出事……

8 京州国展中心露天阳台　夜　内

在壮丽多彩的夜城市的衬托下，李达康和易学习对坐着喝茶。

易学习：怎么回事？明天的现场会怎么停了？瑞金书记让停的？

李达康摇头苦笑：沙瑞金书记倒没说话，是刘省长让停的！今天下班前，刘省长突然打了个电话过来，明确告诉我，在那个24号文件没废止之前，不要搞这么大的动作，还说了吴雄飞的一些意见。

易学习：哦，吴雄飞市长到底还是找刘省长汇报了？

李达康：是，不但找了，汇报得还比较详细，把我们的活动方案送到刘省长案头了，当然，这是他的权利！刘省长很担心，说是拆迁这种事捂还来不及呢，咱偏要现场直播，一旦失控，后果不堪设想。

易学习：刘省长马上退了，听说是林满江要过来了，他犯不上陪咱们这么冒险，这就和吴雄飞市长不谋而合了，都希望平安着陆吧！

李达康：刘省长是好意，只是谨慎过了头，我们就是要把事实真相告诉大家，告诉全社会，以免不明真相的群众在网上乱传谣言嘛！这个道理，我和吴雄飞说过，他也赞同的，这说变就变了，真要命！

易学习：达康啊，吴市长未必赞同，实话告诉你：那次民主生活会后，我找吴市长先后谈了三次，就是没能说服他启动棚户区改造！

9 天使商务公司 夜 内

李顺东和秦小冲恳切交谈：秦副，虽说人各有志，不可相强，但是我还是要劝你一句：别小瞧了咱天使的讨债！你知道今天债务市场有多大吗，五六十万个亿啊，这是什么概念？这是多大的一个规模？

秦小冲：我知道，也想过，甚至帮你考虑过在澳大利亚上市！

李顺东：别说帮我，现在你还没离开，你还是天使公司的人！小冲，你听我说，钱荣成提出以置换债权的方式还债，启发了我一个很好的战略构思，你听着啊，中国过去有钱庄，咱们能不能搞个债庄呢？

秦小冲眼睛一下子亮了：有点意思，有钱存银行，有债存债庄？

李顺东：哎呀，哎呀，秦小冲，你就是聪明，就这意思……

10 京州国展中心露天阳台 夜 内

李达康思索着，对易学习说：……本来呀，我是从实际出发，开个现场会，公布真相：让大家和我们一起看看棚户区的糟糕情况，是不是迫切需要改造？让社会各界都发表意见，然后水到渠成了，再来废止 24 号文件，现在看来行不通，老易，你说说吧，应该怎么办？

易学习：这还要我说？你不想好会找我喝茶？还是要开常委会？

李达康：对，开常委会，解决这个问题：废止 24 号文件！

易学习：达康啊，我就知道你不会退让，除非把你免职！

李达康激动起来：没错！老易，在老百姓的痛苦面前，你我能退让吗？古人都知道，做官要讲官德，为官一任要造福一方；当官不为民做主，不如回家卖红薯，何况我们这些改革开放时代的共产党干部！

11 齐本安家 夜 内

齐本安对范家慧说：……棚户区这根鸡毛令箭不是谁给我的，是我主动讨来的，林满江这次来口气又变了，主动提议我到集团的海外部做个机关总支书记，就是变相的旅游部长，满世界飞，我没理睬他！

范家慧：哎，你想没想过，你只要待在京州，人家就不放心？

齐本安：没错，人家对我很不放心啊！就棚户区那么个破办公室他们也没放过，竟然很及时地在各个角落装了四个针孔探头监视我！

范家慧惊异地：啊？这是啥时候的事？针孔探头是谁发现的？

齐本安：探头应该是昨天夜间装上的，今天一上班就被我发现了！

范家慧：你发现的？你还有这专业水平？哎，你没学过侦查吧？

齐本安：米粒教我的查找办法，宾馆房间的探头就是他们放的！

范家慧：这回又是谁放的？林满江？陆建设？皮丹？

齐本安：都有可能，也可能是傅长明，且看谁能笑到最后吧！

范家慧：齐本安，不是开玩笑，危机四伏啊，你还开了任三喜？

齐本安：这是两回事！

范家慧：一回事！我看有些人恨不得宰了你！你小心就是！

齐本安又看起了电脑：是，小心，小心……

电脑画面上，仍是林满江和那位香港美女护士。

12　天使商务公司　夜　内

秦小冲对李顺东说：……李总，我明白你的意思，你是要真正做出一个现代意义上的债权债务清偿公司，是吧？上游整合银行不良资产，企业的三角债和应收款，民间的高利贷；下游整合律师团队，担保公司，不良资产清收公司，打造一个开放的债权债务平台，是吧？

李顺东：正是，正是！这么一来，线下活动我考虑全部取消！

秦小冲：好，这太好了！田副总和他的马仔那基本上可以遣散回家了！李总，你要真决定这么干了，那我就再陪你走上一程！

李顺东乐了，夸张地和秦小冲握手：哎呀，秦副，我的知音啊！

13　京州国展中心露天阳台　夜　内

李达康踱着步，慷慨激昂：……什么叫干部啊？干部干部，就是要"干"字当头，就得心里装着老百姓，想干愿干积极地干，又要能干会干善于干！这其中积极性又是首要的，没有积极性，一切无从谈起！

易学习：没错，达康，我赞成你的意见，尽快召开常委会，废止24号文件，启动矿工新村棚户区改造！省纪委田国富书记最近专门和我谈过一个问题：要宽容干事干部的失误，客观辩证地看待和处理干部在创新改革过程中出现的错误，调动干部干事创业的积极性。尤其是对那些敢于担当负责的干部，要让他们心无旁骛地干事创业！

李达康：国富同志不糊涂啊，现在像吴雄飞这样的干部太多了！

14 齐本安家 夜 内

齐本安对范家慧说：……老范，你别太担心，你知道的，我不是一个人在战斗，牛俊杰他们也没闲着，还有张继英、朱道奇，都盯着林满江、傅长明呢！张继英向我透露，这些年社会上对林满江的议论不少，像香港小护士这种绯闻也不少，估计中央有关部门也注意到了！

范家慧：中央要是注意到了，还会让林满江到汉东省当省长啊？

齐本安：当省长是林满江的梦想，一种传闻而已，官场上从来就不缺这种传闻，我不相信中央敢把这么一个经济大省交给他这号人！

范家慧：这种事难说，林满江做省长的传闻可不是今天才有的！

齐本安：就算他做了省长又怎么样？今天上任，次日下台的又不是没有！中央反腐倡廉壮士断腕，刮骨疗毒，发现问题肯定处理！再说，林满江这么肆无忌惮地破坏政治生态，下面不会没有反映……

15 吴斯泰家 夜 内

吴斯泰对着电脑打字，写举报信——

标题：对中福集团董事长、党组书记林满江的举报

　　中共中央纪律检查委员会：我是中福集团一名普通党员干部，今天怀着沉重和愤怒的心情向你们举报中福集团董事长林满江一手遮天、大肆破坏中福集团政治生态、拉帮结派、违法违纪的几个线索……

16 米粒家 夜 内

米粒对着电脑打字，写举报信——

标题：对京州中福董事长皮丹和党委书记陆建设的举报

　　中福集团党组、纪检组：我是京州中福一名纪检干部……

17 京州国展中心露天阳台 夜 内

易学习问李达康：……达康，有个问题你想到了没有？

李达康：什么问题？

易学习：刘省长的态度很明确，我们常委会能开出什么结果？

李达康想了想：无非是两个结果吧：通过，或者不通过！

易学习：这不废话嘛，肯定不会有第三种结果，我是担心通不过！

李达康：唉，有这个可能，本来啊，有些常委就在犹豫，比如

政府口的两个副市长，现在刘省长又这么个态度，他们就更有理由了！

易学习：郑子兴前几天和我说，他算过票数，觉得通过很悬！

李达康叹息：如果……如果真是这样，我们也尽到心了……

18 齐本安家 夜 内

范家慧突然问齐本安：对了，怎么听说你今天打电话找钱荣成？

齐本安：耳朵蛮灵的嘛，老范，你在我身边安插暗探了？

范家慧：齐本安，我不和你开玩笑，任三喜告诉我的！你找钱荣成干啥？他债务缠身，尽是麻烦，人家躲都来不及呢，你还往上凑！

齐本安：钱荣成手上有林满江腐败的重大线索！别忘了，钱荣成以前主动找过我和石红杏的，说起过这十亿交易费……

范家慧：这事你不是向张继英反映了吗？让她报告中央查嘛！

齐本安看着电脑：中央查也得有具体线索啊！我现在要做的，就是提供过硬的线索！所以，我就得好好研究一下我的这位大师兄……

电脑上，一组组林满江的工作照片一一划过。

其中一张照片定格在今日的香港：林满江在香港中福。

今日繁华的香港化作昔日混乱的香港。

林满江的面容化作其外祖父朱昌平的面容。

（第五十六集完）

第五十七集

1 香港福记公司 夜 内

朱昌平在黑暗中收听无线广播——

……下面播报新华社消息。中国共产党第七届中央委员会第二次会议于一九四九年三月五日至十三日在西柏坡举行，出席会议的中央委员三十四人，候补中央委员十九人，毛泽东、刘少奇、周恩来、朱德、任弼时五人主席团主持了会议……

2 上海福记公司 夜 内

李乔治和钱阿宝在收听无线广播——

……全会着重讨论了党的工作重心的战略转移，全会认为，从一九二七年大革命失败到如今，党的工作重心一直在乡村。党着重在乡村聚集力量，开展武装斗争，为夺取城市做好了准备……

3 京州福记公司 夜 内

谢英子在收听无线电广播——

……历史已经证明这个方针是完全必要和完全正确

的，并且是完全成功的。经过辽沈、平津和淮海三大战役以后，敌我力量发生了根本性的变化，党的工作重心应该由乡村转向城市……

4 香港福记公司　夜　内

朱昌平在收听广播——

……毛泽东在报告中提出了防止糖衣炮弹进攻的问题，强调要加强党的思想建设，警惕居功自傲和资产阶级思想的腐蚀。毛泽东同志指出，因为胜利，党内的骄傲情绪，以功臣自居的情绪，停顿起来不求进步的情绪，贪图享乐不愿再过艰苦生活的情绪，有可能生长……

5 上海福记公司　夜　内

李乔治和钱阿宝在收听广播——

……毛泽东说：因为胜利，人民感谢我们，资产阶级也会出来捧场。敌人的武力是不能征服我们的，资产阶级的捧场则可能征服我们队伍中的意志薄弱者。可能有这样一些共产党人，他们是不曾被拿枪的敌人征服过的，他们在这些敌人面前不愧英雄的称号；但是经不起人们用糖衣裹着的炮弹的攻击，我们必须预防这种情况……

6 京州福记公司　夜　内

谢英子在收听广播——

……毛泽东指出，夺取全国胜利，这只是万里长征走完了第一步。中国的革命是伟大的，但革命以后的路程更长，工作更伟大，更艰苦。这一点必须向党内讲明白，务必使同志们继续地保持谦虚、谨慎、不骄、不躁的作风，务必使同志们继续地保持艰苦奋斗的作风……

7 空镜 日夜交替 寒暑交替

伴着广播声出现一组历史镜头——

上海"四一二"政变。

八一南昌起义。

龙华和雨花台烈士走上刑场。

抗日战争战场画面。

解放战争战场画面……

8 香港福记公司 夜 内

一片欢声笑语。

朱昌平、谢英子、李乔治、钱阿宝等十几位股东齐聚香港。

彩灯下的会标：福记中西贸易公司股东会

朱昌平主持会议：各位股东，各位同志，我们开会了！今年这个股东会，我们提前开了，为什么要提前呢？因为全中国即将解放，新中国即将诞生！我们上海、香港两公司的同志已经协助党组织把一批批民主人士送到了解放区，转赴北平，新的人民政协会议即将召开！

谢英子、李乔治等鼓掌。

朱昌平：同志们，需要说明的是，因为本次股东会将是我们福记公司的最后一次股东会，所以，我们特别请到了工委赵主任莅会!

观众见过的那位赵主任从彩灯下站起来，向众人致意。

朱昌平：下面请赵主任讲话，传达党组织的指示!

又一阵掌声响了起来。

9 香港维多利亚港 夜 内

董万钧和陈协理匆匆下船，走出码头。

10 香港福记公司 夜 内

赵主任在讲话：……一九三五年，在一片白色恐怖中，在刘必诚同志牺牲之后，我们福记公司诞生了。这是朱昌平、谢英子卖掉自家祖屋办起的公司，是党领导下的一间党营公司，公司嗣后进行了多次扩股，李乔治、钱阿宝等股东也陆续入了股。这十五年来，福记公司为党做了大量的工作，成就显著，为夺取今天的胜利，做出了自己的贡献，今天福记公司的历史使命结束了，党决定把公司还给大家!

会场是，除朱昌平外，众人一片惊愕。

谢英子：赵主任，这是怎么回事，好好的公司不办下去了?

钱阿宝：哎，赵主任，你是说，党不要我们了吗?

李乔治对朱昌平说：你急着喊我从上海过来吃散伙饭啊?

朱昌平：哎，乔治，先听赵主任说，又不是我要散伙的……

11 香港街上 夜 外

董万钧和陈协理一路看着门牌，寻找福记公司。

陈协理：董老板，共产党还真的把京隆矿还给您了？

董万钧：那还有假，共产党可不是腐败透顶的国民党！当年在京州，朱昌平就和我说过，一旦时局允许，就把京隆矿还我，绝不食言！

这时，三五成群的难民从他们身边交错而过。

12　香港福记公司　夜　内

李乔治讯问朱昌平：那京州的京隆矿呢？怎么处理？还给军统？

朱昌平：胡说八道，我们帮着董老板保下的，还给董老板嘛……

赵主任拍着巴掌：……哎，同志们，静一静，静一静！我在这里代表党组织做个说明：党在西柏坡会议上有个决定，在未来的新中国不搞党营工商业，只搞国营工商业，所以，党营公司必须退股！同志们，这是党中央的决定，谁也无权更改，昌平同志，你们执行吧！

朱昌平：好的，赵主任，各地股东全都到齐了，会计正在结算！

赵主任欣慰地：好，那就好，同志们，股东们，党谢谢你们了！

说罢，赵主任向大家深深地鞠了一躬。

13　香港街上　夜　内

董万钧对陈协理感慨说：抗战胜利后，全国老百姓对当时的国民政府、对蒋委员长寄予多大的希望啊，可胜利却害死了国民党啊！一场对沦陷区的大劫收，让人们一下子看清了他们的贪婪无耻面目！

陈协理：可不是嘛，京隆矿也被他们占了，多亏了李乔治啊！

董万钧：多亏了共产党啊！我现在知道了，李乔治的少将参议是共产党花钱帮他买的！李乔治那是共产党的人！共产党就是厉害啊！

陈协理：哎，董老板，到了……

二人出现在香港福记公司门前。

陈协理上前敲门。

七岁的孩子朱道奇伸出小脑袋：你们找谁？

陈协理：我们找朱昌平朱老板啊！

董万钧：小朋友，告诉朱老板，我们是从新加坡过来的！

朱道奇：好，你们等着！（小脑袋缩了回去，门又关上了。）

14　香港福记公司　夜　内

众人围着赵主任和朱昌平七嘴八舌。

谢英子：……哎，赵主任，新中国不是要建立国营工商业吗？我们的股份可以交给未来的新国家建立国营工商业嘛，大家说是不是？

众人异口同声：是！

谢英子豪迈地：我们共产党人的理想是实现共产主义，现在新中国要成立了，我们走在通向共产主义理想的光明大道上，还要股权私产干什么？如果想个人发财，谁还参加共产党，冒着风险干革命！

众人纷纷应和：就是，就是……

朱昌平：赵主任，要不把党员股东的股份做特殊党费上交吧！

赵主任思索着：这个可以考虑，昌平同志，我请示后再定吧！

李乔治：也别党员群众了，要交一起交呗，交给未来的新中国！

朱昌平：哎，乔治，非党员股东的股份肯定不能收的，违反政策！

李乔治当即表态：哎，哎，昌平，那我也入党吧，现在就入！

朱昌平：你这个财迷，为上交股权就入党啊？你想好了再说！

李乔治：哎，我想好了，咱们共事十五年了，我还没想好啊？！

这时，朱道奇跑过来报告：爸，新加坡过来的一个董老板到了！

朱昌平拍拍朱道奇的脑袋：知道了！（马上向钱阿宝交代）哦，阿宝，你快过去，让董老板在客房等一下，我这边完了就过去！

钱阿宝：哎，好，好！（应着，和朱道奇一起离去。）

15　香港福记公司客房　夜　内

院内，一阵阵声音传来——

……进了新中国，革命者哪能再置私产！

党员不能成为资本家嘛！

所以，一切归公……

对，一切归公，一切归公……

董万钧不解地问钱阿宝：不是开股东会吗？大家在吵吵什么？

钱阿宝：哦，共产党给公司股东们退股，大家都不愿要股权！

董万钧一惊：啊？这……这……大家……大家是怕将来共产吧？

钱阿宝：哎呀，董老板，你想哪去了，这是党员股东的事……

董万钧思索着：你们党员股东得风气之先啊，解放区都在斗争地主，没准哪天城里就斗争资本家了！哎，阿宝同志，你赶快去说，我的股权财产也都不要了，我们京隆矿也上交了，交给新中国了！

钱阿宝：哎呀，董老板，你和我们不是一回事，再说也没用！

董万钧：阿宝同志，我拥护共产党，拥护共产，拥护新中国！再说，没有你们共产党，京隆矿也被军统讹走了，你快去说吧……

16　香港福记公司账房　夜　内

赵主任、朱昌平二人研究工作、。

赵主任：这事麻烦了，你们吓得人家董老板都不敢要京隆矿了！

朱昌平：还有李乔治呢，你听到的，为了上交股权，他要入党！

赵主任：这就是问题啊，所以股权的事要慎重！李乔治、董万钧的产权绝对不能收，一旦收了，就会给敌人攻击的借口，团结民族资产阶级是我们当前的政策，特殊党费只限于党员同志，而且要自愿！

朱昌平：赵主任，我明白了！但是李乔治入党这个事……

赵主任：这时入党不合适，李乔治入了党，股份上交，还是变相破坏党的政策嘛！这事也怪你，和乔治共事十五年了，咋早不让他入？

朱昌平：早先李乔治也不够一个党员的标准，他大财迷一个！

赵主任：大财迷不财迷了，是个了不起的进步啊！是我们党的一个成功，理想主义的胜利！共产党人的理想改变了奸商李乔治嘛！

朱昌平：可不是嘛，许多事现在想想就像发生在眼前！一九三五年那个雨夜，刘必诚同志命悬一线，李乔治还在那儿和我讨价还价呢!

赵主任:上海福记开张以后,第一笔生意也是和李乔治做的吧?

朱昌平:没错,他弄来一批走私西药,让公司开了张!后来,他就入股了,是我拉着他入的股,为分钱分账可没少吵过架!今天,李乔治主动提出把自己股权交给国家,我真是既意外,又感动……

赵主任:不说了,李乔治的工作你去做,不能收就是不能收!

17 香港福记公司客房 夜 内

谢英子做董万钧的工作:……董老板,没有共产这回事!共产党要建立一个新民主主义的中国,要着手各项建设事业,要把恢复和发展城市中的生产作为中心任务。京州现在已经解放了,把京隆矿还给你们,由你们去恢复生产,好好经营下去,是我们党的方针政策……

18 香港福记公司院内 夜 外

月光下,朱昌平做李乔治的工作:……乔治,你就别吵了,赵主任说了,你和董万钧的股权绝对不能收,特殊党费只限于党员同志。

李乔治:所以我要入党啊,昌平,我原还以为和你一起共事十五年,我也是党员,最近才知道不是,连钱阿宝都是党员,我不是!你说这叫啥事?难道我对党的贡献不如阿宝吗?是吧?我就入了吧!

朱昌平:乔治,你贡献大小和入不入党没关系,入党是政治信仰。赵主任说了,你这时入党不合适,入了党股份上交,变相破坏党的政策！乔治，新中国就在眼前了，你有经商才能，好好经商去吧……

李乔治：啥经商才能？朱昌平你少捧我，不就是搞搞腐败吗？！

朱昌平笑：对，对，李乔治，你这个大财迷那可真是搞腐败的一把好手啊，国民党反动派今天的垮台，有你一份大大的功劳！

李乔治：没你朱昌平的功劳？我这少将参议还是你帮我买的呢！

朱昌平哈哈大笑起来。

19　香港福记公司客房　夜　内

谢英子将京隆煤矿矿产证书及一沓相关法律文件从文件袋里抽出：……董老板，一九四五年底，你在京州交给李乔治的文契都在这里了，请你收好。京州上个月已经解放了，上海前天也解放了，你回去赶快组织恢复生产，恢复向上海和江南各大城市的煤炭供应，有困难就去找两市军管会，军管会会像我们福记公司一样帮助你的……

董万钧：谢老板，不是说你们搞共产主义吗？真不共我的产吗？

谢英子：董老板，我再强调一下：现在我们要搞的是新民主主义……

董万钧：那行，如果哪天共产，要收回京隆矿了，你们随便！

谢英子大笑：董老板，别想那么多了，赶快回去，啊！

20　香港福记公司院内　夜　外

李乔治仰望着夜空：……好了，不开玩笑了，朱昌平，我怎么没有政治信仰啊？从你和谢英子卖屋救刘必诚开始，我就琢磨你们这些共产党人了，你、谢英子、刘必诚，我那时候就佩服你们，真的！

朱昌平不无意外地看着李乔治：乔治，你当真还记得刘必诚啊？

李乔治：当然记得，刘必诚是省军工委书记，牺牲后给你们组织留下一封信，我带给你们的，信上说：永别了，同志们！感谢党组织的营救！让京州党组织付出这么大的代价，我深感不安，死难瞑目！

朱昌平接着背诵：——那就让我睁大眼睛看着你们吧，——亲爱的同志们，我会看着你们前赴后继，顽强奋斗，创造出一个属于四万万五千万中国人民的崭新的中国……现在，这个新中国就在眼前了！

李乔治眼里蒙上泪光：是啊，是啊，我不能还在党外啊！是吧？

朱昌平：乔治，这样吧，你的事比较特殊，我再请示一下组织吧！

李乔治和朱昌平紧紧握手：谢谢，昌平，谢谢你……

21 港湾 日 外

朱昌平和赵主任看着港湾内的船舶说着什么。

赵主任：……昌平同志，北平回电了，指示如下：鉴于李乔治同志的特殊情况和特殊贡献，同意由朱昌平、谢英子二同志介绍入党！

朱昌平：哎呀，太好了，这样李乔治交纳特殊党费的愿望就能顺利实现了，我们整个福记公司的四家分号就可以完整归属于国家了。

赵主任：听着，昌平同志，我还没传达完呢！组织决定：李乔治同志的股份仍归他个人所有，并且要全部集中于香港一地，即香港现存之产业交由其独家私营，香港党组织自即日起和其切断一切联系！

朱昌平怔住了：啊？！

22　香港福记公司　日　内

门槛上，李乔治坐在门槛上，和朱道奇吹牛：……瘸叔腿瘸，知道怎么瘸的吗？鬼子枪打的，在京州，我们和鬼子巷战啊，很激烈的！

朱道奇：瘸叔，你们不是做生意的吗？还和鬼子打过仗啊？

李乔治：怎么不打？打的！全民抗战嘛，一寸山河一寸血啊！

朱道奇：瘸叔，那你打死过多少日本鬼子？

李乔治：没计算过，来不及计算，打死的鬼子太多了……

这时，钱阿宝从门前经过：李老板，你就吹吧，死劲吹！

李乔治：我是吹吗？我的腿是不是鬼子给打的？砰砰砰三枪！

钱阿宝：被鬼子打了三枪，你还搂着一箱大烟土呢……

李乔治恼了：滚，滚蛋，你这个小赤佬……

朱道奇：哎，瘸叔，你还抽大烟啊？

李乔治：我抽啥大烟？我连纸烟都不抽……

23　港湾　日　外

赵主任对朱昌平说：……全国解放以后，我们要迅速恢复和发展生产，对付帝国主义的经济封锁，就要为未来留下一个面向世界的窗口。李乔治长期和我党合作，在工商经贸领域有丰富的经验，他的公司就是我们的一个好窗口啊，还不明白吗?! 嗯?

朱昌平：赵主任，我明白了! 党又在为将来下一步大棋啊……

24　香港福记公司　日　内

李乔治拿出两盒动物饼干：道奇，看看，瘸叔给你带来什么?

朱道奇欢喜地：上海奶油饼干! 动物饼干，瘸叔，是不是?

李乔治：没错! 坐下，饼干是为你买的，但你得赢到手!

二人一人一盒动物饼干，开始赌饼干。

一大一小两只手同时松开。

小手上一只兔子饼干，大手上一只老虎饼干。

李乔治的大手把小手上的兔子拿走，直接放进自己嘴里……

25　香港福记公司会计室　日　内

在一片熟练的算盘声中，会计向谢英子报账——

朱昌平、谢英子应退股份占总股本之百分之三十五，折合大洋三十四万元；李乔治应退股份占总股本之百分之二十七，折合大洋二十六万三千元……

26　香港福记公司　日　内

朱道奇面前的动物饼干快输光了。

李乔治的一盒动物饼干满满的几乎没动。

一大一小两只手同时松开。

小手上一只老虎，大手上一只鸡。

朱道奇：我是小老虎，这次我赢了！

李乔治的大手把小手上的老虎拿走，又放进自己嘴里：道奇，还是你输，你是小老虎，不是大老虎，小老虎吃奶不吃鸡，我赢……

钱阿宝走过来：李老板，我就没见过你这样的奸商，尽骗孩子！

李乔治眼皮翻着：怎么是骗孩子呢？我这是教道奇做生意！

钱阿宝：生意是这样做的？耍奸使诈？

朱道奇几乎要哭了：宝叔，你评评理，瘸叔他可赖皮了……

钱阿宝：道奇，别和这种奸商讲理，你打土豪、分田地啊！

朱道奇明白了，突然冲过去，一把掠走李乔治面前的饼干。

李乔治哈哈大笑：好，好，小朋友，你这也算是一种方法！

这时，朱昌平进门。

李乔治起身，对朱道奇说：不和你玩了，你瘸叔有正事了！

27　香港福记公司　夜　内

李乔治面对党旗，随朱昌平一起，逐句宣誓——

　　我志愿加入中国共产党，终生为共产主义事业奋斗。

　　党的利益高于一切，遵守党的纪律。不怕困难，

　　永远为党工作，做群众的模范，百折不挠永不叛党。

宣誓完毕，朱昌平和谢英子分别和李乔治握手道贺。

李乔治郑重地将股金证交给朱昌平：好了，我交上特殊党费吧！

朱昌平拉着李乔治坐下：乔治，你的党费党仍然不能收！

李乔治怔住了：哎，我说朱昌平，你们怎么还把我当外人？啊？！

朱昌平：不，党要求你以个人身份在香港长期潜伏坚守，服务于将来的新中国！并且决定留下钱阿宝同志做你地下工作的助手……

28　香港福记公司餐厅　日　内

朱昌平、谢英子、朱道奇一家和李乔治、钱阿宝一起聚餐话别。

谢英子摆着碗筷絮叨着：……一家人似的处了这么多年，现在一说就此分别，还真有点闪得慌，好在全国解放了，去北平容易了，不需要经大连、哈尔滨绕道了，乔治，阿宝，有时间到北平看我们啊。

李乔治：哎，英子，你们一家子不回上海了？

谢英子：看组织上怎么安排吧，恐怕要留北平搞商务工作！

李乔治：那你们也得到上海老福记去一趟，把我那个美国大冰箱搬走！那可是用霞飞路上一块地皮和美国商人那个真乔治换来的！

朱昌平正开着一瓶洋酒，倒酒：这事你还好意思说！用这么好的一块地皮换了台冰箱，乔治，记住，你现在是党员了，要学会艰苦奋斗！

朱道奇来了兴趣：哎，瘸叔，美国大冰箱能做刨冰吧？

李乔治：能啊，有了大冰箱，想啥时吃刨冰就能啥时吃！

朱道奇：哎呀，那可太好了，爸，咱们去上海搬冰箱吧……

朱昌平：冰箱现在归公了，不是你乔治叔叔的了，别挂记了！

又举杯说：乔治，阿宝，我们走了，却让你们留下了，心里真过意不去！来，敬你们一杯，感谢你们多年来的工作，祝你们在香港大有作为！

李乔治感叹：以后大有作为的不是我和阿宝喽，是你们啊！新中国将在你们手上建成，共产主义将在你们手上诞生，真让我们羡慕！

钱阿宝：就是，就是，你们走进了新中国，我们还留在旧社会！

谢英子豪情满怀：来，同志们，让我们为新中国干杯！

众人举杯，酒液四溅。（升格）

朱道奇也把手上的茶杯凑了上来。（升格）

29 朱道奇家 夜 内

朱道奇对张继英感叹：……那时候的人真单纯啊，一辈子财迷的李乔治看到我父亲、母亲这些共产党员放弃股份交党费，也坚决要求放弃股份交党费，为此要求入党。李乔治入党那天还赢了我一盒饼干！

张继英：朱老，你说的这些事，今天听起来，真是恍如隔世啊！

朱道奇：是啊，那时候共产党人对即将冒出东方地平线的新中国充满了信心和憧憬，连李乔治这种人都觉得追求个人财富没意义了！

张继英：可是，李乔治家族现在仍然是香港商界的大富之家……

朱道奇：这就是历史的诡秘之处了。党组织不让李乔治退股，是希望李乔治以私人的名义把香港的福记继续经营下去，为未来的新中国留下一个面向世界的窗口，这就让李家把财富的种子保留下来了。

30 齐本安家 夜 内

齐本安对范家慧感叹：……留在新中国的朱家就没那么幸运了，即使当时不把自己应得的股份当特殊党费交出来，在后来的社会主义工商业改造中也是留不住的。董万钧的京隆矿就交给中福了嘛！

范家慧：这是历史的宿命啊，谁都改变不了的！

齐本安：后来的事大家都知道了，李家在香港发了，发大了！

范家慧：民间都传，说是李家靠早年石油走私发起来的，是吧？

齐本安：是的，但是，只有内部少数人知道，李家那是为新中国立了大功的！新中国成立后，帝国主义全面封锁我们，李家在香港福记旗下长期从事秘密石油等战略物资输入，就是民间说的走私。为此，钱阿宝牺牲了，一次在海上与港英当局武装缉私船周旋，小船被掀翻了。

31　朱道奇家　夜　内

朱道奇对张继英说：……改革开放后，李乔治才又和中福集团接上了关系，从八十年代初开始，一直被聘为中福集团的首席顾问。

张继英：没错，我到中福之后，就听李乔治讲过市场经济！

朱道奇：哦，你听过李乔治讲课？继英，这是哪一年的事？

张继英：是一九九二年吧，据李乔治先生自我介绍说，他八十二岁！哎，朱老，你说长明集团的傅长明，像不像另一个李乔治呢？

朱道奇：这个，我也想到了，傅长明和李乔治真有一比啊！

32　齐本安家　夜　内

齐本安对范家慧说：……李乔治和傅长明都是他们所在时代的弄潮儿，都是风生水起的人物，他们二人最大的不同是：李乔治是在挖旧中国的墙脚，傅长明是在挖新中国的墙脚、挖改革开放的墙脚！

33 朱道奇家　夜　内

朱道奇对张继英大发感慨：……李乔治和当年的老福记生长于旧中国的腐败泥潭里，你腐我腐大家腐，最终呢，整个旧中国被腐败吞噬了，国民党政权失去民心，也失去了大陆，多么沉痛的教训！

张继英：所以，毛泽东同志才在西柏坡会议上提出了"两个务必"警示全党同志：务必使同志们继续地保持谦虚、谨慎、不骄、不躁的作风，务必使同志们继续地保持艰苦奋斗的作风。

朱道奇：是啊，是啊，共产党人从取得政权的那天起，就意识到了腐败的严重危害，新中国成立初期就果断地处决了张子善、刘青山……

34 齐本安家　夜　内

齐本安踱着步，对范家慧说：……一九四九年三月，西柏坡会议后，中共中央迁往北平，毛泽东就意识到了执政的严峻考验，路上对大家说，我们是进京赶考，我们绝不能做李自成！一九四七年，黄炎培到延安考察，称历朝历代的政权都没有跳出兴亡周期律。毛泽东表示，我们找到了新路，能跳出这周期律。新路就是实行民主。让人民来监督政府，政府才不敢松懈。只有人人起来负责，才不会人亡政息……

35 朱道奇家　夜　内

朱道奇深思熟虑说：……执政的考验是严峻的考验，未经过执政考验的理想都不可靠。现在我们党执政六十多年了，情况怎么样？总体不错，成就很大，但问题不少，所以才要刮骨疗毒，铁腕反腐！好了，继英同志，林满江的情况我都知道了，你们该怎么办怎么办吧！

张继英：好的，朱老，如果有新情况和进展，我再向你汇报！

朱道奇摆手：不必汇报了，我再强调一下：该怎么办就怎么办！

张继英：可你是党建工作联络员，又是林满江的嫡亲舅舅……

朱道奇叹息：林满江根本不认我啊，一生没喊过我一声"舅舅"！

36 齐本安家 夜 内

范家慧难得这么慷慨激昂：……必须承认，现在我们做得还很不够，人民还不能有效监督权力，远的不说，中福集团，你们连自己的领导林满江都监督不了！

齐本安讷讷着：是啊，是啊，这就是问题啊！权力一旦失去有效监督，就会疯狂扩张，就会被滥用，这对权力执掌者也不是好事！这几天，我研究了一下长明集团的崛起过程，关键时点上几乎全有林满江的身影，细思极恐，林满江、皮丹都干净不了，真心疼师傅……

37 皮丹家 夜 内

程端阳和皮妻各坐沙发一端，僵持着。

皮妻：妈，你要不回去，要不住下休息，别这么逼我！

程端阳平淡地：我不逼你，我逼皮丹，让他去反贪局自首！

皮妻：好，好，这话我带给皮丹，等他从北京回来就告诉他！

程端阳：皮丹今天当真去北京了吗？你给我说实话！

皮妻：去北京了，妈呀，这我骗你干啥？！

38　林满江家　夜　内

林满江在落地窗前站着，看着窗外的万家灯火。

童格华在身后小声提醒：满江，你是不是给师傅打个电话？

林满江一言不发。

童格华：皮丹被逼得吃不消了，老太太非让他把别墅退回去！

林满江仍是一言不发。

童格华：哎，你听见了吗？

林满江这才一声叹息：听见了，这个老太太不让人省心啊！

39　牛俊杰家　夜　内

牛俊杰在台灯下看石红杏的笔记本。

石红杏的画外音：二〇一〇年九月八日下午三点，在贵宾楼一号办公室向林满江董事长汇报工作，主要内容是长明集团别墅问题——

（闪回）石红杏手拿笔记本，向林满江汇报：林董，长明集团刚和我们签了矿产交易合同，就送给我们一幢别墅，这不合适吧？

林满江：有什么不合适？傅长明和我说了，那是送咱师傅的！

石红杏：送师傅也不合适，毕竟是我们的师傅，我们说不清嘛！

林满江：哎呀，你这个红杏，我知道了，我能说清！照顾劳模！

石红杏：照顾劳模怎么不照顾田大聪明？田大聪明也是劳模！

林满江：这能比吗？你我的师傅是田大聪明吗？嗯？人家凭啥？

石红杏似有所悟：那……那，林董，那这事我就不过问了！

林满江：对，别过问，让皮丹办吧！人啊，有时要难得糊涂！

（闪回完）

牛俊杰拨通齐本安的电话：本安，果然不出所料，红杏的笔记上有皮丹这套别墅的记录，以程端阳的名义收的，是林满江的指示！

40　齐本安家　夜　内

齐本安和牛俊杰通话：……这就对了，程端阳直到最近才知道有别墅这回事，而且一直劝皮丹把别墅退回去！且看他们怎么办吧！

41　林满江家　夜　内

林满江对童格华缓缓说了句：如果老太太坚持，那就退吧！

童格华：皮丹的别墅一退，不就被动了？你还是打个电话吧！

林满江叹息：我当面都说不通，电话就能说通了？算了！天要下雨娘要嫁人，随它去吧！这一对母子，这辈子真把我害苦了……

（第五十七集完）

第五十八集

1 《京州时报》深度报道部　日　内

范家慧、牛石艳、王子和、秦小冲、李顺东和两个公安开会。

范家慧笑容可掬：同志们，大家来自四五个单位，把大家凑到一起真不容易，尤其是公安分局治安大队的警察同志，手上的事情那么多，还把当年的案件材料全找到，再次进行核查，谢谢大家了！

秦小冲激动不已，站起来，四处抱拳：谢谢，谢谢！范社长，牛总，王总，李总，张队长，谢谢你们啊，谢谢你们赶来为我申冤！

牛石艳皮笑肉不笑：秦小冲，你别那么客气，如果你不冤呢？

范家慧立即提醒：哎，牛石艳牛总，你别开玩笑啊，你现在也是报社领导了，要有个领导的样子，要对自己同志负责任！这关系到我们一位资深记者的清白，关系到我们《京州时报》的历史声誉……

牛石艳：是，是，范社长，你别说了，我负责任，一定负责任！

2　齐本安新办公室　日　外

齐本安坐在办公桌前，手上翻着钉子户名册，满脸不悦地看着站在门口喝豆浆的任三喜：哎，哎，你怎么又来了？谁让你过来的？

任三喜把喝完的豆浆杯扔到垃圾桶里，大大咧咧地往沙发上一坐：你老婆我范姐让我过来的！我范姐说了，她雇我给你当保镖！

齐本安：她说的没用，我不需要保镖，任三喜，请你出去！

任三喜坐在沙发上不动：我不出去，我现在只听范姐的！

齐本安讥讽：前几天你还范姨呢，今天就范姐，长辈分了？

任三喜：那是，各兴各叫嘛！我的领导现在姓范不姓齐！

齐本安：这么说，高小朋以后得喊你"叔"了？

高小朋：齐书记，任三喜说了，各兴各叫！

任三喜：就是，小朋，我这边好啊！（说着从口袋里掏出三千元钞票，夸张地点着）哎呀，我们范总就是大方啊，发的工资比老齐高多了，一个月三千！小朋，要不，你也过来吧，改换门庭投靠威虎山？

齐本安：范家慧给你发了三千？哎，我发的两千呢？给我退回来！

任三喜：凭啥退？我不是辞职，是被你遣散，你那两千算遣散费了！

齐本安：我也不是遣散，我是开除！还我钱！

任三喜：一回事，都是滚蛋，哪个滚蛋的人会给老板退钱？

3 《京州时报》深度报道部　日　内

牛石艳一声叹息：说真话就是得罪人啊！秦小冲，你从北山上下来就盯着我不放，我该说的都和你说了，后来范社长和她老公又找我谈，非要我帮你复盘平反，我今天把该请的人都请到了，咱们就复一次盘吧！不过，是不是能平反昭雪，这还真不好说，得让事实说话！

秦小冲信心满满：对，对，我们就让事实说话嘛！大家可能不知道，两年多前案发的那天晚上的九时十五分，我接到了一个神秘的岩台口音的电话，此人岁数应在四十岁左右，男性，自称"深喉"。

李顺东提示：牛总，这个岩台口音的深喉没准是你们媒体人啊！

牛石艳白了李顺东一眼，讥讽：总不会是来自"天堂"的讨债鬼吧？

李顺东：不是，肯定不是！牛总你也复一下盘嘛：那时哪有我这个天使公司啊？你妈咱石总还没给我创业资金，这堆"天使"都还在"天堂"待着呢……

范家慧敲了敲桌子：哎，哎，李总，别打岔了，听秦小冲说！

李顺东微笑着，一副老实样：哦，好，好，秦副，你继续，继续！

秦小冲继续说：深喉对腐败深恶痛绝，明确地向我揭发说，中福集团内部腐败严重，其腐败的主要根据地并不在北京集团的总部，而在我们京州！我有电话录音，现在放给在座各位同志听一下。

秦小冲用手机放录音——

你是《京州时报》秦记者吗？我是深喉，我要爆个猛料……

4 齐本安新办公室 日 内

高小朋凑到办公桌前，怯怯地对齐本安说：齐书记，三喜说得有道理，你赶人家走，当然得给钱！要不，你……你把我也开除了吧？

齐本安亲切安慰：小朋啊，你是好同志，哪能开除呢？是吧？

高小朋哭丧着脸：可是……可是坏同志多赚了三千啊……

齐本安"呼"地站起来：此风不可长！任三喜，谁请的你，你就找谁去，请你现在就到《京州时报》上班去，我这里根本就不需要你！

任三喜：范姐说了，我就得在你这儿上班，离你不准超过三米！

齐本安威胁：任三喜，你当真以为我要在这里待一辈子了吗？

任三喜向办公桌前走：你待多久是你的事，和我有啥关系？

齐本安：哎，小伙子，你是不是也得想一想自己的前途啊？你想想，如果我又做了京州中福董事长、党委书记，你就不怕我报复你？

任三喜：老齐，你别吓唬我！我是个过了今天不管明天的主！

齐本安无奈：滚远点，你离我只有一米远了，请保持三米距离！

任三喜又退回到沙发上坐下：好，好，保持三米，保持三米！老齐，咱井水不犯河水，行吧？你办你的公，我干我的保安！

5 《京州时报》深度报道部　日　内

秦小冲扫视众人，侃侃而谈：……我出狱之后，这个深喉又打过电话给我，前不久，竟然还找过范社长！众所周知，本人及本报对反腐倡廉十分重视，因此才会引起腐败分子的强烈反弹，甚至诬陷……

公安甲：范社长，深喉给你的电话内容也是反腐吗？能说说吗？

范家慧：也是反腐，具体内容和本案无关，我就不多说了。秦小冲没说假话，录音大家刚才也听了，秦小冲很有可能是在醉酒的情况下，被坏人陷害了！秦小冲去接深喉的爆料材料，掉进了人家的圈套！

秦小冲：不管谁给我设的圈套，是故意的，还是上了腐败分子的当，只要你今天说了，还我清白，我都原谅你，我秦小冲不是小气人！

李顺东：就是，我们秦副以后的日子还长，不能留案底啊！

牛石艳：该留的案底也得留，它不以人的意志为转移啊……

范家慧恼火透顶，大声警告：牛石艳，你哪来这么多话？啊！

牛石艳：好，好，我不说，不说了，咱们继续复盘吧，还是让事实说话！哎，王大眼，该你们说了，你们不是复查过了吗？！

公安甲打开办案卷宗：好，各位同志，那我来说一说吧……

6　齐本安新办公室　日　内

齐本安不睬任三喜，只对高小朋交代：……小朋，马上钱荣成要过来谈事，你在门外守着，别让外人进来！这件事也不许和任何人说。

高小朋：好的，齐书记，我明白！

任三喜凑上去：我呢？老齐，留在屋里保卫你吧？

齐本安：你滚远一点，离门三米！

任三喜：那不行，我只能离你三米，除非钱荣成的保镖也在门外！

齐本安：钱荣成的保镖肯定在门外，你们谁都不许进来！

任三喜：那好！哎，钱荣成要是和你动手，你打得过他吗？！

齐本安：打不过他我挨揍，这行了吧？

任三喜：不行！你挨揍我就失职了，就对不起范姐了……

齐本安不耐烦了：哪来这么多废话？啊！

任三喜对高小朋苦笑：你看你们老齐，整个就是一光头强！

7 京州街上 日 内

轿车急驰。

钱荣成对开车的司机兼保镖毛六说：左拐，去矿工新村！

毛六将车开进棚户区。

轿车开始颠簸起来。

8 《京州时报》深度报道部 日 内

公安甲看着卷宗发言：……根据我们调查核实，当事人秦小冲在当日晚上九时十五分接到深喉爆料电话的一前一后，还各打出去两个电话，通话人都是京隆矿的矿长王子和。王矿长，你来说一说吧！

王子和：好的，好的！第一个电话，是秦小冲当日下午四时十六分主动打过来的，当时我刚从井下处理事故上井，正开调度会议——

（闪回）王子和在生产调度室，当着五六个调度员的面，和秦小冲通话：……哎呀，秦大记者，你消息真灵通啊！我们这边刚处理了事故，你那边就知道了！这次不麻烦你了，小事故，处理完了，真的！

切出秦小冲的画面：不是小事故吧？听说掉水淹死了五个人？

王子和：哪来的五个人？一个都没有，秦大记者，你就放心吧！

秦小冲：我可不敢放心，准备做个深度调查，说说安全问题！

王子和：行了，行了，老朋友了，你说个数，要多少钱封口费啊？

秦小冲：这个，十万吧，五条人命啊，每条人命两万不算黑吧？

王子和：这……这，不黑，不算黑，秦记者，你真是太善良了！

放下电话，王子和拉下了脸大骂：这个王八蛋，听风就是雨！

调度甲：咱这次真的一个人没死，王矿长，你给他十万干啥？

调度乙：就是，就是，秦小冲这是敲诈勒索，得让公安去抓人！

王子和：没错，没错，我就是想让公安去抓他，利用事故进行敲诈是他的一大发明，这种发明不能让它在咱们这里普及！（闪回完）

9　齐本安新办公室　日　内

钱荣成夹着公文包，走进办公室，在沙发上坐下。

齐本安挥了挥手，高小朋主动退出了门。

钱荣成的保镖兼司机毛六却站在一旁不动。

任三喜退了两步，警惕地在毛六身边站下了。

钱荣成意识到了什么，命令毛六：毛六，你也出去吧！

毛六迟疑了一下出去。

任三喜看了齐本安一眼，也出了门。

10　《京州时报》深度报道部　日　内

秦小冲苦笑：我主动敲诈十万元？这怎么可能呢？有录音吗？

王子和：这个电话没来得及录音，但是有五个在场调度员作证！

秦小冲：你们自己人给自己作证，我在法庭上就提出，这不可信！

王子和：对，对，秦小冲，你还提出：牛俊杰为了自己女儿牛石艳上位，故意陷害你，是不是？好，那我再说一个事实：决定报案抓你的人是皮丹董事长，并不是牛俊杰，牛俊杰根本不知道有这件事！

秦小冲：怎么会这样？你们怎么会向……向皮丹汇报呢？

王子和：因为我知道牛俊杰是你爹秦检查的徒弟，怕他阻止！我向皮丹董事长汇报后，皮丹董事长也生气了，难得负了一回责任……

秦小冲：这……这么说，我真搞错了？我一直以为是牛俊杰害我！

牛石艳：你搞错的地方多着呢！王矿长，请继续……

11　牛俊杰家　日　内

皮丹苦着脸对牛俊杰说：……牛总，咱们可算是老搭档、老朋友了，是吧？今天你呢，就别为难我了，你这里高抬贵手，我就过去了！

牛俊杰：怎么我高抬贵手？皮蛋，红杏走了，你上位京州中福老大了，怎么还不满意？还跑来纠缠？你饶了我成吗？我这里求你了！

皮丹：牛魔王，是我求你啊，红杏姐的笔记本你就不能给我吗？

牛俊杰：不能，皮蛋，我知道这是谁要的，所以就更不能给！你带话给那个人，我这辈子和他没完了，你听他的，我可不听他的！

12　齐本安新办公室　日　内

钱荣成平淡地对齐本安说：我就知道有一天你会来找我的！

齐本安：我也知道，你会配合我把林满江和这十个亿弄清楚！

钱荣成：其实很清楚：傅长明为当年京丰、京盛两矿的交易，支付了十个亿交易费，还给了皮丹一幢别墅，这是傅长明亲口和我说的！

齐本安：亲口和你说的？你有证据证明吗？

钱荣成：当然有证据！傅长明说的话我不但录了音，还录了像！

齐本安：钱老板，你可够有远见的呀，当时就防着傅长明了？

钱荣成：那是，一旦游走到法律底线下面，我对谁都会防一手！

齐本安：这么说，你手头还有不少这种有趣的录音录像喽？

钱荣成：是啊，吕州法院执行局的两位法官，就是我顺手送进去的！为了执行落入天使李顺东手中的一台劳斯莱斯，他俩要了我十万！

齐本安：人家既然给你帮忙了，你怎么还举报人家？

钱荣成：为啥？他们两个人后来又收天使的钱，反过来执行我和黄清源了，这真应了一句老话：有钱能使鬼推磨！黄清源被李顺东弄进去关了十五天，差点落个拒不执行生效判决罪！司法腐败必须反！

齐本安讥讽：对，对，没错，司法腐败必须反，必须反……

13　《京州时报》深度报道部　日　内

王子和继续复盘敲诈勒索事件：……当晚九点二十六分，也就是当事人秦小冲接到深喉电话的十一分钟之后，接到我打过去的第二个电话，这个电话我是有录音的，我们把录音当证据交给了公安部门！

公安甲对公安乙交代：把这个录音放给秦小冲和大家听一听！

电话录音——

王子和：秦记者，你要的那十万封口费我们准备好了，想连夜就交给你，你看你到我们京隆矿外的小树林来一趟好吧？

秦小冲：好，好，不……不见不散，你……你亲自来啊！

王子和：我亲自来，秦记者，你也亲自来啊，别带其他记者了！

秦小冲：那当然！王矿长，咱……咱们谁跟谁？你既然掏……掏了十万块，我哪能再……再吃你的大户！实话说，许多媒体对你有……有……有兴趣，我……我打死都不说！咱……咱……咱小树林见……

范家慧看看秦小冲，脸色变了：秦小冲，你当时好像喝多了吧？

李顺东也发现大事不妙了：秦副，你听听这声音，酒意十足！

秦小冲：是，是，我当时确实在喝酒，和黄清源他们一起喝的……

14　牛俊杰家　日　内

牛俊杰叹了口气，对皮丹说：……皮丹，不管怎么说，咱们当年总在京州能源一个班子里共过事，你妈程端阳呢，又是我老婆红杏的师傅，所以啊，我真心不愿看你跟着某个人在腐败的火坑里挣扎……

皮丹：哎，牛魔王，你三只眼啊你？谁腐败了？还火坑！怎么就让你一个人看到了？我这是和你说正事！老陆没和你说吗？石红杏留下的笔记本里有工作记录，我们新班子要对接，听明白了吗？啊？

牛俊杰起身：皮蛋，要这么说，我就不留你了，赶快滚蛋吧你！

皮丹：好，好，老牛，你想说啥你说，我听着还不行吗？我佛系的，争不过你，也不和你争，我就希望你给我一条退路，别逼急我！

牛俊杰一声叹息：皮蛋，到张继英书记那儿说清楚吧，我是为你好！

皮丹：我……我说啥？我哪里不清楚了？我不清楚能提上来吗？

牛俊杰：好，清楚就好，清楚就好！皮蛋，那你多保重吧！

皮丹：哎，我也劝你一句：别把路都走绝了，得饶人处且饶人！

牛俊杰脸一拉：对腐败分子，我一个都不饶恕！再见吧，皮蛋！

皮丹无可奈何，悻悻离去。

15 齐本安新办公室 日 内

钱荣成对齐本安说：……齐书记，我还是挺佩服你和石总的，你们没收我的钱！所以，我今天才有可能过来见你！实话告诉你吧，我已经去过北京中纪委了，可最后没敢进那门，怕录像不能掐住他们！

齐本安：录像就是线索啊，怎么会掐不住他们呢？你多虑了吧？

钱荣成：我这也不是多虑，我是怕掐不死他们，他们会置我于死地！所以，我才决定和你合作：把这些录像材料交给你，让你去举报！

齐本安立即答应：可以啊，钱总，录像你带过来了吗？

钱荣成摇了摇头：没有，齐书记，没和你说好，我不敢啊！

16　齐本安新办公室门外　日　外

任三喜和高小朋远远看着钱荣成的保镖毛六打电话。

毛六在和长明集团的人通话，声音很低：……是钱荣成主动来棚户区见的齐本安，我和齐本安手下的两个工作人员都被赶到门外了。

电话里的声音：知道不知道钱荣成找齐本安干什么？

毛六四处看着，很警觉：这我不知道，钱荣成想啥，从不和我们下边人说！这次从北京回来以后，我感觉他情绪不好，一直很沉闷。

电话里的声音：还有什么可疑的情况吗？

毛六：刘总，这我看不出来。

电话里的声音：钱荣成是空手见的齐本安吗？

毛六：不是，钱荣成带了一只公文包！

电话里的声音：好，知道了，你继续监视，随时报告！

毛六：好的，刘总，我明白！

17　《京州时报》深度报道部　日　内

秦小冲一脸痛苦地回忆说：……那天我是喝多了，好像喝了两场酒，一场是中午的，喝到了下午三四点，接着黄清源来接我，又到他的点上喝了一场！对，那天是星期天，我因为房贷的事和老婆周洁玲吵了架，情绪不好，所以借酒浇愁。但是我没打过敲诈电话呀……

王子和：你喝多了，记不清了，我们矿调度室五个人都作了证！

牛石艳：就算五个人作证都不可靠，九点二十六分的电话录音应该可靠吧？现在我才弄明白了，你是和周洁玲吵了架，喝多了，自己干下的勾当，自己全忘了，还口口声声受了冤枉，没人冤枉你啊！

秦小冲益发痛苦：不对，不对，这事有点乱，让我再想想！第一个电话，王矿长，你说我是什么时候打给你的？你……你重复一下！

王子和看了看自己的笔记本：那天下午的四点十六分！

秦小冲：四点十六分？第一场酒已经散了呀！让我想想，我在哪里？我在哪里呢我？吵了架，没回家，我不会回家的！哦，我想起来了，我靠在和平公园一棵大树下睡着了，后来就啥也不知道了……

秦小冲絮叨时，范家慧、李顺东脸上都现出焦虑和不安。

18　牛俊杰家　日　内

牛俊杰又看起了石红杏的笔记本。

石红杏的画外音：……二〇一〇年四月十八日，林董一行到京州检查工作，当日晚上，林董单独接见我，并和我共进晚餐。吃饭时，我向林董汇报了长明保险增资扩股的事——

（闪回）贵宾楼小餐厅，林满江和石红杏共进晚餐。

石红杏拿着笔记本，向林满江汇报：……林董，有个事得向你汇报一下：就是傅长明长明保险增资扩股的事，我们是第一大股东……

林满江：哦，红杏，这事我正要和你们说呢，你们这个第一大股东就不要做了，让人家傅长明去做吧！本来保险也是人家提出要做的。

石红杏：长明保险这次增资五十亿呢，我们再要个二十亿吧！

林满江：你们一个亿也别去要，要专注实业，把能源矿产进一步做大做强！这一下子吃进了京丰、京盛两个矿，要好好整合，工作不少！

石红杏：但是，保险业可是上风上水……

林满江：什么上风上水？我说不要做，你们就不要做！

石红杏无奈：好，林董，那我……我们听你的就是！

林满江：哎，这就对了嘛，要有所为有所不为嘛！（闪回完）

19　齐本安新办公室　日　内

齐本安踱着步，对钱荣成说：……钱总，我得说，你是一个危险人物，行贿起家，行贿开道，只要遇到事，首先想到的就是行贿，完事后还把人家给送进去了，比如执行局两位法官，这不是太道德吧？

钱荣成：道德？齐书记，道德这种高尚的玩意，那得是活下来之后，酒足饭饱了，剔着牙考虑的东西，对我来说太奢侈了！不是吗？

齐本安注视钱荣成：没这么奢侈吧？做人要有做人的道德底线！

钱荣成：但办事要有办事的规矩！齐书记，你不是天外来客，你不是不知道，现在无论经商、就业、办事、升学、工作，都离不开送礼托关系啊，生老病死都要送礼托关系，这是目前社会的普遍现象！

齐本安：是啊，送礼行贿托关系，大家见怪不怪，都想使用不正当的手段，为自己谋取利益，这其实是社会公平发展的一个大忌！

钱荣成：这个道理谁不懂啊？都是一边骂腐败，一边搞腐败嘛！

齐本安感慨道：所以才有人说，雪崩发生时，没有一片雪花是无辜的！你钱荣成和荣成集团走到今天这一步，也就别去怪罪别人了！

钱荣成：我不怪别人，但我也不会饶恕那些收了钱不办事的人！

齐本安：哎，又不对了吧？傅长明和林满江也收过你的钱吗？

钱荣成振振有词：傅长明没收过我的钱，但傅长明为富不仁，自己发达了，就不认杏园三结义的老兄弟了！林满江那叫无耻，做着中福集团老总，和傅长明勾结，出卖国家利益，侵吞人民的财产！长明保险增资扩股五十亿，四十七亿来自中福，林满江不要太黑哦……

20　长明集团　日　外

傅长明捻着佛珠，对刘总说：……骂我为富不仁？我好心花了八千万，救了他钱荣成的儿子，就买了钱荣成这么一句评价？！

刘总：傅总，钱荣成忘恩负义也就罢了，问题是，他太危险了！

傅长明：我知道，听说钱荣成都走到了中纪委门前了，是吗？

刘总：是的，不过钱荣成最终没敢进中纪委的大门，回京州后就找到了齐本安。据他的保镖毛六说，可能有什么东西要交给齐本安。

傅长明：什么东西？当时我和他关系很好，他会录音录像吗？

刘总：不好说啊，钱荣成这人太烂，人品真是提不上筷子……

傅长明：是啊，是条恶狼啊，吕州法院执行局两个法官被他送进去了，京州城市银行的胡子霖他们估计也快了，天使公司防火防盗防荣成可真不是戏言啊！我佛慈悲，刘总啊，你这样，赶快打电话给胡子霖他们，让他们该躲的躲，该逃的逃，咱们能救一个救一个吧！

刘总：好的，好的，傅总，我这就安排人办……

21 《京州时报》深度报道部　日　内

范家慧安慰秦小冲：小冲，你不要急，慢慢回忆，好好回忆！

李顺东：哎，牛石艳，后来你在报社办公室啊，也帮着回忆嘛！

牛石艳瞪了李顺东一眼：我当时为啥在办公室？李天使，你不清楚吗？！我不用回忆，当时我一直在哭，秦小冲怎么和王矿长通的电话，电话里都说了啥，我不清楚，只恍惚听到说小树林和十万啥的！

秦小冲着急地：哎，牛石艳，我当时真说小树林和十万了？不会吧？我一门心思反腐败，想揭出一个大案要案来，我肯定地说，我是去和深喉接头的！当时，他说的接头地点是京州中福西门小饭店……

公安甲出示一组树林里的接头收钱照片：但你却去了小树林！

牛石艳：是，是，秦小冲，我也同意你是想着去反腐败的，想去京州中福西门外小饭店的，但遗憾的是，你的腿没听大脑指挥，你的肉身和灵魂分离了！你正义的灵魂去京州中福西门外的小饭店参加了深喉的那场反腐斗争，肉身呢，却去了京隆煤矿外的那片小树林，敲诈勒索了京隆矿十万元封口费，被我公安干警一举拿获……

真相这才大白，范家慧、李顺东等与会者不禁一阵唏嘘。

22 齐本安新办公室　日　内

齐本安对钱荣成说：……钱总，我不管你主观动机如何，我只看事实，所以我要证据！说吧，啥时把你手上的录音录像资料交给我？

钱荣成却又迟疑了：齐书记，我这人喜欢把丑话说在前面：你不会拿着我的证据去和林满江谈判，做一笔交易吧？比如说，要挟林满江给你官复原职？你们过去毕竟是一个师傅的，你要是把我卖了呢？

齐本安：钱荣成，你以为这个世界上每个人都像你一样下流吗？

钱荣成又激动起来：我怎么下流了？！我这都是被逼的！我也想上流，上流得了吗？请问，齐书记，这个世界什么时候公道地对待我？什么时候公道地对待过我这种无权无势的草根民营企业家？

齐本安：你又要公道了？这种不公道不也是你参与造成的吗？！

钱荣成：是，是！可我找傅长明站台帮忙，那是有充分理由的！

齐本安：充分理由？我听说他为救你儿子，已经掏了八千万吧？

钱荣成叫：但傅长明现在手里掌握着几千个亿，几千个亿啊！

齐本安：几千亿、几万亿，那都是人家的钱，并不是你的！

钱荣成：那是他利用我们早期的血本赚来的！杏园三结义时，我们三人一起集资买下的京丰、京盛两矿，他后来利用关系以四十七亿高价卖给了你们，又用这笔钱扩股增资长明保险，把你们京州中福排挤出局，里外通吃，我和黄清源也就是喝了口汤，齐书记，这公道吗？

齐本安：你又来了！当然不公道！但是，受到不公道侵害的并不是你钱荣成，而是国家和人民！国家的钱被你们密谋算计偷走了，人民的财产变戏法似的装进你们兜兜里去了，这才是最大的不公道！

23　齐本安新办公室门外　日　外

任三喜不时地看着不远处的毛六，小声对高小朋说：……我认出这家伙了，他是刘三手下的人，真正的黑社会，咱们真要小心了！

毛六又打起了电话：毛七，在哪了？三哥有话，下午集合……

24　长明集团　日　外

刘总对傅长明说：……像钱荣成这种狼性的人真是少见！

傅长明：救他儿子那可是八千万啊，我让你经手办的，没错吧？

刘总：没错，我把他儿子从鑫鑫领出来，送到了他老婆手上！这事放在哪个人身上，不都是大恩大德，钱荣成怎么能恩将仇报呢？

傅长明：因为他一直谋求公道，钱荣成总觉得别人对他不公道。

刘总：笑话，这世上哪有多少公道？要我说，钱荣成就是个疯子！

傅长明:谋求公道也没错,不过,钱荣成忽略了一个关于公道的小秘密:那就是,公道源于你的实力啊,没有实力就别去谋求公道!

刘总点点头:没有实力还非要谋求公道,那他就是找死了!

25 《京州时报》深度报道部　日　内

王子和、公安甲乙等人已经离去。

屋里只有范家慧、牛石艳、李顺东、秦小冲。

秦小冲精神完全垮了,木呆呆地:我……我还真敲诈勒索了?这不可能啊!我在大学学的是新闻学,不是敲诈勒索!我追求真理与真相,范社长知道我的,我的新闻调查,那……那是得过大奖的……

范家慧:是,是,小冲,我一直说,你是个人才呀,太可惜了!

秦小冲:我承认,我要养家糊口,要买房交按揭,每天眼一睁就想钱,我……我收点红包啥的,那是可能的,可这……这开口就是十万块,还主动要,这……这还是我秦小冲吗?这……这不是我啊……

范家慧叹气:不是你,那又会是谁呢?小冲,记住这个教训!

李顺东:就是,秦副,这个教训可真够深刻的啊……

牛石艳:小冲,等等灵魂吧,你肉身走远了,灵魂跟不上了!

秦小冲流泪了:范社长,这么说,我……我回不了咱报社了?

范家慧点了点头:先让灵魂回来吧!小冲,你知道的,我们报纸马上改版,归口纪检部门,像你这种有案底的人,那是不可能进的……

26　齐本安新办公室　日　内

齐本安一声长叹：好了，不说了，钱荣成，请相信我！

钱荣成略一沉思：齐书记，我相信你，你等我通知吧！

齐本安：怎么又等通知了？说得好好的，你又想啥了？

钱荣成：没啥，没啥，主要是，我……我也怕傅长明灭我啊！

齐本安：所以，你更得早点把手上的证据交给我嘛！

钱荣成：齐书记，请你原谅，你……你让我再想一想吧！

27　长明集团　日　外

傅长明对刘总说：有道是自作孽不可活啊，钱荣成真是作到头了！

刘总：我们的共享信息发出去了，有人可能会对钱荣成下手……

28　牛俊杰家　日　内

牛俊杰仍在研究石红杏的笔记。

石红杏的画外音：……二〇一五年四月十九日，我和皮丹赴京向林董汇报工作，当日下午，林董在他集团办公室接见了我和皮丹，提出低价转让京丰、京盛两矿一事，说是为京州能源减负，我感到十分吃惊——

（闪回）林满江办公室，林满江和石红杏、皮丹讨论工作。

石红杏拿着笔记本：林董，京州能源亏损也怪总部，当初是你们总部决定吃进这两个矿的，还花了四十七个亿！要是拿这四十七个亿参加长明保险增资扩股，京州中福就赚大发了，你们当年硬拦着……

林满江：哎呀，你这个石总，又来了，这事过去了，不说了！

石红杏：可我怕别人说呀，这一进一出，我们京州中福亏大了！

林满江：亏什么？谁有前后眼啊？当时是国进民退，国家要把煤炭资源收上来，我们国有企业能不配合国家的产业政策吗？谁又知道煤炭价格会跳水啊？是你知道，还是皮丹知道啊？皮丹，你知道吗？

皮丹：我不知道，谁都不是神仙！石总，这事真不能怪上面！

石红杏：林董，我也不是怪你们上面，是怕对下面不好交代……

林满江：哪个下面？你家牛俊杰？你就不该把他调上来当老总！

石红杏苦着脸：这不是把京州能源的老总饿跑了吗？没办法呀！

皮丹：石总这也是实话！林董，谁愿意一个月拿一千块生活费呀！

林满江：牛俊杰还是有觉悟的！好了，就这样吧，长明集团是我们的战略合作伙伴，集团决定了：十五亿转让给他们，你们执行吧！（闪回完）

29　京州街上　日　外

轿车急驰。

车内，李顺东开着车，劝说秦小冲。

李顺东：别多想了，还是在天使待着吧，天使需要你！

秦小冲失魂落魄，木然地点了点头。

李顺东：你也是的，都找不到北了，自己犯了罪还不知道呢！

秦小冲神情木然：是，是，我还真以为自己被冤枉了呢！我现在成啥了？都不知道自己是谁了！我从哪里来的，要到哪里去？去过哪里，又做过什么？简直……简直就像一场梦啊！还是噩……噩梦……

李顺东：现在噩梦醒了，就好好活着吧，起码别再去犯法了。

秦小冲讷讷着：我……我到底算是什么人？好人还是坏人？

李顺东：秦小冲，你呀，既不是好人，也不是坏人。其实，你和我一样，我们就是人，普普通通的一个人！我们为了自己和家人活得好一些，活出一个有远方和诗的境界，就难免犯错误……

秦小冲：甚至犯罪啊！活着还是死去，这真是一个问题！

李顺东感叹：深刻，秦小冲，生活让你变得深刻起来了……

这时，秦小冲看到路边的一个小酒馆——"西门饭店"，突然一声叫：哎，停车！

李顺东停车：怎么了你？

秦小冲下车：李总，你先回吧，让我一人静静心！

李顺东：哎呀，过去的就过去了，别多想了！

秦小冲哭丧着脸：我……我这心里过不去啊，走吧你！

（第五十八集完）

第五十九集

1 范家慧办公室 日 内

范家慧对牛石艳感慨：……真没想到事情会这样！早知如此，我都不如不帮秦小冲弄清楚，让他糊涂点，他还会把自己想象成好人！

牛石艳：那样更糟，秦小冲会对社会有怨愤，会恨很多人，一开始，他不是把我和我老爸都恨上了吗？现在弄清楚了，他也安生了。

范家慧：哎，你说秦小冲不会从此沉沦下去，破罐子破摔吧？

牛石艳：不会，像他这种皮黑肉厚的主，只要喝透一场酒就没事了！范社长，你别替这厮操心，请把你珍贵的善良收起来，包好，放柜子最里面去，别滥用，现在这种善良已经比较稀缺了……

范家慧：哎，你这孩子，调子咋这么灰啊，这是病，得治！

牛石艳：是，治，治，你不是良医吗？不是一直在治病救人吗？

2 西门饭店 日 内

酒馆很小，但别具风味，因为不是饭时，客人稀少。

秦小冲独自守着一盘拍黄瓜、一盘花生米，喝京州大曲。

（闪回）秦小冲面对众人振振有词：……我一门心思反腐败，想揭出一个大案要案来，我肯定地说，我是去和深喉接头的！当时，他说的接头地点是京州中福西门饭店……

公安甲出示一组树林里的接头收钱照片：但你却去了小树林！

（闪回完）

秦小冲猛喝了一杯酒，眼中的泪水流了下来。

3　范家慧办公室　日　内

范家慧：要不，艳，我出面请秦小冲和李顺东喝一场，喝透了？

牛石艳：老范，你什么意思？是关心秦小冲，还是关心李顺东？

范家慧：都关心，秦小冲是从咱这儿出去的，关键时刻咱得让他感到温暖。李顺东呢，我发现还不错，对你很上心，也还算是有追求的青年，你这老漂着也不是事，艳，你是不是重新考虑一下呢？

牛石艳也动心了：老范，哦，范社长，你真觉得李顺东不错？

范家慧：真的，你看他对秦小冲，尤其是对你，不魔鬼呀……

4　天使商务公司　日　内

田副总惊愕地看着李顺东：……秦小冲没被冤枉？还真是一名货真价实的敲诈犯？这也太让我意外了！你看把他委屈的，打从进了咱们天使，就没有一天不叫唤，好像我们都是坏人，就他一个好东西！

李顺东：田副，别胡说了，人家秦小冲现在心里够难受的了！

田副总：他活该！李总，其实，我也看出来了，你今天也不是光为秦小冲的事去的，你主要是冲着人家报社牛石艳去的，是吧？

李顺东：没错，牛石艳一直把我当魔鬼，你说我怎么办？

田副总笑：你差不多就是魔鬼，为了十万就甩了人家牛石艳！

李顺东眼皮一翻：我这是没办法！没这十万，哪来的公司？没天使公司，你们也没地方去啊！你，秦小冲，都得感谢我这个大天使！

田副总：是，是，感谢！李总，我一直对你抱有感恩之心！但是秦小冲没有，秦小冲总觉得跟着咱们一起混，是受了天大的委屈！

李顺东：你别说，也真是委屈，秦小冲过去毕竟是个好记者啊……

5　西门饭店　日　内

秦小冲仍在喝酒，神色迷离——

牛石艳的画外音：……秦小冲，我也同意你是想着去反腐败的，想去京州中福西门外小饭店的，但遗憾的是，你的腿没听大脑指挥，你的肉身和灵魂分离了！你正义的灵魂去京州中福西门外的小饭店参加了深喉的那场反腐斗争，肉身呢，却去了京隆煤矿外的那片小树林，敲诈勒索了京隆矿十万元封口费，被我公安干警一举拿获……

范家慧的画外音：小冲，记住这个教训！

李顺东的画外音：就是，秦副，这个教训可真够深刻的啊……

牛石艳的画外音：等等灵魂吧，你肉身走远了，灵魂跟不上了！

秦小冲趴在桌上，抱头痛哭起来……

6　范家慧办公室　日　内

范家慧对牛石艳说：……当然，艳，你的爱情你做主，我不是你妈，不会强迫你，但我是你的领导，你妈又不在了，我得关心你！记住，你可是石总托付给我的，爱心再珍贵，我也得用一点在你身上！

牛石艳：是，是，范社长，你让我想想吧！

范家慧：认真想去吧，也许你的爱情能挽救一个堕落青年！

牛石艳讥讽：爱情还有这种功能吗？

范家慧：有啊，有空看几部经典爱情片！像那个老片《流浪者》！

牛石艳：那我也没这个义务啊！老范，你变得真有点像我妈了！

这时，手机响。

牛石艳接手机。

手机里响起了一阵"祝你生日快乐"的音乐声。

牛石艳立即猜出是谁：李顺东李天使，你又捣什么鬼？啊？

李顺东的声音：艳，今天是你二十七岁生日，我申请给你庆生！

牛石艳自嘲：嘿，我都忙忘了！李顺东，你还算有点孝心！

李顺东的声音：什么孝心？爱心！哎，艳，约不约？

牛石艳略一沉思：约一次试试吧，希望你珍惜！

李顺东的声音：珍惜，我肯定珍惜……

7 京州街上 日 外

秦小冲摇摇晃晃，走在人来人往的街头。

这时，手机响。

来电显示：周洁玲

秦小冲想接，但迟疑着，终于没接。

8 周洁玲家 日 内

几个男女在忙活着写标语——

标语一：至诚财富：还我血汗钱！

标语二：至诚财富跑路，天理良心何在？！

标语三：至诚财富……

周洁玲在一旁哭泣着和秦检查通话：……爸，秦小冲现在不接我电话了，您……你赶快打电话给他，让他回家，我等着他，有急事！

电话里的声音：哎，小周，你怎么哭了？家里出啥事了？

周洁玲：没……没啥事，您让秦小冲给我回电话就成！

9 京州街上 日 外

手机再响。

秦小冲看看来电显示，接电话：爸！

电话里的声音：小冲，你怎么不接周洁玲的电话呀？她急死了！

秦小冲：爸，我不敢接呀，我……我这案子有些意想不到……

电话里的声音：怎么？案子到底没能翻过来？

秦小冲沮丧地：是，爸，我真想不到自己会干下这种事！我……我现在连死的心都有！这……这成啥了这？我……我不是东西啊……

电话里的声音：哎，哎，小冲，别胡思乱想了！你是当爹的，孩子那么小，周洁玲那么难！你赶快回家吧，人家眼巴巴地等着你呢！

秦小冲：让我回家，她……她等我？哎，是不是出啥事了她？

电话里的声音：我也担心出啥事，你赶快回去看看吧！啊？

秦小冲这才清醒了：哎，哎！

秦小冲挂上手机，抬手拦了一辆出租车，上了出租车。

10　牛俊杰家　日　内

牛俊杰和牛石艳通话：……艳，你在报社吧？好！你这样啊，把你妈今年以来最后几本笔记本全给我带回家来，我这里只到四月份！

牛石艳的声音：爸，我折页的地方你都看过了？

牛俊杰：看过了，电话里不说了，晚上回家再说吧！

挂上电话，牛俊杰又拨通了齐本安的电话：本安，在哪呢？

齐本安的声音：还能在哪？棚户区流放地！

牛俊杰：那好，等着，我马上去找你，碰一碰情况！

齐本安的声音：我这里不方便，有人做手脚，还是我去你家吧！

牛俊杰：那好，你带点外卖过来，我忙到现在还没吃中饭呢……

11　周洁玲家　日　内

秦小冲进门，看着屋内的讨债标语怔住了。

周洁玲扑上来：哎呀，秦小冲，你可回来了！

秦小冲：怎么？洁玲，你……你们也干上讨债了？

周洁玲眼泪汪汪：小冲，我们被 P2P 至诚财富坑……坑惨了！你讨债讨回来的那二十万，我……我全投给至诚财富了！本来说好年息二分，按月支付，可至诚财富只付了一个月利息，人……
人就跑了！

男债主：是啊，他们就是一伙骗子啊，一下子坑了几万人！

女债主：就这样的一伙骗子，政府也不给咱管好了……

秦小冲：哎呀，也怪你们不小心！你们这是准备去讨债吗？

周洁玲擦干泪：是，我们去吕州至诚财富总部堵门，要不回钱就
不回来！闺女我顾不得管了，得交给你了，你别忘了放学去接她！

秦小冲：哎，上周视频我还说在美国呢，怎么和女儿解释呢？

周洁玲：就说你……你学成回来了，给她一个意外的惊喜！

秦小冲苦笑不止：还意外的惊喜呢，意外的灾难吧！

12　京州中福大门口　日　外

程端阳又来了，站在大门口和保安说着什么。

保安：……哦，程师傅，皮丹董事长在，刚上楼！

程端阳：好，谢谢你啊！（说罢，进了大门。）

13　皮丹办公室　日　内

皮丹从窗前看见走到楼下的母亲，愕然一惊。

皮丹慌忙夹起公文包出门。

14　皮丹办公室门口　日　内

皮丹迎面碰上办公室主任吴斯泰。

吴斯泰：皮董，我正要找您……

皮丹急于逃跑，躲避母亲：回头说，回头再说！

吴斯泰：皮董，这个文件很急的，北京总部要求……

皮丹：那，那到你办公室吧，我家老太太又来堵我了！

吴斯泰：哦，好，好，皮董！

15　牛俊杰家　日　内

齐本安提着几盒外卖进门，问牛俊杰：怎么，又有收获了？

牛俊杰：收获不小，本安，林满江不是一般的腐败分子，很可能是一个少见的窃国大盗！这些年来，林满江和傅长明的长明集团内外勾结，疯狂盗窃侵吞中福集团的国有资产，手法隐蔽，后果严重！

齐本安：预料之中的事，林满江智商高，有经济头脑，市场操作能力强！他这个人静若处子，动如脱兔，杀伐果断，很少见啊！

牛俊杰：哎，齐本安，我发现你好像还挺佩服林满江的嘛！

齐本安：没错，我这辈子佩服的人不多，林满江算一个！只是可惜了，此人没把才华能力用到正处去，只想着怎么为自己谋利益了！

16　周洁玲家　日　内

周洁玲抹了把泪：……我们小老百姓活得容易吗？为了跑赢通货膨胀，千方百计地想把手里的钱多弄点利息，没想到骗局一个接一个地等着我们，总有一款适合你！小冲，你看，你也上了黄清源的当……

秦小冲：周洁玲，行，行，别扯我，黄清源的债全能讨回来！倒是你，你盯着人家的利息，人家盯着你的本金，真有那么高的利息那么好的项目，大资金早就过去了，哪轮到你们！但凡鼓动小老百姓去投资的项目，都是高风险的，换句话说，基本都是骗你们钱的！

男债主：咱秦总到底是天使讨债公司的，一张口那就是真理啊！

女债主恳求：秦总，你来得正好，你能不能教我们几招？

秦小冲苦笑：天使公司经常游走在法律边缘，你们别学了，还是依法讨债吧！灾难既出了，一定要冷静处理！别头脑一热去犯法！周洁玲，好在你只损失了二十万，我这里那三十万过几天给你吧……

周洁玲又哭了：小冲，你……你真是大好人啊，还……还给我钱！

秦小冲叹息：别说了，毕竟咱们做过一场夫妻嘛，我再给你三十万，你就假装没损失，还多赚了十万的利息，这样想心里就好受了……

周洁玲号啕起来：我……我哪……哪止二十万啊！我把我……我妈的二十万、我姐的三十万也借来投进去了，一共是七……七十万啊！我姐的三十万是前天才投进去的！我……我怎么这么倒霉啊！

秦小冲惊愕地：我的天，周洁玲，你……你可真有胆啊你！

周洁玲哭得益发伤心。

秦小冲：好，好了，别哭了，洁玲，咱再想办法吧！你可千万想开点，别把这事看得太重，七十万不算啥，钱就是王八蛋！（沉默片刻又说）黄鼠狼专咬病鸭子啊！不过，也好，这下子我能见着闺女了！

周洁玲：对，对，我们马上出发去吕州，你别忘了接闺女！

秦小冲：放心吧，忘不了！

17 吴斯泰办公室 日 内

皮丹把签过字的文件递给吴斯泰：让老陆尽快传达吧！

吴斯泰：好，皮董！（拿着文件出门。）

皮丹交代：把门锁上，别让外人进来！

吴斯泰：好，好！（说罢，反锁门出去。）

18 皮丹办公室门口 日 内

程端阳站在门口等待皮丹。

吴斯泰匆匆忙忙经过。

程端阳：哎，吴主任！

吴斯泰：哟，程师傅，您怎么又来了？

程端阳：你们皮董呢？

吴斯泰：这……这刚才还见过他呢，不会下矿了吧？

程端阳讥讽：你当他是焦裕禄啊？下矿？他会下矿？！

吴斯泰：那……那他会上哪去呢？又出差了吗？

程端阳：问你呢，你不是办公室主任吗？

吴斯泰：领导去哪又不和我说！程师傅，那您再等等……

19 陆建设办公室 日 内

陆建设接过文件，问吴斯泰：皮董的母亲怎么又来了？啥事？

吴斯泰摇头：不知道，这老太太真够倔的，来过好几次了！

陆建设想了想，拨皮丹的手机。

手机里的声音：您所拨打的电话已关机……

陆建设：吴主任，请程端阳师傅到我这里坐坐吧！

吴斯泰：好，我问问皮董的意思吧！

陆建设：皮董现在在哪里？

吴斯泰：嘿，还能在哪？在我办公室躲着呢！

陆建设：我说嘛，他电话怎么关机！哎，吴斯泰，你真不知道老太太找皮丹有啥事？这不太一般啊，老太太会不会因为大别墅闹啊？

吴斯泰不禁一怔：大别……别墅？陆书记，什么大别墅啊？

陆建设：哦，你不知道啊？长明集团照顾咱们的劳模，送了一幢别墅给程端阳，我估计皮董呢，没给程端阳，悄悄写到自己名下了！

吴斯泰眼睛亮了：哦，还有这种事？中福集团劳模长明集团都送别墅了？傅长明真是大慈善家啊！哎，这么大的新闻，我怎么不知道？

陆建设：人家傅长明低调，不宣传！

吴斯泰：那劳模田大聪明是不是也得了一套大别墅？

陆建设笑了笑：田大聪明是林董的师傅吗？你这个吴尔斯泰，也不知你怎么想的！好了，不说这个了！老吴，你别四处瞎说啊！

吴斯泰：那是，那是，陆书记，我既没听见，更没看见……

20　牛俊杰家　日　内

齐本安和牛俊杰吃着外卖，说着工作。

牛俊杰：昔日京州的煤贩子傅长明跟着林满江发大了。这个傅长明也很厉害，不输林满江。网上有人爆料说，傅长明出手大方，为人仗义，还特别讲信誉，他和钱荣成、黄清源一起倒卖煤炭赚的钱全都用来行贿了。大胆设想一下，受贿人中会不会有个叫林满江的家伙？

齐本安：也许吧！事实是，他们嗣后走到一起去了嘛！中福集团成了傅长明的跳板和起飞跑道，让傅长明成就了一个个资本奇迹！就在今天上午，傅长明当年杏园结义的兄弟钱荣成还跑来向我抱怨呢！

牛俊杰指了指桌上的旧笔记：石红杏笔记里有不少线索，傅长明主要是靠长明保险起飞的，而长明保险最早的控股股东是我们京州中福。傅长明最早的出资也是借京州中福的资金，再抵押股权完成的！

齐本安：所以呀，后来京丰、京盛矿的高价转让，和长明保险的增资扩股就意味深长了！高价转让矿权，就是为了长明保险的大增资！

牛俊杰：是的，我已经找到有关部门查了，我们汉东省不是山西省，当时政府并无强制民企退出煤炭业的规定，林满江这是借口……

21 吴斯泰办公室 日 内

皮丹百无聊赖地站在桌旁，随手翻着吴斯泰的《春满大地》。

吴斯泰开门进来，有些意外：哟，皮董，您还看我写的书？！

皮丹满面笑容：你这个吴尔斯泰啊，也不送一本给我雅正！

吴斯泰受宠若惊，立即签了一册书，双手捧着，恭恭敬敬地递给皮丹：皮董，请您指教雅正！这……这还是石总生前给我作的序呢！

皮丹叹了口气：也是石总给你批钱印的吧？

吴斯泰：是，是，现在出书难，石总给我批了五万！

皮丹：好，吴尔斯泰，你继续写，我也批钱给你出书！

吴斯泰：算了，陆书记说这是腐败，他还……还要查我呢！

皮丹：哪有这么多腐败？这个老陆，不重视精神文明建设嘛！

吴斯泰：就是，就是……

这时，响起了敲门声。

皮丹：老吴，去，看看是谁！

吴斯泰点了点头，过去开门。

门开了，程端阳冷不防闯了进来。

皮丹和吴斯泰都呆住了。

22 牛俊杰家 日 内

齐本安踱着步：……这可真是一盘大棋啊，表面上看，一切无懈可击：京丰、京盛两矿两次转让都是中福集团战略委员会的决策，程序合法！即便初创长明保险时，傅长明空手套白狼，也没违规违法，傅长明借了京州中福的资金，依规抵押了自己的股权，双方愿打愿挨！

牛俊杰：但这里面还是有问题的：现在长明保险是赢了，如果输了呢？傅长明股权不要了，并没有什么损失，所有损失都是中福的！

齐本安：这林满江能不知道？！以林满江的聪明，他能为傅长明这么做，仗义而讲信誉的傅长明能亏了林满江吗？嗯？

牛俊杰：当然不能！本安，你坐下，别晃来晃去的，我头晕！

齐本安坐下：我还知道一个情况：保监会的一位领导，是林满江中央党校同学，正是在这位领导的支持下，长明保险开始了疯狂的扩张之路，及至今天，夺营拔寨，驰骋天下，引起资本市场阵阵惊呼！

23 吴斯泰办公室 日 内

程端阳逼视着皮丹：皮丹皮董事长，你看咱们的事在哪说啊？是在你这里说呢，还是跟我回家去说？你以为你能躲到天上去吗？啊？

吴斯泰扮着笑脸劝：程师傅，要是别墅的事，就别在这儿说了！

皮丹一怔：吴主任，你……你怎么知道别墅？谁告诉你的？啊？

吴斯泰立即将陆建设卖了：陆书记！皮董，陆书记为您担心啊！

皮丹这才软了：妈，咱……咱们回家说去，家丑不可外扬！哦，对了，吴主任，你不是还要在大猫出版社出书吗？记着来找我啊！

吴斯泰：哎，好，好，皮董，谢谢您啊！

24 小学校门口 日 外

秦小冲在学校门口接到放学出门的女儿。

女儿既意外又惊喜：爸，怎么是你？我妈呢？

秦小冲一把抱起女儿：你妈留学去了，以后爸来接你！

女儿：爸，你让我下来，同学们看了笑话！

秦小冲恋恋不舍地放下女儿：对，对，女儿长大了！

25 肯德基 夜 外

秦小冲和女儿一起吃肯德基。

女儿：爸，我妈怎么突然留学去了？也是美国吗？

秦小冲看着女儿笑：不是，爸和你开玩笑呢，你妈出差去了！

女儿：哎，爸，你怎么突然从美国回来了？还回去吗？

秦小冲：这得看你妈的意思，她要经常出差呢，我就不回去了！

女儿：爸，别去美国读书了，现在人家都说，一般的人读书都没用的，读书不能改变命运，挣的钱租不起房，更买不起房……

秦小冲一愣：哎，哎，女儿，这都是谁给你说的？胡说八道！

女儿：才不是胡说八道呢！爸，你在国外这两年，变化很大！

秦小冲：再怎么变，都得好好读书！赶快吃，回去做作业！穷人才不能输在起跑线上呢！爸妈已经输在了起跑线上，你不能再输了！

女儿：爸，咱……咱们原来是穷人啊？

秦小冲：你以为咱们是富人吗？当然，我们也不算太穷！我和你妈这辈子好好努力，争取活出个人模狗样来，你呢，好好学习，等你长大了，考上了好大学，有了好工作，也许我们就会变成富人了……

26 程端阳家简易房 夜 内

简易房里发生了明显的变化，四处都是劳模奖状、奖品。

皮丹冲着母亲程端阳，难得大发雷霆：……妈，你这是怎么了？非要害死我、害死林满江吗？你是我亲妈，不是我的冤家对头！

程端阳指着四面墙上的劳模奖状、奖品：看看，好好看看，你早忘了，你妈没忘，妈是党组织培养的全国劳动模范，一名共产党员！

皮丹叫：又来了，又来了！老同志，那我也给你算一算账，看你这个劳模值多少钱：这茶杯，这暖壶，这毛毯，这被单，最贵重的一件就是这个了：红灯牌收音机，哦，对了，后来还有几百元奖金……

程端阳：皮丹，你算这个干什么？是不是觉得亏了？

皮丹：当然亏了！你这个劳模都不值一万块钱，我随便炒一套房都赚几十万，你还整天挂在嘴上说，你不嫌丢人，我还嫌丢人呢……

程端阳大怒：你混账！组织上给我的荣誉是金钱可以买到的吗？！

27　西餐厅　夜　内

烛光映照着李顺东和牛石艳的面庞。

牛石艳：李顺东，谢谢你，想不到你这魔鬼居然能记得我的生日！

李顺东：其实你应该想到，我指天发誓，我对你的爱是真诚的！

牛石艳：不指天发誓我也相信你了，连我们老范都信了！

李顺东一声叹息：但是，艳啊，我……我命运不济啊！

牛石艳吃着牛排，并没在意：又怎么了？

李顺东：艳，我……我不能坑你，更不能害你啊！

牛石艳这才认真了：哎，李天使，什么意思啊？

李顺东苦起脸：艳，不瞒你说，天使到底出事了，就是今天下午！

牛石艳：啊？出了什么事？这阵子正扫黑呢，扫到你们头上了？

李顺东：可不是嘛，我们负责线下活动的田副总和三名员工下班前突然被光明区公安分局给传走了，我……我可能也得进去……

牛石艳焦虑地：哎，具体犯什么事了？是非法拘禁，还是别的？

李顺东：非法拘禁，还有伤害罪！听说美丽食品的那个女奸商把我们告了，黄清源也跟着告！欠债总是要还的，我现在也算明白了！

牛石艳：那……那天使公司以后怎么办呢？

李顺东：让秦小冲接手吧，也只能他接手了，你肯定不会要的！

28 周洁玲家 夜 内

秦小冲疼爱地看着女儿做作业。

这时，手机响。

秦小冲看了看来电显示，走到另一个房间接手机：李总，我正说要找你呢！我家里突然出了点急事，前妻这阵子不在家，我每天得按时接送孩子，天使公司的副总怕不能干下去了！什么？公安上门了？

李顺东的声音：是啊，小冲，你要不干，天使可能就得关门！

秦小冲：哎呀，李总，我实在是没办法呀，前妻被P2P坑了七十万，到吕州讨债去了，我们现在换班了，她去讨债，我看孩子了！

29 西餐厅 夜 内

李顺东当着牛石艳的面和秦小冲通话：……小冲啊，咱们现在不是过去了，债务平台的构想多好啊，违法的事以后不会再有了，公司现在关门岂不可惜？咱也换个班，我到北山喝汤，你来守摊子吧！别忘了，明天一早钱荣成就把第一笔债权业务给咱们带来了！

秦小冲的声音：李总，要不，你……你先出去躲躲呢？

李顺东：躲啥？欠了债就得还上，我李顺东不做老赖！

说罢，李顺东挂上手机，打开生日蛋糕。

李顺东：艳，今天就是给你过生日，今晚过后把我忘掉吧！

牛石艳眼里汪上泪：李顺东，像你这种坏人我忘得掉吗？！

《祝你生日快乐》旋律响起。

蛋糕上的烛光映照着李顺东和牛石艳的泪脸……

30 程端阳家简易房 夜 内

皮丹和程端阳争论：……有钱能使鬼推磨，荣誉现在买得到！荣誉是有价值的！老同志，咱们能不能别这么傻？能不能与时俱进啊？

程端阳：向哪进啊？向腐败的泥潭进，还是向北山的监狱进？皮丹，你是我儿子，林满江是我徒弟，你们现在很危险了，怎么还这么麻木呢？！林满江我不去说了，该说的我都说了，最后一次，是拉着齐本安一起和他说，他不听，我没办法，他现在是大领导！皮丹，你是我儿子，你是我一把屎一把尿拉扯大的，你六岁就失去了父亲，我得对得起你，对得起你死去的父亲，不能眼看着你在大牢里度过余生！

皮丹：我怎么了？我怎么就要在大牢里度过余生了？你咒我啊？

程端阳：傅长明送的那幢别墅当年价值千万，现在价值三千万，是不是能判你十五年以上？连你们那位陆建设书记都替你担心了!

皮丹火了:陆建设这个王八蛋,他……他……他是不安好心!

程端阳:你割头不换的好朋友都不安好心了,你还不警觉吗?!

皮丹怔了一下,软软地坐倒在身后的床上。

31　中福集团大厦　日　内

中福集团大厦大堂倒计时牌: 距我司八十周年庆典 7 天

林满江和秘书从电梯出来,从倒计时牌前走过。

林满江在大厦门前上车离去。

林满江的专车走后,秘书回头重回大堂。

32　张继英办公室　日　内

张继英在打电话:……今天是周五,他又走了,请查一下长明号公务机是否报飞了?如果报飞,是否考虑将飞机在首都机场拦下来?

电话里的声音:继英同志,你放心吧,这些我们都考虑到了!

张继英:香港那位女护士的照片早就有人放在网上了,虽说没有过分的亲昵之举,可还是让我生疑!他经常去香港,到底干了些啥?

电话里的声音:这正是我们想知道的,所以,还是不要惊动他!

张继英:明白!(若有所思地放下了话筒。)

片刻,张继英拨通了齐本安的手机:本安吗?我是张继英!

33　牛俊杰办公室　日　内

齐本安在牛俊杰的注视下,和张继英通话:……张书记,我和你说过，林满江这么有规律地去香港肯定有名堂，但是不会是赌博。如果是赌博，他可以直接去澳门，没必要走香港，浪费时间和精力！

张继英的声音：他有没有可能是为了遮人耳目呢？

齐本安：不太可能，林满江不是那种人，他不是赌徒，是政治阴谋家！我怀疑林满江在香港有什么生意，或者和傅长明还有合作项目！

张继英的声音：本安同志，你这倒是个新思路啊！

齐本安：不过，这思路也不一定对头，现在是互联网时代，什么生意也不需要林满江这么有规律地去香港啊，还是让有关部门查吧！

张继英的声音：好吧，有情况及时通气！

齐本安挂上手机，对牛俊杰说：老牛，咱们接着昨天说……

34　天使商务公司外　日　外

轿车在门口停下。

钱荣成夹着公文包走进天使公司门厅。

轿车内，毛六向刘总报告：他去了天使公司。

35　天使商务公司　日　内

李顺东对秦小冲说：命运堵掉一个门，总会给你开一扇窗！要我说，你们干脆复婚吧，周洁玲这么个大跟斗一栽，也不会嫌弃你了！

秦小冲：但愿，但愿吧！李总，我昨夜想了一夜，决定了，就算冲着周洁玲这样的倒霉蛋，咱们的天使公司也得开下去，我挺你！

李顺东：那就好！小冲，有困难就克服一下，拿下钱荣成，我就到光明区公安分局自首，争取有个好态度，在北山少喝几天汤！这两年我干的什么我知道，主动自首根据法律规定，两三年吧，我认了！

秦小冲提醒：但是李总，今天在钱荣成面前千万别提这个事，让他知道你要到北山喝汤了，他没准又要耍赖，我以后就不好对付了！

李顺东：当然不会提，对这个奸商，我时刻警惕着呢！

这时，门开了，一位员工引着钱荣成进了门。

李顺东满面笑容：哎呀，哎呀，钱总如约而至啊！

秦小冲：李总，现在看来，咱们钱总那是很有诚意的嘛！

钱荣成从公文包里掏出一沓债权文件，对李顺东和秦小冲说：为表示我的诚意，我把这些债权文件全拿过来了，请你们自己看！

李顺东和秦小冲相互看了看，忙不迭地拿起桌上文件看。

36　牛俊杰办公室　日　内

齐本安：……俊杰，要我说，咱们找出的线索还不能算证据！

牛俊杰：是啊，这都是石红杏个人记下来的东西，缺少旁证。林满江、傅长明他们会说，这是石红杏为了逃避责任留下的一面之词。

齐本安：好在钱荣成那边有所突破，钱荣成手头有个录像！

牛俊杰：这就好，这就为石红杏的说法提供了佐证！

齐本安：还有一个佐证就是皮丹的别墅，师傅也一直盯着呢！

牛俊杰：你师傅真的假的？林满江是她大徒弟，皮丹是她儿子！

齐本安：但她更是一个讲党性、有人格的老劳模，你相信我好了！

37 天使商务公司 日 内

李顺东放下手上的文件，对钱荣成说：……钱总，我得说，这是我们打交道以来你最诚实的一次，把这么多债权文件原件拿来了，诚实得让我感动，瞧，我眼泪都下来了！哎，秦副，快把纸巾递给我！

秦小冲递过纸巾，李顺东用纸巾擦眼。

秦小冲：李总，你别急着感动，我也得实话实说，这些债权是否能收回来？能收回多少啊？并没有把握！别忘了，我们当初接受债权委托时很有信心哩，都要以为荣成集团是大块头，还债没有问题！

李顺东：是啊，谁能想到就有了问题呢？太让我们失望了！

秦小冲：而且还是大问题啊！线上线下这么个折腾法，竟然分文没收到，我们还亏空了上百万，这教训是相当深刻的……

钱荣成：哎，哎，秦副，打断一下，这还不是因为你们的乱来造成的吗？你们非要牵着我的劳斯莱斯到银行门口游街嘛……

李顺东：哦，不说这个，不说这个，我们还是放眼未来吧！

38 牛俊杰办公室 日 内

齐本安对牛俊杰说：钱荣成多疑，对我不太放心，所以，和我见面时并没把录音录像资料带在身上，我估计他这两天就会交给我！

牛俊杰：哎，本安，你说钱荣成这么喜欢录音录像，会不会被人家干掉？尤其是吕州法院执行局那两位进去以后，若是碰上了猛人？

齐本安思索着：比如傅长明？

牛俊杰：是啊！你要砸人家的大锅，人家不要你的命啊？！

齐本安：所以啊，钱荣成高价请了两个保镖，据说是黑社会的！

39 荣成钢铁厂高炉 日 外

毛七站在高炉上四处看着，和毛六通话：……我在高炉上了！毛六你别说，这地方不错，是块福地，谁跳下去都管保活不成！

电话里的声音：那就是它了，我尽快带钱总过来跳吧！

毛七：哎，毛六，咱们可都是钱总请的保镖啊，钱总一个月给咱们两万，咱一人一万，咱们当保镖的把自己的主家给做了，这别扭啊！

电话里的声音：人家出的可是二百万，你还别扭吗？

毛七惊喜交集：是吗？二百万？我的天！这钱……钱到账了吗？

电话里的声音：到了一半，一百万定金今天已经在我账上了！

毛七极是快乐：哦，那好，那好，那……那我也就不去别扭了！

电话里的声音：就是嘛，每人一万的保镖费钱荣成还经常拖欠呢！

毛七：他确实没钱了，我们让他早点解脱，也算是积德行善吧！

40 天使商务公司 日 内

钱荣成看着李顺东和秦小冲：李总，秦副，说吧，怎么放眼未来？

李顺东看了看秦小冲：秦副，你说吧，现在你主持工作了！

钱荣成发现了问题：李总，怎么秦副主持工作了？那你干啥？

李顺东：哦，我要出国考察，主要是研究公司在海外上市！

钱荣成：你们……你们讨债公司竟然也考虑上市了？

李顺东：注意：海外——是海外上市！哦，秦副，你开始！

秦小冲：钱总，你上次说到以置换债权的方式还债，今天还真把这么多债权带过来了，这就产生了一个问题：怎么判断？怎么转换？

钱荣成：所以，我们好好谈嘛，高利贷不算的，我上次说了！

秦小冲：但问题仍然很多啊，恐怕不是在这里说一说就能解决的，所以，我这里就产生了一个战略构思，把你们的债权债务从长计议！

钱荣成眼睛亮了：哦，好啊，秦总，说来听听！

秦小冲胸有成竹：钱总，你听着啊，中国过去有钱庄，咱们能不能搞个债庄呢？有钱存银行，有债存天使，天使在人间，人间很美好！

钱荣成：这个……这个，我还不是太明白！

李顺东：我们秦副总的意思是，天使公司将整合你们企业的三角债、应收款和各类民间负债，打造一个开放的债权债务平台……

41 牛俊杰办公室 日 内

牛俊杰问齐本安：……哎，对了，那个岩台口音的深喉后来怎么样了？是不是又打电话找过范家慧？

齐本安摇头：没有！不过，我们现在也不必指望这位深喉了！

牛俊杰：可这事有些怪啊，深喉两年多前就向秦小冲爆过料，秦小冲出来后，深喉还说要爆料，再后来，又找到了你家范家慧……

齐本安：这我也想过，也许深喉并没我们想象的那么重要！

牛俊杰：但这个人很执着啊，两年多来一直没放弃……

齐本安：可他也没拿出什么有价值的材料和线索啊！

牛俊杰：也是，他可能有些道听途说的材料吧？所以只有风不见雨。不过，这还是挺让人欣慰的：说明这场反腐败斗争深得民心啊！

齐本安：是啊，现在腐败分子的日子越来越难过了，老百姓的眼睛盯着他们，让他们不敢腐，起码不敢明目张胆地腐，这也是好事……

42　天使商务公司　日　内

钱荣成对李顺东和秦小冲说：好，那我就把这些债权存进你们天使公司，由你们去对冲我的债务，为你们平台开张投上一张赞成票！

秦小冲递过一张债权委托书：那钱总，就请你在这里签字！

钱荣成签字。

刚签过字，手机响了。

钱荣成接手机：毛七，啥事？说！

电话里的声音：钱总，长明集团的人过来了，说是想买铁路线！

钱荣成眼睛一亮：是吗？好，好，我马上回去！

43　程端阳家简易房　日　内

皮丹从床上坐起来，对程端阳哀求：妈，你先让我去上班好吗？

程端阳叹息：别上班了，到京州检察院去自首说清楚吧！

皮丹：我……我就算去自首，也得带上房产证啊！

程端阳：让你老婆送过来！

皮丹：妈呀，你让我回去再想想，我明后天去检察院，成吗？

程端阳严厉地：不成！皮丹，我必须把话和你说清楚，如果今天你不去京州市检察院自首，我程端阳就大义灭亲，去检察院举报你！

皮丹沮丧地：妈呀，你……你可真是无私无畏的共产党人！

程端阳：所以，我最看不惯你们这种两面三刀的假共产党！

44　荣成钢铁厂车间　日　内

鼠笼里，小仓鼠已经死了。

钱荣成进门看到，惊愕地问毛七：小仓鼠怎么死了？

毛七漫不经心地：累死的吧？整天在转轮上跑，玩命啊！

钱荣成：不可能！这可不是好兆头！哎，今天没什么人过来吧？

毛七：没有，除了长明集团的人！人家才不会掐死你的老鼠呢！

钱荣成：又老鼠了，仓鼠！我就这么一个靠得住的真朋友了！

毛六：钱总，我们不是你朋友啊？

钱荣成：真朋友还逼着我收保镖费？！哎，长明集团的人呢？

毛七：哦，上高炉了，刚上去，说是要在高处看一看铁路线！

钱荣成忙对毛六、毛七说：走，快走，我们也上去！

45 京州公安局光明区分局门前　日　外

李顺东和秦小冲道别：行了，小冲，回吧！车你开回去！

秦小冲：哎，李总，你说，天使过去的那些事不会牵扯到我吧？

李顺东：不会，我和白副总犯事时，你还在山上待着呢！不过，从今天开始，天使再犯法，那就是你的事了！一定要守法经营啊！

秦小冲：放心，我肯定守法经营！想想也有意思，李总，我觉得你就像警察与小偷里的那个小偷，改邪归正了，法律却找上了门！

李顺东：所以啊，只要你欠下了，就得还上！不说了，再见！

秦小冲：再见，李总！

李顺东回身又叮嘱了一句：一定要守法经营啊！

秦小冲声音哽咽：一定，一……一定……

46 程端阳家简易房　日　内

皮丹仍苦着脸耍赖皮：……妈，现在我是京州中福董事长，单位一大摊子事呢！我突然去自首了，万一被人家检察院留下了，工作受影响啊！这样好不好？让我到单位去一趟，我把工作交代一下……

程端阳：皮董事长，你怎么又不懂事了？

皮丹：我怎么不懂事了？

程端阳：我堵你容易吗？三天往你单位跑了四趟！

皮丹：你还说呢，你老往我单位跑，我才让陆建设盯上了！

程端阳：所以啊，就算我不举报你，陆建设也会举报你！

皮丹想了想：那……那……那咱们先回家拿房产证去！

程端阳：哎，这就对了，早自首早解脱！

皮丹叹气：我解脱了，林满江麻烦就大了！甚至会送掉一条命！

程端阳惊疑地看着皮丹：你说林满江会……会送命？怎么回事？

皮丹：妈，我自首了，林满江肯定会受牵扯，事就闹大了……

程端阳：别说了，等等，我让齐本安过来，你和齐本安说吧！

47 牛俊杰办公室 日 内

齐本安在门口正和牛俊杰告别，手机响了。

齐本安接手机：哦，师傅，您说，您说……

48 荣成钢铁厂高炉上 日 外

毛七在前，钱荣成居中，毛六在后，三人往高炉上爬。

钱荣成似乎觉得不对头，气喘吁吁问：哎，他人上高炉了吗？

毛七继续往上爬：说是上高炉的，哎，我看见他了，就在上面！

钱荣成抹了把汗，又往上爬。

49 牛俊杰家 日 内

齐本安挂断手机，对牛俊杰感慨说：我师傅真不简单，寸步不离熬了皮丹一天一夜，到底逼着皮丹去自首了！皮丹有话要和我说，你一起去听听，看他怎么说，做个录音！

牛俊杰：好的！

二人匆匆忙忙出门。

50 荣成钢铁厂高炉上　日　外

一轮残阳映红了高炉。

钱荣成站在高炉上，面对残阳，意识到了自己的危险。

毛六、毛七一前一后，把钱荣成夹在中间。

钱荣成：毛六、毛七，你……你们骗我，是吧？

毛六点了点头：钱总，你活得多累啊？

毛七：就是，看看，连你的老鼠都累死了！

毛六一脸恳切：钱总，跳下去吧，免得咱们伤了和气！

钱荣成呆住了，身体瘫软下来……

51 程端阳家简易房　日　内

齐本安、牛俊杰匆匆忙忙进门。

程端阳：皮丹，你和齐本安他们说吧，有啥说啥！

皮丹苦着脸：齐书记，牛总，为别墅的事，你们一直劝我，现在我妈又逼我自首，我佛系的，弄不过你们，我自首，我去说清楚！

齐本安：那你还算明白！中福集团不是林满江的林家铺子啊！

牛俊杰将手机放到皮丹面前录音：其实，别墅的事我们查清了！

皮丹：是，牛总，我承认，傅长明是因为京丰、京盛两矿交易才送的！

牛俊杰：傅长明为什么要送别墅给你？怎么不送给石红杏呢？

皮丹：我管京丰、京盛两矿交易谈判，石红杏不具体管。其实，说我管也是假的，都是林满江和傅长明商量好了，把合同拿来让我签字。

齐本安：你就闭着眼睛只管签字了？把你卖了还帮人家数钱？

皮丹：齐书记，你……你知道的，我……我佛系的，啥都不争……

程端阳：皮丹，你这不是混蛋吗？啊？你不争，国家的利益，人民的财产，就轻松落到他们这些腐败分子口袋里去了，你渎职啊你！

齐本安：皮丹，十亿交易费又是怎么回事啊，你知道吗？

皮丹：这我不知道，我只知道傅长明本来也要送林满江一幢别墅的，林满江没要，后来呢，傅长明就替他买了那架"长明号"公务飞机！

齐本安：傅长明为什么要替林满江买这架公务飞机？嗯？

皮丹：他得癌症了啊，傅长明为了方便他到香港看病才买的。

齐本安一怔：林满江得了癌症？这……这又是什么时候的事啊？

皮丹想了想：大约是二〇一一年秋天吧？对，就是二〇一一年秋天的事！

齐本安益发惊异：什么？林满江癌症已……已经四年了？啊？

皮丹：是，这四年来，林满江就靠干扰素和进口药维持生命！

一时间，牛俊杰、程端阳、齐本安都极为震惊。

齐本安：我可真没想到，林满江规律性去香港，竟然是因为生病！我一直怀疑他养小三，原还准备让香港的朋友好好查一查呢！

皮丹：林满江就是去治病的啊，他早……早已病入膏肓了……

齐本安叹息：就这样他还坚持了四年，简直令人难以置信！

牛俊杰：身体都这种样子了，还想到汉东做省长，疯了吗他？

程端阳讷讷说：疯了，官迷心窍了，不知自己是谁了……

52 荣成钢铁厂高炉上 夜 外

钱荣成可怜巴巴地瘫坐在地上，对毛六、毛七说：……你们俩可是我聘的保镖啊，我……我这么困难，你们每人每月一万的工资我……我一分不少，你们却要让我死，这……这也太不道德了吧？

毛六：彼此，彼此，钱荣成，咱们一回事，都不是啥好东西！

毛七：就是，你不也是一边对人家行贿，一边举报人家吗？！

钱荣成：哎，哎，你……你们还能不能讲一点点职业道德，啊？

毛六：钱总，你还能不能有一点点企业家的责任感？多少像你这样的人都以身殉债了，你怎么还厚着脸皮活着？真要逼着我们动手？

毛七和气地劝道：钱总啊，还是你自己跳下去吧！这也挽救了我们两个人的灵魂啊！你升天，我们升华，合情合理，又互惠互利！

53 程端阳家简易房 夜 内

皮丹继续说：……林满江得的是骨癌，常年注射杜冷丁，有时候太憔悴了，还要化妆，四年来的体检报告都是内部关系人造的假。

齐本安愤怒地：这是精心欺骗中央啊，中央如果真把他派到了汉东省做了省长，他能对中央、对八千万汉东人民负起责任吗？啊！

皮丹：林满江说过，哪怕让他做一天省长，他也死而无憾了！

齐本安：他这是要超过他外祖父朱昌平在世时的最高位置！他为了自己的一股个人意气，把党纪国法、人民的利益全扔到脑后去了！

54 陆建设家 夜 内

陆建设无精打采地看着桌上的饭菜，问老婆：今天有人送钱吗？

陆妻：没有！要我说这也是好事，没人来送钱，你就不犯错误！

陆建设：是，反腐风还没刮过去呢，以后会有的，一定会有的！

陆妻把筷子往陆建设面前一拍：吃你的吧，别尽想好事了！

陆建设嘀咕：皮丹上手早啊，连别墅都收到了，我这亏大发了我！

陆妻：哎，你那五十万借款啥时能到账？早到一天就多四十多块钱的利息呢！你赶紧的，让皮丹给你批了！

陆建设：哦，皮丹给我批过了，明天我就去财务公司划款……

55 荣成钢铁厂高炉上 夜 内

毛六、毛七把已昏迷的钱荣成掀下了高炉。

钱荣成落到地面一堆铁锭上当场死亡。

画外音：钱荣成就这么结束了自己的一生，直到死亡的阴影逼至面前，他仍不死心，仍固执地认为，只要假以时日，他和他的荣成集团终会走出困境，一天天好起来。他相信天无绝人之路，相信一切矛盾都可转化；相信寒冬过后是春天，黑暗前面是光明。他就是一只打不死的小强，然而今天却被命运抛下了高炉……

（第五十九集完）

第六十集

1 京州市委大院　日　外

　　一辆辆轿车驶入院内，在第一会议室门前停下。

　　吴雄飞、易学习、郑子兴和十几个干部模样的人分别下车。

2 京州市委第一会议室　日　内

　　横幅会标：中共京州市委常委会议

　　李达康、吴雄飞、易学习、郑子兴等常委一一走进门。（升格）

3 京州国际机场　日　内

　　朱道奇、张继英和两个中纪委干部从要客通道走出。（升格）

　　齐本安、牛俊杰迎上去，和北京来的领导、客人一一握手。

（升格）

4 京州机场贵宾室　日　内

　　一位机场空管干部向张继英、朱道奇等领导们汇报：……"长明号"今日上午十时十分已经准时从香港起飞，目的地：北京首都机场，现在"长明号"位于珠江上空，预计一小时十三分后飞经我们京州上空！

张继英：好，通知空管，呼叫"长明号"，让它备降京州。

机场干部：是！

5　首都机场空管指挥塔　日　内

空管呼叫：……"长明号"请注意，"长明号"请注意，北京首都机场空中管制，请听到呼叫后备降京州国际机场！备降京州国际机场……

6　"长明号"飞机上　日　内

林满江愕然一惊：怎么备降京州？出什么事了？

傅长明：说是空中管制……不过好像不太对头！

林满江狐疑不安：就近降落也不应该在京州啊！

傅长明也明显不安了：就是！哥，咱们是不是返回香港呢？

林满江想了想，苦笑：还回得去吗？是福不是祸，是祸躲不过啊！

傅长明：哎，哥，会不会是福呢？你……你的省长调令下来了？

林满江摇头：天哪，长明，你可真敢想啊你！

7　京州市委第一会议室　日　内

李达康主持市委常委会议：好，同志们，开会了！今天这次常委会议只有一个议题，那就是：是否废止我市二〇一一年制定的一个关于棚户区拆迁的24号文件！这个议题在座同志们都不陌生，早就提出了，但坦率地讲，虽经反复沟通，迄今没能达成一致意见。

吴雄飞、郑子兴、易学习等十五名常委都注意地盯着李达康看。

李达康：没达成一致意见怎么办？一团和气等下去？同志们，我们可以等，但老百姓等不起啊，冬天马上要来了，矿工新村这么多老弱贫困群体怎么过冬啊？万一电路超负荷，引发重大火灾怎么办？

会议气氛沉闷，让李达康的声音在孤独中带上了悲壮。

8　京州机场贵宾室　日　内

齐本安、牛俊杰向张继英、朱道奇和中纪委两位干部汇报。

齐本安把录像光盘交给张继英：张书记，这是今天一早钱荣成的老婆送来的，让我们没想到的是，钱荣成昨晚从高炉上跳下来自杀了！

牛俊杰将十几本笔记本摆到张继英面前：这是我们从石红杏遗留的笔记本里初步找到的林满江和傅长明集团勾结的涉嫌线索……

9　"长明号"飞机上　日　内

林满江盯着傅长明问：长明，钱荣成是……是自杀吗？嗯？

傅长明：是自杀，荣成集团资不抵债，钱荣成只能以命相抵了！

林满江叹息：是吗？我只怕也要以命相抵了，终是不昧因果啊！

傅长明：哥，你千万别这么想，这次医生说挺好的，你生命顽强！

林满江思索着：长明，我身患绝症，来日无多，你不能莽撞啊！

傅长明：哥，我知道，长明集团这么大的产业，我不敢乱来的……

林满江再次问道：长明，这个奸商钱荣成当真是自杀吗？啊？

傅长明：应该是吧？钱荣成绝望了嘛，不过也难说！我们已经把钱荣成破产后狗急跳墙，举报合作伙伴的紧急警报发了出去，信息共享，所以，也不排除钱荣成被哪个受过他重贿的猛人做掉……

林满江：这个可能性也不是不存在，唉，早死早托生吧……

傅长明：就是嘛……

这时，林满江身子一歪，倒向一侧。

傅长明忙过去扶住林满江：哎，哥，哥，你没事吧？

林满江努力支撑着：没事，长明，你继续说，我听着呢……

10　京州机场贵宾室　日　内

张继英对众人感慨不已：……林满江四年前就得了致命骨癌，却还这么贪恋权力，为了获取更大的权力，一直向组织隐瞒严重病情。

齐本安：据皮丹交代，林满江四年中的体检全是由替身代做的！

张继英：实在触目惊心啊！客观公道地说，林满江很能干，是个人才，中福集团在他手上崛起了，他具有超前的战略眼光。可惜了！

齐本安：朱老，您的判断没错，林满江早不是一个共产党人了！

朱道奇：林满江对我们的革命是不认同的，认为革命有许多错误。

齐本安：是的，我们也争论过，但这都不是他腐败堕落的理由嘛！

朱道奇：没错，他没有理由！我也当面警告过他——不是作为他舅舅，他从不认我这个舅舅，我是以老领导、老同志的身份和他说这话的！我和他说呀，自从杀掉张子善、刘青山，我们党就把一个明确的信号发给了全体党员：这个党容不得腐败，也没有将功折罪之说！

张继英证实：是的，是的，那次谈话我也在场，情形历历在目啊！

11 京州市委第一会议室 日 内

会议室里依然是李达康一个人孤独的声音：……同志们，我这一次绝不是霸道，我是在恳求你们啊！恳求你们大家好好想一想：在老百姓的痛苦面前，我们到底应该做出怎样的选择？怎么为官，怎么做人！怎么做一个共产党人！我和易学习同志，和郑子兴同志，还有吴市长、刘市长，我和你们沟通时都说过这个话：古人尚且知道做官要讲官德，为官一任要造福一方；当官不为民做主，不如回家去卖红薯，何况我们这些改革开放时代的共产党领导干部呢？今天我把这个话在这里再说一遍，同志们，请大家站在老百姓的角度多想一想……

会场上鸦雀无声。

12 "长明号"飞机上 日 内

林满江有气无力地：长明啊，你们是不是也盯上齐本安了？

傅长明：哥，齐本安太可恨了，没完没了地和我们纠缠！佛都看不下去了！棚户区里那么乱，拆迁和反拆迁两伙人整天打架，齐本安还赖在那里动员拆迁呢，我估计有可能会出点安全事故，阿弥陀佛！

林满江：前几天，齐本安在棚户区被小流氓围攻是你策划的？

傅长明：我没想到齐本安有保镖，他在棚户区还那么有人缘……

林满江：胡闹，不许乱来，你信佛啊，手上怎么能沾血呢？

傅长明：哥，我交代过的，对齐本安掌握分寸，一般不会要他的命！实话说，齐本安不好对付，我让人安在他办公室的针孔探头，根本没派上用场就都让他找出来了，我怀疑国家有关部门插手了……

林满江：所以要小心嘛，你要保住咱们的资本帝国啊！

傅长明：哥，我明白，我明白！

林满江：对齐本安住手吧，不要再搞任何动作了，危险！

傅长明：好的，哥，我听你的！

林满江：在开曼群岛注册时，那十亿股份不在我名下了吧？

傅长明：不在了，本来在小伟名下，是你让转到我名下的！

林满江欣慰地：那就好，在你名下好，他们就找不到碴了！

傅长明：哥，你放心吧！二〇〇一年开曼政府就颁布了规定，公司主要负责人、股东、受益人和授权人的所有资料，都受《保密关系维护法》管辖。披露该信息或试图获取该信息将触犯开曼刑律。

13　京州机场贵宾室　日　内

朱道奇对齐本安感慨：……本安，继英同志夸你，说你这个同志认真，说你一夫当关，林满江他们就万夫莫开了！事实再次证明:世界上怕就怕"认真"二字,只要大家认了真,反腐倡廉就不可能搞不好!

齐本安感慨:但也困难重重啊,京州甚至出现了干部逆淘汰!

张继英:不论怎么困难,我们总是守住了法纪底线嘛,是吧?!

朱道奇突然想了起来:哦,对了,本安,你们安排救护车了吗?

齐本安:安排了,朱老,我想到了,林满江的精神可能会崩溃!

朱道奇:是啊,基辛格说过,权力是最好的春药,林满江就是怀着对权力的极度渴望,才硬撑着这一口气啊,能撑这么久,也算是奇迹了……

14 京州机场公务机停机坪 日 外

一辆救护车和几辆警车驶入停机坪。

一队武警战士跑步就位,严阵以待。

15 京州市委第一会议室 日 内

李达康扫视着众人:同志们,请大家发表意见吧!

围坐在会议桌前的十五名常委齐刷刷把目光投向市长吴雄飞。

吴雄飞心平气和:达康书记,同志们,我觉得今天没必要再多说了吧?关于是否废止这个拆迁文件,我们在座十五名常委会上会下做过多次沟通,反复讨论和争论过,应该说大家的意见已得到了比较充分的交流!所以,同志们,我建议节省一点时间,大家举手表决吧!

李达康:好,如果同志们不反对,那么,我们就举手表决!会前我和吴市长沟通过:因为 24 号文件的废止属于敏感的重大决策,必须有三分之二以上的常委通过，也就是十名以上的常委通过！现在请秘书长宣读一下关于废止京州市政府二〇一一年24号文件的决议草案！

秘书长：好，同志们，我来宣读一下文件草案……

16 "长明号"飞机上 日 内

林满江叹息着对傅长明说：长明，我最不放心的就是小伟啊！

傅长明：我知道，哥，属于你和小伟的东西我傅长明一分不贪！

林满江：这我相信你！正是因为你为人诚信，我们此生才走到一起来了，才在这个了不起的大时代共同创造了这么一个资本奇迹嘛！

傅长明：哥，这奇迹是你创造的，你总是先人一步！不是你让我从保险入手，一手安排资金让我创建长明保险公司，哪会有今天……

林满江自顾自地说着，声音虚弱：小伟不听话呀，前两年吵着要到非洲当义工，现在又迷上了李达康和京州棚户区的那一摊子烂事。

傅长明：哥，不急的，现在小伟还年轻，过几年他就会省悟了。

林满江泪水直流：长明啊，哥把小伟托……托付给你老弟了，啊？

傅长明眼中噙泪：放心吧，哥，我会把小伟当我自己的儿子！

林满江：还有，我是要死的人了，审查时瞒不了的事都推给我！

傅长明：那哪能啊，我好汉做事好汉当……

林满江：愚蠢！在法律面前充什么好汉啊?！我估计你也会

以单位行贿罪什么的，进去判个十年、八年，绝不会超过十年的……

傅长明：真要这样，我出来后就去找小伟，不管他那时在哪里！

林满江讷讷着：好，好，拜托，长明，小伟就拜托给你了……

这时，京州机场已经在林满江眼前的飞机窗下。

17　京州机场　日　外

"长明号"从空中呼啸降落下来。

"长明号"在跑道上滑行。

公务机停机坪，警车、救护车旁站着警察和医务人员。

齐本安、牛俊杰、张继英、朱道奇、纪委干部等也在车旁等待着。

18　京州市委第一会议室　日　内

秘书长放下手上的文件夹：……决议草案宣读完毕！

李达康再次征求意见：同志们，大家还有什么要说的吗？

易学习：达康书记，该说的都说了，表决吧！

郑子兴：对，李书记，表决吧！

李达康：好，我们表决！赞同这个决议的同志请举手！

易学习第一个举起了手。

郑子兴跟着举起了手。

李达康冷峻的目光追踪着面前一个个常委。

吴雄飞没举手，脸转到一边。

吴雄飞身边的赵副市长手举到半截又放下了。

这时，十五名常委中已有八人举手。

李达康再次把火热的目光投向赵副市长。

吴雄飞也把严厉的目光投向赵副市长。

赵副市长在吴雄飞和李达康的共同注视下，迟疑着。

赵副市长最终缓缓地举起了手。

李达康带着欣慰，最后一个举了手。

会议继续进行，李达康：反对这个决议的请举手！

吴雄飞和另外两个常委举手。

李达康：好，反对三人！弃权的同志请举手！

又有两名常委举手。

秘书长郑重宣布：本次常委会到会十五人，十人赞成，三人反对，两人弃权，赞成人数超过表决人数的三分之二，决议获得通过！

李达康眼中噙泪，带头鼓起了掌。

19　京州机场　日　外

"长明号"停稳。

林满江、傅长明出现在机舱门口。

林满江、傅长明分别走下飞机。（升格）

朱道奇、张继英、齐本安及中纪委的干部注视着林满江。

几名武警迎着林满江、傅长明走了过去。（升格）

傅长明被两个武警夹持控制。（升格）

与此同时，林满江软软地倒下。（升格）

武警和救护人员及时将林满江抬上担架（升格）

20 京州市委第一会议室 日 内

李达康缓缓站起来，对众常委说：……同志们，感谢你们，不管今天你是举手赞成，还是举手反对、弃权，我这个班长都要深深感谢你们！赞成支持的同志，给我信心；仍然反对的同志，让我警醒。因为我知道，这个决议不是一致通过的，所以我就更不敢掉以轻心了！

众人都盯着李达康。

李达康：这种情况在京州党的历史上比较少见，过去，我们太在乎一致通过了，正常的工作争执和分歧也往往会被一些同志误解为人事纠纷。今天很好，我看是真正地践行了集体领导，民主决策！吴雄飞市长等五位同志虽然还有保留意见，但是，我相信他们一定会遵循党的民主集中制原则，少数服从多数，认真去执行这个会议决议！

吴雄飞：李书记，请你和同志们放心，政府会认真执行决议的！

李达康：好，那就好！好了，同志们，散会！

21 京州中福财务公司 日 内

陆建设官气十足地将皮丹已经签过字的一张借支单据交给会计：……张科长，给我打款！我这年薪弄没了，今年借支五十万！

张科长接过单据看了看，赔着笑脸：陆书记，恐怕借不了啊！

陆建设有些意外：哦，怎么了？这皮丹董事长签过字的！

张科长：上面来电话说，皮董事长签字没用了，我们也不知道是怎么回事！哎，皮丹董事长不会出什么事了吧？

陆建设怔住了：什么？皮丹签字没用？这……这是谁说的啊？

张科长：是集团张继英书记！张书记还说，如果是紧急用钱，那也得齐本安批！（说罢，把单据递还给陆建设。）

陆建设明白了，木然把借款单据撕碎，天女散花似的撒了一地。

22　京州市人民检察院反贪局门前　夜　外

皮丹夹着一只公文包，步履蹒跚走到大门口。

皮丹在大门口回过头来，看了不远处的程端阳一眼。

程端阳向皮丹挥了挥手，眼中的泪水缓缓落下。

程端阳满是泪水的面容。（特写）

23　医院病房　日　内

林满江躺在病床上，打着吊针，苍老憔悴，和以前判若两人。

24　医院监控室　日　内

林满江苍老憔悴的面孔出现在监视屏上。

张继英对齐本安说：……本安，林满江随时可能有生命危险，他自己也很清楚，所以什么都不愿说，组织上希望你去和他谈谈，看能不能从他嘴里问出一些情况？比如那十个亿交易费？

齐本安一声叹息：林满江是绝顶聪明的人，我去也谈不出啥！

张继英：谈不出啥也比啥都不说强吧？他只要开口说话就成！

齐本安苦笑：我和林满江纠缠了一辈子，石红杏走了，他老婆童格华也跳楼自杀了，他现在这个样子，我还去谈啥呢？太伤感了！

张继英：我真想不明白童格华为啥要自杀！上半夜有关部门到

她家去搜查，下半夜她就跳楼了。其实也没搜出啥赃款赃物，她的问题就是违纪报销的四十万，又全部退还了，怎么也不该走到这一步的！

齐本安不无痛惜地：我倒觉得啊，童格华的自杀在情理之中。

张继英：难道童格华知道那十个亿的情况，为了保住秘密？

齐本安：不是，童格华不会知道那十个亿，不是因为这个！

张继英看着齐本安：哦？那你说说看，童格华是因为什么？

齐本安：林满江父母死得早，从小没有家庭的温暖，把家庭看得很重，林满江对自己的老婆、孩子保护得很好，从不让自己老婆孩子干任何违法乱纪的事。我拉响小金库炸药包，林满江怒不可遏，牛俊杰说林满江是作秀，我就说不是，林满江是真的对这事很恼火……

张继英：这我也知道，童格华来我这里退款时，痛哭流涕，说被林满江骂惨了，和林满江结婚这么多年，从没被林满江这样骂过！

齐本安：这是真的，他们俩感情一直不错！林满江应该说是个好丈夫，童格华一直对他很依赖，像个菟丝花，已经没有独自面对生活的能力了！林满江突然发生这么大变故，童格华就绝望了，悲剧啊！

张继英叹息：是啊，是啊，所以说，腐败害人害己嘛！

齐本安感慨万端：反腐倡廉其实真是件功德无量的事啊……

25　范家慧办公室　日　内

范家慧在打电话，牛石艳在一旁看着。

范家慧：……深喉，怎么又是你？这事别和我说了，你直接向中央纪委举报吧，网上有举报电话！对，林满江已经被立案审查了嘛！

说罢，范家慧挂上手机。

牛石艳：哎，那个岩台人又要爆料了？

范家慧：我看他也没什么料可爆，让他找纪委爆去吧！

牛石艳：就是，林满江、傅长明身居高位，又都那么精明，能让谁轻易抓住啥把柄？这个岩台人也就是吃瓜群众罢了，听风就是雨！

范家慧：也别小瞧了吃瓜群众，群众是真正的英雄，主席说的！

牛石艳：是，英雄，真正的英雄！哎，范社长，找我过来干啥？

范家慧：哦，是这么个事：市纪委办公室王主任来通知了，易学习书记这几天要过来调研，艳，你赶紧麻利地，通知大家大扫除！

牛石艳：易书记就是来报社看一看，有这个必要吗？

范家慧：怎么没必要？让易学习书记看看咱《京州时报》的精神面貌，给他留个深刻印象！

牛石艳：范社长，咱们的精神面貌得体现在报纸版面上……

范家慧：废话！这我能不知道吗？但我们不能让易书记看到一个又脏又乱的猪圈吧？牛总，别忘了，你们深度报道部还一屋子商品呢！

牛石艳恍然大悟：哎，这倒是，别让易书记以为我们不务正业！

范家慧：就是嘛！还有那些山猪肉，赶快弄走，削价处理给大家！

牛石艳匆匆忙忙出门：好，好！哎，老范，也给你留半爿吧？

范家慧：别了，我家老齐又去北京了，我减肥，家里哪有人吃啊！

26 陆建设办公室 日 内

林满江亲切接见陆建设的大幅相片仍然醒目地挂在正面墙上。

陆建设站在大照片下，对吴斯泰交代：……吴主任，赶快安排两个人过来，把林满江这个腐败分子的相片取下来，让人看见啥影响？！

吴斯泰变了副模样，已不再惧怕陆建设，口气似乎是陆建设的领导：老陆，你说你这个同志也是的，真有眼力见儿，哎，没见我正忙着呢？中央巡视组马上过来了，下午就到，我那么多事要安排呢……

陆建设苦着脸：吴主任，你忙归忙，那也得有个轻重缓急吧？总不能眼看着这么大一个腐败分子大模大样地待在我办公室里吧，你说让中央巡视组的人看到像什么样子，是吧？还以为我也腐败了呢！

吴斯泰脸一拉：不是！这个大腐败分子是你指示挂上去的！

陆建设：那是你建议的，吴斯泰，你……你不要这么势利……

吴斯泰：老陆，我这是跟你学的，想取，你自己取下来吧！

陆建设：那……那……那你起码得给我找个梯子来吧？

吴斯泰没好气：自己找去，杂物间有！（说罢，甩手出门。）

27 周洁玲家 夜 内

秦小冲、周洁玲和女儿一起吃晚饭。

周洁玲一脸憔悴，看着秦小冲和女儿。

秦小冲：哎，你怎么不吃？不是好几天没正式吃饭了吗？

周洁玲又要哭了：吃不下啊，这七十万说没就没了……

秦小冲：哎呀，别想了，别想了，快吃吧，尝尝我烧的鱼！

女儿：妈，你快吃吧，爸留学在美国餐馆打工，都学会烧饭了！

周洁玲噙泪吃了几口，又放下筷子。

秦小冲：怎么了？不好吃吗？来，来，我给你来个鱼尾巴……

周洁玲泪眼看着秦小冲：小冲，你天使公司能帮我们讨债吗？

秦小冲吃着喝着，随口问：债务额多大？涉及多少债权人？

周洁玲：我走时登记是一百二十多亿元，十三万人左右吧？

秦小冲嘴里的一口酒喷薄欲出：这单业务太大，我们吃不下！

周洁玲：你们不是做债权平台吗？就不能考虑把我们做进去？

秦小冲煞有介事：下一步研究吧，P2P这雷太大，恐怕得等李顺东从山上下来再考虑了，我现在主要守摊子，做无雷的传统业务……

周洁玲热烈地：小冲，你既做了天使公司的老总，就得有进取心！

秦小冲苦笑：洁玲，我就是再进取也救不了你十三万债权人啊！

28　医院病房　夜　内

林满江摘下呼吸罩，空洞的眼睛茫然看着天花板。

29　医院监控室　夜　内

张继英继续动员齐本安：……本安，去吧，和林满江谈谈吧，本来我还想把程端阳师傅请来做林满江的工作，程师傅就是不答应！

齐本安：师傅不会答应的，她心痛啊，皮丹昨晚自首了，被留在京州市检察院反贪局交代问题，红杏自杀了，林满江这个样子。我到棚户区办公后，经常见她，她不止一次问我：这都是怎么回事？她这个当师傅的做错了啥？一再自责，说是对不起组织当年的托付……

30 程端阳家简易房 夜 内

程端阳痴迷地看着自己和林满江、齐本安、石红杏的合影。

（闪回）矿工新村程端阳家，工会老主席拿出一沓十元一张的钞票共三百元，双手递到程端阳手上，哽咽着对程端阳说：程师傅，党组织把这三个矿工的儿女交给你了！他们都是孤儿，父亲都是在井下因公牺牲的，你是车工大王，替组织把他们养大，教他们技术，让他们有一技之长，这辈子能有碗饭吃，让他们父亲在地下安心，啊？

程端阳接过三百元钞票后，一个失手，钞票落得一地都是。

程端阳痛哭失声。（闪回完）

程端阳手脚迟缓地将合影照片点着了，眼看着它化为灰烬。

火光映照着泪流满面的程端阳。（特写）

31 医院监控室 夜 内

齐本安对张继英说：……我猜程端阳是后悔让我们上进了，如果我们仨都老实学门技术，不走出京隆煤矿，今天这一切就不会发生。

张继英：这怎么可能呢？时代潮流浩浩荡荡，一个东方大国在巨变中崛起，九百六十万平方公里土地上哪里还有平静的角落啊？要我看，关键还在于每个人怎么选择！比如你齐本安，就做出了正确的选择！

齐本安：这倒是，林满江也是一步步走过来，选择了今天……

张继英：本安啊，我恳求你，还是去和林满江谈谈吧！啊？

齐本安一声叹息，终于应下了：好吧，继英书记，我试试吧！

32　医院病房　夜　内

齐本安推门走了进来。

躺在病床上的林满江眼珠子转了一下。

齐本安在林满江身边的椅子上坐下。

齐本安：大师兄，我来看看你！

林满江表情麻木，眼神空洞地看着天花板。

空气凝滞，一时无话可说。

过了好一会儿，齐本安才说：大师兄，我知道你现在最不愿见的人就是我！但继英书记和朱老希望我和你谈谈，不要对抗组织审查！

林满江声音微弱：没大师兄了，只有林满江！想不想见你，我说了也不算！本安，你夙愿已偿，我们今生已无相欠，愿来生不再相见！

齐本安：大师兄，你真这么输不起吗？

林满江叹息：有什么输不起的？你是想让我向你这个胜利者致敬吗？好，齐本安，你好样的，勇士啊！你拉响了炸药包，炸死了石红杏，炸翻了林满江和皮丹，炸晕了程端阳，你大义灭亲，令人敬佩！

齐本安激动起来：哎，大师兄，怎么是我炸死了石红杏？炸晕了程端阳？是你，是你逼死了红杏，带坏了皮丹，伤了师傅的心……

林满江：你可以把责任都推到我身上，但你明白，没有你，大家相安无事！石红杏如果不背叛我，我本来可以保护她一生一世！我并不想践踏石红杏的尊严，更不愿看着她这么决绝地离开人世……

齐本安：但是，大师兄，你的保护是有前提的，那就是让石红杏放弃对你的质疑，做你的忠实信徒！红杏一生迷恋你，崇拜你，你却利用她对你的感情，强化她对你的愚忠，让她丧失了怀疑的能力！

林满江：这就让你耿耿于怀了，你就一辈子盯着我玩命，是吧？

齐本安：不是，大师兄，请你别把事情庸俗化，我没这么庸俗！

林满江：你不但庸俗，还缺乏男人的担当，别说得这么冠冕堂皇！

齐本安：借红杏的手乱来，出事全算红杏的，这算担当吗？！想想我真是心痛：红杏胆小，不敢拿不该拿的钱，弄出了个小金库，结果出了事。靳支援呢？在你的庇护下，把四百多万拿走了，反而平安无事，大师兄，你不应该啊！更别说红杏设小金库还是请示过你的！

33 病房门外 夜 内

张继英对守在门口的审查人员交代：……不要打搅他们，林满江终于说话了，这就好！

审查人员纷纷点头——

好的，张书记！

明白，张书记……

34 医院病房 夜 内

林满江对齐本安说：……小金库是我要查的吗？你痛心我不痛心吗？你上任时我就和你说过，许多事情不是非黑即白！我们不是生活在真空中，我们面对的世界很复杂，有灰色地带，有潜规则！在中福集团我是一把手，我说不查的事可以不查，完全可以不查的！是你把炸药包拉响了，逼着我非查不可，这才造成了现在的被动局面嘛！

齐本安：看看，权力没有监督是多么可怕！大师兄，你说不查就不查了，偶尔遇到我这么一个认真的，炸药包就爆炸了！这个炸药包可不小啊，靳支援等一大批高管在下属单位拿钱，甚至伸手要钱，你知道情况有多严重吗？涉及了上百干部，几亿资金，许多单位烂掉了！

林满江：齐本安，你知道靳支援这些高管创造了多少利润吗？远的不说，就说最近这三年，中福集团创造的利润高达一千二百多亿！

齐本安：这能说明什么？因为创造了利润，就应该伸手拿不该拿的钱了吗？他们如果觉得委屈，可以离开中福集团，去自主创业！

35 医院监控室 夜 内

张继英看着监控屏，对工作人员感慨说：……林满江深谙中国国情和圈子文化，很会笼络人心啊！你看他，兼任了九个大公司的董事长，却从未拿过一分额外薪酬和好处，但一直默许靳支援等手下亲信高管违规要钱拿钱，大量设立小金库，深得这些高管的拥护和支持！

工作人员：现在这些高管肯定恨死齐本安了！

张继英：是啊，齐本安触动的是一个利益集团的利益啊！

36 医院病房 夜 内

林满江叹息：好，好，我不和你吵，你是胜利者，你掌握真理！

齐本安缓和了一下口气：大师兄，我也不想和你吵！咱们继续说红杏吧！红杏迷恋你，这一迷就是一生！我和师傅唤不醒她，推不醒她，甚至打不醒她！她怎么和牛俊杰结婚的，你不是不知道！石红杏就是赌了一口气啊！可你又是怎么对她的呢？大师兄，是你对不起红杏啊！红杏自杀就是因为看穿了你，对你彻底绝望了！红杏到死才发现，她这辈子亏了牛俊杰，如果有来生，还要到牛家做媳妇！

林满江木然听着，脸上毫无表情，但眼中隐隐有泪光。

37 牛俊杰家 夜 内

牛俊杰在石红杏遗像下插了支香，对着遗像说：……杏，给你说个事，想来想去，我觉得得给你说：林满江到底垮台了，你可能想象不到，他已病入膏肓，没几天了！所以，杏，为夫得给你提个醒，在那边可别再让他骗了！我和齐本安已经把他的画皮揭开了，你的笔记本起了大作用！林满江一直以为你蠢，你其实还挺聪明的……

38 医院病房 夜 内

齐本安对林满江说：……大师兄，我知道，对石红杏留下的那一百七十八本笔记，你既耿耿于怀，又忐忑不安。你让陆建设去强要，让皮丹去乞讨，你的确聪明，脑子好使，你猜对了，红杏的笔记本里记下了你大量违法违纪的事实。我大致看了一下：红杏从早期对你盲目崇拜，到后期对事实的冷静记录，实际上已经在不自知的情况下，完成了从一个狂热少女到现代企业干部的成长过程。这个炸药包我不去拉，红杏也会在某一天主动拉响，你信吗？大师兄，人在做天在看啊……

林满江：好了，好了，别说了，本安，我累了，要休息了！

齐本安起身告别：那好，大师兄，你休息，我们明天再谈！

39 医院病房 日 内

门开了，齐本安走了进来：大师兄，昨夜休息得还好吗？

林满江：不好，几乎一夜未眠，本安，你扶我坐起来吧。

齐本安扶林满江坐了起来：大师兄，那咱们接着昨天的话题说？

林满江面无表情：想说啥你就说，我又阻止不了！给我倒杯水！

齐本安倒了杯水放到林满江面前：大师兄，石红杏的小金库和你无关，童格华报销的那四十万，是背着你的，别人不相信，我相信！

林满江喝水：本安，而且事实证明，我不是靳支援他们，我从没拿过任何下属干部和下属单位的一分钱，我对自己的要求很严格！

齐本安：大师兄，你不会看上这种小钱，你的问题出在和长明集团的合作上！傅长明不简单啊，创造了一个资本奇迹，你帮大忙了吧？

林满江：本安啊，你想多了吧？我帮傅长明什么忙？还大忙！

齐本安：这我又不得不提京丰、京盛两矿那笔可疑的交易了，你用四十七亿现金帮助长明保险实现了股本大扩张，奠定了长明保险今天的江湖地位！京州中福呢？捧上了一堆火炭，把牛俊杰烫得大喊大叫！

林满江：别再提这个倔牛！对资本市场上的事，他一窍不通！

40　牛俊杰家　日　内

牛俊杰对着石红杏遗像絮叨：……杏，你要听我的多好！我早就对你说过，林满江、傅长明他们这是坑人，不但坑了你这个京州中福的老总，也害了我这个京州能源的老总，更坑了国家！幸亏来了一个齐本安，幸亏齐本安认真负责，不像你这么迷信权力、糊涂马虎……

41　医院病房　日　内

齐本安恳切地对林满江说：……大师兄啊，一开始我也糊涂！牛俊杰夸我大事不糊涂，但我其实是糊涂的！开始我并没把牛俊杰的叫唤当回事，后来审计交接受阻，我深入研究下去，这才发现不对了！

林满江：哪里不对？傅长明现在收回京丰、京盛矿，也是四十五亿！

齐本安：是，开始我还以为傅长明发了善心呢，现在才知道，分十年付清！这就是你们的公平原则和逻辑？如果当年这四十七亿也分十年付，还有现在的长明保险吗？你们能干吗？你们不会干的……

林满江：本安，你别一口一个"你们"，我是我，傅长明是傅长明！

齐本安：你们俩能分清吗？傅长明是行贿大师，而且守信用！大师兄，我知道，你从小缺少家庭温暖，不想让小伟再受任何委屈……

42　医院监控室　日　内

张继英问：长明集团是否有林满江家人的股份？比如林小伟？

干部甲：我们还在查，不过，比较困难，开曼群岛有保密法！

张继英又问干部乙：傅长明那边呢？他又怎么说？

干部乙：张书记，傅长明说那十亿交易费是资金成本，是糊弄钱荣成的，没有行贿。但傅长明承认，林满江这几年的医药费是他们报销的，总计约三千万港币！公务飞机虽然不是替林满江买的，但林满江去香港看病经常用。另外，长明集团还送了皮丹一套别墅……

43　医院病房　日　内

齐本安苦口婆心地对林满江说：大师兄，咱们一辈子就这么过来了，彼此之间了如指掌！我知道，你所做的一切都是为了林小伟！

林满江拉下脸：本安，不论我和童格华做了什么，都和林小伟无关！如果你再提林小伟，我们就别谈下去了，我现在很累，很累！

齐本安：好，小伟是个好孩子，不谈也罢！大师兄，苏格拉底说过，未经自省的人生没有意义！大师兄，你到现在还没一点反思吗？

林满江：怎么能不反思呢？我很后悔，怎么把你派到了京州！实话告诉你，本安，我就是担心会有今天，才在党组研究决定后，把对你的任命压下半个月，是你假装的恭顺欺骗了我，让我以为你改变了！

齐本安：和你一样，变成了只唯上、不讲原则的功利主义者了？

林满江：是现实主义者。我再强调一下，本安，我们处在一个复杂的社会时期，这个时期此前从没出现过！一方面，我们背负着几千年的文化和文明的传统，一方面，面对着不可预测和预知的未来……

齐本安：大师兄，要我说，也不是不可预知，我们面对着一个民族千古未有的伟大变局，一个美好而充满希望的未来！我们是这个历史大变局的参与者，我们今天的所作所为，不但肩负着我们祖先的期待，还要经得起后人的检验！所以，每当像你这样的功利主义的腐败无害论者出现在我面前的时候，我总是保持着充分的警觉……

林满江：这么说，我根本就没有改变过你？你依然是十二年前的那个上海公司的齐本安？这十二年你一直在韬光养晦，是吗？

齐本安：不是！大师兄，我的初心从没改变过，倒是你，我本以为你改变了！十二年来——尤其是到了中福集团总部这些年，我亲眼看到你呕心沥血地工作，我没想到这是假象，没想到你在利用自己的聪明才智下一盘大棋！大师兄，你让我惊异，也让我痛心！现在我想明白了，走到这一步是你滥用权力、私欲膨胀的结果，你就不内疚？

林满江：内疚？齐本安，内疚的应该是你！不要利用胜利者的地位和我夸夸其谈，别忘了，我是你的大师兄，你这辈子都是我的跟屁虫！你动机高尚，你手握正义，所以，亲人朋友你可以随意牺牲掉！

齐本安：大师兄就是大师兄，一番诛心之言就把我引向了道德的困境！没错，从少年时代我就追随你，没书读，听你讲故事，讲武松传，杀人者，武松也；讲梁山好汉，板斧抡开，杀人无算……后来我总觉得哪里不对头，这是怎么了？怎么就没人站在倒在武松、李逵这帮好汉刀斧下无辜者的立场上想想？怎么让杀人犯都成了英雄？

林满江：这是中国的侠义文化，你觉得不对，是你出了问题！

齐本安一声叹息：是，也许真是我出了问题，但我作为这个国家执政党的党员，必须遵守这个党的纪律！我作为一个现代共和国的公民，必须坚守法律的底线，而不是梁山忠义堂的忠义规则，对民族血液中顽固消极因子可能的蔑视，我不在乎，虽千万人吾独往也……

44 医院监控室　日　内

张继英看着监控，动容地对手下人说：……齐本安真不容易，他今天所面临的道德困境，也是我们纪检监察干部经常要面对的，亲朋好友，老友故旧，触犯了党纪国法，我们就要对他们相爱相杀，这是撕心裂肺的，这种内心的伤痛难与人言，可我们又不能不忍受……

工作人员甲：有人就说齐本安是白眼狼，林满江不该用他……

45　医院病房　日　内

齐本安对林满江说：……大师兄，你的诛心之言把我引向了道德困境，你把自己人生的失败归结于我和石红杏的忘恩负义，但你有没有想过，恰恰是你信仰的缺失、私欲的膨胀才导致了今天的结果，如果你还是当年那个把个人奖金也无私分给部下的林满江，该多好啊！

林满江叹息：过去的回不来了，不管是否美好！不过，有句话我还是要说，其实不是我的话，是恩格斯的话，恶是推动历史发展的原动力，人类的贪欲和贪婪实际上一直在有力地推动社会的发展！

齐本安：但是，在精致的利己主义大行其道的今天，我们是不是也该拷问一下灵魂了？我们是否还懂得爱？是否还有真正的悲悯情怀？对财富的角逐，由此产生的焦灼和痛苦，真是我们需要的吗？

林满江：这都不是我们一定要考虑的事，我们这一代人注定是开拓者，不管承认不承认，我们事实上遵守的是丛林法则，就像当年美国西部的牛仔，没有他们的血腥掠夺，他们的后代又何以坐而论道？

齐本安：所以，大师兄，你把坐而论道的机会留给了林小伟？

林满江火了：又提林小伟！本安，今……今天就到这里吧！

齐本安苦笑起身：好，好，大师兄，我犯规了，认罚出局……

林满江却又说：等一下，替我带个话给林小伟！

齐本安在门口站住：好，大师兄，你说！带什么话？

林满江一字一顿地：让小伟……永远……永远不要和权力沾边！

齐本安郑重地：好的，大师兄，我今天就给小伟打电话！

林满江合上眼，泪水溢出：谢谢，谢谢你，本安……

46　医院病房　夜　内

齐本安提着饭盒走进门：大师兄，我给你煮了点鸡汤！

林满江有气无力：还费这心干啥？我现在啥也吃不下了……

齐本安倒出鸡汤：能吃还是吃点吧！

林满江：和小伟通过话了？

齐本安：通过话了，小伟还在京州，向你问好呢！

47　医院监控室　夜　内

张继英看着监视屏：……儿子是林满江内心最柔软的地方！中国父母大都是孩儿奴，林满江虽病入膏肓，对儿子还是这么念念不忘！

监视屏上，林满江对齐本安说：我们一切的奋斗都是想让我们的下一代不再囿于物质生活的困扰，能有时间去想你说的灵魂问题。

齐本安：但小伟的困惑和痛苦在于不知道为什么而活着，有什么要去奋斗的？谁还需要他？他在电话里和我说，他像个多余的人！

48　医院病房　夜　内

齐本安对林满江说：大师兄，你们密不透风的爱杀死了孩子的渴望，他想到的没想到的你都给了他，让他对一切都失去了激情！

林满江眼中难得有了温暖：也是，两年前，他曾经闹着要去非洲做义工，我喝止了他，忽略了孩子内心的声音！所以，这次他非要跟着李达康搞棚户区拆迁，我虽然内心里很不情愿，但也不去阻拦了。

齐本安：大师兄，这你就做对了！王尔德说过，生活中有两种悲剧：一种是没有得到我们想要的，另外一种是得到了我们想要的。

林满江一声叹息：王尔德说得没错，中国父母对儿女的爱，有时候让儿女觉得是一种枷锁！

齐本安：大师兄，那你还想让这种枷锁继续套在小伟身上吗？

林满江眼泪禁不住流了出来：唉，我现在是他的耻辱和伤痕啊！

齐本安：大师兄，既然你愿意听，那我就再多说几句：小伟和我说，他不知道你都为他做了啥违法的事，只要他知道了，无论什么时候，都一定会把这些非法所得交出来，绝不会动一分一毫。小伟只希望能减轻你的罪孽！大师兄，你不觉得悲哀吗？你说你这是图啥？

林满江沉默了一会儿，惨然一笑：这人生啊，太没意思了……

齐本安：大师兄，你的人生本可以很有意思，以你的聪明智慧，以你的位置，你本可以做更多的好事，让社会更加公平正义……

林满江难得面对了现实：可惜啊，我没能经得住权力的考验！本安，我让你带话给小伟，就是想让他不要再走我的路，让他以一技之长立之于世，不与权力沾边，别天真地认为自己能经住权力的考验！

齐本安一怔，眼圈红了：大师兄，你要早认识到这一点该多好！

林满江：本安，我很羡慕你，真的！到了这个年纪还有如此的激情，还保持着那么美好的理想！但愿你能够经得住权力的考验……

齐本安：大师兄，你该和组织交交心了……

林满江：你……你去告诉张继英吧，我……我和她谈……

49 医院监控室 夜 内

张继英看着监控屏，讷讷着：这个齐本安，到底把林满江拿下了！

工作人员：其实，齐本安骨子里真是有情有义的……

50 医院病房 夜 内

林满江讷讷着：谁说的？忘了，但有道理：我们曾如此渴望命运的波澜，最后才发现，人生最美好的风景竟是内心的淡定和从容……

齐本安追问：大师兄，你现在内心真的淡定从容了吗？

林满江苦笑：本安啊，你现在还不相信我的感悟吗？嗯？

齐本安和林满江对视片刻，终于说：大师兄，我信了……

林满江：本安，咱们纠缠了一辈子，现在我承认，你赢了！

齐本安一怔，眼圈红了：我赢了？我赢了吗？你……你说我赢了啥呀，我……我的大师兄、小师妹都……都没了，全没了……

伴着一声沉重的叹息，齐本安眼中泪水缓缓落下。

51 医院走廊 夜 内

幽深的长廊，空无一人。

齐本安孤独地走在长廊上。

一个长长的变形的影子拖在地面上。

打出字幕：林满江在审查期间因病去世，审查终止，十亿交易费事出有因，查无实据，终成悬案。嗣后，傅长明以单位行贿罪、非法经营罪，被判处有期徒刑十五年，并处罚金人民币一百二十亿元。

靳支援等十高管以贪污、受贿罪，被判处三年至十年有期徒刑。

陆建设违反中央八项规定精神，失职渎职，被撤职，开除党籍，以国企普通员工身份提前退休。皮丹自首，主动交出受贿别墅，积极举报他人，有重大立功表现，被判刑三年，缓刑五年……

52　空镜　日　内

中福集团大厦大堂倒计时牌：距我司八十周年庆典0天

53　北京中福展览馆　日　内

张继英、齐本安等人陪同几位领导模样的人在展线上参观。

齐本安：……各位领导，这是展览的第一部分，主题词是：血火年代，艰苦创业。八十年前，中福集团就是从这个小铺面起家的。起家的资本是共产党员朱昌平卖掉祖屋捐献给党组织的五根金条……

54　汉东省委会议室　日　内

省委书记沙瑞金主持省委常委会：……同志们，京州"九二八事故"后果严重，必须追责，对京州市市长吴雄飞同志撤职的处理，大家意见比较一致，但对市委书记李达康的处理，争议较大！京州一些同志，比如易学习、郑子兴，还有公安厅的赵东来等同志，就专门找到我，找到国富同志，要求我们为京州老百姓，尤其是棚户区的老百姓保住一位愿干事能干事的干部！但是，同志们啊，李达康的错误造成的后果是严重的，李达康是省委常委，是中管干部，对李达康的处理权限也不在省委，我们只能拿个处理意见供中央参考！怎么向中央报这个处理意见呢，今天就慎重地研究一下，希望大家畅所欲言……

55　北京中福展览馆　日　内

张继英、齐本安等人和领导们仍在展线上参观。

镜头掠过一幅幅老照片，最后停留在那份发黄的拜师合同上。

拜师合同展柜上方，是观众在本剧中见过的那幅师徒合影照片。

照片上是程端阳、林满江、齐本安、石红杏师徒四人：年轻的男女主人公们，和他们负有政治抱负的女师傅，笑得是那么灿烂……

（全剧终）

图书在版编目（CIP）数据

突围：六十集电视文学剧本 / 周梅森，孙馨岳著 .—北京：作家
出版社，2021.11

ISBN 978-7-5212-1374-4

Ⅰ.①突… Ⅱ.①周…②孙… Ⅲ.①电视文学剧本－中国－当
代 Ⅳ.① I235.2

中国版本图书馆 CIP 数据核字（2021）第 049248 号

突围：六十集电视文学剧本

作　　者：周梅森　孙馨岳
责任编辑：省登宇　周李立
装帧设计：薛　怡
出版发行：作家出版社有限公司
社　　址：北京农展馆南里 10 号　　　邮　编：100125
电话传真：86–10–65067186（发行中心及邮购部）
　　　　　86–10–65004079（总编室）
E-mail:zuojia @ zuojia.net.cn
http://www.ZUOJIACHUBANSHE.com
印　　刷：唐山嘉德印刷有限公司
成品尺寸：145×210
字　　数：1000 千
印　　张：42.25
印　　数：001—6 000
版　　次：2021 年 11 月第 1 版
印　　次：2021 年 11 月第 1 次印刷
ISBN 978–7–5212–1374–4
定　　价：168.00 元（全三部）